प्रभात कुमार भट्टाचार्य

प्रभात कुमार भट्टाचार्य का जन्म 6 दिसम्बर, 1932 को हुआ। उन्होंने एम.ए. (राजनीति विज्ञान), पी-एच.डी. (गांधी दर्शन) की उपाधि प्राप्त की। राजनीति विज्ञान के प्रोफ़ेसर रहे। विक्रम विश्वविद्यालय, उज्जैन सहित कई शैक्षणिक एवं सांस्कृतिक संस्थाओं की स्थापना व अध्यापन से जुड़े रहे।

उनकी प्रमुख कृतियाँ हैं—'राजनीति विज्ञान : एक अध्ययन', 'गांधी दर्शन' (शोध सन्दर्भ ग्रन्थ); 'एक गाँव घर सबका' (नवसाक्षरों के लिए); 'काठमहल', 'प्रेत शताब्दी', 'आगामी आदमी' (समवेत मुक्तिकथा), 'सतोरिया' (नाटक); 'रानी कैकेयी का सफ़रनामा', 'मगरमुँहा', 'झील का नाम सागर है' (उपन्यास); 'कविता प्रभात : नीडराग', 'वृक्षराग', 'रागरंग', 'अनुराग', 'ऋतुराग', 'राग अजगरी', 'राग अवधूत' (कविता-संग्रह); उन्होंने अठारह संस्कृत नाटकों का हिन्दी रूपान्तरण एवं पुनः रचना की है। शताधिक हिन्दी नाटकों की प्रस्तुति व निर्देशन। आठ संस्कृत नाटकों के मूल संस्कृत एवं हिन्दी रूपान्तरण का निर्देशन। मालवी लोक नाटक 'माच' का पुनराविष्कार एवं प्रयोग।

उन्हें उत्तर प्रदेश हिन्दी संस्थान के दो पुरस्कारों समेत 'मध्य प्रदेश राष्ट्रभाषा प्रचार समिति सम्मान', 'संगीत नाटक अकादेमी सम्मान', श्री मध्य भारत हिन्दी साहित्य समिति संस्थान के 'शताब्दी पुरस्कार', 'भवभूति अलंकरण', 10वें विश्व हिन्दी सम्मेलन में 'विश्व हिन्दी सम्मान', 'कुसुमांजलि सम्मान' से सम्मानित किया गया है।

झील का नाम सागर है

प्रभात कुमार भट्टाचार्य

राधाकृष्ण पेपरबैक्स

राधाकृष्ण पेपरबैक्स में
पहला संस्करण : 2024

राधाकृष्ण पेपरबैक्स : उत्कृष्ट साहित्य के जनसुलभ संस्करण

राधाकृष्ण प्रकाशन प्रा. लि.
जी-17, जगतपुरी
दिल्ली-110 051
द्वारा प्रकाशित

शाखाएँ : अशोक राजपथ, साइंस कॉलेज के सामने, पटना-800 006
पहली मंजिल, दरबारी बिल्डिंग, महात्मा गांधी मार्ग, प्रयागराज-211 001
1, अनमोल सोराबजी संतुक लेन, धोबी तलाव, मरीन लाइंस, मुम्बई-400 002
वेबसाइट : www.radhakrishnaprakashan.com
ई-मेल : nfo@radhakrishnaprakashan.com

बी.के. ऑफसेट
नवीन शाहदरा, दिल्ली-110 032
द्वारा मुद्रित

मूल्य : ₹350

JHEEL KA NAAM SAGAR HAI
Novel by Prabhat Kumar Bhattacharya

ISBN : 978-81-19989-88-1

हमारी चौंसठ वर्षीय दोस्ती को सलाम...

प्रो. डॉ. धनंजय वर्मा

को साभार सप्रेम

एवं

हमारी लाडली बिटिया

डॉ. निवेदिता वर्मा

को सस्नेह...

झील का नाम सागर है

इस क़स्बे का नाम 'हरिपुर' क्यों पड़ा, यह कोई नहीं जानता है। सिर्फ़ और सिर्फ़ मैं जानता हूँ। इसलिए नहीं कि किसी टीले का उत्खनन कर मुझे कोई प्रागैतिहासिक गुफा मिली है, जिसमें दबी पड़ी किसी भारी-भरकम शिला पर अज्ञात लिपि में अंकित शिलालेख को केवल मैं पढ़ सका हूँ कि—गुफा के समीपस्थ क़स्बे का नाम 'हरिपुर' है। ऐसा कुछ भी नहीं है, क्योंकि उस क़स्बे का नाम 'हरिपुर' है ही नहीं। एक नितान्त सुविधावादी लेखक होने के नाते क़स्बे का नाम बदलकर 'हरिपुर' मैंने ही दिया है। मैंने सुविधावश क़स्बे का असली नाम इसलिए छिपा लिया है कि मैं उस क़स्बे के चर्चित चरित्रों की चरित्रावली उकेरते हुए यदि असावधानीवश (वैसे ऐसी असावधानी की इजाज़त मुझे मेरी लेखकीय मर्यादा जिसे आप चाहें तो मेरा कायर चौकन्नापन कह सकते हैं, नहीं देखी) फिर भी झौंक में आकर, कहीं कुछ आड़ा-तिरछा लिख जाऊँ तो ख़ामख़्वाह वो सन्दर्भित चरित्र मेरे गले पड़ जाएगा और मुझ निरक्षर भट्टाचार्य के गले में काँटा फँस जाएगा।

वैसे माछ-भात खाने के अभ्यस्त किसी भद्रलोक के गले में काँटा फँसना सहज तो है नहीं, क्योंकि काँटों से खेलने वाले भद्रलोक की, माछ से काँटा निष्कासित करने की विशेषज्ञता में, जितनी उनकी अँगुलियाँ सहायक हैं, उतनी ही उनकी जीभ भी सक्षम है। अर्थात् अँगुलियों की पकड़ से कोई काँटा बचकर यदि मेरे मुँह में प्रवेश पा भी जाता है तो जीभ की काँटा-पकड़-विस्वलता उस काँटे का मार्ग ऐसा अवरुद्ध करती है कि काँटा गले को छू भी नहीं पाता है। फिर क्या है! जीभ अन्ततोगत्वा काँटे के निष्कासन के लिए अँगुलियों को आमंत्रित करती है और इस प्रकार महाशय काँटे का निश्चित निष्कासन अवश्यम्भावी होता है।

माछ-भात की इस चर्चा से मुझे सहसा 'पंडत परदुमन परसाद सुकुल' की याद आ गई। परकोटा के तिगड्डे पर ही तो उनका मन्दिर-सह-निवास है। पंडित जी 'करम-कांडी बामन' थे, इसलिए पूजा विधि के सम्बन्ध में वे असंदिग्ध रूप से निष्णात थे, किन्तु मंत्रोच्चार के सम्बन्ध में उनके ज्ञान-पराक्रम की चर्चा न ही करें तो शुभ होगा। हाँ, जहाँ तक पंडित जी के इतर पराक्रम की बात है वो तो सोदाहरण समय-सापेक्ष नियमित अभिव्यक्ति प्राप्त करता रहता था। कहते हैं

कि उनके सुखमय समृद्ध दाम्पत्य जीवन की रौप्य-जयंती वर्ष तक भी किसी ने पंडिताइन अर्थात् सुकलाइन का पेट कभी खाली नहीं देखा और अब तो यह हाल है कि पिछले कतिपय वर्षों से सुकलाइन और उनकी विवाहिता ज्येष्ठ कन्या हर दूसरे वर्ष प्रसूति-गृह में साथ-साथ भर्ती होती हैं। अर्थात् पंडित जी ने अपने जैसा ही पराक्रमी जामाता भी खोज निकाला था।

किस्सा यों है कि पंडित प्रद्युम्न प्रसाद शुक्ल प्रति पूर्णिमा हमारे घर आकर हमारी ठाकुरमाँ (दादी) को 'सत्तनरानजी' की कथा सुनाते थे। गौर वर्ण, दुबले-पतले, ख़ासे लम्बे, चेहरा तराशा हुआ, तीखी नाक, मुस्कराती चमक़दार भलेमानुष-सी आँखें, सफेद मूँछें जिसकी नियमित छँटाई उन्हें झब्बा बनकर होंठों पर लटकने से रोकती थीं—मगर क्लार्क गेबल की तलवार कट नहीं थी। सिर पर हल्के छोटे-छोटे सफेद बाल जिन्हें सँवारने के लिए नियमित तेल चुपड़न की अपरिहार्यता बनी रहती थी। इस तेल-चुपड़न के कारण भी उनका कपाल हमेशा दमकता रहता था। सफेद बालों में उनकी आयु का जो अनुमान होता था, चेहरे की महीन नगण्य-सी झुर्रियाँ उसे झुठलाती थीं।

पंडित शुक्ल से मेरी लगभग रोजमर्रा की भेंट दो स्तरों पर होती थी। घर पर जो भेंट होती, उसमें उनके बड़प्पन का मैं यथोचित ध्यान रखता था। 'पंडित जी प्रणाम' सम्बोधित मेरे स्वागत के प्रत्युत्तर में वे तारस्वरेण 'आसीरबाद' कहते और मेरा कुशलक्षेम पूछते हुए, गुरुगम्भीर-मन्द्र-स्वर में बोल पड़ते—

"काय भय्या, तुमाई पढ़ाई केंसी चल रयी हे?"

मैं भी अपने मर्यादित उत्तर में अपने सकल-जीवन-व्यापार में उनके 'आसीरबाद' को ही श्रेय देता। मगर बाहर जो भेंट होती, उसमें यद्यपि मर्यादा की एक निश्चित लक्ष्मण रेखा का उल्लंघन तो नहीं होता, किन्तु लक्ष्मण-रेखा की परिधि का विस्तार इलास्टिक की तरह होता था।

इसी बाहरी भेंट में एक दिन पंडित जी बोलते भये—

"काय भय्या, भोतई नोनी खुसबू मार रये हो।"

मैंने सोचा पंडत सुकुल मेरी इवनिंग इन पेरिस परफ्यूम की तारीफ कर रहे हैं। मैं बोला—

"अब एँसोइ हे पंडतजी। हमाइ उमर में आपके पसीना में भी एँसोई खुसबू हती।"

पंडित जी हँस पड़े और बोले—

"अरे नई भय्या, हम तुमाई इतर फुलेल की तारीप नोइ कर रये। हम तो जा बूझ रये हैं कि आज तोमेन का खाओ हे?"

मैं बोला—

"मछली-भात।"

पंडित जी की कंठगुठली हिली। ज़ाहिर है कि उन्होंने अपनी लार गुटक ली थी।

वे बोले—

"संसकीरत में एक अस्लोक हे। अेब अस्लोक तो याद नैय्या। मनो ऊको मतबल जोई हे कि मच्छी की असल स्वाद तो नीबू डार के खाबे में हे।"

मैंने भेद भरी आवाज़ में पूछा—

"काय पंडतजी, मच्छी खेहो का?"

पंडित जी बिदक गए—

"छि छि कैंसी बात कर रये हो? कोउ सुन ले हे तो अनरथ हो जेहे।"

मैंने भी जड़ दिया—

"अरे पंडतजी, कोउ सुनहे कैंसे? हम कोई से बते हे थोड़े। आप बोले तो हम अब्बै नज़र बचा के पिछवाड़े बगीचा मा, तलाब किनारे—

लैके आऊ थे।"

पंडित जी ने हँसते हुए धमकाया—

"हट बदमास।"

और वो चल दिये।

यह प्रसंग हमारी हरिपुर-कथा का अंश तो है नहीं। बस यों ही भटककर इसमें शामिल हो गया है। पता नहीं कैसे मैं स्वयं इन प्रसंगों में एक पात्र बन बैठा।

दरअसल, लेखक की स्थिति भी, नाटक में सूत्रधार जैसी होती है। सूत्रधार का काम है नाटक को शुरू करना। और फिर पात्रों को मंच के हवाले कर नेपथ्य में चले जाना। मगर सूत्रधारों की एक गोपन लिप्सा होती है कि वे किसी बहाने पात्र का जामा पहनकर मंच पर उतर जाएँ और नाना प्रकारेण मंच पर ही बने रहें।

इसी तरह लेखक भी जब ऐसी लिप्सा के वशीभूत होता है तब 'मैं' को ही एक चरित्र बनाकर कथा में धर देता है। फिर क्या है! 'मैं' नामक यह चरित्र चाहे जब कथा में घुसपैठ करता रहता है। दरअसल, मैं इसी लिप्सा के वशीभूत, हरिपुर-कथा में घुसपैठ कर बैठा था। और अब इस कथा को आगे बढ़ाते हुए 'मैं' नामक जीव को कथा के बाहर भेज रहा हूँ, इस निर्देश के साथ कि ख़बरदार, इस कथा-भूमि पर भूलकर भी पैर मत रखना। यह भूमि तुम्हारे लिए वर्जित है।

लीजिए, आख़िर हुआ वही, जिसका अन्देशा था। अजीब क़िस्म के जीव हैं प्रभातकुमार नाम के भट्टाचार्य। अच्छा-ख़ासा रंग जम रहा था। नाटक हो या कथा, पूर्वरंग तो ज़रूरी है। मगर उनको क्या कहें जो रंग में भंग डालने से परहेज नहीं करते हैं। जब आपने क़िस्सागोई शुरू करने के पहले बाक़ी की ज़मीन तैयार कर ही दी है तो उसे

अंजाम तक ले जाने में आख़िर क्या दिक़्क़त थी। आपने पंडत परदुमन परसाद सुकुल को तो कथा के पात्र के रूप में प्रस्तुत कर ही दिया है। अब ज़रा सोच देखिए कि आपने कन्नी कहाँ काटी। आप ही तो उन्हें नज़रबाग के पिछवाड़े बगीचे में तलाब किनारे ले जाने की दावत दे रहे थे और आप ही बढ़ लिये।

ये जो ज़िक्र था तलाब किनारे का, उसमें आप किनारे पर ही अटक गए और तालाब से किनारा कर गए। इस तालाब का परिचय तो दीजिए और इसे कम से कम 'तलाब' तो मत कहिए। लगता है जैसा आप 'तलाब' कहकर इसे 'तलैया' बना रहे हैं। ये तो है 'तालाब'—भरा-पूरा तालाब, सिर्फ़ तालाब नहीं, बल्कि एक झील।

यही झील तो हरिपुर की पहचान है। हरिपुर के क्षितिज को छू लेने का दमखम रखती है। यह मीलों उत्तर से दक्षिण की ओर जाती हुई क्षितिज में विलीन हो जाती है। इस झील के किनारे बसा हुआ हरिपुर, इस झील में भी उतना ही बसा हुआ है, जितना भूमि पर। हरिपुर की धड़कन है यह झील। जब इस झील में हिलोरें उठती हैं हौले-हौले तो ई.सी.जी. स्क्रीन पर हिचकोले खाती लकीरों के मानिन्द हरिपुर के दिल की धड़कन नुमाया होती हैं। झील की भूमिका तो हरिपुर की भूमि से जुड़ी हुई है।

और यह भूमि है हरिकेसरी नामक उस बुज़ुर्ग की जो अभी-अभी कई दशकों बाद हरिपुर पहुँचे हैं। क़द-काठी है उनकी नेपोलियन जैसी मगर पृथुल देह के धनी होते हुए भी वे थुलथुल नहीं हैं।

लगभग नब्बे साल की उम्र में गठा हुआ शरीर, तेजस्वी आँखें। वृहदाकार केशविहीन शीश, भारी-भरकम चेहरे पर असीम ओज, कसे हुए दृढ़ निश्चयी होंठ, तीक्ष्ण नासिका और वज़नदार शरीर का बोझ उठाने में अनभ्यस्त छोटे-छोटे पैर। ज़ाहिर है कि उन्हें पैदल चलना पसन्द नहीं है। मगर जब भी और जितना भी वो पैदल चलते हैं, उनकी चाल के तेवर भी दर्शनीय होते हैं। ऐसा लगता है जैसे वो पैदल चलकर धरती पर उपकार कर रहे हैं। ठीक भी है, बड़ों की बातें बड़ी ही होती हैं।

मगर हरिपुर के दीगर बूढ़े दबी आवाज़ में यह कहते चूकते नहीं हैं कि हरिकेसरी बड़े आदमी थे नहीं। एक ज़माना था जब वो भी फटेहाल थे।

कोई पचहत्तर या अस्सी साल पहले की बात है।

हरिकेसरी के पिता हरिपुर की कचहरी में पंखा पुलर थे। पंखा पुलर यानी पंखा खींचने वाला। यह बात उस ज़माने की है जब बिजली का इस्तेमाल नहीं हुआ करता

था। क्यों नहीं हुआ करता था? इस प्रश्न के उत्तर में यह दावा करना अनुचित होगा कि तब बिजली का आविष्कार ही नहीं हुआ था। यह भी सम्भव हो सकता है कि अंग्रेज़ बहादुर ने तब हरिपुर क़स्बे की हैसियत बिजली प्राप्ति के गौरव के योग्य नहीं समझी हो। आख़िर हरिपुर की हैसियत ही क्या रही होगी तब। शायद एक गाँव रहा हो। हाँ, यह ज़रूर है कि अंग्रेज़ बहादुर ने जब हरिपुर को एक कचहरी की हैसियत बख़्शी थी, तो निश्चय ही वो गाँव नहीं रहा होगा—क़स्बा ही रहा होगा। मगर क़स्बा भी तो नगर बनने की जी-तोड़ कोशिश करने वाला गाँव ही तो होता है। चलिए गाँव नहीं, महागाँव सही।

मगर बात तो बिजली की हो रही थी कि उस ज़माने में हरिपुर में बिजली नहीं पहुँची थी। मगर कचहरी के जज की कुर्सी को शोभायमान करने वाले अंग्रेज़ बहादुर को गर्मी झेलने की आदत नहीं थी। चूँकि बिजली का पंखा तो था नहीं, इसलिए कचहरी के विशाल कक्ष में छत से झूलता भीमकाय पंखा हुआ करता था, रंगीन कपड़े की मोटी झालरों से बना हुआ। इस भीमकाय पंखे से एक रस्सी बँधी होती जो उस कक्ष की बाहरी दीवार में बने छेद से गुज़रती हुई बाहर दालान में लटकती थी। इस रस्सी को लगातार खींचते रहने से कक्ष के भीतर का भीमकाय पंखा ख़ूब पेंगे भरता हुआ डोला करता जिससे कक्ष में हवा की हिलोरें लगातार बनी रहतीं।

तो हरिपुर कचहरी के भीमकाय पंखे की रस्सी को आठ-दस घंटों तक अनवरत खींचने वाले हाथ हरिकेसरी के पिता के हुआ करते थे।

उस समय हरिकेसरी रहे होंगे दस-बारह साल के।

चपरासी पिता के बेटे हरिकेसरी निश्चय ही उन दिनों फटेहाल रहे होंगे। इसलिए अब यदि हरिपुर के कुछ बूढ़े यह कहते पाए जाते हों कि एक ज़माना था जब हरिकेसरी फटेहाल थे, तो बात ग़लत नहीं है। मगर वे ही बूढ़े यह भी कहते पाए जाते हैं कि हरिकेसरी के दादा यानी पिता के पिता तो ज़मींदार थे। और इसी हरिपुर क़स्बे में उनकी आलीशान हवेली थी, जो कि अब भी है और ख़ूब है। मगर तब की हवेली और अब की हवेली में बड़ा अन्तर है। हरिकेसरी के दादा के ज़माने में हवेली के अनगिनत हॉलनुमा कमरे अपनी सज-धज-शान-शौक़त में बेमिसाल थे। उस ज़माने में इस हवेली से थोड़ी दूर पर बनी एक छोटी हवेली में अच्छा-ख़ासा तबेला था गाय-भैंसों का—घुड़साल थी, बग्घियाँ और पालकियाँ थीं। हाथी-हथनी का एक जोड़ा भी था, मुख्य द्वार पर झूमता हुआ। नौकर-चौकर-दास-दासियों का अच्छा-ख़ासा भारी-भरकम अमला था।

हरिकेसरी के ज़मींदार दादा के भरे-पूरे परिवार में दस बेटे थे। मगर हुआ यों कि दादाजी के बूढ़े होते-होते उनके दसों बेटों के बीच ऐसी अनबन हुई कि दादाजी ने अपने जीवनकाल में ही अपनी सारी सम्पत्ति का बँटवारा कर दिया। इसी बँटवारे में हवेली भी शामिल थी। हवेली के दस बराबर-बराबर हिस्से होने के बाद भी हर

हिस्सा, एक छोटी-मोटी हवेली जैसा ख़ासा बड़ा था। बाक़ी सम्पत्ति यानी इस हवेली के पास बनी ढोर-डंगर के लिए बनी छोटी हवेली, खेत-खलिहान-ज़मीन-जायदाद-सोना-चाँदी के बँटवारे के बाद भी हर एक के हिस्से में इतनी भारी-भरकम सम्पत्ति थी कि सभी अमन-चैन से रह सकते थे, सात पीढ़ियों तक।

लेकिन बेटे तो वे ज़मींदार के ही थे। इसलिए उनकी ऐयासी के सारे दरवाज़े अहर्निश खुले रहे और खुले रहे और खुले रहे। मगर आमदनी के सारे स्रोत इस क़दर सूखते रहे कि आमदनी का बँटवारा तो बन्द हो गया।

ज़माना भी बदल रहा था। अंग्रेज़ बहादुर की मेहरबानी से धीरे-धीरे उद्योग-धन्धों ने कृषि और कुटीर उद्योगों पर धावा बोलना शुरू कर दिया। ज़मींदार बेटों की सम्पत्ति बिकने लगी।

उनमें से एक बेटा वक़्त की चाल पर चल निकला। और उसने उद्योग-धन्धों के क्षेत्र में बड़ी सूझबूझ और चालाकी के साथ पदार्पण किया। बाक़ी नौ भाई उसकी हँसी उड़ाते कि ठाकुर का बेटा बनिया हो गया। और उनकी नाक के ऐन नीचे से वो उद्योगी भाई उनमें से हर एक की सम्पत्ति भरपूर चालाकी से ख़रीदता चला गया। और ऐसा समय आया जब वो उद्योगी अपने दिवंगत ज़मींदार पिता की सारी सम्पत्ति का एक अकेला मालिक बन बैठा।

नौबत यहाँ तक पहुँच गई कि आठ भाई तो परलोक सिधार गए। उनके परिवारों का क्या हुआ, कोई नहीं जानता। बच गया सिर्फ़ हरिकेसरी के पिता का परिवार यानी सिर्फ़ बाप-बेटा। उनके पास भी शेष बचा था सिर्फ़ एक कमरा।

हरिकेसरी के पिता के पास तो एक अकेला कमरा भी नहीं बचता। मगर चूँकि बालक हरिकेसरी पढ़ने-लिखने में असाधारण रूप से मेधावी थे और पिता के उद्योगी भाई के बेटे यानी अपने सगे चचेरे भाई को पढ़ने-लिखने में ख़ूब मदद करते थे, इसलिए हरिकेसरी के पिता को उनके उद्योगी भाई के दया-स्वरूप हवेली वाली यह कोठरी मिल गई थी।

आख़िर आँख खुली हरिकेसरी के पिता की। अपनी अनपढ़ ऐयासी का फल वो भुगत चुके थे। और ख़ूब अच्छी तरह समझ चुके थे कि पढ़ना-लिखना कितना ज़रूरी है। उन्होंने हरिपुर की कचहरी में पंखा-पुलर की नौकरी कर ली ताकि हरिकेसरी की पढ़ाई जारी रह सके। अपने बीते दिनों के रौब और ऊँची जात के घमंड का खोखलापन देख-समझ कर उन्होंने चपरासी बनना स्वीकार कर लिया था ताकि उनका बेटा हरिकेसरी पढ़-लिख कर बड़ा आदमी बन सके।

बड़े जीवट के आदमी थे हरिकेसरी के पिता, वरना जिस हरिपुर में वो हाथी या घोड़े पर सवार होकर राजकुमारों का जीवन बिता चुके थे, दर्जनों, नौकर-चाकर किसी ज़माने में जिनकी टहल के लिए हमेशा हाज़िर रहा करते थे, वही आदमी अपना सब कुछ ऐयासी में गँवा देने के बाद, उसी हरिपुर की कचहरी में चपरासी

बनना स्वीकार करे, वास्तव में बड़े दमख़म की बात है।

हरिकेसरी ने उनके बीते दिनों की बातें पिता से सुनी थीं।

उनके पिता कहा करते थे—

"हरि बेटा! हम वक्त को बाँध नहीं सके तो वक्त ने मोखोई बाँध लओ। हम भी अपने आठ भाइयों धाँई अपनी जान गँवा देते मनो अपनी ठकुरास पर आँच नई आन देते। तुम तो जानते हो, तुमाई बऊ इसी आन के लाने मरी है।

मगर बेटा, हम जी रये हैं तुमाय लोन। हमाई ठकुरास कैत हे कि हमाओ मोड़ा ऐंसो नाम ऊँचो कर हे कि हरिपुर में अपनो झंडा गड़ जेहे, हमेसा के लाने।"

और सचमुच हरिकेसरी ने झंडे गाड़ दिये। उस वर्ष मैट्रिक की परीक्षा में हरिकेसरी ने पूरे बोर्ड में अव्वल आकर अपने पिता के आन की लाज रख ली जो हरिपुर समाज हरिकेसरी के पिता को पग-पग पर लांछित करता था कि इतने बड़े ज़मींदार का बेटा चपरासी बन गया है, वही समाज आज हरिकेसरी की इस चमत्कारी उपलब्धि पर स्तब्ध था। हरिकेसरी न केवल स्वयं पूरे प्रदेश में प्रथम श्रेणी में प्रथम हुआ था, बल्कि अपने चचेरे भाई को पढ़ा-लिखाकर द्वितीय श्रेणी में पास करवाने में सक्षम हुआ था।

यही दोनों हरिपुर के पहले-पहल मैट्रिक थे यानी हरिपुर के इतिहास में पहली बार मैट्रिक पास योग्यता के दो सपूतों ने हरिपुर की धरती को धन्य किया था। हरिकेसरी ने समूचे प्रदेश में नम्बर एक होकर हरिपुरवासियों को स्तब्ध तो किया था, किन्तु आश्चर्य, किसी गोष्ठी-समूह-चौराहा या चौपाल में उसकी चर्चा नहीं हो रही थी। चर्चा तो हरिकेसरी के उद्योगपति चाचा द्वारा अपने बेटे के मैट्रिक पास होने की ख़ुशी में आयोजित उस ऐतिहासिक उत्सव-भोज की जिसमें हरिपुर का जन-जन आमंत्रित किया गया था। इस उत्सव में हरिकेसरी ने चचेरे भाई की तारीफ़ के पुल बाँधे गए। चमक़दार अंग्रेज़ी सूट में फेल्ट हैट लगाए बाँका जवान चचेरा भाई उत्सव में छाया रहा और गजब उत्सव भोज का नमक जन-जन की धमकियों में उतर चुका था।

उसी उत्सव में अतिथियों की सेवा-टहल करते हुए हरिकेसरी पर किसी का ध्यान नहीं गया। कैसे 'ध्यान नहीं गया' कहना ग़लत होगा। हाँ, वो ध्यान जगज़ाहिर नहीं हुआ। सभी अतिथि सेवाभावी हरिकेसरी के चमत्कारी पराक्रम का लोहा मन ही मन मान रहे थे और उसे एक अजूबे की तरह कनखियों से देख रहे थे।

उत्सव भोज में सम्मिलित पूरे हरिपुर समाज के समस्त उद्योगपति चाचा ने घोषणा की कि वे अपने विद्वान् बेटे को आगे की पढ़ाई के लिए विलायत भेज रहे हैं।

और देखते ही देखते वो दिन भी आ पहुँचा जब वो 'विद्वान्' मैट्रीकुलेट विलायत

के लिए रवाना हुआ। समूचा हरिपुर उमड़ पड़ा उसकी विदाई के लिए। मगर कोई भी यह नोट करने में नहीं चूका कि हरिकेसरी भी अपने चचेरे भाई के साथ सेवक के रूप में विलायत जा रहा था।

विदाई की पूर्वरात्रि हरिकेसरी के पिता अपने बेटे से यों बोले—"हरि बेटा, तोरे माथे पे जोई लिखो हतो कि तैं अपनो भय्या की चाकरी के लाने विलात जा रओ हे। अबैं जे तो पतो नैया कि तैं कबो लौटके आएगा कि नई। और बेटा, हमाई भेंट की गाँठ बाँधे रैयो कि हरिपुर लौटो तो कछु बनके लौटियो नइतर नै लौटो तो अच्छो।"

क्या गाँठ बाँधी थी हरिकेसरी ने अपने पिता की बात की कि पूरे सत्तर साल तक वो हरिपुर नहीं लौटे। और आज जब उन्होंने हरिपुर की धरती पर अपने पाँव रखे तो उनके पाँव श्रीचरण बन चुके थे। अपार धन-सम्पदा के स्वामी, वैभव-विद्वत्ता और ऐश्वर्य के कई-कई शिखरों को पदाक्रान्त करते हुए चरम यशस्वी हरिकेसरी, आज लगभग नब्बे वर्ष की आयु में हरिपुर पहुँचे थे।

आज न तो उनके चचेरे भाई का कहीं कोई पता-ठिकाना था और न उनके उद्योगपति चाचा का। उनकी पैतृक हवेली की जीर्ण-शीर्ण स्थिति किसी भुतहा खँडहर जैसी जनशून्य बनी हुई थी। अब तो उस हवेली में मकड़ी के जालों, बेशुमार छिपकलियों, चमगादड़ों, तिलचट्टों, झींगुरों और साँप, चूहों का डेरा बना हुआ था। मगर एक भारी-भरकम ताला ज़रूर तैनात था। बड़ी और छोटी हवेलियों के मुख्य द्वार पर।

सुनते हैं कि हरिकेसरी के चचेरे भाई विलायत में आसव-उद्वेलन और जंघाओं के सरोवर में अवगाहन के सम्मोहन में ऐसे बिंधे कि काल-कवलित होने पर उन्हें विलायत में आग की लपटों में लिपटा काठ का बिछौना भी अन्तिम यात्रा के लिए उपलब्ध नहीं हुआ। और यहाँ हरिपुर में उद्योगपति चाचा अपने एकमात्र चहेते पुत्र की विलायती चाहतों की माँग मिटाते-मिटाते स्वयं मिट गए थे।

मगर हरिकेसरी अपने पिता के उस वाक्य को भूले नहीं थे—

"हमाई ठकुरास कैत हे कि हमाओ मोड़ा ऐंसो नाम ऊँचो करहे कि हरिपुर में अपनो झंडों गड़ जेहे, हमेसा के लाने।"

और हुआ भी वैसा ही। हरिकेसरी जब हरिपुर लौटे तब केवल भारत में ही नहीं, सारी दुनिया में हरिकेसरी के नाम का डंका बज रहा था। हरिकेसरी शिक्षाशास्त्री! हरिकेसरी न्यायविद्! हरिकेसरी लेखक, कवि! हरिकेसरी करोड़पति!

हरिकेसरी ने जब हरिपुर रेलवे स्टेशन पर पैर रखा तब दोपहर का समय था। किसी हरिपुरवासी को यह पता नहीं था कि कई दशक बाद केसरी वंश का नामलेवा कोई प्राणी अपने नीड़ में लौट रहा था। केवल हरिपुर के कलेक्टर टंडन को ख़बर थी। वो स्वयं अपने अमले के साथ स्टेशन पर हाज़िर थे। चूँकि कलेक्टर स्वयं स्टेशन पर पधारे थे इसलिए हरिपुर के स्टेशन मास्टर सहित कई रेलवे कर्मचारी हरिकेसरी की आवभगत के लिए दौड़-धूप कर रहे थे। ठेलेवाले, स्टेशन के बाहर की गुमटियों के दुकानदार, ढाबों के मालिक और पनवाड़ी स्टेशन पर जमा हो गए थे। कलेक्टर ने बहुतेरी कोशिश की कि भीड़ छँट जाए, क्योंकि हरिकेसरी ने ऐसी इच्छा प्रकट की थी कि हरिपुरवासियों को उनके आने की ख़बर न हो। मगर लोगों के उत्साह के आगे उनकी एक न चली। और जैसे ही हरिकेसरी फ़र्स्टक्लास के डब्बे से नीचे उतरे कि लोगों ने उन्हें मालाओं से लाद दिया। हरिकेसरी के चेहरे से स्पष्ट था कि वे प्यार के इस अप्रत्याशित आक्रमण के लिए प्रस्तुत नहीं थे। उन्होंने कलेक्टर की ओर विस्मय से देखा। कलेक्टर टंडन ने स्थिति को सँभालते हुए मुस्कराकर कहा—

"सर, आय हैड नॉट इन्फॉर्म्ड एनी बडी बट द स्टेशन मास्टर एंड दीज़ पीपल आर रेलवेमेन। हाऊ कुड आय स्टॉप देम फ्रॉम वेलकमिंग यू। आफ्टर ऑल दिस इज़ योर ओन हरिपुर।"

कलेक्टर के अन्तिम वाक्यांश ने हरिकेसरी पर जादू का-सा असर किया और वो मुस्कराकर बोले—

"यस, यू आर राइट। दिस इज़ माय ओन हरिपुर। यह मेरा हरिपुर है।"

अचानक भीड़ को ठेलते हुए पंडत परदुमन परसाद सुकुल हरिकेसरी के पास पहुँचे और उनके माथे पर चन्दन का टीका लगाते हुए ज़ोर-ज़ोर से मंत्र पढ़ने लगे। फिर उनकी हथेली पर फूल, तुलसी और चावल रखते हुए बोले—

"जजमान, आपके बब्बा हमाय बब्बा के जजमान हते।"

आश्चर्यचकित होकर हरिकेसरी इस होनी को झेल गए। इससे पहले कि वे कुछ बोलते, पंडत सुकुल कलेक्टर टंडन की तरफ़ मुड़कर बोले—

"साहेब, आज भुन्सारे आपके बंगला पे हम गए हते। तो कलेक्टरन बाई सा'ब ने मोखो बताओ कि हमाय हरिपुर के सपूत बाबू हरिकेसरीजी आज दुपरिया पधारने वारे हैं, सो हमने कई—चलो पंडत, बहती गंगा में हाथ धो लेव, सो हम हाजिर हो गए। मनो साहब, गंगा की सौगंध, हमने कोउ को बताओ नैय्या। कलेक्टर व बाईसा'ब ने मना करो हतो।"

ख़ूब ठहाका लगाया हरिकेसरी और कलेक्टर टंडन ने।

हरिकेसरी बोले—

"हाउ स्वीट! आय रियली फील एट होम। पंडित जी, आपकी बात मुझे बहुत अच्छी लगी।"

पंडत सुकुल उत्साहातिरेक से भर उठे और कुछ याद करने की कोशिश करते हुए बोले—

"ऊसे का कैत हैं..."

और फिर उनको अचानक याद आ गई—

"हाँ, ख़ूबै याद आयो...! वेलकम होम।"

एक बार फिर ठहाका लगाया हरिकेसरी और कलेक्टर ने।

हरिकेसरी बोले—

"अरे, पंडित जी, आप तो बढ़िया अंग्रेज़ी बोलते हैं।"

पंडत सुकुल खिसियाए—

"अरे, राम खों नाम लेव, जजमान। जे 'वेलकम होम' तो आज भुन्सारे हम कलेक्टर बाईसा'ब से सीखे।"

हरिकेसरी ने हँसकर सबसे विदा ली और कलेक्टर के साथ हरिपुर छावनी के उस बँगले में चले गए जो उनके रहने के लिए निश्चित किया गया था।

उसी शाम को पंडत सुकुल के मन्दिर-सह-निवास के विशाल दालान से जो ख़बर उड़ी तो हरिपुर के कोने-कोने तक बात फैल गई कि केसरी ज़मींदार घराने के सपूत हरिकेसरी अपने अन्तिम समय में हरिपुर में बसने के लिए आ गए हैं।

अक्सर कस्बों में चर्चा का बाज़ार गर्म रहता है। क़स्बा हरिपुर का दूसरा नाम ही चर्चा-नगरी है। यहाँ बात उगती है, फिर पनपती है और पसरते-पसरते बतंगड़ बन जाती है।

चाहे राधाकृष्ण टॉकीज़ का तिगड्डा हो या पटैरिया मिष्ठान्न भंडार, या कि तीन बत्ती पर जमुना मिठिया, साथी बुक डिपो, बेनीया बनारसी के पान की दुकानें या कि बड़ा बाज़ार में पारस टॉकीज़ का तिराहा या चकराघाट का चौगान या परकोटा का तिगड्डा या गोपालगंज का तिगड्डा—चर्चा जारी है। हरिपुर में तिराहे कई हैं, चौराहा देखना हो तो छावनी जाना होगा।

यह हरिकेसरी प्रसंग हरिपुर में वो रंग लेकर आया जो कभी नहीं आया था। एक ज़बरदस्त तूफ़ान-सा उठा, मगर उठा नहीं। बिजली बेहद तेज़ी से कौंधी, मगर कौंधी नहीं। झील में आसमानी हिलोरें उठीं, मगर उठी नहीं।

यानी महसूस के धरातल पर सबकुछ हुआ, मगर आँखिन देखी हुई नहीं और आँखिन देखी जो हुई, वो हरिपुर के रोज़नामचे में दर्ज़ होती गई।

चौपाल नाटकों और नुक्कड़-नाटकों की धूम मच गई।

संवादों के टुकड़े—अलग-अलग रंगों के कागज़ी पतंग जैसे हवा में डोलते रहे और हरिपुर के आसमान का नीला रंग दब गया।

झील की सतह पर एक्वेरियम की रंगीन मछलियों को रेला बहता रहा।

यह रेला पहुँचा चकराघाट और अपने साथ ले आया पंक की वो दुर्गंध जो झील के उस पार तिली से चली थी। तिली है हरिपुर की ऐसी बसाहट जो हरिपुर का एक छोर है—झील के किनारे बसी हुई और झील के तिलीवाले छोर पर झील में पानी नहीं दीखता। बस दीखती है गाढ़े हरे रंग की एक मोटी पर्त उस काई की जो पंक से उपजी है।

चकराघाट पर शंकरदत्त चतुर्वेदी माट्साब चहल-क़दमी कर रहे थे। उनके साथ में थे उनके छोटे भाई विष्णुदत्त जो बनारस हिन्दू विश्वविद्यालय में फिज़िक्स के रीडर थे और हर वर्ष गर्मी की छुट्टियाँ अपने बड़े भाई के साथ सपरिवार गुज़ारते थे। चतुर्वेदी परिवार का पुश्तैनी घर था बड़ा बाज़ार में। दोनों भाई हरिपुर में ही पैदा हुए थे। पिता मुनीम थे। उनकी असामयिक बीमारी के कारण बड़े बेटे शंकरदत्त को म्युनिसिपल हाईस्कूल में शिक्षक बनना पड़ा था। मगर उन्होंने छोटे भाई विष्णुदत्त को बनारस भेजकर उसका पढ़ना जारी रखा। विष्णुदत्त एम.एससी. और पी-एच.डी. करने के बाद बनारस हिन्दू विश्वविद्यालय में लेक्चरर हो गए, फिर रीडर भी बन गए।

चकराघाट पर प्रातः भ्रमण इन दोनों भाइयों का दैनन्दिन कार्यक्रम था। उस दिन भी वे वाकिंग कर रहे थे। धीरे-धीरे उनके इर्द-गिर्द लोग इकट्ठा होने लगे। चतुर्वेदी माट्साब को जैसे ही अपने पास भीड़ का एहसास हुआ तो वे ठिठक गए और उनके इर्द-गिर्द जमा लोग बैठ गए—माट्साब का प्रवचन सुनने।

दरअसल, शंकरदत्त तो अपने छोटे भाई के साथ प्रातः भ्रमण कर रहे थे, जैसा वे रोज़ करते थे, लेकिन लोग जो जुड़े तो माट्साब को अचरज हुआ कि आख़िर माजरा क्या है। वो भाषण देने के मूड में बिल्कुल नहीं थे इसलिए जेब से रूमाल निकालकर नाक पर रखते हुए बोल पड़े—

"पंक की दुर्गंध असहनीय है।"

वहाँ जमा लोग हक्का-बक्का एक-दूसरे की तरफ़ देखने लगे। याने चकराघाट के चौपाल नाटक की सुरसुराहट शुरू। एक अधेड़ होते हुए युवक ने हिम्मत जुटाई और उसने अपना प्रश्नवाचक संवाद उछाल दिया—

"ये आप का कय रये हो, माट्साब, कछु समझ में नई आयो।"

माट्साब ने आँखें तरेर कर उस अधेड़-युवा की ओर देखा—

"क्या नहीं समझे?"

"बो, का कयत हें—आपकी भासा।"

"भासा नहीं, भाषा! तुम तो हमारे विद्यार्थी थे।"

"हते, माट्साब, हते। और जब हते आपके बिदियारथी तब टेम पास करत

हेत। काय से कि अपनी तो घर की दुकान हे।"

"हाँ, हाँ, मालूम है। कपड़े बेचते हो।"

"अरे हाँ, माट्साब, आपइने तो दुकान को, ओसे का कयत हें—नामकरन करो हतो—परीधान!"

माट्साब हँस पड़े—

"तुम नहीं सुधरोगे। परीधान नहीं, मूर्ख, परिधान।"

"मनो, आपकी बो बात अब लो समझे नई, जो आपने सुरू में कई हती नाक में रूमाल धर के।'

शंकरदत्त भी जनमानस से जुड़ गए। उन्होंने कहा—

"हम बोले थे—'पंक की दुर्गंध असहनीय है अर्थात् हमने जा कयी हती कि चोई ऐंसे बस रओ हे कि सहो नई जात हे।"

फिर थोड़ा रुककर वे बोले—

'मनो, तुम सब इते काय जमा हो गए?"

कई लोग एक साथ बोल पड़े—

"अरे, माट्साब, अपने हरिपुर में तो हाट-सो लग गओ हे।"

"कोउ भोत बड़ा आदमी हरिपुर में आन बसे हैं।"

माट्साब हैरान—

"मुझे कुछ भी नहीं मालूम। मनो, अपनो बो ख़बरी काँ गओ जो सबकछु की ख़बर राखत हे।"

माट्साब की नज़र एक तिलकधारी पर पड़ी—

"बो बैठो हे अपनो ख़बरी। काय रे, तैं कैसे चिमाने बैठे हो।"

ख़बरी सकपकाया—

"भोतई कठिन काम हे। इत्ती भर ख़बर है कि बे रेलगाड़ी से उतरे। कलेक्टर साब ने उनकी आगवानी करी। भोतई गोरे चिट्टे। मोय तो जा लागत हे कि बे अंग्रेज़ की औलाद हें।"

भीड़ में एक चिल्लाया—

"चोप, ससुर के नाती, कछु भी कयत जा रओ हे, ऊँसै।"

फिर बोला—

"इत्ती ख़बर एक़दम पक्की हे कि परकोटा बारे पंड जी सटेसन गए हेत अउर उनने बड़ा आदमी के माथे पे टीका काड़ो हे।"

'चलो परकोटा'। का यह नारा सिर्फ़ चकराघाट पर नहीं, पूरे हरिपुर के हर तिगड्डा पर जारी नुक्कड़-नाटक में लगा।

पंडत परदुमन परसाद सुकुल की तो निकल पड़ी। यों तो हर दिन उनके मन्दिर के विशाल बाहरी दालान में अड्डा तो जमता है, बस गिनती के मुट्ठीभर लोगों का। मगर उस दिन तो ग़जब हो गया। इतनी भारी-भीड़ उनके मन्दिर के सामने आज तक इकट्ठी नहीं हुई। दान-दक्षिणा का जो चढ़ावा उनके मन्दिर में जमा हुआ वो न केवल अप्रत्याशित था, बल्कि अभूतपूर्व भी था। लोगों ने माइक और लाउड स्पीकर का बन्दोबस्त किया। पंडित जी तखत पर विराजमान हुए और उनके सम्मुख पहली बार अवतरित हुआ माइक। उन्होंने फूँक मारके माइक टेस्ट किया और चिल्ला पड़े—

"सबखों सुनाई दे रओ हे।"

उनकी ऊँची आवाज़ के कारण माइक ने सीटी मार दी। फिर उनको समझाया गया कि माइक के सामने कैसे बोला जाता है। उन्हें लगा कि वे मुरारी बापू की कोटि के सन्त बन गए हैं और उसी मुद्रा में प्रवचन कर रहे हैं। थोड़ी देर तक तो माइक के सामने पहली बार बोलने की उनकी घबराहट ने उन्हें अस्त-व्यस्त किया। धीरे-धीरे वे प्रकृतिस्थ हुए और उन्होंने मात्र तीन सूचनाएँ जारी कीं—

लगभग नब्बे साल की उम्र है हरिकेसरी जी की। वे बड़ी हवेली वाले ज़मींदार के वंशज हैं और ढेर सारे रुपये कमाकर अपनी जन्मभूमि हरिपुर में बसने आ गए हैं।

इतनी-सी बात बतलाने में उन्होंने माइक के सामने जो द्रविड़ प्राणायाम किया, उससे यही तथ्य उजागर हुआ कि किसी ख़ास मौक़े को भुनाने के लिए हर आदमी में होता है एक और आदमी जो बड़प्पन का रामनामी ओढ़ने के लिए कितना छटपटा सकता है।

लेकिन यह तय है कि हरिपुर के हर मोहल्ले के नुक्कड़ नाटकों और चौपाल नाटकों की परिसमाप्ति पंडत परदुमन परसाद सुकुल की आमसभा में हुई।

झील में जगह-जगह फव्वारे फूटे और ख़ूब ऊँचाइयों पर पहुँचकर एकाकार हो गए। आकाश में पंकिल हरियाली थोड़ी देर तक छाई रही। फिर धीरे-धीरे पानी पर नहीं, हरिपुर की धरती पर उतर आई। उत्सुकता और उत्कंठा के श्रावणी प्रज्ञाचक्षु को हरिताभ के अतिरिक्त भला और क्या दीख सकता था।

मगर बात ख़त्म कहाँ हुई। हरिपुर नामक चर्चानगरी में बात उगती है, फिर पनपती है और पसरते-पसरते बतंगड़ बन जाती है और बतंगड़ बनकर भी बात ख़त्म नहीं होती, क्योंकि हरिपुरी बतंगड़ के कई-कई ठीये हैं।

ठीया एक : कटरा बाज़ार में देहाती दवाख़ाने के ऊपर की मंज़िल पर एक छापाख़ाने वाली ट्रेडल मशीन की खटर-खट्ट दिनभर सुनाई पड़ती है। बाहर एक बोर्ड लगा है—अंगारा साप्ताहिक। इस प्रिंटिंग प्रेस और साप्ताहिक के पीर-बावर्ची-भिश्ती-खर हैं भाई अब्दुल हलीम।

पूरे क़स्बे में उनकी तूती बोलती है—अब्दुला दीवाना के नाम से। कब किसके परखचे उड़ा दे, क्या भरोसा। मगर ईमान नहीं बेचता था। चाय और पान पर कुर्बान। फक्कड़ क़िस्म के आदमी, न कोई आगे, न पीछे—एक़दम छुट्टा। सींकिया पहलवान मगर दमखम में बेजोड़। इस तुर्रमखाँ की दो कमजोरियाँ थीं। एक तो ये कि भले ही वो क़लम का सिपाही हो, मगर उसकी क़लम थी रामभरोसे। अजीब विरोधाभासी क़लमवार था वो ऐसा, जिसके पास भाषा तो थी जिसे वो बोल सकता था बेखटके और बेधड़क मगर लेखन के धरातल पर उसका नितान्त कच्चापन आड़े आता था। दरअसल, उसने स्कूल में कभी पढ़ाई की ही नहीं थी। उसका स्कूल या लिखना-पढ़ना जो कुछ भी था, वो था रामभरोसे—उसके बचपन का यार। याने ये जो शब्द है रामभरोसे, यह अपनी तँई मुहावरा तो है, जाना-माना साथ ही उसके बचपन के यार का नाम भी था—रामभरोसे। उसकी दूसरी कमज़ोरी भी थी। कमज़ोरी ये कि उसको साइकिल चलाना नहीं आता था। जब भी उसे कहीं जाना-आना पड़ता वो अपने घर से साइकिल उठाकर पैदल-पैदल साइकिल हाँकता हुआ रामभरोसे के पास आता था और चिरौरी करता था कि उसे पीछे बिठाकर जहाँ जाना हो वहाँ पहुँचा भी दे और वापस ले भी आए।

सच्ची बात तो यह है कि रामभरोसे अब्दुल हलीम से प्यार बहुत करता था—ऊपर से सख़्त, अन्दर से नरम—एक़दम नारियल। उन दोनों की बैठक रोज़ तो होती ही थी मगर कभी-कभी एकाधिक बार।

उस दिन भी दोनों मिल बैठे—हमेशा की तरह और उनकी बातचीत में ऊँच-नीच भी हुई हमेशा की तरह—

कुछ लड़िया के बोला हलीम—

"यार, तू कुछ ऐसा करिश्मा कर दे कि चमक चाँदिनी हो जाए।"

सख़्ती से दे मारा रामभरोसे ने—

"मंजे काय?"

हलीम बिफर गया—

"अरे यार, तेरे इस 'मंजे काय' से मैं बहुत परेशान हूँ। तू चाहे जब, चाहे जहाँ, ज़रूरत-बेज़रूरत इसे फिट कर देता है। बस, इत्ती-सी तो बात कर रहा हूँ कि मेरे अख़बार के लिए कोई सनसनी ले आ।"

"वे तेरा...क्या कहते हैं—हाँ, वो तेरी चिन्दी, अख़बार कब से बन गई। स्साला, चार पेजल्ली का तेरा साप्ताहिक, तो महीने में एक बार निकल जाए तो बहुत समझो, उसे तू अख़बार कहता है।"

"चल चिन्दी ही सही, मगर निकालता हूँ तेरे ही दम पर। और तेरी यह मजाल कि तू बोले महीने में एक बार, जबकि तू ही लगा रहता है उसके पीछे हर हफ़्ते, बिला नागा।"

"अब आई गाड़ी पटरी पर। मगर तू तो आसमानी सुल्तानी पर उतर आया था।"

और हमेशा की तरह रामभरोसे अपनी थैली से पांडुलिपि निकालता है—अंगारा साप्ताहिक के चारों पृष्ठों की सामग्री।

हलीम प्रथम पृष्ठ निकालता है—

आधे पृष्ठ के आकार का एक बड़ा-सा प्रश्नचिह्न जिसके नीचे आधे पृष्ठ में लिखा है बड़े अक्षरों में—

हरिपुर में हरिकेसरी क्यों?

हलीम उछल पड़ा—

"क्या अन्दाज़ है, यार तेरी सनसनी का! अख़बार देखते ही लोग ख़रीद लेंगे। देखते रह जाएँगे 'अंगारा' का फ्रंट पेज। यार मज़ा आ गया।"

रामभरोसे ने ख़म ठोका—

"अबे, अन्दर तो देख। तेरी बोलती बन्द हो जाएगी।"

हलीम ने दूसरा पृष्ठ देखा जिसमें बड़े-बड़े अक्षरों में शीर्षक था—

"ताले के पीछे क्या है?"

हलीम चीख़ पड़ा—

"गुरु! तुम तो उस्तादों के उस्ताद हो। क्या शीर्षक फिट किया है।"

हलीम दूसरा, तीसरा और चौथा पृष्ठ देख गया।

इन तीन पृष्ठों में बोल्ड अक्षरों में शुरू से आख़िर तक मज़मून लिखा था। रामभरोसे ने हलीम के हाथ से पांडुलिपि ली और पढ़ना शुरू किया—

"आख़िर माजरा क्या है? क्यों बन्द है मोटा ताला भारी-भरकम दरवाज़े पर पिछली आधी सदी से? जनाब, ताला नहीं, ताले! और वो भी दो ताले, क्योंकि हवेली भी तो दो हैं—एक है भीमकाय हाथी हवेली और दूसरी है हाथी का बच्चा हवेली। ऐसा नहीं है कि ये ताले कभी खुले नहीं हैं। रोज़ खुलते हैं ये ताले पिछली आधी सदी से, मगर किसी को नहीं मालूम कि कब खुलते हैं और खोलता है कौन? ज़ाहिर है कि रात के अँधेरे में खोले जाते होंगे—दुनिया की नज़रें बचाकर। सवाल उठता है, ऐसा क्यों?

"आप पूछेंगे कि इसे कैसे मालूम कि ताले रोज़ खुलते हैं? क्या हमने ताले खुलते देखे हैं? जी नहीं, कभी नहीं देखा। यानी आँखों से नहीं देखा। मगर देखा है अक़्ल की आँखों से। अगर खुलते नहीं होते ये ताले तो इन पर ज़ंग पड़ गई होती और होती धूल-मिट्टी की मोटी पर्तें। मगर ये ताले तो पचास साल से ज्यों के त्यों चमक रहे हैं।"

"हमारे खोजी ने ख़बर दी है कि यह जो किलानुमा बड़ी हवेली है पुश्तैनी केसरी परिवार की, इसमें एक बावड़ी है और इस बावड़ी की तलहटी में बेशुमार धन गड़ा है—हीरे, जवाहरात, नक़दी, सोने के सिक्के का पहाड़नुमा ढेर और सोने की ईंटों का अम्बार।"

"विदेशों में रहकर केसरी परिवार के आख़िरी वारिस हरिकेसरी ने अपार धन सम्पदा जोड़ी है। वो हरिपुर लौटे हैं अपनी बड़ी हवेली की बावड़ी से गड़ा धन निकालने के लिए जिसे लेकर वो फुर्र हो जाएँगे विदेश और बुढ़ौती में भी गुलछर्रे उड़ाएँगे।"

"छपते-छपते अभी-अभी ख़बर मिली है कि हरिकेसरी ने दिनदहाड़े बड़ी हवेली का ताला खुलवाने की हिमाक़त की है।"

रात भर जागकर हलीम ने दस हज़ार प्रतियाँ छापीं 'अंगारा साप्ताहिक' की और सुबह जहाँ-जहाँ हरिपुर की ख़ास-ख़ास सड़कों, गलियों, नुक्कड़ों पर अख़बारों की रोज़मर्रा की जो हाट बैठती है, वहाँ-वहाँ अंगारा साप्ताहिक के बंडल पहुँच गए।

राह चलते जिसकी नज़र पड़ी, 'अंगारा' के मुखपृष्ठ पर छपे गुब्बारे से फूले नुकीले प्रश्नचिह्न पर उसी ने उसे हथिया लिया। जो भी पढ़ता—'हरिपुर में हरिकेसरी क्यों?' वो हाँका लगाता हुआ दौड़ पड़ता अपने वालों के पास। कोई पढ़ता 'ताले के पीछे क्या है?" तो ठहाका लगाता। लोग यहाँ-वहाँ-जहाँ-तहाँ 'अंगारा साप्ताहिक' पर टूट पड़े। हाथोहाथ बिक गया 'अंगारा' का यह दस हज़ारी अंक।

लोग जमा होने लगे कटरा बाज़ार के देहाती दवाख़ाना के सामने के चूबूतरे पर जिसकी दूसरी मंज़िल पर था अंगारा साप्ताहिक का प्रिंटिंग प्रेस, कार्यालय और हलीम का निवास। लोग आवाज़ लगाने लगे—'अब्दुला दीवाना की जय हो।' भीड़ बढ़ती गई।

जयजयकार की गूँज ऐसी मची कि झील में अख़बारी तरन्नुम की बाढ़ आ गई। शहर को घेरे रखने वाली झील का पानी आपे से बाहर हो गया और चढ़ दौड़ा शहर की ओर। सहस्त्रधारा बनकर झील का पानी हर मोहल्ले, हर सड़क, हर गली, हर

नुक्कड़ में पसरता गया, पसरता गया, पसरता गया। ऐसा हरहराया बाढ़ का पानी कि समूचा शहर डूब में आ गया।

मगर डूब में आया नहीं।

हलीम को क्या हो गया? इतनी ज़बरदस्त भीड़ और इतनी जयजयकार का उस पर कोई असर नहीं। 'अंगारा साप्ताहिक' का दरवाज़ा खुलने का नाम नहीं ले रहा था। भीड़ में से कुछ उत्साही लोगों ने ढेरों फूलमालाओं और अबीर-गुलाल का बन्दोबस्त किया और दो-तीन लोग ऊपर पहुँच गए। उन्होंने इस ज़ोश में दरवाज़ा खटखटाया कि दरवाज़े के टूटने की नौबत आ गई। आख़िर हलीम ने आँखें मलते हुए दरवाज़ा खोला। जो दो-तीन लोग ऊपर पहुँच चुके थे, उनमें से एक ने हलीम को गोद में उठा लिया और धड़धड़ाता हुआ सीढ़ियों से नीचे उतरा।

रात भर का जागा हलीम हक्का-बक्का था। लोग अपने-अपने हाथों में मालाएँ और गुलाल लेकर हलीम की ओर लपके। उसके चेहरे पर गुलाल की मोटी परत जमा हो गई और मालाओं से उसका चेहरा ढकने की नौबत आ गई। हलीम अपनी लुंगी सँभालने में ही लगा हुआ था। उसके बदन से चिपकी बनियान मालाओं के नीचे दब गई। भीड़ में से भागता हुआ आया रामभरोसे उसके पास और उसने हलीम को सँभाला। अब तक हलीम भी लोगों के उत्साह के इस अतिरेक को समझ चुका था।

भीड़ में से एक पहलवान क़िस्म के युवक ने हाँका लगाया—

"हम अब्दुला दीवाना के इस करिश्मे को बड़ी हवेली तक पहुँचाएँगे। चलो भाइयो।"

लोग हलीम को गोद में उठाकर बड़ी हवेली की तरफ़ जाने के लिए जैसे ही आमादा हुए, रामभरोसे ने हाथ में भोंपू लेकर ऊँची आवाज़ लगाई—

"ठहरो, भाइयो, ठहरो...ठहरो...ठहरो।"

लोग ठिठक गए।

रामभरोसे ने ख़ूब जमाकर अपनी बात कही—

"प्यारे दोस्तो, हम सबके दुलारे अब्दुला दीवाना ने वाकई करिश्मा किया है, लेकिन इस समय जोश से नहीं होश से काम करना होगा। मैं खुद बड़ी हवेली की तरफ़ से आ रहा हूँ। वहाँ पुलिस का सख़्त बन्दोबस्त है। कलेक्टर साहब ने खुद कमान अपने हाथ में ले रखी है। यह अख़बार उनके पास पहुँच चुका है। वो कुछ भी ऐसा नहीं होने देंगे जिससे हरिपुर की बदनामी हो।"

अब तक हलीम पूरा चौकन्ना हो चुका था, वो बोला—

"भाइयों, आप सबकी ज़र्रानवाज़ी का शुक्रिया। मैं तो बस इतना कहता हूँ कि तेल देखिए और तेल की धार देखिए। देखते जाइए, क्या-क्या गुल खिलता है। जब

तक मेरे यार, मेरे जिगर रामभरोसे भैया का हाथ मेरे सिर पर है, तब तक आपको यह अख़बार जगाता रहेगा और जागता रहेगा।"

झील का पानी धीरे-धीरे उतरने लगा और सिमटने लगा अपनी चौहद्दी में। सिमट भले गया हो झील का पानी मगर अभी तक अपने आपे में नहीं लौटा था। कहीं तो पानी उबल रहा था और कहीं बर्फ़ की चादर बिछ गई थी झील की सतह पर, कहीं पानी रंगीन था तो कहीं पानी में कीचड़ का मटमैलापन घुल गया था। मगर यह पता नहीं चलता था कि शहर का अक़्स है झील पर या झील का अक़्स शहर पर है। कभी तो लगता था झील का अपना मिजाज़ है जो शहर के मिजाज़ से मेल नहीं खाता है और कभी लगता है दोनों आमने-सामने हैं, मगर कभी-कभी तो यों लगता था कि इनकी जुगलबन्दी चल रही है।

ठीया : दो—हरिपुर की शहरी आबादी के बाहर—काफ़ी दूर पर है वो बड़ी हवेली, जो इस समय घनघोर चर्चा में है। इसी परिसर में है एक और छोटी हवेली जिसे जुड़वाँ हवेली कहना बेहतर होगा। इसलिए जब भी बड़ी हवेली का ज़िक्र होता तो उसके साथ लगभग जुड़ी दूसरी छोटी हवेली भी शामिल हो जाती है। यही कारण है कि उसे छोटी हवेली कहलाने का रूतबा नहीं हासिल था। शहर के दूसरे छोर पर है वो हवेली जिसे छोटी हवेली की मान्यता मिली हुई है जिसका ज़िक्र अब आने को है।

बड़ी हवेली के इतिहास के दरवाज़े हम और न भी खोलें, यद्यपि काफ़ी कुछ खुल चुके हैं तो भी कनकही के ज़रिये ये क़िस्सा हरिपुर के गली-कूचों की हवाओं में फुसफुसाहट का दर्ज़ा हासिल कर चुका है, भले ही सड़कों पर कनकही का फ़ैशन जारी है कि बड़ी हवेली के बड़े मालिक के एक कृपापात्र कारिन्दे की हैसियत इतनी हो चुकी थी कि उन्होंने बड़े मालिक से दान में हासिल अपनी खेती की लम्बी-चौड़ी ज़मीन के एक हिस्से में छोटी हवेली का निर्माण कर लिया था। इसी हवेली को छोटी हवेली कहलाने का रुतबा हासिल था।

तो ठीया नम्बर दो है यही छोटी हवेली जिसके बड़े मालिक हैं श्रीमान् सत्तनरायजी उर्फ़ दद्दू, जो ख़म ठोंककर स्वयं को किसान घोषित करते हैं, भले ही उन्होंने कभी हल-बैल न देखा हो, मगर ट्रैक्टर की ड्राइविंग सीट पर बैठकर अपना फ़ोटो खिंचवा चुके हैं, जिसका बेइंतहा उपयोग उस समय पोस्टर के रूप में वो कर चुके हैं जब उन्होंने राजनीति में क़दम रखते हुए किसान पार्टी की स्थापना की थी। अच्छी-ख़ासी खेती-बाड़ी क्या थी, छोटी-मोटी ज़मींदारी थी उनकी।

अब्दुला दीवाना ने एक बार उनके सामने 'हरित क्रान्ति' शब्द का न केवल

उपयोग किया, बल्कि उसका अर्थ भी बतलाया था। तब से हरियाली का हरा रंग उन्हें बेहद पसंद आया और उन्होंने हरे रंग का झंडा बनवाया अपनी किसान पार्टी के लिए। ग़नीमत यह हुई कि इस झंडे को जनता के सामने लहराने के पहले इस पर अब्दुला दीवाना की नज़र पड़ी। उसने जल्दी से झंडे को समेटकर थैली में डाल दिया—

दद्दू आगबबूला—

"जे का बदतमीजी है?"

अब्दुला दबी ज़बान में बोला—

"दद्दू, जे आपखो झंडा नोई, पाकिस्तान को झंडा हे।"

"मनो हमावों तो हरीरो रंग ही पसन्द है।"

"अरे, जे कौन बड़ी बात है। अपन रंग हरीरो ही रख हें। मनो, ऐंसो नई पाकिस्तान घाँई। हमाओ, मतलब आपखो हरीरों रंग हुइए केले के पेड़ को नवा कच्चा पत्ता जैसों। भोतई नोनो हल्के में हल्को हरीरो रंग हुइए। अउर ऊ झंडा मा गेंहू की बाली छपी होय। अब बोलो दद्दू, हमने कैंसी कई।"

दद्दू ने अब्दुला को गले लगा लिया और ऊँची आवाज़ में बोले—

"बो मारा पापड़ वाले खों। बड़ी करामाती खोपड़ी हे तोरी।"

"अरे, आगे तो सुनो।"

"हाँ, बोल।"

"आप एई हरीरो रंग की टोपी काय नई सिलवा लेते हो?" आप टोपीधारी हुइए तो आपके कार्यकर्ता सोई टोपीधारी हुइए। अउर जे टोपी आपकी पालटी की हुइए।"

"तेरी बात में तो दम है।"

"अभी कहाँ? एक नई, आप 365 टोपियाँ सिलवाओगे और रोज़ टोपी बदल-बदल के पहन हो। अउर फिर अगले साल के लाने फिर 365 टोपियाँ सिलवाओगे। अउर फिर अपने जनम दिन पे बीते साल की 365 टोपियाँ खों अपनी पाल्टी के नये कार्यकर्ताओं को भेंट करोगे। अब कओ केंसी कई!"

"भोतई नोनो। तेरो जवाब नी हे रे।

दद्दू ने हुकम जारी किया—और 365 टोपियाँ सिल गईं।

हर रोज़ पुराने के बदले नई टोपी पहनने के अनन्त सिलसिले को बनाए रखने के लिये एक विशिष्ट पद्धति का आविष्कार किया गया। फलस्वरूप सबसे पहले दद्दू घराने के गृह प्रबन्धन में एक पदस्थापना की गई 'टोपी प्रबन्धक' की और एक सम्भावनाशील प्रातिभ युवक की नियुक्ति भी सम्पन्न हो गई। टोपी प्रबन्धक ने सर्वप्रथम 1 से 365 तक संख्याओं की चिपकी बनाई और उन्हें वो सिलसिलेवार टोपी-दर-टोपी चिपकाता चला गया। अब टोपी प्रबन्धक के भंडार में 365 संख्यावार जमा हो गईं।

हर सुबह दद्दू नहा-धोकर कड़क कुर्ता और चूड़ीदार पाजामा वग़ैरह से लैस होकर जब आदमक़द आईने के सामने खड़े होते थे तब टोपी प्रबन्धक एक तश्तरी पर नई टोपी को इस तरह रखकर दद्दू के सामने पेश करता था ताकि टोपी पर चिपकी संख्या जाँच सके दद्दू। तब टोपी पर चिपका स्टीकर उखाड़कर दद्दू टोपी प्रबन्धक के भाल पर चस्पाँ करते हुए ख़ास अन्दाज़ में हँसते थे और यह कहना नहीं चूकते थे—

"ईखो फाड़के फेकबो नी भूलियो। नई तर..."

टोपी प्रबन्धक झुककर तुरन्त कहता—

"नइ, माई बाब कब्औ नई।"

ऐसा वो इसलिए कहता क्योंकि वो भूला नहीं है कि एक दिन वो अपने भाल पर चिपका स्टीकर निकालना भूल गया था और आख़िर होनी होकर रही और उस स्टीकर पर दद्दू की बंकिम दृष्टि पड़ गई। उन्होंने टोपी प्रबन्धक को अपने पास बुलाया। अपने हाथ से उसके भाल पर चिपके स्टीकर को उखाड़ा और बोले—

"अपनी जिबान बाहर काड़ ले।"

टोपी प्रबन्धक ने जीभ बाहर निकाली। दद्दू ने स्टीकर उसकी जीभ पर चिपका दी और यह आदेश ज़ारी किया—

"ईखो पानी से गुटक लेव।"

बेचारा टोपी प्रबन्धक पानी पर पानी पीता चला गया मगर स्टीकर जो चिपका था सो चिपका ही रहा। अब उनके भोजन का समय आया तो उसने दद्दू की स्त्री के समक्ष गिड़गिड़ाकर निवेदन किया—

"बाईसा'ब, मोसे खाते ने बनहे। पानी पी पी के पेट फूल गयो हे। अउर जिबान जल भी रई हे।"

दद्दू आइन का ममत्व जागा—

"काय मोड़ा, का बात हे?"

टोपी प्रबन्धक ने कुछ बोले बिना अपनी जीभ बाहर निकाल ली जिसमें चिपके स्टीकर को देखकर उनकी ममता और गाढ़ी हो गई—

"काय रे, जो का आय? ला मैं काढ़ दूँ।"

"अरे नई बाई साब, दद्दू मार डाल हें।"

टोपी प्रबन्धक की दुर्दशा देखकर दद्दूआइन ने बेझिझक टोपी प्रबन्धक की जीभ से स्टीकर निकाल ली। जीभ पर घाव हो गया था। उन्होंने घरेलू इलाज कर दिया। एक चमचा असली शुद्ध देहाती घी पिसी हुई हल्दी फेंटकर उन्होंने घाव पर लगा दिया और बोली—

"तू फिकर मत कर छोरा। तेरे दद्दू अब तो भूलै गए हुइएँ।"

इति रेवा खंडे टोपी विवरण समाप्त। अब हम निकलते हैं दूसरे ठीये पर—तो

ठीया नम्बर दो पर सुबह-सुबह दद्दू के दरबारख़ाने दीवानेआम नहीं, दीवाने ख़ास पर हाज़िर होने वाले तीन राजनेता थे। दद्दू समेत ये चारों नेता सिंहासन बत्तीसी की तर्ज़ पर 'कुर्सी चौकड़ी' के नाम से मशहूर थे। यह और बात है कि ये चारों नेता एक-दूसरे के विरोधी थे। प्रत्येक की दिशा और दशा अलग थी। मगर 'बखतज़रूरत' उनमें आपसदारी इतनी थी कि वे मिल बैठते थे।

ये मुलाकातें दो धरातलों पर होती थीं। घोर संकट हो तो दिनदहाड़े मिल लेते थे। इसे हुक्का बैठक की संज्ञा दी जाती थी, भले ही हुक्का अकेले दद्दू गुड़गुड़ा रहे हों और जब आपसदारी गाढ़ी होती और आए हुए तीनों राजनेताओं को किसिम-किसिम की प्यास सताने लगती तो होती थी दारू गोष्ठी रात को, लेकिन आज तो सुबह-सुबह बोतलें खुल गईं।

इन चारों में से एक हिन्दी-साहित्य में भी दख़ल रखते थे। वे दारू गोष्ठी को 'सुरासमवेत' की संज्ञा देते थे। सोमरस पान की पहली घूँट से उनका जो अनुरंजन होता था तो उनके श्रीमुख से कुन्दनलाल सहगल के एक मशहूर गाने की पहली पंक्ति स्वतः फूट पड़ती थी—

"बाबुल मोरा नैहर छूटो जाय"

फिर वो अपने साहित्येतर ज्ञान सगर्व बघारते हुए उपस्थित त्रिमूर्ति को प्रश्नाकुल बनाते थे। वे पूछते—

"मालूम, यह गाना किसने लिखा हे!"

बिना बोले अगर दद्दू चुप रह जाते तो उनके हुक्के की हेठी नहीं हो जाती। उन्होंने हाथों से इशारा दिया और हुक्के की तीन-चार हुड़क के बाद, एक लम्बा हुड़क खींच कर धुआँ छोड़ा और उनके बोल फूटे—

"गाना कौन ने गायो?"

"कुन्दनलाल सहगल ने।"

"बो तो हमखों सोई पतो। मनो, अभ्यैयी कौन ने गायो?"

"मैंने।"

"तो फिर आपखों ही मालूम हुइए कौन ने लिखो?"

"मुझे मालूम है। यह गाना वाजिद अली शाह ने लिखा है।"

"तो फिर आपने हमसे काय बूझी? अब आप जा ने बूझियो कि आपके बाजद अली साह कोन हते?"

"हम क्यों पूछेंगे? हमें मालूम है कि वे अवध के सुल्तान थे और हमें यह भी मालूम है कि वे कथक नृत्य में पारंगत थे। उनके बारे में यह भ्रामक प्रचार है कि वे ऐय्याश थे। वे सच्चे कलाकार थे।"

दारू का नशा धीरे-धीरे माहौल पर तैरने लगा था। साहित्यकार बन्धु को हावी होते देख दद्दू ने कटोरा पेच मारा—

"जैसे आप सच्चे...अरे, ऊसे का कहत हें। हाँ, सच्चे हिन्दी वारे हैं।"

और दद्दू अपनी तोंद पर बल डालते हुए भोंडे ढंग से हँस पड़े। शेष दोनों राजनेता बन्धुओं ने न केवल उनकी हँसी में हँसी मिलाई बल्कि उसी अन्दाज़ में तोंद भी हिलाई। ऐसा साहित्यकार बन्धु को लगा और वो बौखला गए। हँसी का समवेत विस्फोट उन्हें उतना नागवार नहीं गुज़रा जितना तीन तोंदों का एक साथ हिलाया जाना। कौन उन्हें समझाता कि तोंदों को हिलाने के लिए कोई हिकमत नहीं करनी पड़ती। वे स्वतः हिलने के लिए विवश हैं। ऐसे दो व्यक्तित्व जब मिलते हैं तो यह नहीं कह सकते कि आओ यार सीने से लग जाओ। तब तोंद से तोंद टकराते हैं और बेचारे सीने मिलने को तरसते रहते हैं। यह कुंठा भी साहित्यकार बन्धु को मन ही मन कचोटती होगी कि वो इस तोंद-वैभव से वंचित हैं। 'लैला की अँगुलियाँ' और 'मजनू की पसलियों' जैसी थी उनकी भी परालियाँ। एक तो ताक़त कम, ग़ुस्सा ज़्यादा और फिर उनकी शाश्वत रूप से दुखती रग कि वो साहित्यकार नहीं बन पाए।

कविताएँ तो वो पिछले जनम से लिख रहे थे। इसलिए बचपन से ही वो कविताओं में ही सोते-जागते रहे। यार-दोस्तों ने भी उनकी ऐसी वाह-वाही की कि उन्होंने बादलों में ही बसेरा बना लिया। थोड़े बड़े हुए तो कवि सम्मेलनों में जाने की पेशकश की, बिन बुलाए। संयोजक महोदय की थोड़ी तेल-पानी के रास्ते वो माइक के सामने पहुँच गए।

पहली बार माइक देखकर उन्हें ऐसा जोश चढ़ा कि अपनी प्रेमनुमा कविता पर से श्रृंगार रस के मलमली दुपट्टे की महीन डोर-सी मखमली आवाज़ को रौद्र रस की चिंघाड़ में रूपान्तरित कर दिया। पहली ही पंक्ति के अधबीच उन्हें खाँसी आ गई। संयोजक ने उनके सामने पानी परोसा। जल्दबाज़ी में उन्होंने ढोंक-ढोंक कर पानी जो पिया तो घूँट भरते ही उन्हें ठसका लग गया। संयोजक ने स्थिति को सँभालने के लिए घोषणा कर दी कि कवि महोदय की तबीयत बिगड़ गई है, उन्हें थोड़ी देर बाद काव्यपाठ के लिए आमंत्रित किया जाएगा। मगर कवि महोदय माइक के सामने टस से मस नहीं हुए। डटे रहकर एक बार फिर काव्यपाठ का उपक्रम किया। इस बार दर्शक-श्रोताओं ने उन्हें हूट कर दिया। मगर वो तो थे नाछोड़बन्दा। हिले नहीं माइक के सामने से। हूटिंग बढ़ती गई। आख़िर उन्हें दो मुश्तंडे उठाकर ले गए। उन्होंने बहुतेरी कोशिश की मंच पर चढ़ दौड़ने की मगर उनकी एक भी न चली। अब क्या था! ताक़त कम, ग़ुस्सा ज़्यादा। वे पहुँच गए मंच के सामने और

नारे लगाने लगे—गुंडागर्दी नहीं चलेगी, नहीं चलेगी। वहाँ से भी उन्हें खदेड़ा जाता रहा, मगर वो लौट-लौट आते। आख़िरकार एक बुज़ुर्गवार ने उन्हें अपनी बाँहों में भर लिया। बुज़ुर्गवार हरिपुर की जानी-मानी हस्ती थे—पुराने क्रान्तिकारी।

उन्हें पहचानकर साहित्यकार बन्धु भी सकपका गए। बुज़ुर्गवार उन्हें अपने घर ले गए और खिला-पिलाकर बोले—

"बेटा, मैं तो बूढ़ा हो गया हूँ। बहुत दिनों से मैं अपने उत्तराधिकारी की तलाश में था। आज तुम मिल गए तो तुम्हारे तेवर देखकर आश्वस्त हूँ कि तुम मेरी 'जुझारू पार्टी' के नेता बन सकते हो और मैं रिटायर हो सकता हूँ।'

बुज़ुर्गवार ने खूँटी पर लटका लाल कुर्ता अपने उत्तराधिकारी को पहना दिया और बोले—

"आज से तुम्हारा नाम होगा क्रान्तिवीर लाल और तुम जुझारू पार्टी के नेता बनोगे।

जुझारू पार्टी के एकमात्र नेता क्रान्तिवीर लाल की दद्दू की दीवाने ख़ास में सुबह-सुबह ऐसी खिल्ली उड़ाई जाएगी कि उन्हें शेष तीनों नेताओं की सामूहिक हँसी और तोंद-लीला झेलनी पड़ी। लाल की बौखलाहट चरम पर पहुँच गई थी।

वो चीख़ पड़ा—

"मैं चक्का जाम करवा दूँगा। दुकानों के दरवाज़े ठप्प करवा दूँगा। सड़कें सूनी करवा दूँगा।"

इससे पहले कि वो सारी दुनिया में आग लगाने की बात करते, कौमी पार्टी के नेता लियाकत अली खाँ ने लाल को धर दबोचा।

खाँ सा'ब की गिरफ़्त इस क़दर अप्रत्याशित थी कि लाल की बोलती बन्द हो गई।

उसी समय दद्दू बोल पड़े—

"ए भज्जा, जुझारू पार्टी के नेता लालजी महाराज, आप लम्पा घाँई काय ऐंठ रये हते। अब तो चिमाने रहो। हमार समझ में जे नई आउथे कि आप मजाक को मजाकै नई समझत।"

लाल अब तक ठंडे पड़ चुके थे, मगर कसमसा रहे थे खाँ साब की गिरफ़्त से छूटने के लिए। उनकी हालत देखकर दद्दू को समझते देर नहीं लगी कि लाल चीं बोल गए हैं।

उन्होंने तुरन्त हस्तक्षेप किया—

"बस-बस-बस भौत हो गओ। अब आप लालजी को छोड़ो, वरना उनकी दो-चार पसली आपके हाथों में आ जैहे।"

कौमी पार्टी के नेता जनाब लियाकत अली खाँ साहब एक ज़माने में अखाड़ची पहलवान थे। वर्जिश और कुश्ती तो उनकी दैनन्दिनी थी, रुस्तम-ए-हिन्द का ख़िताब जीतने का जुनून अक्सर सवार रहता। अखाड़े की ख़ास मिट्टी से ख़ास तरह से अखाड़ा तैयार करने में उनको महारत हासिल थी। शरीर से जितने बलिष्ठ थे, स्वभाव से उतने ही नरम। कोई उन्हें उकसाने के बहाने, उनसे उलझने की कोशिश भी करता तो वो दुआ करते—

"ख़ुदा आपको सलामत रखे।"

मगर होनी तो होके रहती है। एक बन्दा इस क़दर उनके पीछे पड़ा और इतने शर्मनाक ढंग से उन्हें ललकारा कि खाँ साहब भी आपे से बाहर हो गए और उन्होंने उस बन्दे को, अपने बाएँ हाथ का ऐसा लपाड़ा रसीद किया कि वो सिर्फ़ गिरा नहीं, बल्कि खड़े-खड़े ढेर हो गया। कुछ लोग दूर से तमाशा देख रहे थे और इसके पहले कि कोई तमाशा घुसके देखे, हादसे के थोड़े फ़ासले से गुज़रते, करामाती रामभरोसे की नज़र पड़ गई। उन्हें समझने में देर नहीं लगी कि माज़रा क्या है। वो चिल्लाए—

"पुलिस आ रही है।"

पुलिस का नाम सुनते ही आसपास खड़े लोगों का मज़मा लगने के पहले ही काफूर हो गया। खाँ साब मूर्त्तिवत् खड़े रह गए।

इससे पहले कि उन्हें कुछ सूझता, उन्होंने स्वयं को रामभरोसे की बाइक के पीछे बैठा पाया। बाइक हवा हो गई और तभी एक गली के मुहाने पर रामभरोसे ने खाँ साहब को जल्दी से उतारा और उनके कान में बोला—

"सात दिनों के लिए अंडरग्राउंड हो जाओ।"

खाँ सा'ब फुसफुसाए—

"मैं कुछ समझा नहीं।"

रामभरोसे को समझते देर नहीं लगी कि अंग्रेज़ी मुहावरे में खाँ सा'ब गोता खा गए।

रामभरोसे बोले—

"सात दिनों के लिए कहीं छिप जाओ।"

और उसने बाइक पुनः घटनास्थल की ओर मोड़ ली। वहाँ पुलिस पहुँच चुकी थी। मगर पुलिस को पंचनामा की भरपाई के लिए कोई नहीं मिल रहा था।

रामभरोसे ने मौक़ा-ए-वारदात पर पहुँचकर लाश की शिनाख़्त की—

"अरे हेड सा'ब, यह तो लल्लन है। गणेश मिठिया का बेटा। पारस टाकीज़ के पास रहता है। इसे तो मिर्गी का दौरा पड़ता है। इसी दौरे में ढेर हो गया होगा।"

हेड साब ने रामभरोसे से कहा—

"आपको पुलिस थाने पर चलना होगा।"

इससे पहले कि हेड साहब अपने रोज़नामचे में रवानगी डालें, उनका साथी पुलिसवाला उन्हें अपने साथ एक तरफ़ ले गया और बोला—

"अरे हेड साहब, आप इस मुसीबत को थाने चलने की दावत क्यों दे रहे हो? कल के साप्ताहिक अंगारा में पता नहीं क्या छपवा दे।"

हेड साहब चौकन्ना हुए। पास आकर उन्होंने रामभरोसे से कहा—

"आप अपना काम करें। हम तफ़्तीश करते हैं।"

रामभरोसे मुस्करा कर चल दिया।

मगर उनकी सूक्ष्म पत्रकार दृष्टि इस तथ्य को अपने मानस-पटल पर अंकित करने से नहीं चूकी थी कि इस घटनास्थल पर एक और महाशय उपस्थित थे— शायद चश्मदीद गवाह।

लेकिन उस महाशय ने फिलहाल ओझल बने रहना ही अपने लिए मुफ़ीद समझा।

रामभरोसे भी आश्वस्त था कि आगे के कथानक में उन महाशय का आविर्भाव अवश्य होगा।

ख़ैर, उस मामले को रफा-दफा होना ही था, हो ही गया। रोज़मर्रा की ज़िन्दगी में बड़ी से बड़ी घटना कैसे अचानक हवा हो जाती है कि उसका नामोनिशान भी नहीं बचता है और कभी-कभी एक निहायत मामूली घटना ऐसा तूल पकड़ती है कि राई का पहाड़ बन जाए।

बहरहाल, इस घटनाचक्र के फलस्वरूप खाँ सा'ब रामभरोसे के मुरीद हो गए। रामभरोसे, अब्दुला दीवाना और खाँ सा'ब की एक तिकड़ी बन गई। रामभरोसे को हमेशा पर्दे के पीछे रहना पसन्द था। अंगारा साप्ताहिक में भी उसने अब्दुला दीवाना को ही अपना मोहरा बना रखा था। उसके मन में एक दबी-छिपी इच्छा थी राजनीति में पीछे के दरवाज़े से घुसपैठ करने की। अब उसके हाथ में एक नया मोहरा था—लियाकत अली खाँ जिसे लोग खाँ सा'ब के नाम से पुकारते थे।

और हरिपुर ही राजनीति में रातोंरात एक नई पार्टी खड़ी हो गई। 'कौमी पार्टी'—जिसका चेहरा बने खाँ सा'ब। चेहरे के पीछे चेहरा था रामभरोसे। और हथियार था—'अंगारा साप्ताहिक'।

अब तक लालजी के तीखे तेवरों पर बर्फ़वारी हो चुकी थी। दद्दू के दरबार में फिर से पुरबैया बयार बहने लगी थी। लालजी को दबोचने पर मिले उलाहने से खाँ सा'ब भी थोड़े शर्मिन्दा थे। उन्होंने हँसते हुए कहा—

"दद्दू, लालजी के ग़ुस्से का शोला जो भड़का तो मुझे लगा लालजी पर पड़ेंगे। उन्हें आपे में रखने के लिये मैंने उन्हें दबोचा। माफ़ी चाहता हूँ, लालजी भाई अगर आपको तकलीफ हुई हो।"

लालजी बोल पड़े—

"अरे नहीं, खाँ सा'ब, माफ़ी क्यों माँगते हैं। मैं दीखता भले ही डेढ़ पसली

का, मगर दमदारी में उस्ताद हूँ। जी हाँ, एक सुट्टे में पूरी बीड़ी राख कर देता हूँ।"

दद्दू ने मुँह बिचकी हँसी और खी-खी ध्वनि की जुगलबन्दी से जो प्रहार किया लाल पर, उससे जुड़कर उनकी तोंद-लीला ने तो कहर ढाह दिया। और, तो और साथ में उन्होंने तड़का भी मार दिया—

"जे मुँह अउर मसूर की दाल। तुमाई बीड़ी सुलगन करामात ख़ूब समझत हें। पयले बीड़ी ठीक से सुलग तो जाए।"

और गर्म हो गया ठहाकों का बाज़ार।

मगर आश्चर्य! लाल मन्द-मन्द मुस्करा दिये और बोले—

"हाथ कंघन को आरसी क्या?"

दद्दू को मुहावरा समझ में नहीं आया—वो बोल पड़े—

'का कही?"

"मतलब हम समझा देते हैं। ऐंसो करो दद्दू शर्त लगा लो।"

दद्दू ने लपककर चुनौती स्वीकार ली, और बोले—

"अगर तैं जीतो हम तुमखों दैहें सौ रुपय्या।"

"मंजूर, हम हारे तो हम आपको दैहे सौ रुपय्या।"

और इससे पहले कि उनसे आगे कोई कहे सुने, लालजी ने अपनी जेब से बीड़ी का कट्टा निकाल लिया। फिर उन्होंने कट्टे को दोनों हथेलियों के बीच रखकर मथनी की तरह संचालित किया। इस मन्थन प्रक्रिया के फलस्वरूप एक अकेली बीड़ी नवनीत की तरह सतह से उकड़ूँ मारकर आमंत्रण की मुद्रा में स्थिर हो गई। बड़ी अदा से लालजी ने उस बीड़ी को निष्कासित किया। फिर उन्होंने दाँतों के बीच बीड़ी के पतले सिर को दबाकर जलती हुई माचिस की तिली से बीड़ी के मोटे सिर को लौ लगा दी और उसके बाद आँखें मूँदकर जब सुट्टा खींचा तब उनकी छवि अद्भुत और वीभत्स के बीच स्थिर हो गई और उनके दोनों गाल मुँह के अन्दर धँसते चले गए। फिर कमाल होकर रहा। एक ही सुट्टा बेरोकटोक इतना लम्बा था कि बीड़ी का एक तिनका मात्र उनके दाँतों के बीच बच गया और देखते-देखते पूरी बीड़ी राख हो गई। फिर उन्होंने बीड़ी से धुएँ को अपने शरीर के अन्तःपुर की परिक्रमा करने के लिए द्रविड़ प्राणायाम के माध्यम से उसे रोके रखा। कुछ क्षणों बाद उपस्थित त्रिमूर्ति की ओर सगर्व निहारने के बाद उन्होंने धुएँ को बाहर निकालने की इजाज़त दी—मुख-नासिका मार्ग से।

दद्दू की आँखें फटी की फटी रह गईं। लालजी को सौ रुपये का नोट थमाते हुए बोले—

"अरे..."

उनका यह 'अरे' केवल लम्बा ही नहीं था, तार सप्तक के सीमान्त पर पहुँचकर फटे बाँस को गले में फँसाकर निकला था—

"अरे...! जे ससुर का नाती तो सच्ची में करामाती निकला। हम हारे, तुम जीते। जे लेव सौ रुपय्या। मनो ऐंसो लागत हे कि लालजी के इकहरे ढाँचे में घोड़े का फेफड़ा फिट है।"

एक बार फिर हँसी का दौर चला। इस बार बुक्का फाड़ हँसी स्वयं लालजी की थी। हिलाने के लिए उनके पास तोंद तो थी नहीं। मगर जो भी था, वो था इकहरा ढाँचा जो बुरी तरह खड़खड़ा रहा था।

अचानक दद्दू की नज़र पड़ी उनके दरबार में उपस्थित चौथे व्यक्तित्व पर जो अब तक मौन साधे बैठे थे।

दद्दू बोल पड़े—

"काय शास्त्रीजी, आप तो अबे लो गाल फुलाए बैठे हो। आप पान नहीं खतम कियो?"

शास्त्रीजी ने बगल में रखे पीक़दान में मुख से निष्कासित उस निचुड़े, सूखे, ठोस, गोलाकार, चितकबरे पानावशेष ठुल्ले को टपका दिया। और ख़ूब मज़ा लेकर बोले—

"ऐसा है दद्दू! हम जिस पदार्थ का सेवन करते हैं उसकी मान-मर्यादा का भरपूर निर्वाह करते हैं। मजाल है कि पान का एक तिनका भी मुँह में बचा हो। अभागे होते हैं ऐसे पानखोर जो पान तम्बाखू को मुँह में ही लेते ही कचर-कचर चबाने लगते हैं और पिच्च-पिच्च की पीकते हुए पान का खेल शुरू होने के पहले ही ख़तम कर देते हैं। आप ही बताइए, दद्दू, दारू का एक गिलास एक घूँट में पी जाने में कोई तुक है।"

दद्दू बरस पड़े—

"बेवखूफी हे। आप तो शास्त्रीजी, पान की महिमा बखानो। भोतइ मजा देत हें आपके बोल।"

छोटी हवेली वाले बड़े मालिक की मुसाहिब पसन्दगी का आलम ही कुछ ऐसा था कि उन्होंने सामन्ती अन्दाज़ में फरमाइश पेश कर दी। नतीज़तन, बराबरी का दम भरने वाले राजनेता शास्त्रीजी, पान का नामोच्चार सुनते ही मुसाहिबी पर उतरने के लिए सिर्फ़ राज़ी भर नहीं हुए, सोत्साह अपना पानदान खोला और बिछा दी पान प्रदर्शनी।

और ऐसे में अचानक आँधी-सा दौड़ता-हाँफता-चिल्लाता दद्दू का मुँह लगा छोकरा बिना इजाज़त धड़धड़ाता कमरे में प्रवेश कर गया और चीख़ा—

"हो गओ काम रजन की बऊ खों।"

दद्दू आपे से बाहर—

"काय दोंदरा मजा रओ हे?"

"मालिक, जे आपके सामने तीन काम बिगाड़ू बैठे हैं, बे सबके सब तो तिनका घाँई हवा में उड़ जेहें। और मालिक आपकी भी जमानत जबत।"

ग़ुस्से में दद्दू ने अपनी लाठी फेंक मारी छोकरे को। मगर वार खाली गया। छोकरे ने पैंतरा बदल लिया था। वो दद्दू का घुटना पकड़कर बैठ गया। दद्दू ने उसकी पीठ पर एक धौल जमाया। छोकरा बोला—

"आप तो दद्दू हमारा प्रानै ले लो। मनो हमार पूरी बात सुन ले।"

और छोकरे ने अंगारा साप्ताहिक के कार्यालय के सामने अब्दुला दीवाना की फूलमाला और अबीर-गुलाल का क़िस्सा ख़ूब रस लेकर सुनाया और फिर बात यों खत्म की—

"दद्दू, आपके ऊ अब्दुला के पाँव तलक जमीन में नई पड़ रये है। बो तो लोगन के कन्धे पर सवार हे। भारी भीड़ जमा हे अउर अब्दुला जिन्दाबाद हो रओ हे।"

दद्दू भड़क उठे—

"पकर के लै आओ ससुरे को। अबैं ऊ की लू उतार देत हैं।"

छोकरा उनका मुँह लगा तो था। बोलने से बाज़ नही आया—

"आप काय बमक रये हो दद्दू। बो तो आपको लल्लू-चप्पू करके, ने तो फिर डरा धमका के, रुपैया ऐंठ लेहे। हमउ कछु, कम नइयाँ। ऊको पकर लाबे के लोन हमने चार लठैत भेजे हैं। अब्बैं आउत हुइए।"

ऐन उसी वक़्त, फ़िल्मी अन्दाज़ में, फूलमालाओं से लदे फदे, अबीर-गुलाल चुपड़ा चेहरा लेकर एक पहलवान के कन्धे पर सवार अब्दुला दीवाना ने ड्रामाटिक एंट्री मारी और उल्लासित होकर बोला—

"अरे, हिंया तो चंडाल...नइ...नइ कुर्सी चौकड़ी जमा है। काय दद्दू, का खिचड़ी पका रहे हैं।"

अब तक अब्दुला कन्धे से उतर चुका था। वो सीधे दद्दू के पास जाकर बैठ गया। और बोलना जारी रखा—

"निसा खातिर रओ का। बे जो बब्बा आए हें बिदेस से, हरिकेसरी बब्बा, बे लूट लेहें हरिपुर खों। तला को पानी भी ने छोड़े हैं। अउर फुर्र से उड़ जैहें बिदेस।"

शास्त्रीजी ने हस्तक्षेप किया—

"ख़बर तो यह सुनी है कि बब्बा हरिपुर में बसने के लिए आए हैं?" अब्दुला ने पलट वार किया—

"ख़बर तो यह भी है शास्त्रीजी, कि एक ज़माने में आप ज्योतिषी थे और अपनी कुंडली बाँचकर आप राजनीति के मैदान में तम्बू गाड़ के बैठ गए।"

शास्त्रीजी इत्मीनान से बैठकर पान लगाने लगे और चुप रह गए।

अब्दुला ने उन्हें छेड़ा—

"काय शास्त्रीजी आप तो चिमाने रअ गए।"

पान सजाने में मगन शास्त्रीजी बोले—

"अब्दुला भाई, आप तनिक सबर करो। अभी हम पान सजाने में लगे हैं।"

फिर वो दद्दू की ओर मुड़े—

"दददू ऐंसा करो के अपनी हुक्का थोड़ी देर के लाने ठंडो रखो। अउर हमाय हाथ खों एक तम्बाखू वारो पान खाय लेव।"

दद्दू ने मुस्कराकर हामी भरी और पान ग्रहण किया।

फिर शास्त्रीजी मुड़े रामभरोसे की ओर जो अब्दुला के साथ आए थे—

"रामभरोसेजी, एक पान आपके नाम। चलेगा?"

रामभरोसे तुरन्त बोल पड़े—

"चलेगा नहीं दौड़ेगा।"

शास्त्रीजी के अगले प्रत्याशी थे खाँ सा'ब।

"क्यों, खाँ साहब, हमारे हाथ का एक पान नहीं खाएँगे तम्बाखू वाला।"

खाँ साहब शर्मिन्दा-सा होते हुए बोले—

"आप तो जानते हैं, मैं ख़ुशबू वाली तम्बाखू नहीं खाता। अपने को तो बस रगड़ा चलता है।"

लालजी जो मौन साधे बैठे थे, सहसा जोश में आ गए—

"जा भई कछु बात जमीनवारी। आप घाँई अटारी नई चढ़त खाँ साब। शास्त्रीजी ने तिरछी नज़र डाली खाँ सा'ब पर और अपने होंठों पर फिल्मी खलनायकी मुस्कान चढ़ाकर ऐसे बोले जैसे स्वाद लेकर कुछ चबा रहे हों।

"खाँ साब ने कब का करो हे, इसकी ख़बर असल में या तो हमखों हे या फिर रामभरोसेजी की फटफटी खों। काय रामभरोसेजी, हम कछु गलत तो नई कअ रये हें।"

रामभरोसे ने बड़े इत्मीनान से कहा—

"आप ठहरे ज्योतिषी और ऊपर से जनार्दन पार्टी के नेता। आप ही की तरह खाँ साहब भी कौमी पार्टी के नेता। आप दोनों नेता, लालजी और दद्दू भी नेता। असली जमीन वाला तो मैं हूँ। यदि मैं गलत नहीं कर रहा हूँ तो खाँ साहब की कौमी पार्टी और आपकी जनार्दन पार्टी की शुरुआत एक साथ हुई थी—एक ही बैठक में—आप ही के ज्योतिष दरबार के अन्दर वाले कमरे में। आख़िर बात अन्दर की ही है। दोनों पार्टी की जन्मकुंडली आपही ने बनाई थी।"

शास्त्री ने तुरन्त हस्तक्षेप करना ज़रूरी समझा—

"अरे भज्जा, रामभरोसे उस्ताद, सच्ची तो जा हे कि आपने उस्तादों के उस्तादी ने आपखों अखबार निकारबे की ज़रूरत अउर ना पाल्टी चलावे की ज़रूरत। हम सबका भरोसा तो आप एकला हो, रामभरोसे भज्जा। आप तो हो रामभरोसे अउर हम हें आप भरोसे।"

ये जो अचानक शास्त्रीजी और रामभरोसे के बीच ले-दे चलने लगी, उसकी भी एक अन्तर्कथा है।

खाँ साहब के बाएँ हाथ के उल्टे लपाड़े की करामात से लल्लन के साथ जो हादसा हुआ और उस हादसे से खाँ साहब को बचाने का जो करिश्मा किया रामभरोसे ने उसी के बलबूते पर खाँ साहब की कौमी पार्टी का बीजोरोपण हुआ। इस बीज में खाद, पानी डालने के पहले रामभरोसे ने तय किया कि खाँ साहब की (परोक्ष रूप से रामभरोसे की भी) कौमी पार्टी के एलान के लिए मुहूर्त का पंचांग बाँच लिया जाए।

खाँ साहब को साथ लेकर रामभरोसे हरिपुर के नामी ज्योतिषी पं. पीताम्बर शास्त्री के ज्योतिष कार्यालय पहुँच गए। सेवक ने उनकी पूछ-परख की, पानी-वानी पिलाया और अन्दर के दरवाज़े के हिले पर्दे को देखकर शास्त्रीजी के आगमन की सूचना दी।

अपना पीताम्बर नाम सार्थक करते हुए वो ऊपर से नीचे तक पीला वस्त्र ही धारण करने के आदी थे—ट्रेडमार्क छाप—पीली धोती, पीली बंडी, पीली सामन्ती पगड़ी यहाँ तक कि मोजा और मोजड़ी भी पीले रंग की।

उन्हें देखते ही, रामभरोसे के अन्तर्मन में कभी-कभी बज उठने वाला दूसरा ट्रैक केवल रामभरोसे को ही सुनाई पड़ा—

"अरे, यह तो वही है। लल्लन-खाँ साहब वाले हादसे का चशमदीद गवाह। मैंने तो उसी समय बाँच लिया था कि यह महाशय उचित अवसर पर प्रकट हुए बिना नहीं मानेंगे।"

रामभरोसे को लगा कि उसने खुद ही शास्त्रीजी की ओर से जाल बिछाया और खुद ही जा फँसे उसमें और वो भी खाँ साहब को साथ लेकर।

रामभरोसे ने स्थिति को अपने अनुकूल बनाने के लिए खींसें निपोरकर संवाद का एक टुकड़ा उछाला—

"प्रणाम शास्त्रीजी, बहुत नाम सुना था आपका। पहले न कभी मिला आपसे और न कभी देखा आपको। हमारा परम सौभाग्य कि आज वो अवसर आया। हमारे साथ आए हैं खाँ साहब।"

इससे पहले कि रामभरोसे विस्तार के रबर को बहुत ज़्यादा तानें, शास्त्रीजी ने एक ख़ास 'हें-हें' क़िस्म की हँसी के हथियार को हस्तक्षेप के लिए प्रयोग किया और बोले—

"क्या कमाल कर रहे हैं, रामभरोसे जी। सचमुच आपका जवाब नहीं है। आपको और खाँ साहब को कौन नहीं जानता? हमें तो यह ख़बर भी है कि खाँ साहब ने एक नई राजनीतिक पार्टी शुरू की है—कौमी पार्टी।"

"बहुत सही सुना है आपने। आपका भी जवाब नहीं है। दरअसल, हम इसी

कौमी पार्टी के सिलसिले में आपसे मिलने आए हैं। आप इतने बड़े ज्योतिषी हैं, इसलिए आपसे इस मुहूर्त की सटीक जानकारी हासिल करने आए हैं कि कब-कहाँ हम कौमी पार्टी की स्थापना की घोषणा करें।"

"इसके लिए मुझे खाँ साहब की और आपकी भी जन्मकुंडली चाहिए।"

"मेरी कुंडली क्यों?"

एक बार फिर अपनी ख़ास 'हें-हें' क़िस्म की हँसी के बेहद कारगर हथियार का इस्तेमाल करते हुए शास्त्रीजी बोल पड़े—

"इस कौमी पार्टी के दो चेहरे हैं। एक पर्दे के सामने यानी खाँ साहब का और एक पर्दे के पीछे याने रामभरोसे जी आपका।"

बातों के बढ़ते छल्ले को खूँटी पर टाँगकर रामभरोसे ने दोनों की कुंडली शास्त्री के सामने रख दी।

कुछ क्षणों तक कुंडलियों का दृष्टि भोग लगाने के बाद अपने चश्मे के ऊपर से आँखें झपकाकर बहुत निरीह भाव से शास्त्रीजी ने शंका प्रकट की—

"क्षमा चाहता हूँ। आप दोनों की कुंडलियों का मिलान करते ही मेरे मन में एक मुहावरा तुरन्त उभरा, लेकिन जिसे बोलकर बतलाने की हिम्मत नहीं है मुझमें।"

"बेझिझक बतलाइए, शास्त्रीजी, हम गन्दे से गन्दा मुहावरा झेलने के लिए तैयार हैं। राजनीति में उतरे हैं तो।"

शास्त्रीजी ने खानापूर्ति की—

"चोर-चोर मौसेरे भाई।"

बिजली-सी कौंधी रामभरोसे के दिमाग में और उसका सेकेंड ट्रैक चल पड़ा—

"स्साला, हम पर ही जाल फेंक रहा है, ताकि हमें दबोच ले।"

फिर खुलकर बोला—

"यह जो मुहावरा आपने अपनी झोली में से कबूतर जैसा निकालकर हमें चौंकाया है, उसे वापस झोली में डालकर सीधे-सीधे मैदान में आ जाइए और यह बतालइए कि यह जो आप बोल रहे हैं, वो कुंडली देखिन हे या आँखिन देखी है क्योंकि हमने देखा था कि अपनी पीताम्बरी धारण कर उस दिन उस दुर्घटनास्थल पर उपस्थित थे। ज़ाहिर है कि आप हमारे साथ कोई सौदा करना चाहते हैं।"

धूर्तता की प्रतिमूर्ति शास्त्रीजी घिघियाकर बोले—

"कैसी बात कर रहे हैं, रामभरोसे भाईजी। हम व्यापारी तो हैं नहीं कि सौदा करें। हम तो मैत्री में मिल-बाँटना चाहते हैं। हम भी एक पार्टी बनाना चाहते हैं।"

"मेरी समझ में आपकी बात बिल्कुल आ रही है। खाँ साब की कौमी पार्टी और आपकी पार्टी एक-दूसरे के विरोध में तो होंगे ही। इसलिए जो भी मिल-बाँटना होगा, उसका मीजान तय कर लें।"

"रामभरोसेजी, आप सचमुच बहुत काम के आदमी हैं। किसी समझदार व्यक्ति

से बात करना कितना आसान होता है। तो खाँ साहब, आप अपनी कौमी पार्टी का एलान चकराघाट पर कीजिए और हम अपनी जनार्दनी पार्टी की घोषणा म्युनिसिपल स्कूल के मैदान पर करेंगे, आज, आधा घंटा बाद।"

दद्दू के ठीये पर हरिकेसरी प्रांगण की प्रतिक्रिया इतनी भर हुई कि अब्दुला दीवाना के अंगारा साप्ताहिक के माध्यम से जो हल्ला-बोल हुआ है, उसके बाद बस 'इन्तजारो और निहारो' वाला मुहावरा ही चुस्त बैठता है।

दद्दू ने फ़रमान ज़ारी किया—

"तेल देखो और तेल की धार देखो।"

मगर लालजी कहाँ मानने वाला था।

फटाक से बोल पड़ा—

"ऐसे केसे? कछु तो करनो पड़हे।"

रामभरोसे ने अपने अनमोल बोल विमोचित किये—

"लालजी ठीक कहते हैं। कुछ तो करना चाहिए। यहाँ की कुर्सी चौकड़ी की अपनी-अपनी ढपली है। मेरे ख़याल से चारों नेताओं को अपनी-अपनी सिगड़ी के अंगारों को हवा देते रहना चाहिए। आटा गूँथकर तैयार रखना चाहिए। फिर क्या है? मौक़ा देखो और अपनी-अपनी रोटी सेंको।"

लालजी हमेशा की तरह बिफर गए—

"मौक़ापरस्ती मुर्दाबाद। हम नई करत सिगड़ी रोटी को खेल।"

रामभरोसे ने लालजी को गले लगाया और उसके सिर पर हाथ फेरते हुए बोले—

"एक़दम सच्ची कहते हैं लालजी भाई, बहुत सही। लालजी के पास अपनी सिगड़ी तो है—धधकते अंगारों से लबालब। दद्दू को चक्का जाम करवाना हो तो वे खुद नहीं करते हैं। शास्त्रीजी हड़ताल का हाँका देना चाहते हैं तो खुद नहीं देते। खाँ सा'ब को मीटिंग करनी है, तो वे खुद नहीं भीड़ जुटाते। बस, लालजी भाई किसी भी दुखती रग पर हाथ रख दो। फिर क्या है? सबकी रोटी तो अपनी-अपनी होती है, मगर सिंकती है लालजी भाई की सिगड़ी पर। लालजी भईया जिन्दाबाद!"

लालजी फटी-फटी आँखों से रामभरोसे की ओर देखते रह गए। उसे लगा एक़दम सई-साट बोल गए रामभरोसे। सब स्याले मिले हुए हैं। एक हमैं हें बजरबट्टू।

इससे पहले कि लालजी नारेबाज़ी पर उतर आता, शास्त्रीजी ने बिगड़ती परिस्थिति की बागडोर अपने हाथ में ले ली और बोल पड़े—

"भोत ई गलत बात हे। आप तो आँय-बाँय-साँय कछु भी बोलत जा रये हो। हमने देखी है लालजी भाई की कुंडली। आप सबकी भी देखी हे। और खुद की तो

देखी ही है। हममें से सिरफ एक का हे—राजयोग—लालजी भाई का। बाक़ी सब प्रजा। माफ करना दद्दू आपकी प्रजा।"

ऐसा कहते हुए शास्त्रीजी ने भेदभरी दृष्टि से दद्दू की ओर देखा। स्वयं को 'प्रजा' सुनकर थोड़े कसमसाए ज़रूर, मगर शास्त्रीजी की त्वरित टिप्पणी पर और ख़ास कर उनकी जेबभरी दृष्टि का अर्थ समझते उन्हें देर नहीं लगी। वे बोले—

"शास्त्रीजी, भोतई सही बोले। हाँ, भज्जा, लालजी अब आपै तय करो कि हरिकेसरी बाबा के लाने का करनो हे।"

दद्दू के मुँह से ऐसी अमृतवाणी सुनकर लालजी भाई एक़दम बिछ गए और बोले—

"बोई जो आपने कई हे—तेल देखो और तेल की धार देखो।"

पानी में तेल नहीं घुलता, तिरता रहता है ऊपर ही ऊपर। इसलिए जब झील की तलहटी पर तेल का कुआँ फूटा तो बहुत ऊँचाई तक पहुँचा गाढ़ा फव्वारा तेल का और फिर बिछ गया झील की सतह पर। आक्षितिज फैली तेल की परतें। झील बन गई कढ़ाई। बस बड़वाग्नि का बन्दोबस्त हो जाए तो हर हरिपुरवासी के लिए गरमागरम पकौड़े की पिकनिक हो जाए। अनन्त चतुर्दशी तो पंचांग में दर्ज़ रहती है। मगर ये तो होगा पकौड़ा पखवाड़ा—कृष्ण पक्ष भी और शुक्ल पक्ष भी। इसलिए वो होगा पकौड़ा पखवाड़ा...नहीं पखवाड़े (बहुवचन में)। इस तेल प्रसंग से, तुलसी बाबा के दशरथजी याद हो आईं—'तेल नाव भरि नृप तनु राखा।' मगर यहाँ न तो हो रही है तुलसी चर्चा और न ही दशरथ चर्चा। यहाँ तो चल रही है हरिकेसरी चर्चा। दो ठीये होते हुए तीसरे ठीये पर।

ठीया तीन : हरिपुर के वरिष्ठ नामचीन नागरिकों का क्लब। एक गोलमेज़, आसपास चार कुर्सियाँ—दो-दो कुर्सियाँ आमने-सामने। ब्रिज का खेल चल रहा है। चारों वकील हैं—गोपीकृष्ण खरे, श्याम कलेवर सेठिया, इन्द्रजीत दुबे, मुरली मनोहर गोस्वामी। चारों धुरंधर खिलाड़ी। छोटी-मोटी बिडिंग होती है तो पत्ते पैकअप कर ताश रिशफलकर फिर से बिडिंग होती है। खरे और सेठिया पार्टनर, दुबे और गोस्वामी पार्टनर। अगर तीन-चार बिडिंग में मज़ा नहीं आता है तो पार्टनर बदल जाते हैं।

अभी-अभी जो नया खेल शुरू हुआ है, उसमें खरे, घाघ खिलाड़ी के अन्दाज़ में बेहद नर्मी से बिड शुरू करते हैं—'टू नो ट्रम्प्स' अचानक माहौल में गर्मी आ जाती है। उनके बाएँ हाथ पर बैठे-दुबे 'पास' कर जाते हैं। सामने बैठे पार्टनर सेठिया बिड उछालते हैं—'फोर स्पेड्स'। ज़ाहिर है चौथे खिलाड़ी गोस्वामी 'नो बिड' कहते हैं।

खरे—फाइव हार्ट्स

दुबे—पास

सेठिया—सिक्स डायमंड्स

गोस्वामी—पास

खरे—सिक्स स्पेड्स

सेठिया—सेवन स्पेड्स

गोस्वामी 'क्लब एस' से खेल शुरू करते हैं। खरे थोड़ी देर तक पत्ते अपने हाथ में रखकर मन ही मन हिसाब लगाते हैं। सेठिया कसमसा रहे हैं। खरे 'स्पेड' की दुक्की से 'क्लब एस' को काटकर अपने पत्ते बिछा देते हैं। सेठिया की बाँछें खिल जाती हैं। खरे के पास 'क्लब' का एक भी पत्ता नहीं है।

माहौल में ग़ज़ब की उत्तेजना। आसपास की मेज़े छोड़कर, अपनी-अपनी कुर्सी लेकर क्लब के सदस्यगण उन चारों के इर्द-गिर्द बैठ जाते हैं। सेठिया सीधे-सीधे खेलकर दो मिनट में खेल समाप्त कर सकते थे। मगर आसपास आ बैठे लोगों से घिरे सेठिया, सबके मनोरंजन के लिए घुमा-फिरा कर खेलते रहे। उत्तेजना बढ़ती गई। आख़िरकार अन्तिम जीत का पत्ता खेलकर सेठिया ने 'सेवन स्पेड्स' बना लिये—ग्रैंड स्लैम। ख़ूब तालियाँ बजीं। 'स्टैंडिंग ओवेशन' भी मिला—ग्रैंड स्लैम तो कभी कभार बनता है।

बहस छिड़ गई कि पत्तों की वज़ह से जीत हासिल हुई या सेठिया के क़रतब से। अधिकतर सेठिया के करतब के पक्ष में थे। जीतने वाले दोनों खरे और सेठिया, बहस में मौन साधे बहस का मज़ा ले रहे थे।

आख़िर सेठिया ने मौन तोड़ा—

"दरअसल, यह खेल हम सिर्फ़ पत्तों की वज़ह से जीते हैं। मैंने आख़िरी बिडिंग में रिस्क लिया था, क्योंकि अनुमान मुझे ज़रूर था कि खरे साहब 'क्लब' में 'ऑफ' होंगे, मगर मैं श्योर नहीं था। गोस्वामी जी ने 'क्लब' के 'एस' से खेल 'ओपन' किया और खरे साहब अपने पत्ते ओपन करने के बजाय सोच में पड़े दिखे तो मेरा दिल धड़कने लगा। ऐसा उन्होंने खेल के मनोरंजन के लिए किया। मगर जैसे ही उन्होंने 'क्लब एस' को 'स्पेड' की दुक्की से काट दिया तो मैं श्योर हो गया कि जीत हमारी होगी। उसके बाद जो करतब मैंने दिखाए, वो सिर्फ़ आप सबके मनोरंजन के लिए था।"

अचानक एक आवाज़ गूँजी—

"आप सब तो मनोरंजन के मज़े लूट रहे हैं और शहर में कोहराम मचा हुआ है।"

सबने पलट कर देखा। आवाज़ शहर के जाने-माने खानदानी रईस आनन्दीलाल शुक्ल की थी। अधिकतर लोग उनके सम्मान में खड़े हो गए। शुक्ल जी ब्रिज की मेज़ से थोड़ी दूर अपने तयशुदा एकल सोफा पर बैठ गए। यानी इस सोफे पर हमेशा शुक्लजी ही बैठते थे।

शुक्लजी ने ब्रिज चौकड़ी को सम्बोधित करते हुए अपने ख़ास अन्दाज़ में कहा—

"अरे भाई, बृजगोपालों अब तो ताशपत्ता से निकलकर धरती पर आइए।"

चारों हँसते हुए अपनी जगह से उठकर सोफे पर आ बैठे।

खरे ने हँसते हुए कहा—

"क्यों शुक्लाजी, आपने अपने रम के नशे से तौबा कर ली है क्या? बेचारे रमीजन आपके बिना अनाथ महसूस कर रहे हैं।"

रमी खेलने वालों की मेज़ से एक आवाज़ उठी—

"सच कहा आपने। रमी के खेल में जो नशा है, वो रम से बढ़कर है।"

बिना उस तरफ़ देखे शुक्लाजी बोले—

"क्यों नहीं, क्यों नहीं। आख़िर पपलू और जोकर तो हमेशा आपके ही तो हाथ में होते हैं। हम तो क्लब में हर शाम आपके हाथों लुटने के लिए आते हैं। मगर आज नहीं। आज तो हम आपके साथ मिल-बैठकर—वो...अंग्रेज़ी में क्या कहते हैं—बोलिये न खरे साहब, वो...वो...उच्चारण तनिक कठिन है। याने इस समस्या को सुलझाने की तरकीब तय करनी चाहिए।"

खरे साहब एक़दम बोल पड़े—

"हाँ, हाँ, आप शायद 'स्ट्रेटिजी' कहना चाहते थे।"

"बिल्कुल...बिल्कुल यही कहना चाहते थे। ससुरी अंग्रेज़ी ऐन मौक़े पर धोखा दे जाती है। याद है आपको क्लब की ही मीटिंग में हमने 'बज़ट' को 'बडगेट' पढ़ा था तो मेरी कैसी खिल्ली उड़ाई गई थी। अज़ीब भाषा है अंग्रेज़ी—लिखेंगे 'बी-यू-डी-जी-ई-टी जिसे सीधे-सीधे पढ़ेंगे तो बीयूडी—'बड' और जीईटी 'गेट' मगर वो पढ़ेंगे 'बज़ट'। हमें कोई यह तो समझाए कि डी और जी मिलकर 'ज' कैसे बन जाता है। ख़ैर, आपने अच्छा किया जो सही शब्द एक मिनट में बोल दिया। 'स्ट्रेटिजी' के बजाय मेरे मुँह में बार-बार 'ट्रेजिडी' शब्द आ रहा था, लेकिन अर्थ का अनर्थ नहीं करना चाहता था।"

सभी ने ख़ूब ठहाका लगाया।

शुक्लाजी बोल पड़े—

"हाँ तो स्ट्रेटिजी पर बातचीत हो जाए।"

खरे साहब बोले—

"मगर किस बात की स्ट्रेटिजी?"

"आश्चर्य! आप सब या तो कचहरी में या अपने ताश महल में मगन रहते, हैं लेकिन अचरज की बात तो यह है कि आपने कचहरी में भी कुछ नहीं सुना। वहाँ तो चर्चा आम है।"

"कौन-सी चर्चा?"

क्लब का एक सदस्य बोल पड़ा—

"बात यह है कि हाल ही में मशहूर केसरी खानदान के एकमात्र बूढ़े वारिस हरिकेसरी जी अचानक हरिपुर में आ गए हैं। क्यों आए हैं—किसलिए आए हैं जैसे सवालों के साथ पूरा हरिपुर जूझ रहा है।"

तभी खरे साहब ने रहस्योद्घाटन किया—

"इन सभी सवालों के समाधान के लिए हरिकेसरीजी ने, दो दिन बाद यानी परसों एक मीटिंग बुलाई है—अपने बंगले पर। चारों के पास मीटिंग का बुलावा आया है। आज ही तो उनकी चिट्ठी मिली है कचहरी में। आपके पास भी आई होगी।"

शुक्लाजी बोले—

"नहीं तो। मैं आज सुबह गाँव चला गया था। वहाँ से सीधे यहीं आए हैं। सुबह-सुबह हमारे घर पर पूजा के लिए पंडित जी आए थे। अरे वही परकोटा वाले पंडित जी। उन्होंने ही तो शहर में मच रहे कोहराम की ख़बर मुझे दी।"

शुक्लाजी ने तुरन्त अपने कोचवान को बुलवाया। उसने ख़बर दी कि आज घर पर एक चिट्ठी आई थी जो माताजी (याने शुक्लाइन) के पास रखी है। शुक्लजी आश्वस्त हुए कि शहर में उनके वर्चस्व की ख़बर हरिकेसरी तक पहुँच गई है।

वर्चस्व आख़िर क्यों न हो? शुक्लजी नाममात्र के खानदानी रईस नहीं हैं। वाकई नामचीन रईस हैं। वो एकमात्र ऐसी हस्ती हैं हरिपुर की, जिनके पास अपनी खुद की दो घोड़ों वाली बग्घी है। वो जब भी गाँव जाते हैं, बग्घी पर ही जाते हैं। शहर में बग्धी चलाने में दिक़्क़त होती है। आख़िर ऊँची-नीची घाटियों का शहर है हरिपुर। फिर भी कभी-कभार लोगों की याद को ताज़ा करने के लिए किसी एक शाम को खुली बग्घी में बैठकर शहर के बीच से गुज़रते हैं। बेहद जानदार घोड़ें हैं इस नायाब बग्घी के। एक आबनूस-सा काला और दूसरा दूधिया सफेद। क्या शाही चाल है दोनों की—दुलकी और क्या तालमेल है दोनों के बीच। कोचवान भी ठाठदार पोशाक में ऊँचाई पर बैठा चारों लगाम थामे रहता है और अपनी अँगुलियों के इशारे से घोड़ों को दिशा बोध देता है। बग्घी के पीछे पायदान पर चोपदार खड़ा रहता है—हाथ में खुली रंगीन छतरी शुक्लाजी के सिर के ऊपर ताने, यद्यपि शाम को घूप से बचने की ज़रूरत नहीं होती है, वो तो सामन्ती छत्रधारी की भूमिका निबाह रहा होता है।

बग्घी के आगे-आगे एक चोपदार साइकिल रिक्शा पर चूड़ीबाजा (ग्रामाफ़ोन) में ऐसे फ़िल्मी गाने ही बजाता जिसमें संगीत के साथ ताल के रूप में घोड़े के टोपों की आवाज़ होती। ऐसे गाने सुनते ही शहरवासी अपनी-अपनी दुकानों और घरों से निकलकर बग्घी-दर्शन के लिए खड़े हो जाते।

कौन समझाता श्रीमान् आनन्दीलालजी शुक्ला को कि रास्ते भर खड़े लोग उनके

दर्शन के लिए नहीं, बग्घी-दर्शन के लिए खड़े होते हैं। वो हाथ हिला-हिलाकर लोगों का अभिवादन करता।

आख़िर एक बार शुक्लाजी का मुगालता दूर हुआ। वो स्वतंत्र उम्मीदवार के रूप में विधानसभा चुनाव में खड़े हो गए। लोगों की जेबें नोटों से ख़ूब भरीं, लेकिन शुक्लाजी की ज़मानत जप्त हो गई। यह सच है कि चुनावों में अधिकतर आम आदमी हुमायूँ के भिश्ती की तरह एक दिन का सुल्तान होता है।

झील फिर आ गई लपेट में, लेकिन इस बार वो खुद नहीं आई थी। झील प्रसंग आया था रईस आनन्दीलाल शुक्ल के माध्यम से और वो भी नौका-विहार के बहाने।

रईसों के ठाठ कितने निराले होते हैं। जैसी है उनकी बग्घी-दर्शनीय—वैसी ही उनकी निजी नाव जो झील के भी उनके निजी घाट पर बँधी रहती है। दुल्हन की तरह सजी-धजी।

रईस आनन्दीलालजी ने चारों वकीलों को दावत दी नौका विहार की। चारों ऐसे तत्पर हुए जैसे वे इस दावत की उत्सुक प्रतीक्षा कर रहे हों।

रात्रिकालीन नौका विहार—मोटी-मोटी बत्तियों पर लालटेन-नुमा काँच के पारदर्शी आवरण के साथ कतार में लटकते कंठहार के मानिन्द, हवा की छुवन और नाव के हिचकोलों से हौले-हौले हिलते हुए, नाव की मखमली गादी-तकियों और गलीचों वाली बैठक को रोशन कर रहे थे और उनके अक्स से झील का पानी दीवाली मना रहा था। आसव और अशाकाहारी भोजन के चलते, उन पाँचों की तयशुदा चर्चा भी चलती रही जिसके केन्द्र में थे हरिकेसरी। क्यों और किसलिए के प्रश्न से जूझते हुए।

लेकिन जो सबसे महत्त्वपूर्ण घटना थी, उसके बारे में किसी को भी कानोकान ख़बर नहीं थी। हुआ यों कि एक वर्दीधारी सिपाही सुबह-सुबह शंकरदत्त चतुर्वेदी माट्साब के घर पर पहुँचा। उसने ख़बर दी कि बड़ा बाज़ार स्थित कोतवाली के फ़ोन पर कलेक्टर टंडन बात करना चाहते हैं, माट्साब के साथ। उन दिनों कुछ वकीलों, सेठों और डॉक्टरों को छोड़कर किसी के पास फ़ोन नहीं होता था। उनके छोटे भाई विष्णुदत्त को यह बात नागवार गुज़री और वो बोल पड़े—

"क्या, भाई साहब, यह तो ग़लत बात है। आपके इस कलेक्टर को इतनी भी तमीज़ नहीं कि एक शिक्षक को कोतवाली पर बुलाकर बात करने का फ़रमान ज़ारी कर दे। आप तो उसकी तारीफ़ के पुल बाँध रहे थे कि हरिपुर में कलेक्टर बनकर आने के बाद सबसे पहला काम यह किया था उसने कि वो आपके घर आया

आपका चरण स्पर्श करने के लिए। फिर आज क्या हो गया आपके उस शिष्य को!"

हँसकर शंकरदत्त बोले—

"तुम यों तो ख़ूब शान्त रहते हो, लेकिन कभी-कभी बेमतलब उत्तेजित हो जाते हो। ज़रा ठंडे दिमाग से सोचो कि टंडन हरिपुर ज़िले का कलेक्टर है। होगी ज़रूर कोई ऐसी बात कि वो स्वयं मेरे घर नहीं आना चाहता होगा, किसी की भी नज़रों के सामने।"

"ठीक है, मैं भी आपके साथ कोतवाली चलता हूँ।"

फ़ोन पर जो बात हुई, उसे विष्णुदत्त ने दूर से एकतरफ़ा सुना। उसके भाई साहब को केवल 'हाँ'—'हूँ'—'ठीक है' जैसे शब्दों का प्रयोग कर रहे थे। फ़ोनवार्ता समाप्त हुई तो शंकरदत्त ने कोतवाल साहब को धन्यवाद दिया। कोतवाल भी उनके सामने आदर से झुक गया।

शंकरदत्त अपने छोटे भाई को लेकर म्युनिसिपल हाईस्कूल पहुँचा, अवकाश का आदेश प्रस्तुत किया और फिर दोनों भाई ताँगे पर कलेक्टर के बँगले की तरफ़ चल दिये।

बाहरी फाटक से ही माट्साब और उनके छोटे भाई की आवभगत शुरू हो गई। बंगले के बरामदे पर कलेक्टर टंडन स्वयं स्वागत के लिए खड़े थे।

विष्णुदत्त के बारे में यों तो कलेक्टर टंडन पहले ही जानकारी हासिल कर चुके थे, लेकिन बाकायदे विस्तृत परिचय अभी हुआ।

कलेक्टर टंडन ने कहा—

"यह अच्छा ही हुआ, माट्साब कि आप प्रोफ़ेसर विष्णुदत्त चतुर्वेदी को साथ ले आए। हरिकेसरी जी से मेरी बातचीत विष्णुजी के बारे में विस्तार से हुई और उन्होंने विष्णुजी से मिलने की इच्छा ज़ाहिर की। अब हम लोग उनसे मिलने चलें।

तीनों कलेक्टर की कार में हरिकेसरी के बंगले की ओर रवाना हो गए। चलते-चलते विष्णु आख़िर बोलने से बाज़ नहीं आए—

"क्षमायाचना सहित एक निवेदन करना चाहता हूँ, कलेक्टर साहब। एक वर्दीधारी सिपाही को हमारे घर भेजकर, भाईसाहब को कोतवाली बुलवाना, सिर्फ़ आपके साथ टेलीफ़ोन पर बातचीत करने के लिए निश्चय ही अशोभनीय था। किसी भी शिक्षक के प्रति ऐसा व्यवहार अमर्यादित है। ख़ासकर इसलिए भी कि भाईसाहब आपके शिक्षक रहे हैं।

शंकरदत्त ने तुरन्त हस्तक्षेप किया—

"विष्णु, तुम्हें कम से कम आज तो मर्यादा का ऐसा सवाल नहीं उठाना चाहिए था, जिसके लिए तुम्हें ख़ासतौर पर आमंत्रित किया गया है।"

कलेक्टर के चेहरे पर विष्णुदत्त के प्रति अवज्ञा के भाव के बावजूद उन्होंने स्थिति को सँभाला—

"अब छोड़िए भी माट्साब । मुझे तो प्रोफ़ेसर विष्णुदत्त जी का यह खुलापन अच्छा लगा।"

"यह तुम्हारा बड़प्पन है, टंडन।"

इससे पहले कि कलेक्टर कुछ बोलते, विष्णुदत्त बोल पड़े—

"आपके इस कमेंट पर मैं चुप रहूँगा, भाई साहब।"

कलेक्टर का चेहरा कुछेक क्षणों के लिए सख़्त हो गया। मगर उन्होंने स्वयं को तुरन्त सँभाला।

शंकरदत्त बोले—

"तुम्हारे बचपन का चेहरा याद हो आया, विष्णु जब तुम अपने हक़ की लड़ाई में, बाबूजी के प्रति पूरी मर्यादा का पालन करते हुए भी, दो टूक कह देते थे। टंडन, विष्णु इज़ लाइक दैट ऑलवेज़। अ परफेक्ट आइडियालिस्ट।"

विष्णु हँस पड़े—

"कहाँ, भाई साहब, भला कौन परफेक्ट हो सकता है। हाँ, समव्हाट कह सकते हैं।"

हँसी-हँसी में बात तो टल गई, मगर एक गाँठ ज़रूर उभर आई कलेक्टर के मन में।

झील के पानी की सतह पर किसी ने पत्थर उछाला और वो पत्थर हरिन की तरह कुलाँचे भरता, लगातार प्रकट होता रहा, पानी की सतह पर पल भर के लिए तैरता, उछलता, तैरता...झील में विलीन हो गया, लेकिन उन उछालो से पैदा हुई लहर, देर तक पानी की सतह पर वृत्त बनाती रहीं—छोटी से बड़ी और बड़ी और बड़ी और बस। वो पत्थर झील की तलस्पर्शी गहराई में समाया नहीं, बना रहा। वो न तो घुल सकता था, न पिघल सकता था। पत्थर जो ठहरा।

कलेक्टर टंडन और शंकरदत्त को आश्चर्य इस बात पर हुआ कि हरिकेसरी जब विष्णु से परिचित हुए तो उनकी आँखों में एक अज़ीब चमक-सी कौंध उठी। यही हाल विष्णु का भी था। लगा जैसे दोनों एक-दूसरे को बहुत पहले से जानते हों। बेहद गर्मजोशी से हरिकेसरी ने न केवल विष्णु से हाथ मिलाया बल्कि उसे गले से भी लगाया। और बोल पड़े—

"आप मुझसे पहले क्यों नहीं मिले, प्रोफ़ेसर चतुर्वेदी?"

पसोपेश में बोले विष्णु—

"पता नहीं, सर, क्या कहूँ?"

कलेक्टर ने हस्तक्षेप किया—

"सर, आपने जैसे ही प्रोफ़ेसर चतुर्वेदी को याद किया, मैंने उन्हें फ़ौरन हाज़िर कर दिया। हाउ कुड ही मीट यू बिफोर, सर।"

हरिकेसरी के चेहरे के भाव सहसा बदले। उनके होंठ थोड़े कस गए और उन्होंने टंडन को आगाह-सा किया—

"मिस्टर कलेक्टर, मैं शुक्रगुज़ार हूँ—आपने मेरी जो मदद की। बट, हाउ कुड यू क्वेश्चन मी?"

शंकरदत्त ने बीच-बचाव करना ज़रूरी समझा—

"सर, मैं माफ़ी माँगता हूँ। टंडन मेरे विद्यार्थी रहे हैं। ही कुड नेवर डेयर क्वेश्चन यू। दरअसल, उन्होंने आपकी बात की गहराई को नहीं समझा।"

अपने लहज़े में थोड़ी नर्मी लेकर हरिकेसरी बोले—

"ही शुड बेटर अंडरस्टेंड।"

कलेक्टर ने तुरन्त कहा—

"आय अपोलोजाइज़, सर।"

हरिकेसरी अपनी प्रसन्न मुद्रा में लौट आए—

"इट्स ओ.के.। यू नीड नॉट अपोलोजाइज़।"

इसके बाद काफ़ी देर तक विष्णु और हरिकेसरी के बीच बातचीत होती रही। बातचीत के इस दौर के बीच में मौक़ा ताड़कर शंकर ने "सर, प्लीज़ एक्सक्यूज़ अस" कहते हुए कलेक्टर को लेकर कमरे से बाहर चले गए। हरिकेसरी और विष्णु के बीच बातचीत जारी रही।

झील का मिजाज़ तो बस झील ही जाने। कब क्या कर बैठे कौन जाने? भला बताइए, वो जो पत्थर झील की सतह पर हरिन की तरह कुलाँचें भरता आख़िरकार पानी में विलीन हो गया था, वही पत्थर झील की तलस्पर्शी गहराई से उछलकर किनारे आ लगा और पत्थरों के ढेर में आ मिला, मगर ठहरा नहीं वहाँ, बल्कि लुढ़ककर चल निकला।

हरिकेसरी के बँगले के बड़े हॉल में कुर्सियाँ लगी हुई थीं। कुर्सियों को इन कतारों के सामने लगभग एक फुट ऊँचे मंच पर एक मेज़ और एक कुर्सी रखी हुई थी। देखते-देखते कुर्सियाँ भर गईं। हरिपुर के लगभग सभी महत्त्वपूर्ण लोग आकर बैठ

चुके थे। हरिपुरवासियों की बैठक का यह आयोजन हरिकेसरी ने कलेक्टर के माध्यम से किया था। निर्धारित समय पर हरिकेसरी मंच पर रखी अकेली कुर्सी पर विराजमान हुए।

चारों वकील—गोपीकृष्ण खरे, श्याम कलेवर सेठिया, इन्द्रजीत दुबे और मुरली मनोहर गोस्वामी तथा एकमात्र रईस आनन्दीलाल शुक्ला और कलेक्टर टंडन प्रथम पंक्ति में बैठे थे। उनके पास वाली कुछ कुर्सियाँ खाली थीं।

दूसरी पंक्ति में बैठे थे, चारों नेता—सन्तनराय उर्फ़ दद्दू, पं. पीताम्बर शास्त्री, लियाकत अली खाँ और क्रान्तिवीर लाल।

शेष कुर्सियों पर नगर के कुछ प्रतिष्ठित नागरिक—डॉक्टर्स, व्यापारी, इंजीनियर्स, ठेकेदार आदि बैठे थे।

अन्तिम पंक्ति में बैठे थे—एकमात्र स्कूल टीचर शंकरदत्त चतुर्वेदी, उनके भाई प्रोफ़ेसर विष्णुदत्त चतुर्वेदी, पं. परदुमन परसाद सुकुल, रामभरोसे, अब्दुल हलीम उर्फ़ अब्दुला दीवाना।

हॉल के बाहर रखी बेंच पर दो चपरासी तो बैठे ही थे। उनके साथ एक और सज्जन बैठे थे—चकराघाट वाले खोजी तिलकधारी। वे बार-बार उठते और हॉल के खुले बाहरी दरवाज़े की ओट लेकर अन्दर ताक-झाँक करते। हरिकेसरी की अनुभवी आँखों ने उसे देख लिया और देख ली उसकी व्यग्रता और छटपटाहट—उसका कसमसाना।

हरिकेसरी के मन में कौतूहल जागा। वे बोले—

"मिस्टर टंडन, मुझे ऐसा क्यों लग रहा है कि किसी एक भले आदमी को आप न्योता देना भूल गए।"

इससे पहले कि कलेक्टर स्थिति को समझते, अन्तिम पंक्ति में बैठे शंकरदत्त खड़े हो गए और बोले—

"सर, मैं कुछ बोलूँ।"

हरिकेसरी ने आश्चर्य प्रकट किया—

"अरे, मिस्टर चतुर्वेदी, आप पीछे क्यों बैठे हैं। और कहाँ हैं प्रोफ़ेसर विष्णुदत्त चतुर्वेदी?"

विष्णु अपनी जगह पर खड़े हो गए।

"चलिए, आप दोनों फ्रंट रो पर आइए, प्लीज़। दिस इज माय रिक्वेस्ट।"

दोनों भाई प्रथम पंक्ति में आकर बैठ गए।

हरिकेसरी बोले—

"मिस्टर चतुर्वेदी आप कुछ कहना चाहते थे।"

"हाँ सर, आज की बैठक में न्योता न पाने वाले जिस भले आदमी का आप ज़िक्र कर रहे हैं, वो तो अपने क़िस्म के एकमात्र हरिपुरवासी हैं। उन्हें सब प्यार

से खोजी तिलकधारी कहते हैं। शायद कलेक्टर साहब को अब तक उनके सम्बन्ध में पूरी जानकारी नहीं मिली है।

इतनी देर में तो खोजी तिलकधारी हॉल के अन्दर दाख़िल हो चुके थे और वे चतुर्वेदी बन्धुओं के रिक्त स्थान पर अन्तिम पंक्ति में आसन जमा चुके थे और बैठते ही तुरन्त खड़े होकर ख़ूब ऊँची आवाज़ में बोल पड़े—

"बब्बा खों, खोजी तिलकधारी का परनाम। मालक, आपने हमाई क़दर करी हे सो हम बताए देत हें कि आपके लाने हम इत्तो अच्छो काम करहें, इत्तो अच्छो कि ख़ूबई अच्छो।"

खोजी तिकलधारी के बैठते ही कलेक्टर खड़े हो गए—

"सर, विद योर वेरी काइंड परमिशन, में वी स्टार्ट द प्रोसडिंग्स ऑफ दिस ऑगस्ट मीटिंग।"

हरिकेसरी बोले—

"कलेक्टर जी, मीटिंग की कार्यवाही तो शुरू हो चुकी है। स्वयं अपना परिचय देने का काम अन्तिम पंक्ति से शुरू हुआ है, इसलिए अन्तिम पंक्ति में बैठे शेष महानुभाव अपना परिचय दें।"

पंडत परदुमन परसाद सुकुल खड़े हुए।

हरिकेसरी बोल पड़े—

"अरे, पंडित जी, आप पीछे क्यों बैठे हैं? आप तो हरिपुर के ख़ास व्यक्ति हैं, क्योंकि आपके आँगन में आमसभा नहीं, ख़ास सभा होती है।"

पंडित जी प्रथम पंक्ति में आ तो गए, मगर बैठने के पहले बोले—

"ऐंसो नइया जजमान! ई तो लोगन का परेम हे। हम काय के ख़ास, जा ज़रूर हे कि लोगन के आवे से मन्दिर में चढ़ावा हो जात हे और का।"

दूसरी पंक्ति में बैठे जुझारू पार्टी के एकमात्र नेता क्रान्तिवीर लाल तैश में खड़े हो गए और शुद्ध हिन्दी में बोल पड़े—

"पंडित प्रवर, आप अपनी अतिशय विनम्रता की नाटकीयता का प्रदर्शन ना ही करें तो उत्तम होगा। हरिपुरवासी जानते हैं कि मन्दिर प्रांगण भक्ति भावना का ओटला नहीं है। स्वार्थी और प्रमादी लोग अपने निठल्लेपन के कारण उस प्रांगण का दुरुपयोग, पर-निन्दा एवं पर-चर्चा में ही करते हैं। किसी भी दिन वहाँ आकर मैं ऐसा सत्याग्रह करूँगा कि हरिपुर के इतिहास की नींव हिल जाएगी।

इससे पहले कि लालजी कुछ और कहते हरिकेसरी बोल पड़े—

"मैं तो आपको बधाई देता हूँ। आप कितनी शुद्ध हिन्दी बोलते हैं। आप क्या साहित्यकार हैं?"

हरिकेसरी ने अनजाने में लालजी की दुखती रग पर हाथ रख दिया। लालजी बिफर गए और अपनी वाली पर आ गए—

"अरे काय के साहित्यकार। उन ससुरों ने हमाई हत्या कर दी। पकरा दओ झंडा।"

लालजी के पास बैठे खाँ साहब ने उन्हें कसकर पकड़ लिया। लालजी कि घिग्घी बँध गई। खाँ साहब बोल पड़े—

"ज़नाब, हमें माफ़ करें। आप तो कार्यवाही ज़ारी रखें।"

और दोनों बैठ गए। यानी लालजी बिठाल दिये गए।

हरिकेसरी के होंठों पर मुस्कराहट फैल गई, बोले—

"वेरी इंटरेस्टिंग। मिस्टर कलेक्टर, आप तो कह रहे थे कि हरिपुर बहुत छोटा शहर है। मगर देखिए तो सही, कितने गुणी लोग रहते हैं यहाँ। साहित्यकार महोदय, आप दुख न करें। एक दिन ज़रूर आपकी प्रतिभा का सही मूल्यांकन होगा। मैं भी आधी सदी से ज़्यादा विदेश में रहा, लेकिन मैं हिन्दी भाषा से निरन्तर जुड़ा रहा।"

हरिकेसरी की दृष्टि एक बार फिर अन्तिम पंक्ति पर पहुँच गई और उन्होंने आवाज़ दी—

"रुकावट के लिए हमें ख़ेद है। आप परिचय का सिलसिला ज़ारी रखिए।"

अब्दुल हलीम उर्फ़ अब्दुला दीवाना खड़े हुए—

"ज़नाब, मेरा नाम है अब्दुल हलीम और मैं एक पत्रकार हूँ।"

अचानक हस्तक्षेप करते हुए हरिकेसरी कलेक्टर की ओर मुख़ातिब हुए—

"मिस्टर टंडन, आपने तो उस पत्रकार का नाम अब्दुला दीवाना बतलाया था।"

इससे पहले कि कलेक्टर कुछ बोल पाते हलीम बोल पड़े—

"बहुत सही फ़रमाया आपने, ज़नाब लोग मुझे प्यार से अब्दुला दीवाना कहते हैं।"

हरिकेसरी ने वाक्य पूरा किया—

"और आप साप्ताहिक अंगारा के सम्पादक हैं।"

"जी हाँ, ज़नाब।"

"कमाल है, आपके बारे में जो कुछ सुना था, उसे सुनकर आपकी जो इमेज़ मेरे दिमाग में बनी थी—ऊँचे पूरे, हट्टे-कट्टे, क़द्दावर इनसान की, वो इमेज़ थोड़ी गड़बड़ा गई, लेकिन आपका साप्ताहिक अंगारा तो बहुत दमदार है। हाँ, तो आप ताले के पीछे के रहस्य तक पहुँचे या नहीं।"

अब्दुल्ला ने अपने दोनों हाथ ऊपर उठाकर जोड़ लिये—

"ज़नाब माफ़ी चाहता हूँ। मेरी क्या बिसात कि मैं ताला खोल सकूँ। मैं तो जो कुछ भी छापता हूँ, वो तो हमारे साथी रामभरोसे के दम पर कर पाता हूँ।"

रामभरोसे उठ खड़े हुए—

"सर, हरिपुर के बारे में एक बात कहना चाहता हूँ। दरअसल, इसका नाम चर्चानगरी होना चाहिए था।"

हरिकेसरी ने हस्तक्षेप किया—

"और रामभरोसेजी आपका नाम चर्चा पुरुष होना चाहिए।"

"बब्बा, वास्तव में चर्चा पुरुष तो आप हैं, श्रीमान् क्योंकि आजकल सारी चर्चा आपके ही इर्द-गिर्द चल रही है। कहना चाहिए चर्चा महानायक। मैं तो मामूली सूत्रधार हूँ।"

अपने-अपने परिचय का रटा-रटाया पहाड़ा पढ़ते हुए, पीछे से आगे आते-आते एक बार फिर दूसरी पंक्ति पर जो पहुँचे तो हरिकेसरी की नज़र लियाक़त अली खाँ पर पड़ी जो क्रान्तिवीर लाल को अब भी कसकर जकड़े हुए थे।

हरिकेसरी, ख़ाँ साहब की ओर मुख़ातिब हुए—

"अगर मेरी याददाश्त सही-सही मेरा साथ दे रही है तो महाशय आप ही ने क्रान्तिवीर लालजी को उस समय जकड़ लिया था, जब वे अपना दुखड़ा रो रहे थे। कमाल है, आपकी जकड़न अब तक जारी है।"

खाँ साहब ने तुरन्त अपनी पकड़ छोड़ दी।

हरिकेसरी ने खाँ साहब से पूछा—

"आपकी तारीफ़?"

खाँ साहब आदतन बोल पड़े—

"तारीफ़ तो उस खुदा की है जिसने...।"

उनकी बात काटते हुए हरिकेसरी ने वाक्य-पूर्ति की—

"जिसने आपको बनाया।"

"ये तो आपकी ज़र्रा नवाज़ी है। मैं तो बहुत मामूली आदमी हूँ।"

क्रान्तिवीर लाल बीच में कूद पड़े—

"अरे, काय के मामूली। ऐंसी जकड़न है उनकी कि कोई दिना हमाई एक-आध पसली इनके हाथ में आ जेहे। चलते-चलते इतना तो बता दूँ कि नाम है इनका लियाक़त अली खाँ और ये कौमी पार्टी के नेता हैं।"

हरिकेसरी की नज़र उनके साथ बैठे पीताम्बर शास्त्री पर पड़ी—

"लियाक़त अली जी, आपके साथ जो पीले रंग में रँगे सज्जन बैठे हैं, क्या वो सो रहे हैं? उनकी नज़रें लगातार झुकी हुई हैं।"

पीताम्बर शास्त्री ने हरिकेसरी का वाक्य सुन लिया था। अपनी चिर-परिचित 'हें-हें' के साथ वो अपने हाथ में पान लेकर, यह बोलते हुए चल दिये—

"परम आदरणीय, हम तो आपके लिए पान लगा रहे थे।"

हाथ जोड़कर नमस्कार करते हुए हरिकेसरी बोले—

"मगर मैं तो पान खाता नहीं हूँ। आपने क्यों तकलीफ की?"

"इसमें भी मेरा ही स्वार्थ है।"

"कैसे?"

"आप एक बार पान तो ग्रहण कीजिए।"

हरिकेसरी ने पान ले लिया।

पीताम्बर शास्त्री गद्‌गद्‌ भाव में बोले—

"परम आदरणीय अब आप अपने वरद्‌हस्त से पान मुझे दे दीजिए।"

हरिकेसरी ने इस खेल का मज़ा लेते हुए पान उन्हें लौटा दिया।

पान लेकर कृतकृत्य भाव में पीताम्बर बोले—

"धन्य भाग्य हमारे जो आपने अपने वरद्‌हस्त से मुझे पान दिया। इसे आपका महाप्रसाद मानकर मैं अब इसे अपने मुख के हवाले करूँगा, किन्तु अपने स्थान पर पहुँचने के बाद।"

शास्त्रीजी अपनी कुर्सी पर पहुँचकर पान मुँह में डालते ही बोलते कि हरिकेसरी पूछ बैठे—

"मगर हमें आपका परिचय तो प्राप्त नहीं हुआ?"

पंडत परदुमन परसाद सुकुल बोल पड़े—

"अरे बब्बा, इनखो कोन नी जानत। ये भोतइ पहुँचे हुए ज्योतिस हैं। इनसे सबैं डरत हैं।"

क्रान्तिवीर ने टाँग अड़ाई—

"काय पंडतजी, तोय नइ डरत इनसे।"

"हम काय डरैं। हमाय पास ऐंसो का हे जो हम डरें।"

"हमाओ मो न खुलवाओ।"

पंडित जी क्रान्तिवीर की ओर तैश में चढ़ दौड़े—

"हमें कोइ की परवा नैया।"

कलेक्टर ने तुरन्त हस्तक्षेप किया—

"पंडित जी, आप ये क्या कर रहे हैं। आपसे ऐसी उम्मीद नहीं थी।"

पंडित पानी-पानी हो गए।

"माफ़ी दीजो जजमान। हम तनक जोस खा गए इते।"

हरिकेसरी हँस पड़े—

"कितने प्यारे लोग हैं हरिपुर के। यह क़स्बा नहीं है। एक भरा-पूरा कुनबा है। मुझे बहुत अच्छा लग रहा है।"

अब हरिकेसरी की नज़र छोटी हवेली के मालिक सन्तनराय उर्फ़ दद्दू पर पड़ी। पानी-पानी होकर दद्दू खड़े हो गए और बोल पड़े—

"मालक, हम तो आपकी प्रजा हें। हमाय बब्बा आपके बब्बा के नीचे कारिन्दा हते। नाम हमाओ हे सन्तनराय। प्यार से सब दद्दू कयत हें।"

हरिकेसरी ख़ुश होकर बोले—

"अरे, तो आप हैं छोटी हवेली के राजा। आपके दरबार-ए-आम और दरबार-

ए-ख़ास की हमें ख़बर है। कहिए, हम आपसे कहाँ मिलें 'आम' में या 'ख़ास' में।"

"ऐंसो जुलुम नै करो मालक। आप हुकुम तो देव, हम बड़ी हवेली की ड्योढ़ी पे मत्था टेकने कब आ जाएँ?"

"आइए, आपसे गले मिलते हैं।"

अपनी कुर्सी से उठकर दद्दू दौड़ पड़े हरिकेसरी की ओर। उनसे भेंट के लिए हरिकेसरी खड़े हो गए। उनके पास पहुँचते ही उनके चरणों में झुक गए। हरिकेसरी ने उनको पकड़कर उठाया और गले लगाया।

प्रथम पंक्ति में बैठे चारों वकील और एकमात्र रईस उठ खड़े हुए और हरिकेसरी की ओर बढ़े। कलेक्टर ने उन पाँचों का परिचय दिया। हरिकेसरी ने इन पाँचों से हाथ मिलाया और परिचय का दौर ख़त्म हुआ।

हरिकेसरी अपनी कुर्सी पर बैठ गए।

"सर, वी ऑल आर वेरी ईगर टू लिसन टू यू।"

हरिकेसरी थोड़ी देर तक खिड़की के बाहर आकाश के टुकड़े को देखते रहे। उपस्थित समुदाय साँस रोके प्रतीक्षा कर रहा था।

धीरे-धीरे हरिकेसरी ने बोलना शुरू किया—

"मेरे मन में एक अजीब-सी हलचल मची हुई है। इसलिए समझ में नहीं आ रहा है कि अपनी बात कहाँ से शुरू करूँ?"

"चलिए, शुरू से ही शुरू करते हैं।"

"आप सबको मालूम ही होगा कि हरिपुर मेरी जन्मभूमि है। इस नगरी की गलियों में नंगे बदन और नंगे पैरों दौड़कर मैं बड़ा हुआ हूँ। हरिपुर की मिट्टी का मुझ पर बहुत बड़ा ऋण है। मेरे पूज्य पिताजी हरिपुर कचहरी में चपरासी थे । उनसे विदा होते समय मैंने यह निश्चय किया था कि एक दिन हरिपुर ज़रूर लौटूँगा और हरिपुर के लिए ऐसा कुछ करूँगा जिससे हरिपुर मात्र एक अनाम क़स्बा नहीं रह जाएगा। हरिपुर को भी भारत के नक्शे में महत्त्वपूर्ण स्थान मिलेगा।"

कुछ क्षणों के लिए हरिकेसरी चुप रह गए। फिर घोषणा-सा करते हुए बोल पड़े—

"इसलिए मैंने यह निश्चय किया है कि हरिपुर में एक विश्वविद्यालय की स्थापना करूँगा।"

पूरी सभा में सन्नाटा छा गया।

झील की सतह पर सहसा एक द्वीप-सा उभरा—जन शून्य द्वीप। कहीं कोई नज़र नहीं आ रहा था। थोड़ी देर में द्वीप पर चहलक़दमी करते हुए कुछ पशु प्रकट हुए।

क़िस्म-क़िस्म के पशु जो अलग-अलग झुंड बनाकर द्वीप के किनारे इकट्ठे होकर पानी के अन्दर झाँकने लगे।

सहसा यह दृश्य ग़ायब हो गया।

वो जो द्वीप जैसा लग रहा था, दरअसल, द्वीप था ही नहीं। वो तो थे हिमशिला—आइसबर्ग—जिसके नौ भाग पानी के अन्दर अदृश्य थे। शेष एक भाग पानी की सतह पर उभरा था।

सभा भवन में जो सन्नाटा छा गया था, उसे भोंडे ढंग से तोड़ा दद्दू ने—

"का कइ! बिसबिदियालय? जो का होत हे?"

पं. पीताम्बर शास्त्री ने दद्दू का हाथ दबाया।

दद्दू चौकन्ना हुए।

शास्त्रीजी ने फुसफुसाकर कहा—

"चिमाने रओ दद्दू। जब कछु समझ में नी आय तो मो बन्द रखो।"

क्रान्तिवीर लाल उत्तेजित हो गए और बोले—

"इते तो आओ लिपे में, हम बताइंगे, का होत बिसबिदियालय अब सुनो। यह है हमारी हिन्दी। तनिक ऊँची। सही उच्चारण तो करो—विश्वविद्यालय। अर्थात् ऐसा विद्यालय जो विश्व में एकमात्र हो।"

सभा में बैठे पढ़े-लिखे लोग हँस पड़े। बाक़ी सभी लोगों ने हँसी में हँसी मिलाई।

हरिकेसरी गम्भीर हो गए और बोले—

"किसी की हँसी नहीं उड़ानी चाहिए, साहित्यकार महोदय।"

हस्तक्षेप करते हुए क्रान्तिवीर लाल ने कहा—

"श्रीमान् जी, मुझे साहित्यकार न कहें। मेरा नाम क्रान्तिवीर लाल है।

हरिकेसरी बोले—

"लालजी, मैं आपकी तारीफ़ करता हूँ कि आपने सही दिशा में कोशिश की है। मेरा विश्वविद्यालय, हमारे प्रदेश का उच्चतम शिक्षा और शोध का केन्द्र होगा और इस विश्वविद्यालय की स्थापना के लिए मैं अपने जीवन भर की जमा पूँजी..."

फिर कुछ क्षणों के लिए हरिकेसरी मौन बने रहे, फिर बोले

"एक करोड़ रुपये दान की घोषणा करता हूँ।"

घोषणा होते ही साँस रोक सन्नाटा ऐसा छाया कि सबकी बोलती बन्द हो गई। इस सन्नाटे को तोड़ा—पं. प्रद्युम्न प्रसाद शुक्ल ने—

"माफ़ी दीजो, बब्बा। हम ठीक से सुन नहीं पाए।"

हँस पड़े हरिकेसरी और बोले—

"आपने सही सुना—मैंने कहा एक करोड़ रुपये।"

(यहाँ एक कोष्ठक के अन्तराल की बेहद ज़रूरत महसूस हो रही है जिसमें टिप्पणी दर्ज़ हो। यदि यह मान लिया जाए कि यह घटना भारत की स्वाधीनता के कुछेक वर्ष पूर्व की है तो उस समय एक करोड़ की राशि अविश्वसनीय रूप से विपुल थी। अर्थशास्त्रीय गणित के अनुसार लगभग 70 वर्षों बाद उस समय के एक करोड़ रुपये आज ढाई अरब रुपये के बराबर होंगे।)

पंडित जी फिर बोले—

"हमाई समझ में कछु नी आ रओ हे। बब्बा, एक रुपैया के आगे एक गोला लगे तो होत हैं दस रुपैया। तो वो जो रकम आपने बताई, मोसे तो कयत नही बनत हे। सो उस रकम के लाने एक रुपैय्या के अगो कित्ते गोला लगहें।"

कलेक्टर ने हस्तक्षेप किया—

"पंडित जी, आप तो एक़दम बौखला गए हैं।"

क्रान्तिवीर लाल की आवाज़ गूँजी—

"कलेक्टर सा'ब, पूरी सभा में ऐसा भी कोई है जो नहीं बौखलाया?" श्रीमान् जी आप स्वयं...।"

कलेक्टर ने स्वीकारा—

'जी हाँ, हम सभी बौखला गए हैं।"

पंडित जी फिर टपक पड़े—

"मनो हमाई बात तो जिते हती उतै रअ गई हे। हमने बूझो हतो कि एक रुपैय्या के आगे कित्ते गोला लगहे।"

हरिकेसरी हँस पड़े—

"आपका भी ज़वाब नहीं है पंडित जी, आप तो शून्य पर ही अटक गए। अरे, शून्य तो शून्य होता है।"

इस बीच पंडित जी ने दहाई, सैकड़ा, हज़ार का जो पहाड़ा पढ़ा तो आनन्दातिरेक से चीख़ पड़े—

"सात गोला।"

गोलों की गिनती की उत्तेजना में पंडित जी का गला सूख गया। कलेक्टर ने तुरन्त उनके लिए एक लोटा पानी मँगवाया जिसे वे गटागट गुटक गए एक साँस में।

इस गहमागहमी के बाद हरिकेसरी ने अपने दोनों हाथ उठाकर सबको शान्त रहने का इशारा किया। कुछ ही क्षणों में उस सभागृह में सुई-टपक ख़ामोशी उतर आई।

हरिकेसरी ने अपनी बात ज़ारी रखी—

"शासन से भी मेरी बातचीत हो चुकी है। शासन की ओर से भी पचास लाख रुपये के अनुदान का आश्वासन मिल चुका है। इस प्रकार इस विश्वविद्यालय की स्थापना होते ही विश्वविद्यालय के स्थायी कोष में डेढ़ करोड़ रुपये जमा हो जाएँगे।

श्याम कलेवर सेठिया भाव विभोर होकर बोल पड़े—

"सर, हम सबकी राय यह है कि इस विश्वविद्यालय का नाम हरिकेसरी विश्वविद्यालय रखा जाए।"

हरिकेसरी गम्भीर हो गए। दृढ़ स्वर में बोले—

"सेठिया जी, हमारे देश का दुर्भाग्य यही है कि हम व्यक्ति पूजा में अपनी राष्ट्रीय अस्मिता खो चुके हैं। यही कारण है कि हमारा देश अब भी गुलाम बना हुआ है। यदि आप सब सचमुच यह चाहते हैं कि हरिपुर में एक राष्ट्रीय विश्वविद्यालय की स्थापना हो तो उसके साथ किसी भी व्यक्ति का नाम कभी नहीं जुड़ेगा। हम तो यह चाहते हैं कि हमारे इस नगर अथवा अंचल के किसी प्रतीक पर केन्द्रित हो इस विश्वविद्यालय का नामकरण।"

सभी सोच में पड़ गए। कुछ देर के लिए सभा भवन में चुप्पी पसर गई। आख़िर चुप्पी तोड़ी प्रोफ़ेसर विष्णुदत्त चतुर्वेदी ने। यों तो विष्णु वैज्ञानिक थे, किन्तु उन्हें विज्ञानेतर बातें भी ख़ूब सूझती थीं और जब कोई बात उन्हें सूझती थी तो वे अनायास ही मुस्करा देते थे।

दरअसल, सूझना उसे ही तो कहते हैं जो मौक़े पर सूझे। वरना अक्सर लोगों को, चाहे वे कितने ही तेज़-तर्रार क्यों न हों, ऐन मौक़े पर बातें सूझती नहीं हैं। ऐसे लोग दाँव-पेच, उठापटक, छीना झपटी, खींचतान वग़ैरह-वग़ैरह में तो ख़ूब माहिर होते हैं। मगर उन्हें बातों-बातों में बातें सूझती नहीं हैं।

यों तो विष्णुदत्त जैसे लोग सीधे-साधे, पढ़ने-लिखने वाले पढ़ैय्या क़िस्म के प्राणी होते हैं। मगर उनकी मेधा का पैनापन कुछ ऐसा नुकीला होता है कि उन्हें ऐन मौक़े पर कोई भी बात बिल्कुल सटीक सूझती है। ऐसा ही हुआ। जहाँ एक से बढ़कर एक महारथी चुप्पी लगाए बैठ गए, विष्णुदत्त बोल पड़े—

"सर, आपने अभी कहा कि आप एक ऐसा राष्ट्रीय विश्वविद्यालय स्थापित करना चाहते हैं जो बुन्देलखंड अंचल का उच्चतम शिक्षा और शोध का केन्द्र बने। इसलिए क्या यह मुनासिब नहीं होगा कि विश्वविद्यालय का नामकरण इस अंचल पर केन्द्रित हो और उसे बुन्देला विश्वविद्यालय का नाम दिया जाए।"

इससे पहले कि कोई इस प्रस्ताव के पक्ष अथवा विपक्ष में विचार प्रस्तुत करते, हरिकेसरी ने अपनी गद्गद् प्रतिक्रिया व्यक्त कर सभासदों को विस्मय-विमुग्ध करदिया।

हरिकेसरी लगभग उछल पड़े—

"क्या बात कही है आपने प्रोफ़ेसर चतुर्वेदी—बुन्देला विश्वविद्यालय वाह! इससे बेहतर कोई दूसरा नाम हो ही नहीं सकता। वाह, प्रोफ़ेसर चतुर्वेदी, आपने तो मेरे स्वप्न को इस नामकरण से चरितार्थ कर दिया। सचमुच, मैं, यही तो चाहता हूँ कि यह विश्वविद्यालय केवल हरिपुर के लिए नहीं, बल्कि इस पूरे अंचल के लिए बने।"

हरिकेसरी सहसा उठ खड़े हुए और उन्होंने मंच से उतरकर प्रथम पंक्ति में बैठे विष्णुदत्त को गले लगा लिया।

सभी उपस्थित नागरिक गोपन मर्माघात सहित चकित भाव से इस अनहोनी को होते देखते रहे कि नितान्त बाहरी व्यक्तियों को देखते ही देखते इतना महत्त्व प्राप्त हो गया। जिस हरिकेसरी से केवल हाथ मिलाकर ही लोग गौरवान्वित होते थे, उस हरिकेसरी ने विष्णुदत्त नामक बाहरी प्राणी को गले लगा लिया।"

बैठक में उपस्थित सभी लोग यंत्रवत् उठ खड़े हुए। लगा जैसे बैठे ठाले सहसा तन्द्रा टूटी हो। विष्णुदत्त की वाहवाही के छोटे-बड़े रंग-बिरंगे, कुछ पिचके, कुछ अधिक फूले गुब्बारे इस सभा भवन में एक-दूसरे से टकराते रहे कि इस बीच हरिकेसरी ने एक कुर्सी मँगवाई उसे अपनी कुर्सी के बगल में रखकर, विष्णुदत्त का हाथ पकड़कर उस पर बिठाया।

ये क्या हुआ? क्यों हुआ? कैसे हुआ जैसे अनेक प्रश्नचिह्न जा टकराए, राभाभवन में मँडराते गुब्बारों से और एक विस्फोट हुआ, मगर बेआवाज़। जो हुआ वो था—भ्रूसंकुचन, दृष्टि विस्फारन एवं थरथराता मौन।

अपने किये के असर से कतई बेख़बर हरिकेसरी ने सभा की कार्यवाही फिर शुरू की।

विषय था—विश्वविद्यालय का स्वरूप कैसा हो?

सभा में सनसनी दौड़ गई।

जितने भी लोग थे सभा भवन में उनमें से पढ़े-लिखे लोग मात्र उतने ही थे जो इंजीनियर, डॉक्टर और वकील या स्कूली शिक्षक थे। इनमें से किसी ने विश्वविद्यालय के दर्शन नहीं किये थे और यदि थोड़ी-बहुत जानकारी थी उन्हें तो आगरा विश्वविद्यालय तक सीमित थी और आगरा विश्वविद्यालय केवल सम्बद्धीय (एफिलियेटिंग) विश्वविद्यालय था।

हाँ, इन पढ़े-लिखों को महाविद्यालयों की पहचान ज़रूर थी तो इस महाविद्यालयीन ज्ञान गरिमा का परचम लहराते हुए, ख़ासतौर पर, श्याम कलेवर सेठिया, गोपीकृष्ण खरे, इन्द्रजीत दुबे और मुरली मनोहर गोस्वामी ने अपने शब्दों का गुलदस्ता, अपनी शैली से बाँधकर भारी-भरकम वाक्यों में प्रस्तुत किया।

यानी कुल मिलाकर निष्कर्ष यही था कि बुन्देला विश्वविद्यालय की विधिवत् स्थापना के पहले एक महान् गरिमा मंडित महाविद्यालय का त्वरित शुभारम्भ किया जाए। जैसे था आगरा कॉलेज।

इस चर्चा में विष्णुदत्त निरन्तर मौन बने रहे।

इन चारों वकीलों की निरन्तर चहक के बीच रईस आनन्दीलाल शुक्ल के सुदीर्घ मौन की कसमसाहट, उनके वृत्ताकार मुखमंडल में स्पष्ट देखी जा सकती थी। किंकर्तव्यविमूढ़! हाँ, उन्हें इस तथ्य का निश्चित आभास था कि ऐसे अवसरों पर मुख खोलने से अधिक श्रेयस्कर होता है मुखबन्द। उन्हें इस

बात का भी सन्तोष था कि विष्णुदत्त एक प्रोफ़ेसर होते हुए भी मौन है तो हम भी मौन भले।

महाविद्यालय ज्ञान गरिमा से परिवेश इतना भारी हो गया था कि उपस्थितों में अधिकतर त्राहिमाम् की गुहार की स्थिति में आ गए थे। मगर किसी में इतना साहस नहीं था कि मुक्तिकामना का प्रस्ताव प्रस्तुत करें।

आख़िरकार उपस्थितों में एकमेव माइके लाल ने दुस्साहस कर ही डाला। वे थे क्रान्तिवीर लाल। वो सीधे हरिकेसरी के पास आकर हाथ जोड़कर खडा हो गया और बोला—

"बब्बा, साँची कयत हें। हमाउ समझ में कछु नी आ रओ हे। ऐंसो नइया कि हम पढ़े लिखे नोई। उनकी बातें भी हमार समझ में आउये। मनो आपै बताओ हम अपने पापी पेट को का करें जो ऐंसो कुलबुला रओ हे कि कोई भी बात के मगज तक पहुँचबे को रस्ता बिल्कुलै बन्द हे।

हरिकेसरी ने हँसकर कहा—

"ओ.के.! लंच ब्रेक ।"

दिवा भोज के बाद जैसे ही दोबारा बैठक शुरू हुई तो चारों वकीलों में होड़ मच गई कि उनके द्वारा प्रस्तुत महाविद्यालय सम्बन्धी प्रस्ताव ही सर्वोत्तम है और उसे ही मान्य किया जाए।

दरअसल, विष्णुदत्त के मौन से अनुप्रेरित होकर सभी ने अपने प्रतिपाद्य विषय पर बोलने के अवसर का भरपूर दोहन किया था। इस चर्चा के दौरान हरिकेसरी ने ज़रूर अपनी शंकाएँ प्रस्तुत कीं जिसका समाधान इन चारों महारथियों ने अपने-अपने ढंग से प्रस्तुत किया। हरिकेसरी सन्तुष्ट नहीं थे। आख़िरकार वो विष्णुदत्त की ओर मुख़ातिब हुए—

"प्रोफ़ेसर चतुर्वेदी, यहाँ जो भी उपस्थित हैं, वे सभी हरिपुर के गण्यमान्य नागरिक हैं। केवल आप ही एकमात्र ऐसे व्यक्ति हैं जो बाहर से आए हैं। आपको इस बैठक में विशेष रूप से इसलिए आमंत्रित किया गया है कि हमारे इस देश के एक अत्यन्त महत्त्वपूर्ण विद्या केन्द्र-बनारस हिन्दू विश्वविद्यालय के प्रख्यात विद्वान् एवं शिक्षाशास्त्री हैं। ज़ाहिर है कि जिस विषय पर पिछले कुछ घंटों से चर्चा चल रही है, उस पर आपका अभिमत हमारे लिए अत्यन्त मूल्यवान है, लेकिन इस महत्त्वपूर्ण चर्चा में आप लगातार मौन धारण कर बैठे रहे। ऐसा क्यों?"

विष्णुदत्त संकोच के साथ बोले—

"सर, विश्वविद्यालय के स्वरूप के सम्बन्ध में उपस्थित सभी विद्वान् एकमत हैं कि इसे एक महाविद्यालय के रूप में विकसित किया जाना चाहिए। अब आप ही बताइए, सर कि इस सर्वसम्मत राय के विरोध में अपना वक्तव्य देकर मैं शेष सभी लोगों के लिए असुविधा क्यों पैदा करूँ। इसलिए मैंने चुप रहना ही श्रेयस्कर समझा।"

हरिकेसरी बोल उठे—

"मगर प्रोफ़ेसर चतुर्वेदी, हम आपकी राय जानना ज़रूरी समझते हैं। मेरी ख़ातिर, आप ज़रूर बोलिए।"

विष्णुदत्त ने दृढ़तापूर्वक उत्तर दिया—

"सर, मैं अत्यन्त विनम्रतापूर्वक निवेदन करना चाहता हूँ कि जिस महान् विश्वविद्यालय का प्रतिनिधित्व मैं इस सभा में कर रहा हूँ, उसके संस्थापक महामना पं. मदनमोहन मालवीय ने जिस शिक्षण संस्थान का स्वप्न देखा था वो निकटवर्ती इलाहाबाद विश्वविद्यालय और ब्रिटिश साम्राज्य के दो कालजयी शिक्षण संस्थाओं—ऑक्सफोर्ड और केम्ब्रिज यूनिवर्सिटी के रामकक्ष एक विश्वविद्यालय के रूप में देखा था और अपने इस स्वप्न को चरितार्थ करने के लिए वो झोली फैलाकर दान की भिक्षा माँगने में नहीं सकुचाए और वो स्वप्न आज बनारस हिन्दू विश्वविद्यालय के महान् नाम से विश्वविख्यात है।

"सर, वैसा ही स्वप्न आपने भी देखा और नब्बे वर्ष की आयु में अपनी जन्मभूमि हरिपुर में एक ऐसे विश्वविद्यालय की स्थापना की चाह की जो भारत के मानचित्र में हरिपुर के नाम को प्रतिष्ठित कर दे। आप इस अनाथ शहर में लौट आए, विदेश की मोहमाया छोड़कर, सिर्फ़ यहाँ बसने के लिए नहीं, बल्कि एक महान् विश्वविद्यालय की स्थापना के लिए और इसी विश्वविद्यालय की स्थापना के लिए आपने अपने जीवन भर की जमा पूँजी की विस्मयकारी राशि एक करोड़ रुपये दान में दे दी। फिर भी ऐसा महत्त्वाकांक्षी विश्वविद्यालय न स्थापित होकर एक मामूली महाविद्यालय की स्थापना हो, आप सभी महानुभाव मुझे क्षमा करें इस कथन के लिए कि यह तो आपके स्वप्न की हत्या होगी।"

विष्णु सहसा दो क्षणों के लिए चुप रह गए। उनक चेहरे पर अन्दर के तूफ़ान की आहट थी और वो अचानक बोल पड़े—

"छि: छि:, यह मैंने क्या कह दिया। भावावेश में मैं मर्यादा का निर्वाह नहीं कर सका और दो ग़लत शब्दों का विस्फोट कर बैठा। मैं नतमस्तक होकर करबद्ध क्षमाप्रार्थी हूँ। मुझे 'महाविद्यालय' के लिए 'मामूली' शब्द का इस्तेमाल नहीं करना चाहिए था। कोई भी शैक्षणिक संस्था चाहे वो प्राथमिक विद्यालय ही क्यों न हो, 'मामूली' नहीं होती है, कभी नहीं। एक और ग़लत शब्द मैं आवेग में बोल गया। नहीं-नहीं, मुझे 'हत्या' शब्द का प्रयोग किसी भी सन्दर्भ में नहीं करना चाहिए था। एक बार फिर माफ़ी चाहता हूँ।

"दरअसल, मैं कहना यह चाहता हूँ कि किसी भी महाविद्यालय की तुलना में विश्वविद्यालय का दायरा बड़ा होता है, क्योंकि कोई भी महाविद्यालय डिग्री देने का अधिकारी नहीं होता है, जबकि विश्वविद्यालय ही डिग्री दे सकता है। हर महाविद्यालय के लिए किसी न किसी विश्वविद्यालय से सम्बद्ध होना अनिवार्य होता है, जबकि हर विश्वविद्यालय स्वायत्त होता है—किसी के भी अधीन नहीं।"

फिर कुछ क्षणों के लिए विष्णु मौन साधे रहे और फिर अपना वक्तव्य ज़ारी रखा—

"सर, मैं अपने परिवार के सम्बन्ध में कुछ बोलने की अनुमति चाहता हूँ। मेरे आदरणीय बड़े भाई साहब सामने बैठे हैं। हमारे पिता ग़रीब थे। मेरे भाई साहब मैट्रिक पास करने के बाद ही ट्यूशन पढ़ाने लगे थे ताकि पिताजी को सहयोग दे सकें। बड़ी कठिनाइयों का सामना करते हुए उन्होंने जैसे-तैसे खुद की पढ़ाई ज़ारी रखी..."

सहसा शंकरदत्त खड़े हो गए और हस्तक्षेप करते हुए बोल पड़े—

"चुप हो जाओ, विष्णु, यह मेरा..."

हस्तक्षेप करते हुए हरिकेसरी बोले—

"नहीं, शंकरदत्त जी, आप प्लीज़ बैठ जाइए। प्रोफ़ेसर चतुर्वेदी जो भी बोल रहे हैं, मेरी अनुमति से बोल रहे हैं। प्लीज़, रोक-टोक न करें।"

मन मारकर शंकरदत्त बैठ गए।

विष्णु ने वक्तव्य ज़ारी रखा—

"मैट्रिक तक तो भाई साहब विज्ञान पढ़ते रहे, लेकिन उसके बाद चूँकि वो प्राइवेट प्रत्याशी के रूप में परीक्षा देते रहे इसलिए आर्ट्स लेकर उन्होंने इंटर और बी.ए. पास किया। दोनों परीक्षाएँ प्रथम श्रेणी में और हरिपुर में ही म्युनिसिपल हाईस्कूल में नौकरी कर ली ताकि मुझे साइंस पढ़ने के लिए बनारस भेज सकें।

"यह पारिवारिक चर्चा मैंने इसलिए की कि जब मैं मैट्रिक में था हरिपुर में ही, तब एक दिन मैंने भाई साहब से कहा कि हमारे साथ कुछ दोस्तों ने मिलकर यह तय किया है कि चूँकि हम साइंस की आगे की पढ़ाई हरिपुर में रहकर ही ज़ारी रखना चाहते हैं इसलिए हम हरिपुर में अपना अशासकीय साइंस कॉलेज खोलेंगे। उसी समय, भाई साहब ने अपने सुदृढ़ तर्कों से सिद्ध कर दिया कि हमारी यह सोच बिल्कुल बचकानी है।

"तो मैं यह कहना चाहता हूँ कि यदि हम किशोरों के स्थान पर आप चारों वकील महानुभाव और रईस शुक्लजी ने उस समय हरिपुर में इस विद्यालय की स्थापना के बारे में सोचा होता तो हमारे भाई साहब भी एम.एससी. और डॉक्टरेट हरिपुर में रहकर कर सकते थे और मुझे भी बनारस नहीं जाना पड़ता।

"महानुभावो, मैं तो गंगू तेली था इसलिए हम हरिपुर में कॉलेज नहीं खोल सके, लेकिन आप पाँचों तो हरिपुर की आन हैं, आप कम से कम बीस बरस पहले

हरिपुर में आसानी से महाविद्यालय स्थापित कर सकते थे, लेकिन हरिपुर में ऐसा सपना किसी ने नहीं देखा था।

"आज हमारे बीच राजा भोज के रूप में जब पूज्य हरिकेसरी जी अवतरित हो चुके हैं तो उनका सपना भी तो राजा भोज की तरह विराट ही होगा। मेरी तरह गंगू तेली जैसे छुटभैया ने बीस साल पहले हरिपुर में महाविद्यालय की स्थापना का सपना देखा था। तो आप ही बतलाइए कहाँ राजा भोज और कहाँ गंगू तेली।

"इसलिए पूज्य हरिकेसरी जी के स्वप्न को चरितार्थ करते हुए जिस बुन्देला विश्वविद्यालय की स्थापना हरिपुर में होने जा रही है, वो विश्वविद्यालय एक आवासीय (रेजिडेंशल) विश्वविद्यालय बने जिसमें सभी संकायों के विभिन्न विषयों का अध्यापन और अनुसन्धान हो। एक विशिष्ट विद्या परिषद् हो, कार्य परिषद् हो, वैज्ञानिक प्रयोगशालाएँ हो, पुस्तकालय हो, विभिन्न प्रकार के सभाभवन हो, स्टेडियम हो, खेल के मैदान हों, छात्रावास हों। शिक्षक और विद्यार्थी हों। देश के नामचीन विद्वानों को आचार्य पदों पर नियुक्त किया जाए ताकि स्वनामधन्य शिक्षकों के नाम के आकर्षण में बुन्देला विश्वविद्यालय रातोंरात एक राष्ट्रीय विश्वविद्यालय का स्वरूप ग्रहण करे—ऑक्सफोर्ड और केम्ब्रिज यूनिवर्सिटी की तरह और इस तरह हरिपुर के पितामह पूजनीय हरिकेसरी जी के विशाल-विराट व्यक्तित्व के अनुकूल उनके हिमालयी स्वप्न—बुन्देला विश्वविद्यालय को हम सब मिलकर हरिपुर की पावन धरती पर उतार लाएँ।"

समूचा सभाभवन स्तब्ध और स्तम्भित रह गया। हरिकेसरी अपनी आँखों पर रूमाल रखकर कुर्सी के बेकरेस्ट पर सिर टिकाए बैठे रह गए और जैसे बिजली का करंट छू गया हो, सभी उपस्थितों ने खड़े होकर तालियों की लम्बायमान होती जा रही ध्वनि से विष्णु के अन्तिम वाक्य का स्वागत किया।

भावातिरेक में पं. प्रद्युम्न प्रसाद शुक्ल हरिकेसरी के पाँव पकड़कर साष्टांग लेट गए। चारों वकील, चारों नेता, रामभरोसे, अब्दुला दीवाना और खोजी तिलकधारी मंच की ओर बढ़े। मौक़ा ताड़कर, अब तक कसमसाकर मौन रहने को विवश रईस आनन्दीलाल शुक्ल ने दौड़कर विष्णु को गोद में उठा लिया।

यह सब निमिष में हो गया।

हँसते-हँसते हरिकेसरी लगभग चीख़ पड़े—

"अरे पंडित जी, यह आप क्या कर रहे हैं? पाँव छोड़िए। मुझे भी तो प्रोफ़ेसर विष्णुदत्त चतुर्वेदी को गले लगाना है।"

तब तक विष्णु रईस की गोद से उतर चुके थे।

हरिकेसरी ने उन्हें गले लगाया। सभी उनसे गर्मजोशी से हाथ मिलाते रहे।

कलेक्टर टंडन ने सबको यथास्थान बैठने की अपील की। सभा ने फिर भी पूरी चुप्पी नहीं उल्टी, फुसफुसाहट चलती रही।

अचानक क्रान्तिवीर लाल अपनी कुर्सी पर खड़े हो गए और उन्होंने हाँका लगाया—

"हम सबके भैया प्रोफ़ेसर विष्णुदत्त चतुर्वेदी की..."

सभी ने छत की ओर हाथ उठाकर स्वर में स्वर मिला एक साथ—'जय हो' का नारा तीन बार लगाया।

रईस आनन्दीलाल शुक्ल ने फिर मौक़ा ताड़कर नारा लगाया—

"हरिकेसरी बब्बा की जय हो।"

सभी जयजयकार में शामिल थे।

हरिकेसरी अब तक प्रकृतिस्थ हो चुके थे। उन्होंने मुस्कराकर पंडित जी की ओर देखा और बोले—

"पंडित जी, आपने तो कुछ ज़्यादती कर दी। आप साष्टांग दंडवत करने लगे। आप भूल गए कि यजमान के पाँव नहीं छुए जाते।"

पंडित जी गद्गद् भाव में बोले—

"अरे काहाँ के जजमान! आप तो साकछात भगवान हो। आपखो नाम भी तो हरि है। हरि तो विष्णु भगवान के कयत हैं।"

"मगर पंडित जी, साक्षात् विष्णु तो मेरे बगल में बैठे हैं। इसीलिए तो मैंने तय कर लिया है कि बुन्देला विश्वविद्यालय के प्रथम उपकुलपति प्रोफ़ेसर विष्णुदत्त चतुर्वेदी ही होंगे।"

इससे पहले कि कोई भी अपनी राय दे विष्णु तुरन्त बोल पड़े—

"मैं क्षमा चाहता हूँ, सर। आपके प्रति अपनी असीम कृतज्ञता व्यक्त करते हुए मैं अत्यन्त विनम्रतापूर्वक यह निवेदन करना चाहता हूँ कि सर, पहले मेरा विधिवत् चयन बुन्देला विश्वविद्यालय के शिक्षक पद पर हो जाए। उसके बाद अपने विभाग की नींव डालनी होगी। फिर उसके विकास की योजना पर अमल करना होगा। इसलिए, सर मैं शिक्षक ही बना रहना चाहता हूँ।"

"मैं आपकी बात समझ रहा हूँ इसलिए उस पर अमल करते हुए बुन्देला विश्वविद्यालय के संस्थापक होने के नाते मैं अपने विशेषाधिकार का पहली और अन्तिम बार प्रयोग करने का एवं तदनुसार अपने प्रथम कर्तव्य का पालन भी आज इसी समय करना चाहता हूँ।

"मैं घोषणा करता हूँ कि डॉ. विष्णुदत्त चतुर्वेदी अब से बुन्देला विश्वविद्यालय के फिज़िक्स विभाग में और इस प्रकार बुन्देला विश्वविद्यालय में प्रथम प्रोफ़ेसर-विभागाध्यक्ष के रूप में नियुक्त किये जाते हैं। यह घोषणा बुन्देला विश्वविद्यालय के इतिहास के प्रथम पृष्ठ में उसी तरह दर्ज़ होगा जैसे मेरे द्वारा अभी-अभी की गई दो घोषणाएँ दर्ज़ हो चुकी हैं। विधिवत् औपचारिकताएँ भी बुन्देला विश्वविद्यालय अध्यादेश के अनुसार और आपके द्वारा बनारस हिन्दू विश्वविद्यालय की सेवा से

मुक्त होने की प्रक्रिया के साथ पूरी की जाए।

"एक बात और। मैंने शासन को पत्र लिखकर निवेदन किया है कि बुन्देला विश्वविद्यालय की विधिवत् स्थापना के लिए तुरन्त अध्यादेश ज़ारी करें जिन्हें आगामी प्रक्रिया के अनुसार अधिनियम मान लिया जाए।"

"इसी के साथ विश्वविद्यालय के अभी-अभी संचालन सम्बन्धी जो भी फुटकर नियमावली बनाई जानी है, उन सबके मसौदों की तैयारी के लिए शासन द्वारा एक सर्वोच्च विश्वविद्यालय प्रबन्ध समिति का गठन किया जाए जिसकी अध्यक्षता का भार मैं स्वयं ग्रहण करने के लिए तत्पर हूँ और चाहता हूँ कि इस प्रबन्ध समिति के सचिव भी प्रोफ़ेसर विष्णुदत्त चतुर्वेदी ही बनाए जाएँ। इस समिति में नियमानुसार जन प्रतिनिधि एवं शासन के प्रतिनिधि तो होंगे ही।"

तुमुल हर्षध्वनि और करतल से इस घोषणा का स्वागत किया गया। हँसते हुए हरिकेसरी ने अपने हाथ उठाकर सबको शान्त किया।

विष्णु तुरन्त खड़े हो गए बोलने के लिए। उन्हें हरिकेसरी ने टोका।

"प्रोफ़ेसर चतुर्वेदी अब मैं आपकी कोई बात नहीं सुनूँगा। जो घोषणा मुझे करनी थी, वो मैं कर चुका हूँ। अब उसे बदला नहीं जा सकता।"

विष्णु बोले—

"सर, मैं आपकी घोषणा के बारे में, सिवाय अपनी कृतज्ञता प्रकट करने के और कोई टिप्पणी बिल्कुल नहीं करूँगा, लेकिन मैं विश्वविद्यालय के सम्बन्ध में एक अत्यन्त महत्त्वपूर्ण प्रस्ताव प्रस्तुत करना चाहता हूँ।"

"हाँ-हाँ, आप बुन्देला विश्वविद्यालय के बारे में बोल सकते हैं।"

"सर, यदि आप सचमुच चाहते हैं कि बुन्देला विश्वविद्यालय ऑक्सफोर्ड और केम्ब्रिज विश्वविद्यालय की तरह एक विश्वविख्यात विश्वविद्यालय बन जाएतो मेरा पुरज़ोर प्रस्ताव है कि परम पूजनीय हरिकेसरी जी बुन्देला विश्वविद्यालय के प्रथम एवं आजीवन उपकुलपति बनें।"

विष्णु के प्रस्ताव का स्वागत तुमुल हर्षध्वनि एवं खड़े होकर करतल ध्वनि के साथ किया गया और हरिकेसरी इस प्रस्ताव का विरोध करने के लिए जैसे ही उद्यत हुए, वैसे ही श्याम कलेवर सेठिया उत्तेजित होकर बोल पड़े—

"पर यदि आप प्रोफ़ेसर चतुर्वेदी के प्रस्ताव का विरोध करेंगे तो इस सभाभवन में उपस्थित सभी जन यहीं बैठकर न केवल धरना देंगे, बल्कि आमरण अनशन करेंगे।"

हरिकेसरी विनम्र भाव से हाथ जोड़कर खड़े हो गए। सभी शान्त हो गए। हरिकेसरी की आँखें छलछला आईं। वो बोले—

"आप सबकी भावनाओं को मैं आदरपूर्वक स्वीकार करता हूँ। शासन द्वारा पारित अध्यादेशो के आधार पर गठित महासभा जब सर्वसम्मति से यह प्रस्ताव पारित करेगी तब मैं उपकुलपति पद स्वीकार करूँगा। हाँ, आजीवन शब्द के प्रति

अवश्य ही मुझे आपत्ति है, क्योंकि यह अप्रजातांत्रिक है, लेकिन इसे भी स्वीकार करते हुए मुझे थोड़ी हँसी ज़रूर आती है। एक नब्बे वर्ष के व्यक्ति के साथ जुड़ा यह शब्द 'आजीवन' भला कितने वर्षों का होगा।"

विष्णु फिर खड़े हो गए और तपाक से बोले—

"सर, कम से कम 35 वर्ष, कयोंकि भारतीय ऋषि परम्परा में 125 वर्ष की आयु मान्य की गई है।"

"हरिकेसरी बब्बा की जय' के नारे के साथ सभी उठ खड़े हुए और सभा विसर्जित होने लगी कि हरिकेसरी ने हाथ उठाकर सभी को रोका और कहा—

"मेरी एक अन्तिम इच्छा आपके समक्ष अवश्य प्रकट करना चाहता हूँ। मेरी मृत्यु के पश्चात् प्रोफ़ेसर विष्णुदत्त चतुर्वेदी को सर्वसम्मति से बुन्देला विश्वविद्यालय का उपकुलपति बनाया जाए।"

सभी ने हाथ उठाकर एक साथ कहा—

"हमें स्वीकार है।"

और सभा विसर्जित हुई।

झील अचानक लहरों का उफान ओढ़े पहाड़ी नदी में तब्दील हो गई और देखते-देखते झील के किनारे-किनारे विशाल चट्टानें उभर आईं जिनसे टकराकर वो वेगवती नदी, खार खाए बह चली कि वो चट्टानें क्यों नहीं रुकीं और अनन्त यात्रा में चल पड़ी नदी क्षितिज रेखा का उल्लंघन कर आकाश को धरती पर उतार लाई।

शाम होते-होते पंडत परदुमन परसाद सुकुल ने मन्दिर के ओटले पर माइक फिट करवा ली थी। माइक का चस्काँ ऐसा ही होता है। एक बार लग जाए तो बस लगा रह जाता है। माइक को देखकर भीड़ भी जमा हो गई। मगर सब बेकार। पंडित जी सिर्फ़ एक करोड़ की रट लगाते रहे, बार-बार करोड़। लगा कि बौरा गए पंडित जी और भीड़ छँट गई।

अब्दुला दीवाना बेहद परेशान। शाम को ढलते-ढलते रात ने अपने साम्राज्य का ताना-बाना बुनना शुरू कर दिया था। मगर दूर-दूर तक रामभरोसे का कोई अता-पता नहीं था। मुश्किल ये कि न अब्दुला के पास फ़ोन और न रामभरोसे के पास। संगम हो भी तो कैसे? साइकिल तो थी उसके पास मगर वो तो रामभरोसे की थी और इस साइकिल के एकमात्र सारथी भी तो रामभरोसे ही थे।

ऐसे में, यानी भयानक सूखे में बारिश की बौछार की तरह रामभरोसे नमूदार हुए। अब्दुला की बाँछें खिल गईं। मगर ऐसे में उनके कन्धे पर झोला नदारद। खिली बाँछें सहसा सिकुड़ गईं। अब्दुला को तो साँप सूँघ गया। बोला—

"क्यों उस्ताद, तुम अपना झोला कहाँ भूल आए?"

रामभरोसे के बोल फूटे—

"वही तो! घर में आँगन की रस्सी पर टँगा है झोला।"

"तुम तो दिलफटे की बात करते हो। ऐन मौक़े पर झोला भूल आए।"

"अरे, भूला नहीं हूँ रे। उसे सूखने के लिए टाँग दिया था। काफ़ी गन्दा हो गया था, इसलिए उसे धोकर सूखने के लिए टाँग दिया था और उसके सूखने की राह देखता, बैठे-ठाले कसमसाता रहा। मगर झोला तो सूखने का नाम नहीं ले रहा था। आख़िर झक मारकर झोले को सूखता छोड़कर चला आया।"

अब्दुला झल्लाया—

"तो क्या हम केसरी बब्बा की ख़बर की जगह तुम्हें डाल दें मशीन में।"

रामभरोसे के तेवर तर्राए—

"बड़े नाशुक्रे हो यार। जब से आया हूँ तुम सिर्फ़ झल्ला रहे थे। एक कप चाय तक का नहीं पूछा।"

अब्दुला भी अपनी वाली पर उतर आया—

"चल कुर्ता उतार। मैं तेरे को चाय से नहला देता हूँ।"

आव देखा न ताव, रामभरोसे ने कुर्ता उतार दिया।

अब्दुला चिहुँक उठा—

"अरे, आज तूने कुर्ते के नीचे बंडी पहन रखी है।"

"वही तो। इस बंडी की दोनों जेब ख़ूब बड़ी हैं।"

उसी समय अब्दुला की नज़र रामभरोसे की बंडी की फूली हुई दोनों जेबों पर पड़ी और वो उछल पड़ा—

"बस, आज तो यही ख़बर छापता हूँ"—

"कुर्ते के पीछे क्या हे?"

और उसने चायवाले का हाँका लगाया—

"दो बड़े-बड़े गिलासों में कड़क मीठी पेशल चाय, मलाई मार के।"

फिर उसने पान वाले को आवाज़ लगाई—

"बनारसी पान के ढेर सारे बीड़े तैयार रखना। आज तो रतजगा है।"

रातभर अंगारा साप्ताहिक छपता रहा। रामभरोसे अब्दुला की मदद के लिए रात भर डटा रहा। सुबह पाँच बजने के पहले ही रामभरोसे द्वारा तैयार की गई नौजवानों की

टोली अंगारा प्रेस के नीचे मैदान में जमा हो गई और ठीक पाँच बजे 'अंगारा' की अनगिनत प्रतियों के अलग-अलग ढेर में से अपना-अपना हिस्सा उठाकर नौजवानों की टोली हरिपुर के हर मोहल्ले की तरफ़ एक साथ रवाना हो गईं ताकि सुबह 6 बजे के पहले हरिपुर के हर घर में पहुँच जाए।

शंकरदत्त सुबह चार बजे उठ बैठे। उन्होंने विष्णु को जगाया और दोनों भाई ख़ूब धुले-पूँछे तैयार होकर साइकिल पर रवाना हो गए। साइकिल विष्णु चला रहे थे। पीछे केरियर पर बैठे थे शंकरदत्त। ठीक पाँच बजे दोनों हरिकेसरी के बँगले पर पहुँच गए। शंकरदत्त की ख़बर सही थी कि हरिकेसरी हर सुबह ठीक पाँच बजे अपने बँगले के लॉन पर टहलते हैं। सिक्यूरिटीवाला सिपाही शंकरदत्त को पहचानता था। उसने शंकरदत्त के चरण छुए और साइकिल सँभाल ली। दोनों भाइयों को गेट में प्रवेश होते देख मुस्कराकर हरिकेसरी बोले—

"व्हाट अ गुड मार्निंग इट इज़। मोस्ट वेलकम।"

लगभग दौड़कर दोनों भाइयों ने हरिकेसरी के चरण स्पर्श किये।

हरिकेसरी ने टोका—

"ये कैसा अनर्थ आप दोनों कर रहे हैं। कहीं देवता भी मनुष्य के पैर छूते हैं। सुबह-सुबह देवलोक को सूनाकर शंकर विष्णु देवद्वय पृथ्वी पर अवतरित हुए हैं।"

शंकरदत्त बोले—

"चलिए सर, आपका यह आशीर्वाद स्वीकार कर हम यह निवेदन करना चाहते हैं कि जब सृष्टि के नियन्ता आदिदेव स्वयं ब्रह्मा पृथ्वी पर विराजमान हैं तो हम दोनों देवलोक में क्या करते?"

"मगर मैं तो हरि हूँ।"

"लेकिन सर, आप ही तो एकमात्र स्रष्टा हैं और आपकी ही सृष्टि है—बुन्देला विश्वविद्यालय।"

"कहाँ स्रष्टा? मैं तो माली हूँ। मैंने तो केवल बीजारोपण किया है।"

"सर, बीज से ही तो वटवृक्ष बनेगा।"

तीनों बातचीत करते हुए टहल रहे थे। हरिकेसरी अचानक ठिठक गए और उन्होंने शंकरदत्त को गले लगा लिया और गद्‌गद्‌ भाव में बोले—

"शंकरदत्त जी, मैं एक वकील हूँ। किसी से तर्कों में पराजित होना, मुझे स्वीकार नहीं है, लेकिन आपके तर्क को मैं शिरोधार्य कर रहा हूँ।"

"सर, ऐसा इसलिए सम्भव हुआ कि आज सुबह-सुबह आपके सान्निध्य का वरदान मिला मुझे और इसलिए भी कि आज मैं एक नई भूमिका में हूँ।"

"नई भूमिका?"

"जी हाँ, सर आपने मेरे छोटे भाई को बुन्देला विश्वविद्यालय का प्रथम शिक्षक घोषित कर दिया तो मुझे ईर्ष्या हुई और मैंने तय किया कि मुझे भी तो किसी न किसी तरह 'प्रथम' होना है। तो सर, आपसे करबद्ध प्रार्थना है कि आप मुझे बुन्देला विश्वविद्यालय का प्रथम विद्यार्थी घोषित कर दीजिए। मैं एम.ए. प्रथम वर्ष का विद्यार्थी बनना चाहता हूँ।" और शंकरदत्त ने एक बार फिर हरिकेसरी के चरण स्पर्श किये।

शंकरदत्त को फिर गले लगाते हुए हरिकेसरी बोले—

"बुन्देला विश्वविद्यालय की घोषणा के उपरान्त पहले दिन ही यह उपलब्धि विश्वविद्यालय के इतिहास के प्रथम पृष्ठ पर दर्ज़ होगी।"

उसी समय 'अंगारा' का बंडल लेकर एक किशोर गेट पर उपस्थित हुआ। सिक्यूरिटी ने उसे रोक दिया। उसने अंगारा की एक प्रति हाथ में लेकर हवा में लहराई।

हरिकेसरी बोले—

"आने दो।"

वो किशोर दौड़कर आया और उसने तीनों के पैर छुए और बोला—

"बब्बा, आप आज्ञा दें तो मैं एक विनम्र प्रार्थना करूँ।"

"हाँ, हाँ, बोलो बेटा।"

"बब्बा, हमने इसी साल प्रथम श्रेणी में मैट्रिक पास किया है और मैं आपके विश्वविद्यालय में इंटर फर्स्ट ईयर में प्रवेश चाहता हूँ।"

"ज़रूर मिल जाएगा बेटा। तुम तो मेधावी छात्र हो।"

फिर कुछ सकुचा कर किशोर बोला—

"बब्बा, मेरी धृष्टता यदि क्षमा करें तो मैं एक और विनम्र प्रार्थना करना चाहता हूँ।"

"हाँ, हाँ, बेहिचक बोलो बेटा।"

फिर भी किशोर सकुचाता रहा और हिचकते हुए बोला—

"कैसे कहूँ, मेरी समझ में नहीं आ रहा है। बात ही कुछ ऐसी है कि कहते हुए डर लग रहा है कि कहीं मैं अनुचित बात तो नहीं कर रहा हूँ।"

"उचित या अनुचित का तो मैं तय करूँगा। तुम तो बेखटके बोलो, क्योंकि मुझे यह पूर्वाभास हो रहा है कि तुम जो भी बोलोगे उचित होगा।"

"बब्बा, मैं चाहता हूँ कि मुझे आप बुन्देला विश्वविद्यालय का प्रथम छात्र घोषित कर दीजिए।"

हरिकेसरी ने ठहाका लगाया। किशोर सकपकाया। हरिकेसरी ने किशोर के सिर पर हाथ फेरते हुए कहा—

"आय एम वेरी सॉरी, बेटा, अब यह सम्भव नहीं होगा, क्योंकि मैंने अभी-अभी शंकरदत्त जी को प्रथम विद्यार्थी घोषित कर दिया है।"

किशोर जैसे आसमान से गिरा—

"हमारे माट्साब और विद्यार्थी?"

शंकरदत्त बोले—

"हाँ बेटा, लेकिन तुम चिन्ता मत करो। मैं बब्बा से प्रार्थना करूँगा कि जैसे बोर्ड की परीक्षा में कभी-कभार दो विद्यार्थी साथ-साथ टॉप करते हैं, वैसे ही हम दोनों होंगे प्रथम विद्यार्थी साथ-साथ।"

हरिकेसरी ख़ुश हो गए—

"आपका जवाब नहीं है, शंकरदत्त जी। इस समस्या का कितना सुन्दर हल निकाला आपने।"

फिर किशोर की ओर मुख़ातिब होकर बोले हरिकेसरी—

"तुम्हारी इच्छा पूरी होगी बेटे। तुम और शंकरदत्त जी साथ-साथ प्रथम विद्यार्थी घोषित होंगे।"

किशोर मारे ख़ुशी के रो पड़ा। शंकरदत्त ने उसे गले लगाया। फिर किशोर ने तीनों के पैर छुए और भागने लगा। शंकरदत्त ने उसे रोका—

"बेटा, तुम तो इतने ख़ुश हो गए कि तुमने हमें 'अंगारा' की एक प्रति भी नहीं दी।"

किशोर शर्मिन्दा हुआ और उसने माफ़ी माँगते हुए तीनों को एक-एक प्रति दी।

शंकरदत्त ने पूछा—

"मूल्य क्या है?"

किशोर भागते हुए बोला—

"आपके घर आकर हम मूल्य ले जाएँगे।"

घर लौटते हुए दोनों भाई वरिष्ठ वकील एवं हरिपुर नगर पालिका के अध्यक्ष श्री श्याम कलेवर सेठिया के निवासीय कार्यालय पहुँचे। उन्होंने दोनों भाइयों का स्वागत करते हुए कहा—

"व्हाट अ प्लेजेंट सरप्राइज़।"

शंकरदत्त बोले—

"श्रीमान्, हम आपका ज़्यादा समय नहीं लेंगे। मैं आपकी सेवा में एक आवेदन पत्र लाया हूँ। यदि अनुमति हो तो प्रस्तुत करूँ।"

"ऑफ कोर्स! व्हाई नॉट?"

शंकरदत्त ने नगर पालिका अध्यक्ष के नाम पर अपना आवेदन प्रस्तुत करते हुए यह प्रार्थना की—

"बुन्देला विश्वविद्यालय की स्थापना के साथ मैं म्युनिसिपल हाईस्कूल की सेवा से दो वर्षों के लिए अवैतनिक अवकाश लेना चाहता हूँ ताकि मैं हिन्दी विषय

में एम.ए. की उपाधि प्राप्त कर सकूँ।"

थोड़ी देर तक अध्यक्ष महोदय शंकरदत्त के आवेदन पर मनन करते रहे फिर मुस्कराते हुए बोले—

'शंकरदत्त जी वैसे तो नियमानुसार आपकी दीर्घकालीन सेवाओं के मद्देनज़र आपको इस आवेदन की स्वीकृति की पात्रता है। सच कहूँ तो आपके इस बोल्ड डिसिजन से मैं ऑफुली सरप्राइज़्ड हूँ। हाउ एवर, आप आश्वस्त रहिए शाम तक आपके पास स्वीकृति पहुँच जाएगी।"

फिर सेठिया विष्णुदत्त की ओर मुख़ातिब हुए—

"प्रोफ़ेसर चतुर्वेदी, हम भी आपसे बहुत ज़्यादा इम्प्रेस्ड हैं। आपको एक किशोर के रूप में हमने बहुत पहले देखा था। हरिपुर के स्कूल विद्यार्थी के रूप में आप ऑलराउंडर थे। एक मेधावी छात्र के रूप में आप टॉपर तो थे ही, साथ में वाद-विवाद, निबन्ध प्रतियोगिता, यहाँ तक कि खेलकूद, नाटक वग़ैरह में भी हमेशा अव्वल रहे और अब तो आप एक बार फिर हरिपुरवासी होने जा रहे हैं। यहाँ आप कहाँ रहेंगे?"

विष्णुदत्त बोले—

"हमारा पुश्तैनी घर तो बहुत छोटा है। गर्मी की छुट्टियों में तो हम भाईसाहब के साथ रहते थे, क्योंकि रात को खुली छत पर सो सकते थे, लेकिन अब तो अलग बन्दोबस्त करना पड़ेगा।"

"गॉड ब्लेस यू बोथ।"

सन्तनराय उर्फ़ दद्दू की हवेली के दीवाने ख़ास में विराजमान दद्दू, पीताम्बर शास्त्री, लियाकत अली खाँ और क्रान्तिवीर लाल सबके सामने था 'अंगारा' का ताज़ा अंक।

किसी ख़ास मौक़े पर ही चारों इकट्ठे होते थे। वरना राजनीति में एक-दूसरे के विरोधी एकजुट क्यों हों?

यदि यह जमावड़ा रात में तो दीवाने आम होता था। ऐसे में ढेरों मुसाहिबों से घिरे होते थे चारों। खानपान, यानी तरबतर रात्रिभोज का लम्बा दौर चलता था और माहौल होता था याराना। और सुबह की बैठक अमूमन कामकाज़ी होती थी कभी-कभार। मगर कामकाज शुरू होने के पहले नाश्ते में होती थी पटेरिया की गरमागरम जलेबी, जमुना मिठिया की चिरौंजी की बरफी, खसिया के समोसे और पापाजी के मंगोड़े। चाय हवेली वाली ख़ास ख़ालिस दूध की होती थी, जिसमें मलाई की परत इतनी मोटी होती थी कि चुस्की भरना चक्रव्यूह में प्रवेश जैसा कठिन होता था।

तो उस दिन चाय सम्पन्न होने के बाद सदा सर्वदा की भाँति दूसरा आवश्यक आयोजन चारों का अपना-अपना शुरू हुआ।

क्रान्तिवीर लाल की बीड़ी का कट्टा उसके दोनों हथेलियों के बीच मंथन की क्रिया में जुट गया।

लियाकत अली खाँ अपनी बाईं हथेली पर ढेर सारी तम्बाखू रखकर उसमें चूना मलने के लिए दाहिने हाथ के अँगूठे से रगड़ा मारने लगे।

पीताम्बर शास्त्री अपना पानदान बिछाकर पान बनाने में तल्लीन हो गए।

अपने हुक्के को गुड़गुड़ाते हुए मौन तोड़ा दद्दू ने—

"सब ससुरे अपने-अपने कन्धे पर पिल पड़े। अउर ई देखो हमार जो मोड़ा 'अंगारा' का पंखा बनायके चिलम में हवा भर रओ हे। शास्त्रीजी ने मुँह में पान ठूँसके अपनी बोलती बन्द कर ली हे। खाँ सा'ब भी खैनी दाब के चिमाने बैठ गए। अउर लालजी सुट्टा हैंच रये हें। अबे को पढ़हे अंगारा की ख़बर?"

लालजी सुट्टे का काम तमाम करते हुए ढेर सारा धुआँ उगलने के बाद बोले—

"मेरे अलावा और कौन पढ़ सकता है।"

लालजी अंगारा का मुखपृष्ठ बाँचने लगे जिसमें बड़े-बड़े अक्षरों में छपा था—

"करोड़ी केसरी के करिश्माई करतब की करामात।"

दाँत निपोर के बोले दद्दू—

"अरे वाह, जो अंगारा तो 'क' पे 'क' मार के किकिया रओ हे। जरा फिर से पढ़ियो।"

लालजी ने पंक्ति दोहरा दी।

दद्दू हँस पड़े—

"मजो आ गओ हे। सात बार 'क' वारे आखर लिखहैं।"

लालजी ने दद्दू की ग़लती सुधारी—

"'आखर' नहीं 'शब्द' कहिए। यों कहिए कि सात बार 'क' अक्षर वाले शब्द लिखे हैं।"

फिर अपना हिन्दी का ज्ञान बघारते हुए लालजी बोले—

'इसे कहते हैं अनुप्रास—छेकानुप्रास। जैसा मैंने अपनी कविता में लिखा है—पवन प्रसन्न् या पुष्प पराग।"

चिढ़कर बोले दद्दू—

"धर लो अपनी कबता-फबता अपने मों में और आगे तो पढ़ो।

लालजी ने ख़बर दी पूरे विस्तार से पिछले दिन की ऐतिहासिक बैठक का विस्तृत ब्यौरा।

फिर बोलने की पहली बारी दद्दू की थी—

"जे ख़बर तो हम सब जानत हें। मनो, ई बात हमाउ समझ में नी आई। कैंसो कलेजो केसरी बब्बा का कि अपनी ज़िन्दगी भर की सबरी जमा पूँजी झोंक दी उनने, बो...का कयत हें—हाँ—बिसबिदियालय।"

"अरे आप उच्चारण तो सही करो—विश्वविद्यालय। विश्व का अर्थ होता है पूरी दुनिया। यानी केसरी बब्बा हमारे छोटे-से हरिपुर में पूरी दुनिया बसा देंगे।"

"कैसी पगलैंट जेसी बात करत हे। ऐसो कहूँ हो सकत हे।"

"अरे दद्दू, मतलब यह है कि दुनिया भर के लोग बुन्देला विश्वविद्यालय में भोत ऊँची पढ़ाई का काम शुरू करेंगे।"

शास्त्रीजी ने हस्तक्षेप किया—

"मतलब यह कि शिक्षक और विद्यार्थी दूर-दूर से आएँगे।"

लियाकत अली बोल पड़े—

"अपने हरिपुर के लोग भी तो पढ़ेंगे-पढ़ाएँगे।"

लालजी चीख़े—

"पढ़ाएँगे नहीं सिर्फ़ पढ़ेंगे।"

दद्दू ने अपना दर्द उजागर किया—

"हम तो आठवीं फेल। हमाय कउन काम को हे जे बिसबिदियालय?"

मुँह में पान का अवशेष पीक़दान में टपकाते हुए शास्त्रीजी ने दद्दू की ओर गहरी नज़रों से देखा और कहा—

"दद्दू आप काय फिकर में पड़ गए। हम बोई करहें जो हमाओ काम हे।"

कौन सो काम? हम करत कहाँ हे कोउ काम।"

लियाकत अली ने हस्तक्षेप किया—

"दद्दू आप शास्त्रीजी का इशारा नहीं समझे। हम सब एक ही काम तो करते हैं।"

दद्दू झल्लाए—

"फिर वोई बात। हम कहाँ कछु करत हें।"

लियाकत अली ने आख़िर हुकुम का इक्का पटक ही दिया—

"करत हैं, दद्दू, हम चारों करते हैं। पॉलिटिक्स—राजनीति। हम सबकी अपनी-अपनी पार्टी है। एक बार शिक्षक-विद्यार्थी इकट्ठे तो हो जाएँ। फिर घुमाएँगे हम अपना-अपना झंडा। मगर सावधानी से। आपस में मिल-बाँटकर। अन्दर ही अन्दर। ऊपर से विरोध का भी दिखनौटा खेल चलेगा। असली मज़ा तो तब आएगा।"

शास्त्रीजी ने बागडोर अपने हाथ में ली—

"दद्दू, हम अभी तक शिक्षा के क्षेत्र में नहीं घुसे, क्योंकि हरिपुर में पाँच-छह तो स्कूल हैं और इनमें बच्चे पढ़ते हैं। विश्वविद्यालय में तो नौजवान होंगे। एक़दम कच्ची मिट्टी जिसे गोद-गादकर हम मनचाहा गढ़ लेंगे।"

खीं-खींकर के दद्दू हँस पड़े—

"तुम लोगों की खोपड़ी बड़ी करामाती है। कैंसी दूर की कौड़ी लई आए। मनो जा तो बताओ कि कित्तो टेम लगे बिसबिदियालय सुरू होवे में।"

हरिकेसरी फ़ोन पर प्रदेश के मुख्यमंत्री से बात कर रहे थे—

"जी हाँ, मुख्यमंत्रीजी, हमने यह तय किया है कि बुन्देला विश्वविद्यालय का शुभारम्भ एक जुलाई को ही हो जाए। आज 7 मई है और सात सप्ताह का समय शेष है। सिर्फ़ 55 दिन। 'सिर्फ़' शब्द का प्रयोग मैंने किया ज़रूर है, लेकिन यह मानता हूँ कि जो समय, किसी भी काम को करने के लिए हमारे पास होता है, वो काफ़ी होता है। ज़रूरी होता है बस निश्चय करना।"

उधर की मुख्यमंत्री की बातें सुनकर हरिकेसरी हँस पड़े, बोले—

"मेरी हँसी का यह अर्थ मत लगाइए कि मैं आपकी बात की हँसी उड़ा रहा हूँ। मैं ऐसी गुस्ताख़ी करने की बात सोच भी नहीं सकता। चूँकि आपने 'कोशिश' की बात उठाई है इसलिए कह रहा हूँ कि यह शब्द 'कोशिश' मेरे कोष में नहीं है। मैं तो, मुख्यमंत्रीजी, जो चाहता हूँ तो बस कर डालता हूँ। मेरी चाहत और करनी के बीच 'कोशिश' की दुविधा होती ही नहीं है।"

उधर से आती हुई मुख्यमंत्रीजी की बात, ध्यान से सुनते रहे हरिकेसरी फिर बोले—

"जी हाँ, आप सही कह रहे हैं। हथेली पर सरसों पैदा करना तो महज़ मुहावरा है। उस सरसों की उपज के लिए ज़मीन चाहिए। इसी तरह आपने सही फ़रमाया कि विश्वविद्यालय के शुभारम्भ के लिए भवन चाहिए। आप सरकारी ज़मीन उपलब्ध करवा देंगे, बड़ी कृपा है आपकी। और यह भी सही है आपका कहना कि ज़मीन तो रातोंरात मिल सकती है, मगर भवन तैयार होने में समय लगेगा। मगर मेरे पास भवन की समस्या का हल है। आप तो बस 'प्रबन्ध समिति' गठित कर दीजिए और बुन्देला विश्वविद्यालय अध्यादेश जारी कर दीजिए। शेष मुझ पर छोड़ दीजिए। मेरी परियोजना के अन्तर्गत शेष बचे 55 दिनों के बजाय 50 दिनों में कक्षाएँ शुरू करने की प्रक्रिया शुरू हो जाएगी।

आगामी कुछ दिनों में हरिकेसरी ने अपनी दोनों हवलियों—एक विशाल भीमकाय हवेली और दूसरी अनुपात में थोड़ी छोटी हवेली के पुनरुद्धार का काम जिसमें, काट-छाँट और साज-सज्जा, कुछ इस अन्दाज़ में शुरू कर दिया कि पता ही नहीं चला—कब सुबह ढली दोपहर में, कब गुज़री दोपहर और आई शाम, कब शाम ने ओढ़ ली रात और कब बीती रात, सुबह की पहली किरण के स्वागत के लिए।

'सपना वही जो किसी को सोने न दे।'

हरिकेसरी ने अपनी कल्पनाशीलता का ऐसा इन्द्रजाल रचा कि वो विशाल भीमकाय हवेली भव्य ऐतिहासिक दृष्टि के आकर्षक स्पर्श के साथ विष्णुदत्त की अधुनातन व्यावहारिक दृष्टि का समावेश करते हुए, वर्तमान आवश्यकताओं के

अनुसार भावी विज्ञान, कला, वाणिज्य और विधि संकायों के विभिन्न विषयों के अनुरूप अलग-अलग प्रयोगशालाओं, कक्षाओं, स्टाफ रूम, छात्र-छात्राओं के अपने-अपने कॉमन रूम, सभागार, छात्र-छात्राओं के अलग-अलग होस्टल आदि में रूपान्तरित हो गई।

छोटी हवेली में विश्वविद्यालय कार्यालय, पुस्तकालय, केंटीन, इनडोर गेम्स, नाट्यगृह आदि की व्यवस्था का समुचित प्रावधान रखा गया।

इन हवेलियों के निकट सैकड़ों एकड़ ज़मीन शासन ने बुन्देला विश्वविद्यालय के नाम हस्तान्तरित कर दी।

बुन्देला विश्वविद्यालय की पहचान को स्थायित्व प्रदान करने के लिए इन हवेलियों के इर्द-गिर्द कम्पाउंड वॉल बनाया गया और दो भव्य प्रवेश द्वार बनाए गए—एक बड़ी हवेली के सामने और दूसरा छोटी हवेली के सामने। दोनों हवेलियों के बीच की लम्बी-चौड़ी खाली ज़मीन पर एक फ्लैग पोस्ट भी बनाया गया और दोनों हवेलियों के बीच आवागमन के लिए सड़कें तो बनीं ही, बागीचे भी लगाए गए उन नीम के वृक्षों की कतारों के इर्द-गिर्द जो वर्षों से हवेलियों की शोभा के रूप में लगे हुए थे।

हरिकेसरी की अध्यक्षता में 'विश्वविद्यालय प्रबन्ध समिति' शासन द्वारा मात्र एक माह के लिए गठित की गई थी। उसमें शासन के चार वरिष्ठतम अधिकारी मनोनीत किये गए। जन प्रतिनिधि के रूप में हरिपुर के चारों नामचीन वकील और एकमात्र रईस नामज़द हुए थे। इस प्रबन्ध समिति के सचिव के रूप में मनोनीत हुए थे प्रोफ़ेसर विष्णुदत्त चतुर्वेदी। इस प्रबन्ध समिति ने हरिकेसरी के सर्वोपरि मार्गदर्शन और विष्णुदत्त की अहर्निश सेवाओं के फलस्वरूप, सौंपी गई सम्पूर्ण जिम्मेदारी मात्र पन्द्रह दिनों में पूरी कर दी।

प्रबन्ध समिति द्वारा तैयार किया गया प्रस्तावित बुन्देला विश्वविद्यालय अध्यादेश का मसौदा शासन द्वारा स्वीकृत होकर अध्यादेश के रूप में ज़ारी हो गया जिसके अन्तर्गत विश्वविद्यालय के संचालन के लिए महासभा, विद्या परिषद्, विभिन्न संकाय, कार्यपरिषद् आदि का विधिवत् गठन सम्पन्न हुआ। इसके पूर्व विभिन्न विषयों के आचार्यों, प्रवाचकों, व्याख्याताओं की नियुक्तियाँ भी चयन समितियों के माध्यम से सम्पन्न हो गईं।

हरिकेसरी के संकल्प और विष्णुदत्त की अथक कार्यकुशलता के अनुरूप मात्र पचास दिनों में यह समस्त कार्य सम्पन्न हो गया।

बुन्देला विश्वविद्यालय अध्यादेश के अनुसार तीन पद रिक्त थे। एक विधिवत् गठित चयन समिति द्वारा चयनित कुलसचिव का पद भरा तो गया, किन्तु शासन

द्वारा नेपथ्य में रचे गए चक्रव्यूह के अनुरूप। हरिकेसरी ने भी परोक्ष रूप से कुलसचिव की नियुक्ति की जिम्मेदारी मुख्यमंत्री पर छोड़ दी थी। आश्चर्यजनक बात यह थी कि केवल एक व्यक्ति चयन समिति के समक्ष उपस्थित हुआ। चयन समिति ने उसे योग्य घोषित किया और उसकी नियुक्ति कुलसचिव पद पर हो गई। उनका नाम था बाँके बिहारी। संयोग ऐसा कि बिहारी जी बिहार से ही पधारे थे। वहाँ किसी कॉलेज के प्राचार्य थे।

शेष दो पदों के लिए महासभा की बैठक आयोजित की गई, जिसमें उपकुलपति और कोषाध्यक्ष का निर्वाचन होना था। उपकुलपति पद के लिए एकमात्र हरिकेसरी निर्विवाद थे।

कोषाध्यक्ष पद रिक्त था एक विशाल प्रश्नचिह्न की तरह जिसमें कपाट निर्वाचन के लिए खुले हुए थे।

'अंगारा साप्ताहिक' पिछले कुछेक महीनों से केवल विश्वविद्यालय का साप्ताहिक बनकर रह गया था। बुन्देला विश्वविद्यालय जिस तेज़ी से आकार ग्रहण कर रहा था, उससे क़दम मिलाते हुए 'अंगारा साप्ताहिक' पीछे नहीं रहना चाहता था।

'अंगारा' के ताज़ा अंक के प्रथम पृष्ठ पर एक विशाल तिजोरी बनाई गई थी जिसके नीचे लिखा गया था—'बुन्देला विश्वविद्यालय का नया ख़जाना' अगले पृष्ठ पर एक भारी-भरकम चाबी बनाई गई थी—जो एक माला जैसी डोर से लटक रही थी। इस चित्र के नीचे लिखा था—"यह चाबी किसके गले का हार बनेगी?"

अन्दर के पृष्ठों पर उन व्यक्तियों पर विशेष टिप्पणी लिखी गई थी जिनके कोषाध्यक्ष बनने की सम्भावना बताई गई थी। इनमें पहला नाम—क्रान्तिवीर लाल, दूसरा पीताम्बर शास्त्री, तीसरा लियाकत अली खाँ, चौथा रामभरोसे और पाँचवाँ स्वयं हलीम का था, किन्तु इन पाँचों नामों पर पटाक्षेप किया गया था। अन्तिम पृष्ठ पर जिसमें पूरे पृष्ठ का चित्र था सन्तनराय दद्दू का। चित्र के ऊपर लिखा गया था—'बुन्देला विश्वविद्यालय के नये ख़जाने का ख़जांची' और चित्र के नीचे लिखा गया था—'सन्तनराय दद्दू—बुन्देला विश्वविद्यालय के कोषाध्यक्ष।'

इस अन्दाज़ में प्रस्तुत किया गया था यह अंक कि हरिपुर के हर गली-कूचे में ख़ूब मज़ा लेकर पढ़ा गया यह अंक—हँसी, ठिठोली से भरपूर। मज़ा यह था कि केवल भाषायी धरातल पर पाँचों व्यक्ति विशेष की छवि चित्रात्मक नहीं, बल्कि भाषायी कार्टून के रूप में तब्दील कर दी गई थी, किन्तु अन्तिम पृष्ठ पर व्यक्ति विशेष के लिए कोई टिप्पणी नहीं लिखी गई थी। उनके चित्र को ही वास्तविक कार्टून बना दिया गया था।

कोषाध्यक्ष पद गरमा रहा था। 'अंगारा' द्वारा छेड़े गए काग़ज़-क़लम के इस मासूम खेल की सार्वजनिकता जितनी ख़ुशगवार थी, उतना ही शतरंजी था नेपथ्य में चल रहा खेल धुरंधरों का।

कोषाध्यक्ष पद के उत्सुक प्रत्याशी मुरली मनोहर गोस्वामी, आतुर प्रत्याशी इन्द्रजीत दुबे, उत्कंठित प्रत्याशी गोपीकृष्ण खरे और अवश्यमेव प्रत्याशी श्याम कलेवर सेठिया—यानी चारों वकील एक-दूसरे से बेख़बर राजमार्ग से राजधानी पहुँचे अपने निजी राजकीय वी.आई.पी. के पास उम्मीद से भरे-भरे, विश्वास से लबालब, खींसे निपोरते किन्तु हा हन्त! वहाँ से दुत्कार के साथ खदेड़े जाकर लौट के घर को आए मुँह लटकाकर। मगर धुरंधरों का खे़ल तो ज़ारी रहता है। एकला चलो से जुगलबन्दी पर उतरे चारों खिलाड़ी अपना-अपना खेल ज़ारी रखते हुए दो-दो के खेमे में बँटकर फिर उतरे मैदान में।

जैसे ही मुरली मनोहर गोस्वामी और इन्द्रजीत दुबे सदर बाज़ार स्थित रईस आनन्दीलाल शुक्ल की कोठी पर पहुँचे, वैसे ही कार से उतरने के पहले ही इस युगल की दृष्टि कोठी के बाहर खड़ी श्याम कलेवर सेठिया की कार पर पड़ी, वे दोनों फौरन से पेशतर समझ गए कि माज़रा क्या है और तुरन्त बढ़ लिये दद्दू की हवेली की तरफ़।

दद्दू के दीवाने ख़ास में कोहराम मचा हुआ था। लालजी आड़े तिरछे हो रहे थे और दद्दू आगबबूला। 'अंगारा' में छपे कार्टून और कार्टूनी छाया को लेकर अब्दुला दीवाना और रामभरोसे की लू उतारी जा रही थी। ये दोनों, उन दोनों की आग पर पानी छींट रहे थे। बाक़ी दोनों गुमसुम बैठे थे। यानी कुल छह लोगों के बीच अचानक मुरली मनोहर गोस्वामी और इन्द्रजीत दुबे का आ धमकना कारगर साबित हुआ। कोहराम पर जैसे पाला पड़ गया। दोनों वकील महानुभावों का आदर सत्कार शुरू हो गया।

मुरली मनोहर गोस्वामी ने देर करना उचित नहीं समझा और बोल पड़े—

"आप सब तुरन्त तैयार हो जाइए। हमें रईस आनन्दीलाल शुक्ल की कोठी पर जाना है, उन्हें बधाई देने के लिए। वो बुन्देला विश्वविद्यालय के कोषाध्यक्ष बनने जा रहे हैं।"

अब्दुला दीवाना पूछ बैठा—

"पक्की ख़बर है?"

"सोलह आने! ज़ल्दी कीजिए।"

दद्दू ने हुक्म ज़ारी किया—

"बड़ी वाली गाड़ी निकालो। सब जने साथ चलहें। वकील साहब आप अपनी

गाड़ी इतई छोड़ दो। हम लौटके आहें तो फिर इतई नास्ता पानी साथै साथ करहें।"

जैसे ही आठजने बड़ी गाड़ी में बैठने को हुए कि श्याम कलेवर सेठिया और गोपीकृष्ण खरे आ धमके।

दद्दू ने आवाज़ दी—

"आप दुइनो भी हमाय साथ आ जाएँ।"

किन्तु इससे पहले कि सेठिया कोई प्रतिक्रिया व्यक्त करते एक बड़ी कार ने इस परिदृश्य में प्रवेश किया। इस कार से उतरे रईस आनन्दीलाल शुक्ल। बेहद गर्मजोशी से उनकी आवभगत हुई और सभी दद्दू के दीवाने ख़ास में विराजमान हुए।

बिना किसी देरदार के आनन्दीलाल भाषण की मुद्रा में उठ खड़े हुए और बोलने लगे—

"हरिपुर के दस रत्नों!"

फिर थोड़े पॉज़ के बाद हँसकर बोले—

"मैं गणित में कमजोर रहा हूँ इसलिए मैंने गिनती लगाकर पहले जाँच लिया कि मेरा 'दस रत्नों' कहना सही है या नहीं।"

"तो मैं कहना यह चाहता हूँ कि आज का 'अंगारा' पढ़कर लगा कि मुझे दद्दू से मिलना चाहिए क्योंकि 'अंगारा' ने दद्दू को बुन्देला विश्वविद्यालय का कोषाध्यक्ष घोषित कर दिया है तो मैं हैरान हूँ कि अब मेरा क्या होगा?"

दद्दू लपककर पहुँचे आनन्दीलाल के पास और चरणों में झुककर बोल पड़े—

"मालक, आप केंसी बात कर रये हो। कहाँ राजा भोज और कहाँ गंगू तेली। जे 'अंगारा' वारे दोई बदमास हें—रामभरोसे और अब्दुला दीवाना। कैंसे बिगाड़ दौ इनने हमाओ थोबड़ा। खेल उनको भओ अउर हम बन गए बजरबट्टू।"

आनन्दीलाल ने हस्तक्षेप किया—

"मैं भी तो इस खेल में शामिल होने के लिए भागता आया, क्योंकि हमें मालूम था कि आप सब हमारे घर आने वाले हैं। तो मैं आप सबको लेने आया हूँ। शुक्लाइन घर पर आप सबका नाश्ते पर इन्तज़ार कर रही हैं।"

और कारवाँ चल पड़ा।

शालीन शुरुआत हुई महासभा की। पहली बार बैठक की अध्यक्षता के लिए हरिकेसरी का नाम निर्विवाद रूप से मान्य किया गया। विष्णुदत्त ने उपकुलपति पद के लिए प्रस्तावित किया। इस प्रस्ताव के अनुमोदन में पूरी महासभा उठ खड़ी हुई और 'केसरी बब्बा' के जयकारा से सभाभवन देर तक गूँजता रहा।

सन्तनराय दद्दू ने कोषाध्यक्ष पद के लिए रईस आनन्दीलाल शुक्ल का नाम प्रस्तावित किया। तालियों की समवेत गड़गड़ाहट में अनुमोदन हुआ।

कुलसचिव बाँके बिहारी ने दोनों की सर्वसम्मति से चुने जाने की घोषणा की।

अब बारी आई महासभा की ओर से विश्वविद्यालय कार्यपरिषद् की सदस्यता के लिए दो जन प्रतिनिधियों के चुनाव की। सहसा गुलाबी माहौल में काँटे उभर आए जब चारों वकीलों के नाम विधिवत् प्रस्तावित और अनुमोदित होकर सामने आए। हरिकेसरी के चेहरे पर चिन्ता की लकीरें उभर आईं। आख़िर चुनाव की नौबत आ ही गई। सुई पटक सन्नाटा पसर गया। विष्णुदत्त और आनन्दीलाल ने तुरन्त इशारों-इशारों में बात कर ली और विष्णुदत्त बोले—

"अध्यक्ष महोदय, हमारी यह प्रार्थना है कि इस चुनाव के पूर्व पन्द्रह मिनट का अन्तराल स्वीकार हो।"

पूरी महासभा ने एक स्वर में स्वीकृति दी।

दद्दू ने लपककर चारों वकीलों को सभा भवन के पास वाले कमरे में इकट्ठा किया। विष्णुदत्त और आनन्दीलाल उनसे जा मिले।

थोड़ी देर बाद सातों व्यक्ति हँसते हुए सभाभवन में वापस आए। कुलसचिव ने चुनाव प्रक्रिया को आगे बढ़ाते हुए कहा—

"नाम वापसी की प्रक्रिया शुरू की जाती है।"

तुरन्त मुरली मनोहर गोस्वामी और इन्द्रजीत दुबे ने अपने-अपने नाम वापस लिये तथा मुरली मनोहर गोस्वामी बोले—

"श्याम कलेवर सेठिया जी और गोपीकृष्ण खरे जी हम दोनों से उम्र में बड़े हैं, हमारे अग्रज हैं। आप दोनों को ही जनप्रतिनिधि के रूप में कार्यपरिषद् की सदस्यता ग्रहण करने का सर्वसम्मत अधिकार है।"

बड़ी देर तक तालियाँ बजती रहीं।

हरिकेसरी के चेहरे पर सन्तोष लौट आया। कुलसचिव ने बैठक का एजेंडा पढ़ते हुए कहा—

"अब उपकुलपति एक महत्त्वपूर्ण घोषणा करेंगे।"

"आप सबके लिए एक अचम्भा है—अ प्लेज़ेंट सरप्राइज़ फॉर यू। हरिपुर के प्रख्यात नागरिकों के साथ मेरी जो पहली बैठक हुई थी, उस बैठक में मैंने प्रोफ़ेसर विष्णुदत्त चतुर्वेदी को बुन्देला विश्वविद्यालय का प्रथम शिक्षक घोषित किया था। अचम्भा यह है कि छोटे भाई प्रथम शिक्षक हैं और बड़े भाई प्रथम विद्यार्थी—श्री शंकरदत्त चतुर्वेदी। उनका नाम मेरे लिए पूजनीय है, क्योंकि मेरे पूज्य पिताजी का नाम भी शंकर है। मैं बुन्देला विश्वविद्यालय की प्रथम महासभा में उन्हें विशेष रूप से आमंत्रित कर रहा हूँ और साथ में एक किशोर को भी जिसका नाम है—लल्लन प्रसाद वर्मा। ये दोनों ही बुन्देला विश्वविद्यालय के प्रथम विद्यार्थी हैं।"

करतल ध्वनि के साथ दोनों का स्वागत किया गया।

दोनों के लिए कुर्सियाँ लगाई गईं। मगर दोनों बैठे नहीं।

शंकरदत्त बोले—

"क्षमा चाहता हूँ, उपकुलपति महोदय। चूँकि बुन्देला विश्वविद्यालय की महासभा की यह विधिवत् बुलाई गई बैठक है जिसमें केवल माननीय सदस्यों को स्थान ग्रहण करने का अधिकार है इसलिए हमारा बैठना मर्यादा के अनुकूल नहीं होगा।

हँस पड़े हरिकेसरी और बोले—

"शंकरदत्त जी का तर्क हमेशा वज़नदार होता है। एक बार मैं इनसे हार भी मान चुका हूँ। मगर मैं वकील भी हूँ इसलिए हारना मैंने सीखा नहीं है। तो श्रीमान् शंकरदत्त चतुर्वेदी, मर्यादा सम्बन्धी आपके तर्क को ख़ारिज करते हुए मैं दो तर्क प्रस्तुत कर रहा हूँ। एक तो यह कि आप दोनों के नाम की घोषणा का मसला बैठक के एजेंडे में शामिल है। इसलिए आप दोनों को महासभा की इस बैठक में विधिवत् आमंत्रित किया गया है। दूसरा यह कि आप दोनों को स्थान दिया जाए या नहीं, यह व्यवस्था का प्रश्न है और चूँकि महासभा की इस बैठक की अध्यक्षता मैं कर रहा हूँ इसलिए व्यवस्था देने का अधिकार मेरा है। और इसी अधिकार से मैं आप दोनों को स्थान ग्रहण करने का अनुरोध कर रहा हूँ।

शंकरदत्त और लल्लनप्रसाद हरिकेसरी के चरणों में झुक गए।

शंकरदत्त बोले—

"आपकी आज्ञा शिरोधार्य है।"

और दोनों बैठ गए।

पूरी सभा में हँसी गूँज उठी, फिर करतल ध्वनि।

कुलसचिव ने अगला एजेंडा पढ़ा—

"उपकुलपति की अनुमति से बुन्देला विश्वविद्यालय के नवरचित कुलगान का प्रथम वाचन होगा।"

हरिकेसरी बोले—

"सभासदो! एक अचम्भा और। वन मोर सरप्राइज़। आपको यह जानकर अत्यन्त प्रसन्नता होगी कि हमारे बीच हिन्दी के प्रख्यात कवि विराजमान हैं। चूँकि उनकी इस ख्याति से मैं परिचित था इसलिए मैंने उनसे यह अनुरोध किया था कि वो महासभा की स्वीकृति हेतु बुन्देला विश्वविद्यालय का कुलगान प्रस्तुत करें। आइए श्रीमान् शंकरदत्त चतुर्वेदी।"

शंकरदत्त उठ खड़े हुए और बोले—

"माननीय उपकुलपति महोदय, आपके आदेश का पालन करते हुए मैंने कुलगान लिख लिया है और संगीतज्ञों की संगत में कुलगान को स्वरबद्ध भी कर लिया है। यदि अनुमति हो तो मैं प्रस्तावित कुलगान का सस्वर पाठ करूँ।"

मेज़ें थपथपाकर सभासदों ने स्वागत किया।

हरिकेसरी बोले—

"आप हमें कितनी बार चौकाएँगे शंकरदत्त जी। आप कवि तो हैं ही, साथ में गायक भी हैं। सोने में सुहागा। कृपया प्रस्तुत करें।"

शंकरदत्त ने कुलगान प्रस्तुत किया। पूरी महासभा तल्लीन होकर सुनती रही। कुलगान की समाप्ति पर सभाभवन में सहसा चुप्पी पसर गई। कुछ क्षणों तक कोई प्रतिक्रिया नहीं हुई, सिर्फ़ चुप्पी।

थोड़े डूबे स्वर में शंकरदत्त ने पूछा—

"शायद आप लोगों को कुलगान पसन्द नहीं आया।"

सहसा भर्राई आवाज़ उभरी क्रान्तिवीर लाल की—

"सही फ़रमाया आपने। नहीं पसन्द आया, बिल्कुल पसन्द नहीं आया, क्योंकि हम प्यासे रह गए। हमारी शिकायत है कि यह कुलगान इतना छोटा क्यों है? हम सब यही चाह रहे थे, माट्साब कि आप गाते रहें और हम सब सुनते रहें। शब्दों का इतना सार्थक चयन जिनमें क़ेसरी बब्बा के सपनों की ऐसी इन्द्रधनुषी उड़ान और संगीत का ऐसा शहदीला इन्द्रजाल कि हम क्रान्तिवीर नहीं रहे तन्मय लाल हो गए।"

और फफककर रोते हुए लालजी दौड़े और शंकरदत्त के चरण में लौट गए।

पूरी सभा खड़े होकर तालियाँ बजाती रही।

शंकरदत्त ने लालजी को गले लगाया।

हरिकेसरी की आँखें नम हो गईं। वे बोले—

"मेरे पास शब्द नहीं हैं। बस, इतना कहना चाहूँगा कि मुझे गर्व है इस ऐतिहासिक आश्चर्य पर कि बुन्देला विश्वविद्यालय के प्रथम विद्यार्थी श्रीमान् शंकरदत्त चतुर्वेदी का नाम इस विश्वविद्यालय के दस्तावेज़ में दो बार लिखा जाएगा। एक बार प्रथम विद्यार्थी के रूप में और दूसरी बार कुलगान के शब्दों और सरगम के रचयिता तथा प्रथम गायक के रूप में। बुन्देला विश्वविद्यालय की महासभा की इस ऐतिहासिक प्रथम बैठक के सुचारु सम्पन्नता के लिए समस्त सभासदों के प्रति आभार और बधाई।"

अगले दिन ही 'अंगारा' साप्ताहिक का केवल दो पृष्ठों का परिशिष्ट प्रकाशित हुआ। प्रथम पृष्ठ पर भव्य सज्जा के साथ बुन्देला विश्वविद्यालय का कुलगान प्रकाशित हुआ और हरिपुर के घर-घर पहुँच गया।

अपने बंगले के लॉन की हरी मखमली घास पर चहलक़दमी करते हुए हरिकेसरी हर सुबह की तरह सोच में डूबे हुए थे। सहसा पूर्व दिशा के क्षितिज पर उनकी निगाहें टिक गईं। सूर्योदय का पूर्वाभास आकाश में प्रकाश का धुँधलका और फिर फैलती होती हुई लालिमा की डोर से बँधे शिशु सूर्य का उदय।

उनके ध्यान में अहर्निश विद्यमान बुन्देला विश्वविद्यालय, उनकी मानस सन्तान का अभ्युदय एक जुलाई को होगा। इस शुभारम्भ की सभी तैयारियाँ सम्पन्न हो

चुकी थीं। उनके मानस पटल पर चलचित्र चल पड़ा और वे सिंहावलोकन में केन्द्रित हो गए।

बस एक स्थान पर आकर चलचित्र सहसा थम गया। शेष समस्त प्रबन्ध सटीक थे। जो नहीं हो सका, वो होगा ज़रूर किन्तु उसके लिए प्रतीक्षा करनी पड़ेगी।

बुन्देला विश्वविद्यालय के शिक्षकों के आवास का प्रबन्ध विश्वविद्यालय परिसर में नहीं हो सका। हरिकेसरी स्वयं किराए के बंगले पर ठहरे हुए थे। इस समस्या का समाधान हरिपुरवासियों ने ढेरों किराए के मकानों के तत्काल बन्दोबस्त करके पूरा किया।

प्रोफ़ेसर चतुर्वेदी का पैतृक निवास तो था हरिपुर में, किन्तु वह इतना छोटा था कि उसमें उनके बड़े भाई शंकरदत्त के छह सदस्यों का परिवार मुश्किल से रहता था। विष्णुदत्त के परिवार में भी चार सदस्य थे। तीन कमरों वाले घर में भला दस जनों का गुज़ारा कैसे होता। यों भी विष्णुदत्त स्वयं अपने बड़े भाई के लिए चिन्तित थे। उन्होंने म्युनिसिपल हाईस्कूल में शिक्षक पद से दो वर्षों के लिए अवैतनिक अवकाश जो ले रखा था। वही बड़े भाई जिनके वरदहस्त के एकमात्र सहारे से विष्णुदत्त यहाँ तक पहुँचे थे। कोई बड़ा भाई ऐसा भी हो सकता है। विष्णुदत्त यादों के गलियारे में बड़ी दूर निकल गया।

कितना शान्त था पानी झील का। इतना शान्त कि उसकी सतह के ऊपर से गुज़रती हुई हवा भी उसमें लहरें पैदा नहीं कर रही थीं। एक हरी चादर बिछी हुई थी झील की सतह पर। अचानक एक शोर उठा झील की अतल गहराइयों से। हरी चादर के नीचे दबे पानी में हलचल हुई। और चादर फट गई। फिर से पानी-पानी हो गया झील का एक टुकड़ा और उस टुकड़े में टूट गिरा आकाश। सारा आकाश नहीं, बस एक टुकड़ा आकाश। टुकड़ा ही काफ़ी था पानी से पानी की पहचान की याद ताज़ा करने के लिए। टुकड़ा तो था आकाश का, झील के पानी में, मगर धुँधला था, जैसे होता है अतीत...अतीत...अतीत जो वर्तमान को स्थगित रखकर पीछे...बहुत पीछे सहसा उजागर होता है और बड़ी देर तक बना रहता है जब तक पीछे से आगे चलकर पुनः वर्तमान में नहीं आ मिलता।

(फ्लैश बैक)

मैट्रिक का इम्तहान तो किशोर विष्णु का था। मगर परिश्रम में जुटे थे शंकरदादा, पिछले दो वर्षों से। उन्हें तो याद भी नहीं कि कितने वर्षों पहले उन्होंने खुद मैट्रिक पास किया था प्रथम श्रेणी में फिजिक्स, केमेस्ट्री, मैथ्स और हिन्दी में डिस्टिंग्शन के

साथ। मगर उनके मन में यह मलाल रह गया था कि टॉप नहीं कर पाए थे, दसवें नम्बर पर थे। उनकी ज़िद थी कि उनका छोटा भाई मैट्रिक में टॉप करे। मामूली टॉपर नहीं, बल्कि नम्बर दो को कम से कम दस अंकों से पछाड़ कर।

मगर शंकरदत्त के साथ समस्या यह थी कि मैट्रिक पास करने के बाद उनका सम्बन्ध कई वर्षों से फिज़िक्स, केमेस्ट्री और मैथ्स से छूट गया था। इसलिए उन्होंने ट्यूशन करना छोड़कर इन तीनों विषयों की पढ़ाई नये सिरे से शुरू की ताकि अपने छोटे भाई को पढ़ा सकें।

उनका श्रम सार्थक हुआ और विष्णु ने मैट्रिक बोर्ड की परीक्षा में टॉप किया और उन चारों विषयों में तो डिस्टिंगशन प्राप्त किया ही जिनमें उनके बड़े भाई शंकरदत्त को मिला था, एक और विषय अंग्रेज़ी में भी उनको डिस्टिंगशन मिला।

ख़ूब हंगामा हुआ। ख़ासकर शंकरदत्त के पड़ोसी बीड़ी वाले सेठ प्रतापसिंह ठाकुर ने अपनी विशाल कोठी में, जिसकी एक दीवार शंकरदत्त के पैतृक घर की दीवार से सटी हुई थी, बड़े पैमाने पर दावत का आयोजन किया था, क्योंकि प्रतापसिंह का बेटा नारायणसिंह भी द्वितीय श्रेणी में मैट्रिक पास कर गया था। दो बार फेल होने के बाद।

विष्णु का दोस्त था नारायणसिंह और विष्णु ने पढ़ाई में उसकी ख़ूब मदद की थी। इस दावत का स्टार था विष्णु, क्योंकि उसने पूरे प्रदेश में हरिपुर का नाम रोशन किया था, लेकिन विष्णु के चेहरे पर वैसी रौनक नहीं थी, जैसी होनी चाहिए थी। वो अपने भविष्य को लेकर चिन्तित था कि कहीं उसका भी वही हश्र न हो जो उसके शंकर दादा का हुआ था।

दावत के दौरान शंकरदत्त और प्रतापसिंह के बीच गहन मंत्रणा चल रही थी।

सहसा उत्तेजित होकर प्रतापसिंह ऊँची आवाज़ में बोले—

"कृपया ध्यान दीजिए। अभी-अभी शंकर बेटे से मेरी बातचीत हुई। उन्होंने मुझे यह सूचना दी कि वो अपने छोटे भाई विष्णु को आगे पढ़ने के लिए बनारस हिन्दू विश्वविद्यालय में भर्ती कर रहे हैं।"

विष्णु का चेहरा सहसा खिल उठा। उसके दोस्त नारायण सिंह ने उसे गोद में उठा लिया।

उसी समय दावत में पधारे अतिथियों में से किसी ने पूछा—

"ठाकुर साहब, यह तो आपने बहुत ज़ोरदार ख़बर सुनाई, मगर आपके बेटे नारायण सिंह की आगे की पढ़ाई का क्या होगा?"

"आप भी अच्छा मज़ाक कर रहे हैं, भाई साहब। यह तो नारायण के पिछले सात पुश्तों के लिए अजूबा है कि हमारे ठाकुर खानदान में किसी ने मैट्रिक पास किया है और वो भी इसलिए कि उसे विष्णु जैसे हीरे की संगत मिल गई। वरना इस बार भी नारायण वैसे ही लुढ़कते जैसे पिछले दो साल से लुढ़क रहे थे। मैंने तो

दो साल पहले ही तय कर लिया था कि नारायण हमारे धन्धे में हाथ बँटाएगा। मगर विष्णु ने चिरौरी की—"चाचाजी, एक बार फिर नारायण को मैट्रिक की परीक्षा में बैठने दीजिए, मेरी ख़ातिर।" मैंने विष्णु का कहा मान लिया और देख लीजिए विष्णु ने यह कमाल भी कर दिखाया कि दो बार मैट्रिक फेल को सेकेंड क्लास में मैट्रिक पास करा दिया। हम भी खुश हुए कि ठाकुर खानदान में एक तो मैट्रिक पास हुआ।"

विष्णु ने एक बार फिर चिरौरी की—

"चाचाजी, नारायण को भी बनारस भेज दीजिए। हम एक से दो भले।"

"देख बेटा,एक बार मैंने तेरी बात रख ली, लेकिन इस बार हमारी मजबूरी है। तू ही बोल बेटा, नारायण आगे पढ़-लिख कर करेगा क्या? उसे तो हमारी तरह बीड़ी ही भाँजनी है। सच बात बताऊँ—वो तो ज़रूरत से ज़्यादा पढ़ चुका है।"

हँसी का फव्वारा बड़ी देर तक अतिथियों पर बरसता रहा।

शंकरदत्त चूँकि बहुत पहले से बनारस हिन्दू विश्वविद्यालय से पत्र व्यवहार कर रहे थे, इसलिए जब अपने छोटे भाई को लेकर वो विश्वविद्यालय के विज्ञान संकायाध्यक्ष के पास पहुँचे तो विष्णु की मार्कशीट देखकर लगभग उछल पड़े और बोले—

"अद्‌भुत, सचमुच अद्‌भुत। पहली बार किसी टॉपर की ऐसी चौंकाने वाली मार्कशीट देखी।"

शंकरदत्त ने मौक़ा देखकर एक निवेदन प्रस्तुत किया—

"सर, एक विशेष रिक्वेस्ट करनी है।"

"हाँ, हाँ, करिए।"

"सर, विष्णु का एडमिशन तो हो गया और उसकी होस्टल व्यवस्था भी हो गई। उसी व्यवस्था के सम्बन्ध में एक करबद्ध प्रार्थना है कि विष्णु को डोरमिटरी में जगह दी गई है जहाँ कुल 20 विद्यार्थियों के एक साथ आवास की व्यवस्था है। क्या विष्णु के लिए अलग कमरे की व्यवस्था नहीं हो सकती। ख़ासकर इसलिए कि वो सी.पी. बोर्ड का टॉपर है।"

जिस महानुभाव से शंकरदत्त की बातचीत चल रही थी, वे साइंस फेकल्टी के डीन थे और फिज़िक्स विभाग के प्रोफ़ेसर एवं विभागाध्यक्ष। नाम था डॉ. कृपामय बोस।

शंकरदत्त की बात सुनकर वो चिन्ता में पड़ गए और बोले—

"आपका कहना सही है कि बीस विद्यार्थियों की संगत में विष्णु जैसे असाधारण मेधावी छात्र को असुविधा तो होती। मगर मुश्किल यह है कि सिंगल रूम फेसिलिटी केवल रिसर्च स्कॉलर्स के लिए है और मेरे विश्वविद्यालय के रूल्स एंड रेगुलेशंस बहुत स्ट्रिक्ट हैं और आपके छोटे भाई की असाधारणता को देखकर मैं सोच में पड़ गया हूँ।"

अचानक ही प्रोफ़ेसर बोस को कुछ सूझा और उन्होंने फ़ोन लगाया। बातचीत बाँगला में हो रही थी, इसलिए शंकर और विष्णु उहापोह की स्थिति में सुनते रहे। उनकी समझ में कुछ भी नहीं आ रहा था।"

बातचीत समाप्त कर प्रोफ़ेसर बोस मुख़ातिब हुए—

"एक उपाय है चतुर्वेदी जी। और इस उपाय के बारे में मैं सोच रहा हूँ इसलिए कि आपका भाई मात्र मेधावी नहीं है, अतिरिक्त और असाधारण रूप से मेधावी है। वो केवल सीपी बोर्ड का टॉपर नहीं है, उसने नम्बर दो पर आए छात्र से 12 अंक अधिक प्राप्त किये हैं। अद्वितीय! यह अपने आप में एक रेकार्ड है।"

"तो उपाय यह है कि चूँकि मैं विश्वविद्यालय के प्रोफ़ेसर साइज़ के बंगले में रहता हूँ जिसमें चार बड़े रूम हैं और उसमें रहते हैं—एक कमरे में मेरे माता-पिता, एक कमरे में हम दोनों और एक कम कमरे में हमरी बेटी शाश्वती, डाकनाम यानी घरू नाम झूनू जो नाइंथ क्लास में पढ़ रही है। यानी नीचे एक कमरा खाली है। और दूसरी मंज़िल पर एक स्वीट है हमारे अतिथियों के लिए। तो यह भूतल वाला चौथा खाली कमरा आपके छोटे भाई के लिए आज से आरक्षित है। हाँ, यदि आपको हमारा यह प्रस्ताव स्वीकार हो? और जहाँ तक उस कमरे के किराए का सवाल है, वो आउट ऑफ क्वेश्चन है, क्योंकि अपने बंगले का कोई हिस्सा किराए पर देना नियम-विरुद्ध है।"

थोड़ी देर तक दोनों भाई अवाक् बैठे रहे। शंकर की आँखें नम हो गईं। उसने रुँधे गले से कहा—

"आप देवता हैं प्रोफ़ेसर बोस।"

"एक बात और। आप अपने भाई के भोजन वग़ैरह की चिन्ता न करें, क्योंकि आपका भाई किराएदार तो है नहीं कि उसके भोजन के लिए हम आपसे दाम वसूल करें। वो तो हमारे घर का एक सदस्य बन गया है।"

शंकर लगभग दौड़कर प्रोफ़ेसर बोस के चरणों में झुक गया, साथ में विष्णु भी। प्रोफ़ेसर बोस ने उन दोनों को गले लगाया। और उनके लिए नाश्ता मँगवाया। शंकर हाथ जोड़कर खड़ा हो गया और बोला—

"प्लीज़ सर, यह तकलीफ मत कीजिए।"

"प्लीज़ मिस्टर चतुर्वेदी, आप पहले बैठ जाइए। अभी हमें आपसे और भी बातें करनी हैं। आप हैं चतुर्वेदी और हम हैं बोस। ज़ाहिर है कि आप शाकाहारी हैं और हम सर्वाहारी। इसलिए मिसेज़ बोस ने आश्वस्त किया है कि आपके भाई के लिए बिल्कुल अलग से भोजन पकेगा। यों तो हम रोज़ाना शाकाहारी भोजन ही करते हैं, बस एक डिश में जल-वनस्पति की उपस्थिति तो होती है। यह तो हुई बॉटनी की बात, जुओलॉजी की उपस्थिति सप्ताह में कम से कम एक बार तो होती है। अब आपके भाई का भोजन न केवल अलग से पकेगा—उसे उसके कमरे में परोसा जाएगा।"

विष्णु ने पहली बार मुँह खोला और तपाक से बोला—

"नहीं-नहीं सर, हम आपके साथ बैठकर ही भोजन करेंगे। हाँ, यदि आपको मंजूर हो तो। मेज़ पर आप कुछ भी खाते रहें, मुझे कोई फ़र्क नहीं पड़ेगा। मैं ऐसे दोस्तों के साथ कई बार एक ही मेज़ पर भोजन कर चुका हूँ। मुझे कोई तकलीफ नहीं होती।"

बोस ने हँसकर कहा—

"गुड बॉय! तुम हमारे साथ बैठकर ही भोजन करोगे।"

उन्होंने ड्राइवर को बुलवाया और उसे समझाया कि दोनों अतिथि जहाँ ठहरे हैं, वहाँ से सामान लेकर बोस के बंगले पर पहुँचें। थोड़ी ना-नुच के बाद बैठक विसर्जित हुई।

शंकर अपने छोटे भाई विष्णु को बनारस में छोड़कर जब हरिपुर के लिए रवाना हुआ तो बेहद सन्तुष्ट था। उसने घर लौटकर जब माता-पिता को बनारस वाली व्यवस्था सुनाई तो दोनों गद्‌गद्‌ हो गए।

शंकर के परिवार में माता-पिता के अलावा दो बहनें और छोटा भाई विष्णु। शंकर उम्र में सबसे बड़ा था। बीच में दोनों बहनें लक्ष्मी और सरस्वती। दोनों की शादी हो चुकी थी। अब तो विष्णु भी बनारस जा बसा। ज़ाहिर है कि माता-पिता को घर बहुत सूना-सूना लगने लगा, विष्णु के जाने के बाद। शंकर भी केवल शिक्षक नहीं था। उसके अपने साहित्यिक और सामाज़िक सरोकार थे, ट्यूशंस थे। उसने अपने परिवार की ज़िम्मेदारी के कारण अभी तक शादी नहीं की थी, यद्यपि 30 वर्ष का हो गया था। चारों भाई, बहनों की उम्र में लगभग पाँच-पाँच वर्ष का अन्तर था। बहुत छोटी उम्र में विष्णु को घर छोड़ना पड़ा था। उस समय वो मात्र 15 वर्ष का था।

हर वर्ष छुट्टियाँ तो दो बार होती थीं। दशहरे-दीवाली की छुट्टी कम अवधि की होती थी और पढ़ने-लिखने के दबाव के रहते विष्णु अपने घर नहीं जा सकता था। इसलिए उस दौरान शंकर बनारस जा पहुँचते थे।

पहली बार जब दशहरे, दीवाली की छुट्टी में शंकर बनारस पहुँचा। तो सीधे उसी होटल में जा ठहरा जहाँ पहली बार ठहरा था।

मगर इतिहास का दोहराया जाना भी तो तय था, लेकिन इस बार कार लेकर ड्राइवर नहीं पहुँचा। स्वयं कृपामय बोस विष्णु को साथ लेकर होटल के कमरे में दाखिल हुए। शंकर हड़बड़ाया—

"अरे, आपने क्यों कष्ट किया?"

वो जैसे ही कृपामय के चरण स्पर्श करने के लिए झुका, कृपामय ने उसका हाथ पकड़ लिया और बनावटी ग़ुस्से में बोले—

"नो-नो! नो चरण स्पर्श। आय रिफ्यूज़ एनी प्रोनाम फ्रॉम अ स्ट्रेंजर। यह कोई बात हुई। जहाँ तुम्हारा घर है और उस घर में तुम्हारा छोटा भाई विष्णु भी रहता है, उस घर को छोड़कर होटल में ठहरने की धृष्टता तुमने कैसे की। दिस इज़ नॉट एक्सेप्टेबल। मैं तो यही कहना चाहता हूँ कि तुरन्त अपने छोटे भाई का चरण स्पर्श स्वीकार करने के बाद उसे गले लगाइए और उल्टे पाँव चलते बनिए वापस हरिपुर।"

शंकर कमरे की फ़र्श पर बैठ गए और उसने कृपामय के चरण पकड़ लिये। और बोला—

"सर, गैंने माना कि मुझसे भारी भूल हो गई है।"

"सिर्फ़ भूल नहीं ब्लंडर।"

"कान पकड़कर इस ब्लंडर के लिए माफ़ी चाहता हूँ। मगर इतनी बड़ी सज़ा मत दीजिए। मैं फौरन घर चलने की तैयारी करता हूँ।"

कृपामय ने शंकर को हाथ पकड़कर उठाया और उसे गले लगा लिया।

"दैट्स लाइक अ गुड बॉय।"

अब तो एक रुटीन-सी बन गई। दशहरे-दीवाली की छुट्टियों में शंकर बनारस पहुँचकर कृपामय के घर पर विष्णु के घर पर ही ठहरता और गर्मी की लम्बी छुट्टियों में विष्णु पहुँच जाता हरिपुर। दोनों बहनें भी बच्चों सहित आ पहुँचती और हरिपुर के घर का कोना-कोना चहक उठता।

देखते-देखते छह वर्ष बीत गए।

विष्णु ने तो रेकार्ड कायम किया। इंटर साइंस और बी.एससी. में उसे वैसा ही परीक्षा फल मिला। दोनों परीक्षाओं में प्रथम श्रेणी में प्रथम तथा फिज़िक्स, केमेस्ट्री, मैथ्स और अंग्रेज़ी में डिस्टिंगशन।

एम.एससी. में उसने फिज़िक्स में रेकार्ड अंक प्राप्त किये और टॉपर रहा। वैसे तो साइंस फैकल्टी में हमेशा मैथ्स के टॉपर को मार्क्स के आधार पर साइंस फैकल्टी में टॉपर होने का गोल्ड मेडल मिलता था। मगर इस बार विष्णु ने मैथ्स वाले टॉपर को पछाड़कर साइंस फैकल्टी का गोल्ड मेडल हासिल कर लिया।

सम्पूर्ण छात्र जीवन में टॉपर होने के नाते विष्णु को लगातार छात्रवृत्ति मिलती रही और फीस भी माफ़ रही। इसलिए विष्णु ने छात्रवृत्ति की धनराशि का उपयोग

शुरू-शुरू में बोस घर की सब्ज़ी-भाजी और किराने का सामान लाने की पहल की तो कृपामय ने बड़े प्यार से समझाया कि रुपयों का यों अपव्यय न करे। रुपये जमा करे और गर्मी की छुट्टियों में हरिपुर में दिल खोलकर खर्च करे। हरिपुर में भी उसे पिता और शंकर दादा से डाँट मिली मगर वो अपनी ज़िद पर अड़ा रहा।

एम.एससी. के बाद विष्णु जी-जान से जुट गया नौकरी के लिए। उसकी क़िस्मत से उसी साल बनारस हिन्दू विश्वविद्यालय के फिज़िक्स विभाग में एक लेक्चरर दो वर्षों की स्टडी लीव में लन्दन चला गया और उसकी स्टडी लीव में हुई खाली जगह पर विष्णु को अस्थाई नियुक्ति फिज़िक्स के लेक्चरर के पद पर दो वर्षों के लिए मिल गई। लेक्चरर बनते ही विष्णु ने फिज़िक्स में कृपामय बोस के निर्देशन में डी.एससी उपाधि के लिए रिसर्च भी शुरू कर दी। उसने अलग से किराए का मकान लेने की जो पहल की तो उस पर कृपामय की बर्फ़वारी हो गई।

प्रोफ़ेसर बोस की इकलौती सन्तान, उनकी बेटी शाश्वती उर्फ़ झूनू ने मैट्रिक की परीक्षा यथासमय प्रथम श्रेणी में उत्तीर्ण की। यूनिवर्सिटी में वो आर्ट्स की छात्रा बनी और उसने आई.ए. तथा बी.ए. प्रथम श्रेणी और मेरिट में पास करने के बाद एम.ए. दर्शनशास्त्र में ज्वॉयन किया।

घर पर तो झूनू गाउन ही पहनती थी अपनी माँ की तरह। मगर यूनिवर्सिटी में वो सलवार कुर्ता और दुपट्टा सलीके से पहनती थी। जब बी.ए. पास की तो गर्मी की छुट्टियों में उसकी माँ ने उसे साड़ी पहनना सिखाया और एम.ए. की छात्रा के रूप में वो साड़ी पहनकर ही यूनिवर्सिटी जाने लगी।

विष्णु के साथ उसके दोस्ताना सम्बन्ध शुरू से ही बन गए थे। यह दोस्ताना इतना सहज था कि वे इस बात से बेखबर थे कि यह दोस्ताना लड़के और लड़की के बीच है। दोस्ती तो प्रगाढ़ होती चली गई, मगर देह गौण बनी रही।

एम.एससी. की परीक्षा के बाद जब गर्मी की छुट्टियाँ आईं तो कृपामय ने विष्णु को सलाह दी कि वो डॉक्टरेट के लिए रिसर्च का फॉर्म भरने के बाद ही छुट्टियाँ मनाने हरिपुर जाए, क्योंकि रिसर्च डिग्री कमेटी (आर.डी.सी.) की मीटिंग अमूमन इन्हीं छुट्टियों में रखी जाती है। इस मीटिंग में मौखिक परीक्षा (वायवा) के लिए विष्णु को स्वयं उपस्थित रहना होगा। तो क्यों—इस 'वायवा' के बाद ही वो हरिपुर जाए। विष्णु ने हरिपुर जाना स्थगित कर दिया, किन्तु दो दिनों बाद ही कृपामय ने विष्णु को सूचित किया कि एक्सटर्नल एक्सपर्ट ने आर.डी.सी. के लिए 20 जून की तारीख तय की है, इसलिए विष्णु हरिपुर हो आए।

छुट्टी के इन दो दिनों में जब तक विष्णु बनारस में ही रहा वो और झूनू अपनी-अपनी साइकिलों पर सवार बनारस का भ्रमण करते रहे। चाट चटकारने का मज़ा भी लिया, फ़िल्म भी देखी।

चाट की हाट में गोलगप्पे के हिमालय का शिखर दर्शन ऐसा लुभावना होता है कि उसकी कशिश में कोई भी चटोरा खींचा चला जाता है। यही हाल विष्णु और झूनू का भी हुआ। दोनों में होड़-सी लग गई। आँकड़ा बीस तक पहुँचते-पहुँचते झूनू तो चीं बोल गई। अपनी सूरमायी अन्दाज़ में विष्णु पच्चीस तक पहुँचकर ठिठक गया, बोला—

"तुम बोलो तो और चटखार सकता हूँ।"

झूनू तुरन्त बोल पड़ी—

"ना बाबा ना, आपका पेट फट जाएगा तो मैं क्या करूँगी। मेरे पास तो सुई डोरा भी नहीं है।"

रात को भोजन का बुलावा आया तो झूनू की आवाज़ तक नहीं निकली। माँ ने विष्णु को आवाज़ दी और कहा झूनू को भी साथ ले आए।

विष्णु आया तो चेहरे पर थकावट थी—बोला—

"आंटी, झूनू तो सो रही है और मुझे भी भूख नहीं हैं"

माँ चिन्तित हुई—

"तुम्हारे चेहरे पर तो थकावट लिखी हुई है।"

"हमारे लिए सच बोलना ही ठीक होगा। दरअसल, हम दोनों में आज चाट की हाट में गोलगप्पे खाने की होड़ लग गई थी।"

कृपामय हँस पड़े और लपककर पूछ बैठे—

"कौन जीता?"

उनकी श्रीमती नाराज़ हो गई—

"तुम कैसा बेतुका सवाल करते हो। ये दोनों अब बच्चे नहीं हैं।"

"मदाम बोस, गोलगप्पे उम्र का लिहाज़ नहीं करते। मैंने भी अपने ज़माने में पचास का रेकार्ड बनाया था। आज भी बीस-पच्चीस तो फटकार सकता हूँ और तुम भी तो चाट की हाट में दोना अपने हाथ से छोड़ती नहीं थीं। एक ख़त्म होते ही चाटवाला दूसरा धर देता खाली दोने में और तुम सिर झुकाए गुटकती रहती थीं।"

तीनों हँस पड़े। उसी समय आँखें मलती हुई झूनू आ टपकी। वो भी हँसी में शामिल तो होती है मगर बाँगला में बोल पड़ती है—

"पेट टा आइ-ढाई कोरछे।"

विष्णु भी बाँगला समझने लगा था मगर झिझक के मारे बोल नहीं पाता था। उसने कमेंट किया—

"अब अनाप-शनाप गोलगप्पे खाओगी तो पेट में खलबली तो मचेगी।"

श्रीमती बोस इतनी देर में ईनोज़ फ्रूट सॉल्ट दो गिलासों में भर लाई। विष्णु और झूनू तुरन्त गुटक गए और दोनों अपने-अपने कमरे में सोने चले गए। विष्णु बोलता गया—

"सर, मैं परसों ही हरिपुर रवाना हो रहा हूँ। कल वायवा है।

20 जून को वायवा के बाद विष्णु डी.एस.सी. उपाधि हेतु रिसर्च स्कॉलर रजिस्टर्ड हो गया।

21 जून को अचानक इलाहाबाद जाने का कार्यक्रम बन गया। कृपामय ड्राइवर को बुलाना चाहते थे, मगर वो श्रीमती बोस से छुट्टी लेकर गाँव चला गया था। कृपामय ने ग़ैरेज से कार निकालकर पोर्च में लगा ली और स्टियरिंग पर ही बैठे रहे। भागता हुआ विष्णु आया और उनसे बोला—

"सर, आप पीछे की सीट पर आंटी के साथ बैठ जाइए। झूनू मेरे साथ बैठेगी और मैं कार चलाऊँगा। मैं ड्राइवर और झूनू कंडक्टर।"

उलाहना देती हुई झूनू बोली—

"बाबा, हम तीनों तो इंश्योर्ड हैं। मगर शोफर बेचारा..."

स्टियरिंग सँभालते हुए विष्णु बोला—

"हम इंश्योर्ड तो नहीं हैं मगर एश्योर्ड तो हैं।"

कृपामय पूछ बैठे—

"तुमने ड्राइविंग कब सीखी?"

"सर, झूनू और हमने यानी हम दोनों ने साथ-साथ ड्राइविंग सीखी है। इसलिए इलाहाबाद से लौटते हुए झूनू ड्राइव करेगी।"

रास्ते में जो बारिश शुरू हुई तो इलाहाबाद तक न केवल साथ देती रही, बल्कि झड़ी में तब्दील हो गई।

इलाहाबाद में अपने प्रोफ़ेसर दोस्त और उनकी श्रीमती जी के साथ कृपामय का पिकनिक का जो प्रोग्राम तय हुआ था तो वो झड़ी की भेंट चढ़ गया। बौछार इतनी तेज़ थी कि घर के सारे दरवाज़े और खिड़कियों को बंद करना पड़ा था।

तय पाया कि रात के भोजन में खिचड़ी और भजिये बनेंगे। बारिश की रिमझिम में खिचड़ी और भजियों का 'कॉम्बो' से अधिक लज़ीज़ और कुछ भी नहीं हो सकता। खिचड़ी तो कम खाई गई मगर भजियों की तो बन आई। रसोइया क़िस्म-क़िस्म के भजिए बनाता जा रहा था तो बस बनाता ही जा रहा था। सबसे हिट आइटम सर्वानुमति से प्याज़ के लच्छेदार भजिये साबित हुए। इस क़दर खाए गए कि लगा जैसे इलाहाबाद शहर की प्याज़ मंडी खाली हो गई।

कृपामय के इलाहाबादी दोस्त साउथ मलाका के लाउदर रोड पर रामबाग छोटी लाइन रेलवे स्टेशन के सामने एक तिमंज़िला घर में रहते थे। चूँकि उनके

दोनों बच्चे—एक बेटा और एक बेटी केम्ब्रिज यूनिवर्सिटी में पढ़ने के लिए इंग्लैंड चले गए थे इसलिए उन्होंने अपने घर का तीन-चौथाई हिस्सा किराए पर चढ़ा दिया था। शेष हिस्से में तीन बेडरूम थे। एक में कृपामय अपनी श्रीमती के साथ ठहर गए, दूसरा बेडरूम गृहस्वामी और गृहिणी का था, तीसरा अधिकतर बन्द रहता था, क्योंकि तीसरा कमरा गृहस्वामी के बेटे-बेटी का था।

कृपामय के इलाहाबादी प्रोफ़ेसर दोस्त और उनकी पत्नी पान-तम्बाखू के शौकीन थे, शौकीन क्या मुरीद थे। उन्होंने रसोइए से पान माँगा। रसोइया झिझकते हुए बोला—

"हम अबै ले आउथ हें बाज़ार से।"

उसे बाजार से पहले लाना याद नहीं रहा और बारिश शुरू हो गई। इससे पहले कि रसोइया डाँट का शिकार होता, विष्णु बोल पड़ा—

"अरे सर, आपके घर के ऐन सामने पान की दुकान है। हम तुरन्त ले आते हैं।"

"मगर बेटा, तुम छाता लेकर जाओगे तो भी भीग जाओगे।"

"सर, दरअसल यही तो चाहता हूँ। बारिश के मौसम की शुरुआत भी हो गई और हम एक बार भी नहीं भीगे। ऐसा सुनहरा मौक़ा भला कब मिलेगा।"

प्रोफ़ेसर की पत्नी ने झट एक छाता थमा दिया विष्णु को।"

विष्णु बोल पड़ा—

"क्या आंटी, छाता लेंगे तो भीगेंगे कैसे?"

"अरे बेटे, ऐसी आड़ी तिरछी बौछार हो रही है कि छाता भी उसे रोक नहीं पाएँगे। हाँ, तुम्हारा सिर ज़रूर भीगने से बच जाएगा।"

विष्णु ने पूछा—

"हाँ सर, पान कैसा लाएँ?"

"तुम तो पनवाड़ी से बोल देना, सामने के प्रोफ़ेसर साहब ने मँगवाए हैं।"

विष्णु बाहर निकला ही था कि झूनू दौड़ती हुई आई और विष्णु के छाते के नीचे पनाह ले ली और बोली—

"माँ, मैं भी विष्णु दा के साथ जा रही हूँ। बरसात में भीगने का पहला मौक़ा मैं कैसे चूक सकती हूँ।"

पनवाड़ी गद्-गद्दायमान कि ऐसी मूसलाधार बारिश में भी ढेरों पान के ग्राहकों का शुभागमन। उसने बड़ी तबीयत से चार-चार बीड़े तम्बाखू वाले पान प्रोफ़ेसर और उनकी पत्नी के लिए लगाए। कृपामय और उनकी पत्नी के लिए एक-एक सादा पान लेकर जैसे ही विष्णु चलने को हुआ तो पनवाड़ी ने इसरार किया—

"क्या बाबू साब आप सूखे मुँह चले जाएँगे।"

"अरे भाई, हम पान नहीं खाते।"

"इसीलिए तो ख़ास अरज़ कर रहा हूँ कि हुज़ूर एक पान आप और

एक पान दीदी अगर दबा लेंगे तो तबीयत ऐसे तरबतर होगी कि आप भी हमें याद करोगे।"

"लेकिन भाई, हम तम्बाखू बिल्कुल नहीं खाते और न ही सादा पान खाते हैं। पान तो खाते ही नहीं हैं।"

"यही तो बात है, बाबूसाब। ये सादा पान नहीं है हुजूर। ऐसा सुरीला पान है कि इस पान की ख़ातिर आप रामबाग टेसन के नुक्कड़ पर भागते चले आएँगे।"

झूनू बोल पड़ी—

"अरे विष्णु दा आप ले भी लीजिए। यह बेचारा इतना इसरार कर रहा है। मैं भी पान नहीं खाती, मगर आज खा लूँगी। खिचड़ी, भजिए के डिनर के बाद भरी बरसात के मौसम में पान जमेगा भी।"

विष्णु ने एक-एक पान झूनू और अपने लिए बँधवा लिये।

दोनों कमर तक भीग चुके थे।

पनवाड़ी की दुकान पर लालटेन की रोशनी में दोनों ने एक-दूसरे की तरफ़ देखा और ज़ोरों से हँस पड़े।

थी तो यह बेमतलब हँसी। दरअसल, किसी भी बेमतलब हँसी में कोई मतलब तो होता ही है। भले ही दूसरी सतह पर न दीखे, मगर मन की कन्दराओं में दुबका बैठा होता है। अच्छा हुआ जो बिजली चली गई वरना लालटेन की रोशनी का मज़ा आता भी तो कैसे?

इलाहाबादी प्रोफ़ेसर के बेटे-बेटी के कमरे में जब विष्णु और झूनू दाख़िल हुए तो उस कमरे में भी लालटेन जल रही थी। दो बिस्तर एक-दूसरे से कुछ फ़ासले पर करीने से लगे हुए थे। एक छोटी मेज़ पर एक सुराही और दो गिलास रखे हुए थे। झूनू ने तुरन्त एक गिलास में विष्णु को पानी दिया और दूसरे गिलास में खुद पानी पिया। दो आरामकुर्सियाँ भी थीं निवाड़ से बुनी।

विष्णु बोल पड़ा—

"आरामकुर्सियों की बनावट ही ऐसी होती है कि उस पर आमंत्रण लिखा होता है।"

झूनू बोली—

"हाँ, और पान भी तो खाना है।"

"यह भी सही है कि भीगे कपड़ों में ही पान का असली मज़ा है।"

"ख़ासकर लालटेन की रोशनी में," दोनों फिर हँस पड़े।

झूनू ने दोनों आरामकुर्सियों पर दो सूखे तौलिये बिछा दिये ताकि गीले कपड़ों में बैठने से निवाड़ गीली न हो जाएँ।"

विष्णु ने पान का बीड़ा लिया और दोनों के मुँह पान से भर गए। पान मुँह में रखे-रखे दोनों आरामकुर्सियों पर विराजमान हुए।"

झूनू बोल पड़ी—

"माँ-बाबा कहते हैं कि पान को चबाना नहीं चाहिए ख़ासकर मघई पान, क्योंकि मघई अपने आप घुलता जाता है।"

दोनों पहली बार मघई पान खा रहे थे। अचानक उनके मुँह में, जीभ के स्पर्श से, एक अज़ीब से ख़ुशनुमा स्वाद ने सिर उठाया और दोनों के शरीर झनझना उठे। और पान की महक से कमरा गमक उठा।

पान का रस बूँद-बूँद गुटकते हुए झूनू बोली—

"क्यों विष्णु दा, उस पनवाड़ी ने पान को सुरीला क्यों कहा? उसे तो रसीला कहना चाहिए था।"

"इसलिए कि रस तो बहुत जल्द ख़त्म हो जाता है, मगर सुर देर तक, बहुत देर तक बना रहता है।"

"पान भी तो बहुत देर तक मुँह में बना रहता है और जब तक पान के अवशेष को निकाल नहीं फेंकते, तब तक सो भी तो नहीं सकते हैं।"

"और ऊपर से मुश्किल यह कि मुँह में जब तक पान बना रहेगा, तब तक खुलकर बातचीत भी नहीं कर सकते।"

दोनों ने पान को महसूसना शुरू कर दिया।

कमरे में सहसा सन्नाटा पंछी बनकर कुछ देर तक बेआवाज़ मँडराता रहा और फिर पाँव समेटकर आँखें मूँदें बैठ गया। मगर सोया नहीं है। सन्नाटा। विष्णु और झूनू भी अपनी-अपनी कुर्सी की बेकरेस्ट पर सिर टिकाए थोड़ी देर तक सन्नाटा पंछी की बेआवाज़ उपस्थिति महसूसते रहे। उनकी पलकें बोझिल होने लगीं और बोझ को उतारने के बहाने उनकी पलकें बिछ-बिछ गईं। मगर नींद ने डेरा नहीं डाला।

कुछ तो मघई पान की तासीर और कुछ पनवाड़ी की करामात, दोनों को सुरूर आ गया।

सहसा झूनू बोल पड़ी—

"विष्णु दा, रात काफ़ी हो गई है और पान भी मुँह में ऐसा घुला कि सुपाड़ी के क़तरे भर बचे हैं। चलिए उन्हें फेंककर सोने की तैयारी करें।"

"और झूनू उठ खड़ी हुई कि अचानक उसे चक्कर-सा आया और वो गिरने-गिरने को हुई। विष्णु ने उसे सँभाल लिया। झूनू निढाल होकर विष्णु के सीने से जा लगी। विष्णु के पाँव भी लड़खड़ाए मगर उसने झूनू को बचाने के लिए खुद को तो सँभाला ही, उसे भींच भी लिया। उसकी बाँहों की कसावट में एक अजीब-सी कसक महसूस की झूनू ने और अजाने-अचीन्हे खिंचाव में उसने भी अपनी बाँहों से विष्णु की पीठ जकड़ ली। दोनों ने अपने-अपने भीगे वस्त्रों में गीली आँच

महसूस की जो एक-दूसरे के मांसल दबाव में सुलग उठी। पहली बार उन दोनों ने एक साथ महसूस किया कि वे सिर्फ़ झूनू और विष्णु नहीं—पुरुष और स्त्री भी हैं। इस नये अचीन्हे अनुभव का रूपान्तरण कैसे उद्दाम उत्तेजना में घटित हुआ और दोनों ने एक-दूसरे के पान के मांसल स्वाद की अतल गहराइयों को देह तक आत्मसात् किया।

उसके बाद किसी ने कुछ नहीं किया, बस जो कुछ भी हुआ, वो होता चला गया। दोनों की देह के गीले आवरण का उन्मीलन कब और कैसे हो गया—दोनों को पता ही नहीं चला। देह युगल कब शय्याधीन हुआ—दोनों बेख़बर। अब तो उत्तेजना उच्छृंखल की पराकाष्ठा का उल्लंघन करने को थी कि झूनू घुटी आवाज़ में, अवरुद्ध श्वास के दबाव के चलते फुसफुसाई—

"आपको मेरी कसम।"

विष्णु पर अचानक बिजली-सी गिरी और वो छिटककर उठ खड़ा हुआ। उसने तुरन्त चादर लपेट ली और झूनू की देह पर एक चादर फैलाकर बाथरूम की ओर भागा। उसे बेहद शर्म आ रही थी, लेकिन एक दबी-दबी सी ख़ुशी भी थी कि आख़िर अनहोनी हो नहीं पाई। लक्ष्मण रेखा धूमिल भी नहीं हुई।

नहा-धोकर अटेच्ड बाथरूम का दरवाज़ा थोड़ा-सा खोलकर विष्णु ने कमरे के अन्दर झाँका। झूनू मुँह ढाँककर सो रही थी। विष्णु भी दबे पाँव चलकर खाली बिस्तर पर सो गया।

सुबह जब नाश्ते के बाद कार से बनारस रवाना होने के लिए बाहर निकले तब झूनू कार की पिछली सीट पर अपनी माँ के साथ बैठ गई।

कृपामय ने टोक दिया—

"क्यों झूनू, तुम कैसे मुँह छिपाकर पीछे अपनी माँ के पास बैठ गई? तय तो यही था कि वापसी की यात्रा में तुम कार चलाओगी।"

झूनू गुमसुम-सी कुनमुनाई—

"नहीं बाबा, मैं कार नहीं चला सकूँगी।"

'कोई बात नहीं। लेकिन मैं विष्णु को भी कार चलाने नहीं दूँगा। दैट विल बी अनफेयर।"

विष्णु भी कुछ नहीं बोला और ड्राइविंग सीट की बगल वाली सीट पर बैठ गया।

कार में सभी गुमसुम बैठे थे। इलाहाबाद की सीमा से बाहर निकलकर कृपामय बोल पड़े—

"बात क्या है, विष्णु तुम तो एक़दम चुपचाप बैठे हो। क्या झूनू के साथ तुम्हारा झगड़ा हो गया है?"

विष्णु कुछ बोल नहीं पाया। उसकी आँखें भर आईं। वो सिर्फ़ इतना ही बोल पाया—

"सॉरी, सर।"

और खिड़की से बाहर देखने लगा।

झूनू भी खिड़की से बाहर छलछलाती आँखों से देखती हुई चुप बैठी रही।

कृपामय बोले—

"आख़िर बात क्या है?"

श्रीमती बोस बोलीं—

"तुम क्यों बात का बतंगड़ बना रहे हो? चुपचाप गाड़ी चलाओ।"

"ओ.के. मदाम बोस—एज़ यू डिज़ायर।"

बनारस पहुँचकर झूनू भागकर अपने कमरे में तकिये में मुँह छिपाकर रोने लगी। जो भी सामान था डिकी में उसे समेटकर विष्णु भी घर के अन्दर दाख़िल हुआ और श्रीमती बोस से बोला—

"आंटी, मुझे भूख नहीं है। इसलिए लंच पर मेरा इन्तज़ार मत कीजिएगा।"

दिवा भोजनान्ते जब बोस दम्पती सो गए तब विष्णु अपना सारा सामान सूटकेस में भरकर उसी होटल में चला गया जहाँ वो पहली बार ठहर चुका था। वो एक नोट कृपामय के नाम छोड़ गया—

"वेरी वेरी सॉरी सर, अब हम आपके घर में नहीं रह सकेंगे। प्लीज़-प्लीज़ सर, कारण मत पूछिएगा।"

हरिपुर रेलवे स्टेशन पर शंकरदत्त चतुर्वेदी ट्रेन आने की प्रतीक्षा में खड़े थे। कल ही बनारस से प्रोफ़ेसर कृपामय बोस का तार मिला था—अर्जेंट। शंकर को आश्चर्य तो हुआ कि उसके भाई विष्णु ने यह ख़बर क्यों नहीं दी? ट्रेन आई। कृपामय फर्स्ट क्लास से उतरे। वो हँसे-मुस्कराए ज़रूर और गर्मजोशी का अभिनय भी करते रहे, किन्तु उनके चेहरे पर खिंची चिन्ता की लकीरों को छिपा नहीं सके।

उनके ठहरने का इन्तज़ाम शंकर ने पड़ोस में नारायणसिंह की कोठी में कर रखा था—शानदार। सामान वग़ैरह जमाने के बाद शंकर बोले—

"सर, आप नहाकर लंच लेंगे? बाथरूम अटेच्ड है।"

थोड़े अनमने से कृपामय बोले—

"हाँ, हाँ वो सब तो करना है। मगर सबसे पहले चाय पीना चाहूँगा।'एक़दम गरम चाय—स्टीमिंग हॉट—कम से कम दो कप। लम्बे सफ़र में ढंग की चाय तो नहीं मिलती।"

कृपामय चाय की चुस्कियों में डूब गए। वो चाय पी नहीं रहे थे, आत्मसात् कर रहे थे। एक़दम खामोशी में पहला कप ख़त्म करने के बाद दूसरे कप की पहली चुस्की लेते हुए कृपामय हँस पड़े।। हँसी फीकी थी। वो बोले—

"अब जान में जान आई। चाय की तलब भी क्या चीज़ है।"

शंकर ने पूछा—

"सर, चाय ठीक ठाक तो लगी आपको?"

"अरे भाई, बिल्कुल मन की। हूबहू मेरी चाय।"

"थैंक यू सर।"

"तुम क्यों थैंक यू बोल रहे हो। वो तो मुझे बोलना चाहिए। मगर तुम्हें नहीं, तुम्हारी वाइफ को।"

शंकर मुस्कराकर बोला—

"ऐसा तो सम्भव नहीं होगा, सर।"

"क्यों?"

"मैंने शादी ही नहीं की है।"

"क्या कह रहे हो?"

"क्या करें सर, फुरसत ही नहीं मिली।"

"मगर शादी करोगे तो?"

"सर, ज़रूरत ही महसूस नहीं करते। फिलहाल घर में सिर्फ़ माता-पिता हैं। तो मैं अकेले ही उनकी सेवा में लगा रहता हूँ। विष्णु भी तो आपके पास चला गया है।"

सहसा चिन्तित स्वर में कृपामय बोल पड़े—

"वही तो प्रॉब्लम है।"

शंकर को झटका-सा लगा—

"विष्णु आपके लिए प्रॉब्लम है?"

कृपामय ने पानी-पानी होकर प्रतिवाद किया—

"कैसी बात कर रहे हो। वो तो हीरा है। आज के ज़माने में विष्णु जैसा लड़का मिलना असम्भव है। ही इज़ टू गुड...टू गुड। और अब तो वो सेटल हो गया है।"

"हाँ सर, आपकी छत्रछाया में। उसका भविष्य उज्ज्वल है।"

"तो बेटा शंकर, प्रॉब्लम विष्णु नहीं है। बिल्कुल नहीं है।"

"प्रॉब्लम तो दरअसल तुमने पैदा कर दिया है।"

शर्मिन्दा-सा होते हुए शंकर बोले—

"मैंने ऐसा क्या कर दिया, सर?"

"वही तो। नहीं किया वही तो प्रॉब्लम है।"

"क्या नहीं किया सर?"

"प्रॉब्लम यही है कि तुमने शादी नहीं की है।"

"क्षमा करे, सर, इसमें तो मुझे कोई प्रॉब्लम नज़र नहीं आती।"

"अरे बेटा, प्रॉब्लम यह है कि जब तक घर के बड़े बेटे की शादी नहीं होती, तब तक छोटे भाई की शादी कैसे हो सकती है?"

आश्चर्यचकित हो गया शंकर—

"विष्णु की शादी, इतनी जल्दी? वो तो बहुत छोटा है, सर।"

"क्या करें? वो तो हमारा घर छोड़कर होटल में रहने के लिए चला गया है।"

"शंकर जैसे आसमान से गिरा।"

"आश्चर्य! उसने मुझे ख़बर तक नहीं दी।"

"वही तो! हमको भी कुछ कहे बिना चला गया।"

"मैं तो हैरान हूँ। विष्णु ने ऐसा पागलपन क्यों किया?"

"वही तो! मगर यह उसका पागलपन नहीं है। वो बहुत संस्कारी नौजवान है। बहुत ज़्यादा। इतना कि सहसा विश्वास नहीं होता। हम दोनों, हमारी श्रीमतीजी और मैं उसके प्रति कृतज्ञ हैं। उसने जो किया कोई नहीं कर सकता।"

"माज़रा क्या है? मेरी समझ में तो कुछ भी नहीं आ रहा है।"

उसी समय कमरे के बाहरी दरवाज़े पर शंकर के पिता आ खड़े हुए—

"क्या मैं अन्दर आ सकता हूँ?"

पानी-पानी होकर कृपामय उठ खड़े हुए और उन्होंने पिताजी के चरण स्पर्श किये—

"क्षमा करें, मैंने डिस्टर्ब किया। दोपहर के तीन बज चुके हैं और आपने अभी तक अपना मुँह जूठा नहीं किया है।"

"आप हमें क्षमा करें बाबूजी ।हम दोनों बात में ऐसे मशगूल हो गए कि समय बीतने का अहसास नहीं हुआ। चलिए, सीधे भोजन पर टूट पड़ते हैं।"

"मगर आपने तो कपड़े भी नहीं बदले हैं।"

हँस पड़े कृपामय।

"यही क्या कम है कि कपड़े पहने हुए हैं।"

ठहाके का दौर चला।

भोजन की मेज़ पर शंकर ने बातचीत का छूटा हुआ छोर यों सँभाला। उसने कृपामय को सम्बोधित न कर पिताजी को सम्बोधित किया—

"बाबूजी, बात बहुत ज़रूरी है इसलिए भोजन करते हुए बोलना चाहता हूँ।"

"हाँ, हाँ, बोलो बेटा।"

"आप चौंकिएगा नहीं। प्रोफ़ेसर बोस सर रातोंरात रेलयात्रा कर यह कहने आए हैं कि विष्णु की शादी कर दी जानी चाहिए।"

पिताजी ने दुनिया देखी है। उन्हें यह समझने में देर नहीं लगी कि यदि दाल पूरी तरह काली नहीं है तो कम से कम कुछ काला ज़रूर है दाल में। कुछ देर ख़ामोश रहने के बाद पिताजी बोले—

"प्रोफ़ेसर साहब, आप यह तो जान चुके होंगे कि हमारे बड़े बेटे शंकर की शादी अभी तक नहीं हुई है। दूसरी बात कि विष्णु इस समय मात्र 21 साल का है और उसी की शादी का प्रस्ताव लेकर आप रातोंरात हरिपुर आए हैं। इसलिए हम अन्दर की बात जानना चाहते हैं।"

भोजन परोसते हुए माताजी ने तुरन्त हस्तक्षेप किया—

"क्या यह अच्छा नहीं होगा कि भोजन के समय मन लगाकर सिर्फ़ भोजन किया जाए। हल्की-फुल्की बातचीत की तो मैं अनुमति देती हूँ मगर गम्भीर बात तो नहीं होनी चाहिए।"

पिताजी हँस पड़े और बोले—

"मैं जानता था शंकर की माँ बोले बिना मानेगी नहीं और देख लीजिए प्रोफ़ेसर साहब कि उनकी अनुमति का कैसा आतंक है। तो देवी भगवती, हम प्रोफ़ेसर साहब के प्रति कृतज्ञता तो व्यक्त कर सकते हैं कि उन्होंने विष्णु के लिए जो-जो किया है वो मात्र उपकार नहीं, वरदान है।"

कृपामय तुरन्त बोल पड़े—

"बाबूजी, आप तो हमें शर्मिन्दा कर रहे हैं। मैंने या और किसी ने भी विष्णु के लिए कुछ नहीं किया। वो तो अपनी आश्चर्यजनक प्रतिभा के बल पर कई-कई शिखरों पर पहुँचेगा।"

भोजन के बाद माताजी फिर हावी हुईं—

"शंकर, प्रोफ़ेसर साहब को अब अकेला छोड़ दें ताकि वे मुँह-हाथ धोकर थोड़ा सो लें। आख़िर रेल का सफ़र कर आए हैं, निश्चित थक गए होंगे।

पिताजी बोले—

"हाँ, प्रोफ़ेसर साहब, भोजन के बाद सोने की मेरी आदत अब तो बहुत पुरानी हो चुकी है।"

सचमुच थक गए थे कृपामय। शारीरिक और मानसिक थकावट ने उन्हें ऐसा धर दबोचा कि वे कपड़े बदले बिना ही सो गए।

शाम को देर से उठे। उठकर स्नान किया और कड़क कुर्ता-पायजामा पहनकर तरोताज़ा हो गए। तन से हुए ज़रूर मगर मन से नहीं।

ढलती शाम के धुँधलके में चाय की मेज़ पर चारों बैठ गए गोलमेज़ कॉन्फ्रेंस की मुद्रा में। कृपामय ने निस्संकोच 21 जून की इलाहाबादी रात की, दुर्घटना होते-होते बची घटना का कच्चा चिट्ठा निर्मल मन से खोल दिया—पूरे विस्तार के साथ किन्तु भाषायी संयम पर नियंत्रण का ख़याल सर्वोपरि था।

बेहद संयमित प्रतिक्रिया व्यक्त की पिताजी ने। बोले—

"शंकर, तुम प्रोफ़ेसर साहब को साथ लेकर हरिपुर की हवाखोरी कर आओ। आपको निश्चय ही अच्छा लगेगा, प्रोफ़ेसर साहब। बस, चकराघाट तक जाकर लौट आना, शंकर। मुझे पता है प्रोफ़ेसर साहब लौटकर चाय ज़रूर पिएँगे। बाद में और क्या? बस, भोजन ही तो करना है।"

चकराघाट पहुँचकर कृपामय ख़ुश हो गए। बोले—

"यह झील तो शायद हरिपुर की सीमा रेखा है। बड़ी ख़ूबसूरत है।"

शंकर ने कहा—

"ग़नीमत है कि हवा की दिशा झील की ओर जाती हुई है। यदि दिशा उल्टी होती तो पंक की दुर्गंध असह्य हो उठती।"

"शंकर, मैं थोड़ी देर यहाँ बैठना चाहूँगा।"

"सर, आप इत्मीनान से बैठिए। एंड सर, इफ यू वेरी काइंडली अलाउ मी, आय वुड फिनिश ऐन अर्जेंट वर्क एंड कम बेक सून।"

"टेक योर ओन टाइम, यंगमैन। आय हैव लाइक्ड दिस प्लेस।"

शंकर वहाँ से तेज़ी से चल पड़ा और सीधे कोतवाली के अन्दर पहुँचा।

कोतवाल ने उनकी आवभगत की। शंकर ने उनसे पूछा—

"कोतवाल साहब, यदि अनुमति हो तो एक लाइटनिंग कॉल करना है बनारस।"

कोतवाल बोले—

"यह हमारा सौभाग्य है माट्साब कि आप किसी बहाने सही, हमें दर्शन देने के लिए आ जाते हैं। ज़रूर कीजिए।"

शंकर को फ़ोन पर बातचीत करने का अवसर देने के लिए, उन्हें अकेला छोड़कर कोतवाल बाहर चले गए।

बनारस के होटल का फ़ोन नम्बर शंकर की डायरी में था।

शंकर ने ख़ूब प्रेम के साथ हँसी-मज़ाक के मूड में विष्णु से फ़ोन पर बातचीत

की और उसके अन्तर्मन की गहराई को टटोला। फिर उसे कहा कि वो फौरन हरिपुर आ जाए।

शंकर के साथ घर लौटते ही कृपामय ने कहा—

"मैं नाइट सूट पहन लूँ।"

शंकर ने तपाक से कहा—

"आप चेंज कीजिए सर, मैं आपके लिए चाय बनाता हूँ।"

शंकर ने अन्दर पहुँचते ही माता-पिता के मन को टटोला। दोनों की प्रतिक्रिया सकारात्मक थी। शंकर ने भी उन्हें ख़बर दी कि उसने भी विष्णु का मन टटोला है और उसे फौरन हरिपुर आने के लिए कह दिया। माता-पिता ने एक साथ शंकर को गले लगाया। माताजी रो पड़ीं—

"तेरे जैसा बेटा सौभाग्य से मिलता है।"

पिताजी बोले—

"सच कहा तुमने, जन्म-जन्मान्तर की तपस्या से तेरे जैसा बेटा मिला है।"

"आप जैसे माता-पिता तो हो ही नहीं सकते। एक परम्परावादी परिवार में रहते हुए भी आप दोनों के मन का आकाश कितना उजला है। एक बंगाली कन्या को पुत्रवधू के रूप में स्वीकारना आप दोनों का बड़प्पन है।"

माताजी सहसा बोल पड़ीं—

"तू यदि हाँ कर दे तो हम तेरे लिए भी एक कन्या तुरन्त तलाश लें।"

हँस पड़ा शंकर—

"आप कैसी बात कर रही हैं अम्मा। आप ही तो कहती हैं जब-जब जो-जो होना है, तब-तब वो-वो होता है। हमें तो अब बारात लेकर बनारस पहुँचना है।

विष्णु और शाश्वती उर्फ़ झूनू की शादी तीन पद्धतियों से हुई। पहली पद्धति आर्य समाज मन्दिर में। विष्णु के पिता आर्य समाजी जो थे। दूसरी पद्धति बाँगला रीति-रिवाज़ों के साथ और तीसरी पद्धति रजिस्ट्रार मेरिज ब्यूरो में बकायदे सील सिक्कों के साथ।

शादी के बाद विष्णु और शाश्वती लौटती बारात के साथ हरिपुर पहुँचे तो उन्हें नारायणसिंह की कोठी में उसी कमरे में ठहराया गया जिसमें कृपामय ठहरे थे। फिर हरिपुर के आर्यसमाज मन्दिर में शंकर ने रिसेप्शन आयोजित किया। इस रिसेप्शन में कृपामय और उनकी श्रीमती भी आए थे। उनके लिए भी नारायणसिंह ठाकुर की कोठी का एक कमरा और खुलवा दिया गया था।

दरअसल, शंकर के घर के पड़ोस में उनके घर से लगी नारायणसिंह ठाकुर की कोठी की दीवार वाला कोठी का हिससा चार कमरों, एक किचन, तीन अटेच्ड बाथरूम वाला एक स्वतंत्र यूनिट था जो हमेशा खाली रहता था और अक्सर शंकर के मेहमानों के काम आता था। कोठी में भी वो हिस्सा चतुर्वेदी माट्साब का बंगला कहलाता था।

कोठी में बंगला?

इसलिए कि दोनों घरों को जोड़ने वाला एक बाहरी कॉमन चबूतरा था जो शंकर के घर के मुख्य दरवाज़े और दोनों घरों के बीच कॉमन दीवार वाले बेडरूम के दरवाज़े के साथ जोड़ने वाला सेतु था। कोठी के चतुर्वेदी माट्साब के बंगले की बैठक का बाहरी दरवाज़ा लॉन पर खुलता था। इसी लॉन ने ही कोठी के इस स्वतंत्र यूनिट को बंगले की हैसियत दी थी।

विवाह के उत्सव परिवेश से उबरते ही शंकर ने विष्णु को आदेश दिया—

"बनारस लौटने के पहले झूनू के साथ हनीमून मनाने के लिए कम से कम एक हफ़्ते का प्रोग्राम बनाकर किसी भी मनपसन्द जगह पर हो आओ।"

विष्णु ने तुरन्त उत्तर दिया—

"आपका आदेश शिरोधार्य करते हुए उसे स्थगित कर रहा हूँ। हम अपने एकमात्र दादा और भाभी के साथ ही हनीमून पर जाएँगे। हम दोनों अकेले नहीं जाएँगे।"

शंकर ने बहस नहीं की। वो जानता था कि विष्णु की ज़िद। सिर्फ़ इतना ही कहा—

"अपनी ज़िद के पागलपन में उस छोटी बच्ची के सपनों को ध्वस्त कर तुम ठीक नहीं कर रहे हो।"

झूनू तुरन्त बोल पड़ी—

"दादा, आपके चरणों की सौगंध, हम विष्णु की उस ज़िद को सलाम करते हैं। सच तो यह है कि आपकी शादी के पहले विष्णु की शादी ग़लत है, लेकिन हम दोनों ने इसे केवल इसलिए स्वीकार किया, क्योंकि हम दोनों ने भयानक भूल की थी। यह तो आप जैसे बड़ों का आशीर्वाद है कि हमारी भयानक भूल, पाप बनने से बच गई।"

झूनू को दर्शनशास्त्र में एम.ए. और डी.लिट्. करने में पाँच साल गुज़र गए। इन पाँच सालों में विष्णु की नौकरी न केवल पक्की हुई, वो डी.एससी. भी हो गया और पदोन्नत होकर रीडर भी बन गया। उसके रिसर्च पेपर्स की धूम विदेशी शोध पत्रिकाओं में निरन्तर मची रही। उसने अपने शोध पर केन्द्रित एक पुस्तक भी लिख

दी जो लन्दन में छपी और विष्णु को कई विदेशी और देशी विश्वविद्यालयों में सम्मान मिला। इस बीच कृपामय की दूसरी पीढ़ी भी जुड़ गई बनारस हिन्दू विश्वविद्यालय परिवार में। उनके दामाद ने तो पहले ही अपने गुरु के चरण चिह्नों का अनुसरण किया था, अब बेटी भी शामिल हो गई दर्शनशास्त्र में लेक्चरर।

एक और पदोन्नति दोनों की एक साथ हुई जुगलबन्दी से। विष्णु को मिली पितृत्व पद की गरिमा और मातृत्व से महिमामंडित हुई झूनू। उनकी पहली सन्तान—बेटा।

पिछली रात को ही झूनू मेटरनिटी होम में दाख़िल हो चुकी थी। विष्णु तो था ही उसके साथ, झूनू की माँ भी थी। सूर्योदय और बेटे का जन्म साथ-साथ हुआ। विष्णु ने पहला फ़ोन हरिपुर कोतवाली में किया। कोतवाल ने सिपाही दौड़ाकर शंकर माट्साब को ख़बर पहुँचाई। वही सिपाही चकराघाट पहुँच गया और शंकर माट्साब की प्रातः भ्रमणकारी टोली को दी। वहाँ खोजी तिलकधारी भी मौजूद था, वो दौड़ा रामभरोसे के पास। रामभरोसे ने 'अंगारा' साप्ताहिक के लिए सुर्खी गढ़ी—'गुरु चतुर्वेदी परिवार में सूर्योदय।' शंकरदत्त माट्साब के पिताजी का नाम था गुरुदत्त। और अब्दुला दीवाना ने सिर्फ़ एक पन्ने का 'अंगारा' छापा, मोटे-मोटे अक्षरों में। छोटे शहरों की ऐसी आपसदारी कि हर कोई एक-दूसरे को जानता मानता हो।

हुआ यों कि झील में सहसा उछाल आया और झील का पानी चढ़ दौड़ा हरिपुर के गली-कूचों में—तिराहों, चौराहों पर नुक्कड़ों नाके पर। जहाँ देखो वहाँ पानी ही पानी। और फिर वापस लौट भी आया झील का पानी। हरिपुर आपादमस्तक गीला हो गया, लेकिन कीचड़ कहीं नहीं। सिर्फ़ मिट्टी की सोंधी महक तैरती रही हरिपुर की हवाओं में।

विष्णु ने कृपामय को भी फ़ोन पर कहा—

"दादू, कब तक सोते रहेंगे। माफ़ कीजिए, यह मैं नहीं बोल रहा हूँ। यह आपका नाती बोल रहा है।"

ख़ुशी के मारे रो पड़े कृपामय—

"अरे दादू भाई, तुमि आमाके डाकछो। आमि एखोनी आशछी।"

और नाइटसूट में ही अपनी कार चलाकर पहुँचे कृपामय मेटरनिटी होम। दरवाज़े पर ही नर्स खड़ी हो गई दरवाज़ा रोककर—

"प्रोफ़ेसर साहब, आज सुबह सूर्योदय के साथ ही मेटरनिटी होम में एंट्री फीस का नियम लागू हो गया है। आफ्टर ऑल, एक नये जेंटलमैन का शुभागमन हुआ है।"

कृपामय ने नर्स को गोद में उठा लिया और गोल-गोल घूमने लगे—

"बेटी, मैं तुझे मुँह माँगी फीस दूँगा, लेकिन क्या करें रात को सोते समय नाइट सूट में वॉलेट रखना भूल गया।"

मेटरनिटी होम के डिलेवरी रूम के बाहर झूनू की माँ और विष्णु खड़े थे। कृपामय ने पत्नी को भींच लिया और रो पड़े। पत्नी भी रोती रही। कितना विचित्र है यह सत्य कि परम आनन्द में भी कंठ में भाप के गोले का दबाव इतना भारी होता है कि फव्वारे-सा आँखों से फूट पड़ता है। विष्णु भी भरी आँखों से इस जुगल से लिपट गया।

हरिपुर में माज़रा ही कुछ और था। जो देखे बड़ा बाज़ार की ओर भाग रहा था, हाथ में मालाएँ लेकर चतुर्वेदी परिवार से मिलने को आतुर। दादा-दादी और ताऊ मालाओं से लदे आगन्तुकों का स्वागत जुमना मिठिया की चिरौंजी की बरफी से कर रहे थे।

सुबह से जो रेला शुरू हुआ तो देर दोपहर तक थमने का नाम नहीं ले रहा था। शंकर के एक विद्यार्थी को अचानक कुछ सूझा। वो भागता गया और बड़ा बाज़ार के मशहूर जनार्दन गुरु की पूड़ी-साग ले आया। उसने भरी टोकरी शंकर के सामने रख दी।

फिर उसने तीन पत्तलों में पूड़ी-साग परोसकर तीनों के सामने रख दी और बोला—

"लीजिए लक्ष्मीनारायण कीजिए।"

इससे पहले कि वे कुछ बोल पाते, एक विद्यार्थी घर के अन्दर से एक खाली गमला और लोटा भर पानी ले आया। उसने तीनों के हाथ धुलाए। सब कुछ इतनी तेज़ी से हो गया कि कोई कुछ बोल नहीं पाया।

उसी विद्यार्थी ने फिर टोकरी हाथ में उठाई और उपस्थितों में से हर एक को एक पूड़ी और साग उनके हाथ में रखते हुए बोला—

"लीजिए, नये-नये दादाजी-दादीजी और ताऊजी का प्रसाद।"

यह सिलसिला तब तक चलता रहा जब तक वे तीनों रात की ट्रेन से बनारस जाने के लिए स्टेशन नहीं पहुँच गए। स्टेशन पर भी माट्साब के भक्तों ने पीछा नहीं छोड़ा। वहाँ भी मालाएँ। यहाँ तक कि कुली भी मालाएँ लेकर हाज़िर।

वही विद्यार्थी फिर भागता आया जिसने दोपहर को पूड़ी-साग खिलाई थी। इस बार वो अपने हाथ में तीन खाली कुल्हड़ और केटली में दूध भरकर।

उसने कहा—

"हम जानते हैं कि आप तीनों रात को भोजन नहीं करना चाहेंगे, इसलिए सिर्फ़ दूध ले आया।"

उसने तीनों को दूध परोसा और हर कुल्हड़ में ऊपर से मलाई भी सजाई। शंकर ने उसे गले लगाकर कहा—

"तुम कितना ख़याल रखते हो।"

हरिपुर की त्रिमूर्ति के बनारस पहुँचते ही हंगामा मच गया। रेलवे स्टेशन पर ही उनके स्वागत में बनारसी त्रिमूर्ति की गर्मजोशी के नज़ारे को देखने के लिए बनारस पहुँचने वाले दूसरे मुसाफ़िर ठिठक कर इस महानन्द के सहयोगी हो गए। तीनों जोड़ियाँ एक-दूसरे से शिद्दत के साथ लिपटकर तीन इकाइयों की त्रिवेणी में रूपान्तरित हो गए। गुरुदत्त और कृपामय, दोनों माताएँ और शंकर-विष्णु।

यह काफिला पहुँचा मेटरनिटी होम। झूनू अपने बेटे के साथ स्पेशल कमरे में शिफ्ट हो चुकी थी। कमरे के दरवाज़े पर बन्द दरवाज़ा बनकर खड़ी हो गई मेटरनिटी होम की मेट्रन। गुरुदत्त ने उसके हाथों पर नोटों की गड्डी थमा दी और पूछा—

"और कुछ?"

मेट्रन गदगदायमान—

"थैंक यू वेरी मच सर, गॉड ब्लेस योर ग्रैंड सन। मैं ये रुपये पूरे स्टाफ में बाँट दूँगी।"

फिर मेट्रन ने कमरे के बाहर की वॉशबेसिन पर सबके हाथ लाइफब्वाय साबुन से धुलवाए।

"नम्बर वन—दादीजी, देन दादाजी, फिर नानीजी—नानाजी उनके बाद ताऊजी, पिताजी।"

बारी-बारी सबने नवजात को केवल गोद में उठाया। उसके शरीर को स्पर्श नहीं किया। जब नवजात शंकर की गोद में आया तब झूनू बोली—

"दादा, अपने लाड़ले का नामकरण आप करेंगे।"

शंकर ने मुस्कराकर झूनू से कहा—

" तुम बड़ी अच्छी अम्मा हो। इस लाड़ले का जन्म सूर्योदय के साथ हुआ, इसलिए इसका नाम होना चाहिए—अरुणोदय।"

सभी ताली बजाने को हुए तो मेट्रन ने रोका—

"नो-नो नो क्लैपिंग। द चाइल्ड इज़ स्लीपिंग।"

सबने हाथ ऊँचे कर सहमति जताई।

चतुर्वेदी दम्पती और बोस दम्पती की पदोन्नति की यह दूसरी छलाँग थी। वर्षों पहले उनकी पदोन्नति हुई थी, जब वे माता-पिता बने थे। कितना रोमांच हुआ होगा उन्हें, पहली बार 'बेटा-बेटी' उच्चारित करना। आज उनकी सन्तानों को यह रोमांच हुआ है। उन्हें भी तो दूसरी बार रोमांच हुआ—दादा-दादी और नानी-नाना वाला। मगर

चूँकि यह उनका दूसरा रोमांच था, इसलिए अनुभव भी अलग था। पहले रोमांच में बिजली-सी दौड़ गई थी नसों में जो देर तक उन्हें गुदगुदाती रही। मगर इस दूसरे रोमांच में मीठी-सी अकड़ आ मिली थी। दादाजी की तो श्याम-श्वेत मूँछें थीं जिन्हें वे मन ही मन ऐंठ रहे थे। मगर नानाजी चूँकि सफाचट थे इसलिए उन्हें सहसा मूँछें उग आने की अनुभूति हुई, जिन्हें वो भी मन ही मन ऐंठ रहे थे।

मन ही मन उनकी मूँछों की ऐंठन जारी रहे—इससे बात तो बनती नहीं। फिर क्या था। शुरुआत हो गई बनारसी ठाठ की यानी समूचे आकाश को उतरना था शामियाने पर, लेकिन बारिश के अन्देशे के कारण बनारस का सबसे बड़ा हॉल बुक किया गया, जिसका विधिवत् बँटवारा भी हुआ। पार्टीशन के एक तरफ़ थी जल वनस्पति की कई-कई क़िस्में, बिरयानी, कबाब और इसी जाति के रोगनजोश जैसे विभिन्न पदार्थ।

दूसरी तरफ़ थी क़िस्म-क़िस्म की पूड़ी, कई सब्जियाँ, दाल और फ्रायड राइस, किन्तु इस तरफ़ का मुख्य आकर्षक थी चाट की हाट। भाँति-भाँति की कचौड़ियाँ, नाना प्रकार के पकोड़े-मँगोड़े और सर्वोपरि गोलगप्पे। वो जो हिमालय सजा था गोलगप्पों का जिन्हें कोई कहे—पानी-पुरी और कोई कहे पुचका—इस हिमालय सजी नन्हीं-नन्हीं, फूली-फूली पूरियाँ बनकर ऐसी उभरीं कि पूरा बनारसी ठाठ समा गया चाट की हाट में।

इन गोलगप्पों ने ऐसा पछाड़ा जल वनस्पतियों को कि कोई भी बंगाली झाँक भी नहीं रहा था उस तरफ़। सारा संसार चाट की हाट पर टूट पड़ा, ख़ासकर गोलगप्पों के इर्द-गिर्द हाथ में दोना लिये।

बंगाली मिठाइयाँ थीं, मूँग का हलवा, रबड़ी, कलाकन्द, गुलाब जामुन और ख़ासकर गर्मागर्म जलेबियों के सामने फीकी पड़ गईं।

इस क़दर इकतरफ़ा था बनारसी ठाठ कि चाट की हाट में बढ़ती भीड़ को देखते हुए कृपामय ने कैटरर को इशारा किया वो जल वनस्पति जातियों वाले हिस्से के खाली कर पार्टीशन हटाके और उस तरफ़ भी चाट की हाट लगा दे।

बनारसी ठाठ के इतिहास में ऐसा अवसर पहले कभी नहीं आया था। इस प्रकार अरुणोदय के शुभागमन ने अपना निजी नया इतिहास रचा। इस सच्चाई से कोई कैसे इनकार करता कि नवजात भी तो आधा बंगाली था, पूरा नहीं। और उसका सरनेम तो बंगाली था ही नहीं।

बनारसी ठाठ में चाट की हाट का क़िस्सा सुनकर हँसी झूनू और बोली विष्णु से—

"तुम्हारा अरुणोदय खाँटी चतुर्वेदी है।"

अगले ही दिन वापसी के टिकट ख़रीदे जा चुके थे।

किन्तु बोस दम्पती ने बड़े मनुहार के साथ रोक लिया चतुर्वेदी दम्पती को। वे भी बिना ना-नुच के ख़ुशी-ख़ुशी ठहर गए। बाबा विश्वनाथ की महिमा अपरम्पार। शंकर अकेले ही हरिपुर पहुँचे।

शाम ढल चुकी थी। शंकर जब घर पहुँचे तो उन्होंने देखा कि विष्णु का दोस्त नारायणसिंह ठाकुर शंकर के घर के सामने वाले चबूतरे पर चहलक़दमी कर रहा है। मानो वो घर की पहरेदारी कर रहा हो। उनको आया देख नारायण दबे पाँव तेज़ी से बढ़ा उनकी तरफ़।

शंकर ने पूछा—

"माज़रा क्या है?"

नारायण ने फुसफुसाकर कहा—

"दादा, वही पुराना क़िस्सा है आपके पड़ोस के सोनी परिवार की विधवा बहू का।"

"उसकी जालिम सास ने फिर उपद्रव मचाया था?"

उपद्रव तो बहुत हल्की बात है इस बार तो वो हाथ में खंज़र लेकर दौड़ी थी अपनी बहू का गला काटने के लिए। मैं दौड़ा उसे बचाने के लिए तो मुझ पर लपकी, भद्दी-भद्दी गालियाँ बकती हुई। उसे रोकना जब बहुत मुश्किल हो गया तब मैंने उसे कसके एक चाँटा मारा तो बेहोश होकर गिर पड़ी। तब उसका दब्बू पति हाथ जोड़कर मेरे सामने खड़ा हो गया, बोला—

"क्या करें ठाकुर साहब? ये तो ऐसी ही है।"

मैं भी ग़ुस्से में बोल पड़ा—

"कैसे मर्द हैं आप? अपनी घरवाली को सँभाल नहीं सकते?"

रुँआसा होकर बोला भला आदमी—

"घरवाली तो क्या, ये तो डायन है ठाकुर साहब। आपको क्या बताऊँ, अपने एकमात्र बेटे की पत्नी से वो पहले दिन से नफ़रत करती है।"

"लेकिन क्यों?"

"इसलिए कि हमारी बहू बेहद ख़ूबसूरत है।"

"एक़दम पागल है क्या?"

"ऐसा ही समझ लीजिए।"

"लेकिन अपनी पोतिन से वो क्यों नफ़रत करती है।"

"क्योंकि वो चाहती थी कि उसका पोता हो, लड़की से वो नफ़रत करती है। और बदक़िस्मती ऐसी कि दो लड़कियाँ पैदा हो गईं। तब से खार खाए बैठी है। इसी ग़म में मेरा बेटा मर गया। तब से इनकी हत्या पर तुली है।" आपका तो

पाला उससे पहली बार पड़ा। हमारे गुरुजी, चतुर्वेदी माट्साब ही उस डायन को ठीक रखते हैं। वो तो कभी-कभी माट्साब का भी लिहाज़ नहीं करती। हाँ थोड़ा डरती है उनसे।"

"इतना कहकर अपनी पत्नी को मेरी मदद से उसने अपने कन्धे पर डाला और अपने घर के अन्दर जाने के पहले गिड़गिड़ाकर मुझसे बोला—

"ठाकुर साहब, हमारी इस अभागन बहू को थोड़ा सँभाल लीजिएगा। अब तो यह मानकर चलिए कि मेरी पत्नी अपने घर में बहू को घुसने नहीं देगी और अगर ज़बरदस्ती उसे हमारे घर पहुँचाएँगे तो किसी भी दिन वो डायन न सिर्फ़ विधवा बहू को, बल्कि अपनी दोनों पोतियों की भी हत्या कर डालेगी।"

नारायण का बोलना जारी रहा—

"मैं इन तीनों को लेकर अपने घर पहुँचा तो पिताजी ने उसे रखने के साथ मना कर दिया। लाचारी में इन्हें आपके घर ले आया। ग़नीमत यह थी कि आप अपने घर की चाबी देकर जाना नहीं भूले थे। उस बेचारी ने मुझे कसम दी कि मैं उसे आपके सूने घर में अकेली न छोड़ दूँ। वो यही बोलती रही—गुरुजी के आने तक आप मेरी रक्षा करें। सासूजी कभी भी यहाँ पहुँचकर हम तीनों की हत्या कर देंगी।"

नारायण फिर बोला—

"क़रीब एक घंटा पहले का यह हादसा है। बहू ने तो कुछ भी खाने-पीने से इनकार कर दिया। मैंने बच्चियों को दूध-रोटी खिला दी है।"

शंकरदत्त बोले—

"तुमने बहुत अच्छा किया, नारायण! बहुत ही अच्छा दोनों बच्चियाँ बहुत छोटी हैं। एक मुश्किल से चार साल की है और दूसरी दो साल की।"

नारायण बोला—

"दादा, मैं तो इनके बारे में बस इतना जानता हूँ कि इस बहू की सास बहुत अत्याचारी है और हमेशा ज़ोर-ज़ोर से गाली-गलोच करती है। आज के हादसे से कुछ तो अन्दाज़ हुआ है कि जालिम सोनीआइन तो डायन है। वो अपनी बहू और पोतियों की हत्या कर सकती है और इसी आशंका में उस डायन का बेटा मरा होगा। आप निश्चिन्त रहिए दादा, इस बहू को बचाने के लिए मैं आपके साथ हूँ। सोनी साहब ने बतलाया तो पता चला। दादा, आप चिन्ता न करें। सोनीजी की विधवा बहू के लिए मैं आपके साथ हूँ। ख़ैर, अभी तो आप हाथ-मुँह धोकर कुछ खा लीजिए।"

शंकर ने टोका—

"नहीं नारायण, मैं कुछ खाऊँगा नहीं। हाथ-मुँह धोकर चाय पी लूँगा।"

नारायण तपाक से बोला—

"बस-बस यही ठीक है। आप मुँह-हाथ धो लीजिए। मैं बस गया और आया आपके लिए चाय लेकर।"

नारायण चाय लेने के लिए भागा।

शंकर ने अपने घर की कुंडी खटखटाई और कहा—

"मैं शंकरदत्त चतुर्वेदी बोल रहा हूँ। दरवाज़ा खोलिए।"

लगभग बेआवाज़ अन्दर की साँकल खोलकर, ज़रा-सा खुले दरवाज़े की फाँक से बहू ने झाँका। उसकी बड़ी-बड़ी आँखें रो-रोकर सूख गई थीं। उसने हिम्मत जुटाकर दरवाज़ा थोड़ा खोला और शंकर की बाँह पकड़कर उन्हें अन्दर खींच लिया और दरवाज़े पर तुरन्त साँकल लगा दी। फिर तुरन्त जैसे गिर पड़ी और शंकर के पैरों से लिपटकर फफक पड़ी—

"मुझे बचा लीजिए, गुरुजी। इन छोटी-छोटी बच्चियों की ख़ातिर। ये दोनों न होती तो मैं कुएँ में कूदकर जान दे चुकी होती।"

शंकर ने दृढ़तापूर्वक किन्तु शान्त स्वर में कहा—

"पहले मेरे पैर छोड़िए और बतलाइए कि कमरे में बत्ती क्यों नहीं जलाई, सिर्फ़ लालटेन क्यों जला रखी है?"

बहू उठ खड़ी हुई और थोड़ा घूँघट खींच कर बोली—

"माफ़ी चाहती हूँ, गुरुजी, मुझे सासू माँ का डर लगा हुआ है। बड़ी बत्ती देखकर यहाँ न चली आए।"

शंकर ने बत्ती जला दी। दोनों बच्चियाँ फ़र्श पर गहरी नींद सो रही थीं। शंकर ने उन्हें उठाकर पलँग पर लिटा दिया और चादर ओढ़ा दी। फिर बोला—

"मेरे रहते आपको किसी का डर नहीं।"

इतने में नारायण चाय लेकर आ गया। शंकर ने साँकल खोली।

नारायण चाय तो लाया ही था। एक टिफिन केरियर भकर भोजन भी लाया था।

नारायण ने तीन कप चाय भरी।

बहू बोल पड़ी—

"आपने तीन कप चाय क्यों बनाई। मुझसे तो कुछ भी खाया-पिया नहीं जाएगा।"

शंकर ने गिलास में पानी भरा और बहू की ओर बढ़ा दिया और गम्भीर स्वर में आदेश जैसा देते हुए बोला—

"लीजिए, पहले पानी पी लीजिए।"

बहू एक साँस में पानी पी गई। उसे ठसका लग गया। वो उठकर बाथरूम की तरफ़ भागने को हुई, लेकिन लड़खड़ाकर गिर पड़ी और बेसुध हो गई। शंकर ने उसके मुँह पर पानी के छींटे मारे। वो हड़बड़ाकर उठ बैठी। उसने अपने अस्त-व्यस्त कपड़े ठीक किये और थोड़ी-सी घूँघट खींच ली।

शंकर ने उसे लगभग डाँटकर चाय पिलाई और खुद भी पी। नारायण चुपचाप चाय पी रहा था।

शंकर ने फिर चुप्पी तोड़ी।

"आप बाथरूम जाकर नहा लीजिए। मैं अम्मा की साड़ी देता हूँ, आप कपड़े बदल लीजिए। मैं नारायण के घर में नहा लूँगा।"

शंकर ने बहू को साड़ी दी और बोला—

"आप निश्चिन्त होकर नहा लीजिए। मैं बाहर से ताला बन्द कर जा रहा हूँ। आप अन्दर से बन्द मत कीजिएगा। नहाने के बाद हम भोजन करेंगे।"

बिना उत्तर की प्रतीक्षा किये शंकर ताला लगाकर नारायण के साथ चल दिया।

शंकर जब लौटकर आया तो बहू नहा-धोकर माँ की साड़ी पहनकर सो रही है। साथ में नारायण भी था, बोला—

"भाभीजी तो सो गईं।"

शंकर ने कहा—

"बेहद तनाव के बाद जब सुकून मिलता है तो शरीर का पोर-पोर सहसा ठीला हो जाता है। उनका सो जाना स्वाभाविक है। मगर इन्हें जगाना तो पड़ेगा, क्योंकि ये कब से भूखी हैं, शायद कितने दिनों से भूखी हैं, हम नहीं जानते।"

शंकर ने आवाज़ देना चाहा तो असमंजस में पड़ गया कि क्या सम्बोधित करे। बोला—

"इन्हें क्या कहकर पुकारूँ?"

नारायण ने झट मुश्किल आसान कर दी और उसने आवाज़ दी—

"भाभीजी!"

हड़बड़ाकर उठ बैठी बहू—बोली—

"क्षमा करें, आँख लग गई थी। आप बैठिए, मैं भोजन परोसती हूँ।"

शंकर ने पूछा—

"और आप?"

"आपको भोजन कराकर खा लूँगी।"

"माफ़ कीजिए। यह दकियानूसी बातें हमारे घर पर नहीं चलेंगी। मेरी अम्मा भी दकियानूसी नहीं हैं।"

अचानक जैसे कुछ याद हो आया। बहू की आँखें बड़ी-बड़ी हो गईं, बोली—

"जी हाँ, ख़ूब अच्छी तरह जानती हूँ। उनमें अद्भुत आत्मबल है।"

"जी हाँ, हम सपरिवार आर्यसमाजी हैं।"

भोजन करते-करते शंकर ने नारायण के कान में कुछ कहा। नारायण भागता चला गया। लौटा तो हाथ में दवा की शीशी थी।

भोजन के उपरान्त दवा की एक गोली शंकर ने बहू को दी। उसने मुस्कराकर दवा ले ली। शंकर ने कहा—

"अच्छा हम चलते हैं। नारायण के घर पर ही हम सोएँगे और आप निश्चिन्त रहें। हम बाहर से ताला लगा रहे हैं।"

"मगर अभी तो रात के सिर्फ़ आठ बजे हैं?"

"जी हाँ, सुबह आठ बजे तक सोना है, पूरे बारह घंटे।"

"जी हाँ, जानती हूँ।"

और वो मुस्करा दी, क्योंकि उस दवा से उसकी पहचान पुरानी थी।

बनारस से लौटने के बाद शंकर के पिता-माता ने सोनी परिवार की बहू-बच्चियों को बेहद ख़ुश होकर अपने परिवार के सदस्य के रूप में स्वीकारा।

लेकिन हुआ वही जिसकी आशंका थी शंकर की माँ को। सोनीआईन ने पूरे मोहल्ले में अपनी बहू को शंकर की रखैल के रूप में ऐसा प्रचारित किया कि शंकर के पड़ोसी ठाकुर साहब के घर की महिलाओं ने भी शंकर के घर से नाता तोड़ने की बात सोच ली। सुरेन्द्र की पत्नी पद्मा को भी भनक पड़ गई तो उसने एक रात पास के कुएँ में कूदकर जान देने की कोशिश की। ऐन मौक़े पर शंकर की माँ ने उसे बचाया।

उसी रात शंकर की माँ ने पद्मा को देर रात तक ख़ूब समझाया और आख़िर बोली—

"बहू बेटी, मैं तुम्हारे मन की हालत समझती हूँ, लेकिन तुम्हें इन बच्चियों के लिए जीना तो पड़ेगा। तुम शंकर को भी ख़ूब अच्छी तरह जानती हो। वो भी ऐसा कुछ भी बिल्कुल नहीं करना चाहेगा। मगर मैं यह भी मानती हूँ कि मैं उसे मना लूँगी।"

चतुर्वेदी परिवार में यह निश्चय किया गया कि निश्चित तिथि पर आर्यसमाज मन्दिर में सम्पूर्ण सादगी के साथ शंकरदत्त चतुर्वेदी और सुरेन्द्र सोनी की विधवा पत्नी पद्मा का शुभ परिणय केवल घर ही घर के लोगों को और ठाकुर साहब के परिवार को रूबरू देकर सम्पन्न कर दिया जाए।

लेकिन किसी और को न सही खोजी तिलकधारी को ख़बर लग गई और वो भागा साप्ताहिक 'अंगारा' कार्यालय। बस फिर क्या था। 'अंगारा' के आगामी अंक में मुखपृष्ठ पर बड़े-बड़े अक्षरों में यह ख़बर छप गई—

"आदर्श शिक्षक का आदर्श विवाह।"

ख़बर क्या थी, वो तो निमंत्रण पत्र था जो समस्त हरिपुरवासियों को सम्बोधित

था और निमंत्रणकर्ता भी समस्त हरिपुरवासी थे। इस अख़बारी निमंत्रण पत्र में वर-वधू का नाम और वर के माता-पिता का नाम तो था ही, किन्तु वधू को दो कन्याओं की माँ और सुरेन्द्र सोनी की विधवा के रूप में पूरे आदर के साथ निरूपित किया गया था। इस निमंत्रण पत्र की विशेषता यह थी कि इसमें आमंत्रित विशिष्ट अतिथियों के नाम भी मोटे अक्षरों में छपे थे और वे सब के सब थे हरिपुर के समस्त गण्यमान्य व्यक्ति—जिनमें अन्तिम दो नामों में रामभरोसे और अब्दुला दीवाना का नामोल्लेख पूरे ठाठ के साथ था। निमंत्रण पत्र में इस आदर्श विवाह की तिथि, समय और आर्य समाज मन्दिर विधिवत छपा था।

शंकर की शादी में विष्णु और उसके ससुरजी प्रोफ़ेसर बोस तो आए थे, किन्तु विष्णु की पत्नी झूनू और उसकी माँ नहीं आ पाई थीं। झूनू का बेटा सिर्फ़ एक महीने का था इसलिए उसे रेल के सफ़र में ले जाना उचित नहीं था। शंकर की दोनों बहनें और बहनोई बाल-बच्चों सहित आए।

विवाह स्थल पर आर्य समाज मन्दिर के सभागृह में तिल धरने की जगह नहीं थी मन्दिर से जुड़े मैदान में भी खचाखच भीड़ थी।

शंकर स्वयं चकित था कि उसकी शादी की केवल ख़बर पढ़कर इतने हरिपुरवासी इकट्ठे हो गए—सारे गण्यमान्य व्यक्ति भी कि आँखों पर विश्वास नहीं हो पा रहा था। सबसे बड़ा अचरज तो यह था कि हरिपुर के स्कूलों में भी छुट्टी घोषित हो गई थी। हरिपुर के समस्त नागरिकों के साथ स्कूल के शिक्षक-विद्यार्थियों की इतनी बड़ी भीड़ पहली बार हरिपुर में इकट्ठी हुई थी।

यों तो इस विवाह की विवशता के कारण सुरेन्द्र की विधवा पद्मा मन ही मन पीड़ित थी, किन्तु यह दृश्य देखकर उसके मन में मौजूद शंकर के प्रति श्रद्धाभाव, पूजाभाव में परिणत हो गया था।

छोटे शहरों का यह बड़प्पन है कि शहर जितना छोटा होता है उस शहर के घर-घर में पैठी हुई आत्मीयता उतनी ही प्रगाढ़ होती है। एक तथाकथित मामूली मास्टर इतना ग़ैर मामूली बन जाता है कि उस शहर के विशिष्टजन भी बौने लगने लगते हैं।

यह बात और है कि हर शिक्षक शंकरदत्त नहीं होता है।

इतने उदात्त परिवेश में हठात् इतनी अमानुषिक घटना भी घट सकती है, इसकी कल्पना भी किसी को नहीं हो सकती थी। होनी कितनी ही अनहोनी क्यों न हो उसका होना तो निश्चित होता है।

लम्बा-सा घूँघट काढ़े एक औरत भारी भीड़ को चीरती हुई सीधे विवाह मंडप

पर पहुँच गई। उसने घूँघट उतारा नहीं, बल्कि उसे फाड़ दिया।

उसने अपनी साड़ी में छिपाया हुआ ख़ंजर निकाला और नववधू पद्मा पर प्रहार करना चाहा। शंकरदत्त इतने चौकन्ने थे कि उन्होंने सोनीआइन का हाथ पकड़ लिया और उनके हाथ से ख़जर छीन लिया। सोनीआइन के पीछे-पीछे भागता हुआ उसका पति सोनी भी उस स्थल पर पहुँच गया। सोनीआइन उत्तेजना में बेहोश हो गई। उसे उसके पति ने गिरते हुए सँभाला और उपस्थित समुदाय से बार-बार क्षमा माँगते हुए अपनी बेहोश पत्नी को कन्धे पर डालकर तेज़ी से सोनी आर्य समाज मन्दिर से बाहर चले गए।

यद्यपि यह भयानक दुर्घटना थी और एक शुभकार्य में बाधक बनी थी, लेकिन उपस्थित समाज में इसे एक विक्षिप्त द्वारा कुछ ही क्षणों का व्याघात माना।

छोटे शहर की बड़ी बात यही तो है कि यहाँ लगभग सभी एक-दूसरे के बारे में जानकारी रखते हैं। सोनीआइन की बदनामी जगज़ाहिर थी। इसलिए किसी ने भी इस भयावह दुर्घटना को कोई तवज़्जो नहीं दी।

मगर इस हादसे का असर सोनी पर ज़बरदस्त पड़ा। उसने महसूस किया कि अब वो मुँह दिखलाने के लायक नहीं रहा। उसका यह अपमान बर्दाशत के बाहर था।

सोनी अपनी पत्नी सोनीआइन को साथ लेकर रातोंरात अपनी सारी सम्पत्ति बेचकर हमेशा के लिए हरिपुर छोड़कर चला गया। उस समय तो किसी को भनक तक नहीं पड़ी थी। मगर जब बात खुली तो लोगों की ज़बान पर एक ही बात थी कि सोनी तो बहुत भला आदमी था मगर उस जैसा अभागा कोई हो नहीं सकता।

शंकरदत्त और पद्मा का शुभ विवाह संसम्पन्न हो गया। शंकर ने पद्मा की दोनों कन्याओं का विधिवत् अपना पितृत्व प्रदान किया। उसके उदारमना माता-पिता ने इन कन्याओं को चतुर्वेदी वंश की दो पोतियों के रूप में हृदय में समा लिया।

सुहागरात हो और चुहल न हो तो कैसी सुहागरात! शंकर की दोनों बहनें और बहनोई शंकर को बहुत अधिक मान देते थे। विष्णु तो इन सबमें छोटा था। काफ़ी छोटा, लेकिन इन सभी को चुहल के लिए नई-नई बातें सूझ रही थीं। इन सबने मिलकर नई भाभी को सुहागरात की सेज पर अकेली पाकर जीभर कर छेड़ा। पद्मा हँसती मुस्कराती तो सही मगर उसके चेहरे पर घनी उदासी के कारण निष्प्राण थी उसकी मुसकान।

फूलों से सजाई सेज पर बैठी तो थी पद्मा और उनके साथ छेड़खानी भी जारी थी। उसी समय कमरे के बाहर से शंकर की आवाज़ गूँजी—

"विष्णु बाहर आओ।"

विष्णु दौड़ता हुआ बाहर गया और थोड़ी देर बाद मुँह लटकाए लौट आया। उसने इशारे से सबको कमरे से बाहर चलने को कहा। सभी ने भाभी से अपनी-अपनी ओर से चुटकी ली और पंक्तिबद्ध बाहर निकल गए।

शंकर कमरे में दाख़िल हुआ और उसने दरवाज़ा बन्द कर लिया, लेकिन साँकल नहीं लगाई। उसने सेज की तरफ़ देखा। पद्मा तकिये में मुँह छिपाए रो रही थी। शंकर उसके पास गया और भीगी आवाज़ में बोला—

"पद्मा, मैं तुम्हारे मन की हालत समझ सकता हूँ। तुम भी इतनी तो समझदार हो कि मैंने किन परिस्थितियों में तुम्हारे साथ शादी की है, उन्हें तुम ठीक-ठीक समझ सकती हो। समाज की दृष्टि में हम दोनों को पति-पत्नी होना ही एकमात्र समाधान था, लेकिन बन्द कमरे में तुम अपने दिवंगत पति की पत्नी ही हो और ऐसी ही रहोगी। मैं तुम्हें स्पर्श भी नहीं करूँगा, लेकिन तुम्हारी बेटियों को मैंने अपनी बेटियों के रूप में विधिवत् ग्रहण कर लिया है ताकि भविष्य में उन्हें किसी समस्या का सामना न करना पड़े। मैंने बेटियों का नामकरण भी कर लिया है। बड़ी का नाम है 'सरिता' और छोटी का 'कविता'। कल से इस कमरे में हमारी बेटियाँ भी हमारे साथ सोएँगी । यह पलँग काफ़ी बड़ा है जिस पर तुम हमारी बेटियों के साथ सो सकती हो। मैंने अपने लिए एक तख़त का बन्दोबस्त कर लिया है जो कल से इसी पलँग के साथ अलग से लग जाएगा। बेटियाँ हमारे साथ सोएँगी तो किसी को यह व्यवस्था अटपटी नहीं लगेगी।"

लगभग तड़पकर रोती रही पलँग से उतरती हुई पद्मा, शंकर के पाँवों से लिपट गई और हिचकियाँ लेती हुई बोली—

"आप देवता हैं गुरुजी। पता नहीं कितने जन्मों का पुण्य है मेरा जो मेरे जीवन में देवदूत की तरह हमेशा ऐसे समय पर प्रकट होते रहे आप जब-जब मैं घोर संकट में थी। मैं हतभागिनी, आज की रात ऐसा व्यवहार कर रही हूँ। मुझे तो क्षमा माँगने का अधिकार भी नहीं है।"

"उठो पद्मा, भगवान के वास्ते तुम मुझे मनुष्य ही बने रहने दो। बिस्तर से हम फूलों को हटा लेते हैं। तुम इसी पलँग पर सो जाओ। मैंने उस कोने में जो सोफा लगा रखा है, वो इसलिए ख़ासतौर पर केवल आज के लिए रखा गया है ताकि उस पर मैं सो जाऊँ।"

"ऐसा कभी नहीं होगा। पलँग पर आप सोएँगे।"

फीकी हँसी के साथ बोला शंकर—

"मुझे इसी प्रकार की दुविधा का पूर्व अनुमान था इसलिए दो अलग-अलग

बिस्तरबन्द मैंने पहले ही कमरे में रखवा लिये थे। दोनों बिस्तरबन्द हम पलँग के दो बाजूओं में फ़र्श पर बिछा लेते हैं।

अवाक् देखती रही पद्मा उनको जो कुछ ज़्यादा ही मनुष्य हैं और जिनके साथ उसे ज़िन्दगी काटनी थी। पढ़ी-लिखी पद्मा को एक सम्बोधन याद हो आया—'मर्यादा पुरुषोत्तम'।

किन्तु कितना अन्तर है दोनों में। इस सम्बोधन का प्रयोग तो गर्भवती पत्नी सीता का परित्याग करने वाले श्रीराम के लिए किया गया था। मगर यहाँ सन्दर्भ बदलकर ऐसे पुरुष पर लागू किया जा रहा है जो विवाहिता स्त्री का मान रखते हुए उसको स्पर्श न करने की बात करते हैं।

दूसरे दिन सुबह पौ फटने के पहले ही शंकर की दोनों बहनें, दोनों बहनोई और विष्णु ने सुहागरात वाले कमरे को बन्द दरवाज़े की दरार में से ताक-झाँक का उपक्रम किया तो हैरान हो गए। दोनों बहनों की तो आँखें भर आईं।

छोटी बहन सरस्वती शंकर की लाडली थी इसलिए उससे काफ़ी खुली हुई थी। उसने दरवाज़े को थोड़ा धकियाया तो दरवाज़ा खुल गया, साँकल जो नहीं लगी हुई थी। सरस्वती ने छोटे भाई विष्णु के कानों में कुछ कहा। विष्णु पहले थोड़ा सकुचाया। फिर उसने हिम्मत जुटाकर अपनी नई नवेली भाभी को बाँहों में उठा लिया और उसे पलँग पर लिटा दिया। वो गहरी नींद में सोती रही। फिर विष्णु और उसके दोनों बहनोई यानी तीनों ने मिलकर बड़े अहतियात से शंकर को उठाकर उसी पलँग पर लिटा दिया। ग़नीमत यह हुई कि शंकर भी सोता रह गया। दोनों बिस्तरबन्द जिन पर दोनों अलग-अलग सो रहे थे, उन्हें लपेटकर सोफे के पीछे डाल दिया गया।

इसी बीच बहन लक्ष्मी सात खाली कप और चाय से भरी केटली ट्रे में रखकर हाज़िर हो गई।

सरस्वती अपने बड़े भाई के पास बैठकर उनके बाल सहलाती हुई बोल पड़ी—

"ऐसी भी क्या सुहागरात, दादा कि सुबह होने का नाम नहीं ले रही है।"

शंकर हड़बड़ाकर उठ बैठा। पद्मा तो गिरते-गिरते बची।

शंकर और पद्मा को वस्तुस्थिति समझने में थोड़ी देर लगी। दोनों अपने-अपने तरीक़े से सोच में पड़ गए कि दोनों पलँग पर कैसे आ गए। पद्मा तो लाज के मारे गड़ी जा रही थी।

सरस्वती फिर बोल पड़ी—

"क्या दादा, आपने दरवाज़े की कुंडी भी नहीं लगाई थी।"

विष्णु भी अपनी वाली पर आ गया और बोला—

"होता है, ऐसा भी होता है। सुहागरात में कहाँ किसी को होश कि दरवाज़े पर कुंडी लगी भी है या नहीं।"

लक्ष्मी ने आवाज़ लगाई—

"चाय गरम।"

और उसने कपों में चाय भरकर, पहले नई भाभी की ओर बढ़ाई। पद्मा सकुचा कर बोली—

"मैं चाय नहीं पीती।"

विष्णु बोल पड़ा—

"भाभी, शास्त्रों में लिखा है कि सुहागरात के बाद की सुबह चाय पंचामृत का काम करती है इसलिए चतुर्वेदी परिवार में अनिवार्य है।"

अब तक शंकर सँभल चुका था, बोला—

"शास्त्रीजी, आप जो यह शास्त्र हाँक रहे हैं, उसका मौक़ा आपको इसलिए मिल गया कि मैं कमरे की साँकल लगाने में चूक गया। वरना यह जो नाटक आप सबने मिलकर किया, वो धरा का धरा रह जाता। नींद निगोड़ी भी धोखा दे गई।"

शंकर को भी बेड टी पीने की आदत नहीं थी। मगर आज उसने अपना नियम भी तोड़ दिया।

नहा-धोकर नाश्ते के बाद शंकर ने स्कूल जाने के लिए साइकिल उठाई ही थी कि पद्मा भागती हुई आई और शंकर को दोपहर का टिफिन सौंप दिया। शंकर को थोड़ा अचरज हुआ, बोला—

"दोपहर की रोटी-सब्ज़ी तुमने बनाई?"

पद्मा लजाकर बोली—

"जी नहीं, मैंने नहीं, अम्मा ने बनाई है और मुझसे कहा कि मैं आपको दे दूँ।"

दोपहर को भोजन के बाद पद्मा बच्चियों को सुलाने के लिए अपने कमरे में पहुँची। अम्मा-बाबूजी भी दिवा-निद्रा के लिए अपने कमरे में चले गए। विष्णु के ससुरजी भी सो गए।

तब जुड़ी पंचायत। लक्ष्मी-सरस्वती, उन दोनों के पति और विष्णु चिन्तित मुद्रा में बैठे थे। सभी ख़ुश थे कि शंकर ने आख़िर शादी कर ही ली। मगर सुहागरात की सुबह के दृश्य ने पति-पत्नी के रिश्तों को बेनकाब कर दिया।

दोनों बहनें और विष्णु अपने बड़े भाई की आदर्शवादिता से परिचित थे। दोनों बहनोई भी सबकुछ समझते-बूझते थे, लेकिन उपाय क्या हो? पद्मा के वैधव्य की

बरसी अभी-अभी पूरी हुई थी। घाव ताज़ा था। ख़ासकर शादी के मंडप पर पद्मा की निर्मम सास ने जो कोहराम मचाया था, उससे बेहद शर्मिन्दा थी।

पाँचों जानते थे कि शंकर से कुछ भी कहना बेमानी है और समस्या यह भी तो थी कि शंकर से कोई कुछ कहे कैसे? चट्टान से टकराना, सिर फोड़ने के सिवाय कुछ भी नहीं था।

कहना-सुनना जो कुछ भी है, वह तो पद्मा से ही करना था। लेकिन करे कौन? अपने पतियों से अलग होकर लक्ष्मी, सरस्वती ने बात छेड़ी थी, इस सावधानी के साथ कि कहीं पद्मा का घाव हरा न हो जाए। पद्मा भी वस्तुस्थिति को समझ रही थी। वो भी फफक कर रो पड़ी और बोली—

"मैं समझ सकती हूँ कि इतना बड़ा पाप मैं कैसे कर सकती हूँ? विवाह बन्धन में किसी महापुरुष को बाँधकर उसे जीवन भर की सज़ा कैसे दे सकती हूँ, लेकिन क्या करूँ...क्या करूँ...क्या करूँ? मैं उन्हें भुला नहीं सकती जो हमेशा के लिए विदा हो चुके हैं। कितना बड़ा उपकार किया गुरुजी ने मुझे तो अपनाया ही, मेरी बेटियों को भी महान् चतुर्वेदी परिवार का वंशज बना दिया—सविता और कविता के नाम से। आपको मैं क्या बताऊँ कि कैसा लग रहा था मुझे, जब मेरी सूनी माँग फिर सिन्दूरी हो रही थी और जब दूसरी बार मुझे मंगलसूत्र पहनाया जा रहा था। समाज के सामने जो कुछ होना था, उसके लिए तो मैं समर्पित थी, क्योंकि उसके साथ मेरी देह जुड़ी हुई नहीं थी। जब वो मेरी माँग भर रहे थे, तब मैं अपने सिर पर देवता के हाथ का स्पर्श मान रही थी। उन्हीं हाथों से उन्होंने मुझे मंगलसूत्र पहनाया—तो लगा कि मेरे लिए तो वो वरद्हस्त है। मगर इसके आगे मैं कल्पना नहीं कर सकती थी।"

थोड़ी देर तक कमरे में सन्नाटा छाया रहा।

सन्नाटे को तोड़ा लक्ष्मी ने—

"तुम बिल्कुल सही कह रही हो, भाभी। तुम्हारी जगह कोई और भी होती तो ऐसा ही महसूस करती।"

और लक्ष्मी रोती हुई कमरे से बाहर चली गई।

पद्मा भी रो पड़ी थी जब कुछ देर तक रोकर अघा गई, पद्मा तब सरस्वती बोली—

"भाभीजी, माफ़ कीजिए। इस विषय में सोचना और करना तो आपको ही है और वो भी अलग ढंग से। अब देखिए न, अभी आप रो रही हैं, तो मैंने आपको चुप कराने की कोशिश नहीं की। आपको जी भर कर रो लेने दिया, क्योंकि मैं जानती हूँ कि हर बात की हद होती है। इसी तरह मैं यह मानती हूँ कि पुरुष के अभाव में नारी देह हमेशा निष्प्राण नहीं रह सकती। देह में पुकार उठती तो है, वो कब तक दबाई जा सकती है। पुरुष देह के अभाव में तो उस पुकार को दबाना

विवशता बन जाती है, किन्तु पुरुष जब अधिकारपूर्वक उपस्थित रहता है, तब नारी देह की पुकार को दबाना, दोनों के लिए अस्वाभाविक है। वो अन्धा मोह जो विदा हो चुका है, उसे ढोना तो लाश ढोने जैसा है और लाश कितनी ही प्यारी क्यों न हो, उसे जलाना निर्ममता नहीं है, अनिवार्यता है।

"भाभीजी, दादा हम सबके पूजनीय हैं। बेहद भले आदमी हैं। जितना उनका मन सुन्दर है, उतना ही सुन्दर उनका शरीर है। आप उनके सुन्दर मन को भले ही चाहती हों, मगर उनके सुन्दर शरीर को जब तक नहीं चाहेंगी, तब तक आपकी यह चाहत अधूरी रहेगी। यह मैं मान नहीं सकती कि आपकी देह में पुकार उठती ही नहीं है। इसी को तो चाहत कहते हैं।"

पद्मा अपनी छोटी ननद सरस्वती के एक-एक शब्द को न केवल सुन रही थी, बल्कि आत्मसात् भी कर रही थी। उसका मन इन बातों की सच्चाई को स्वीकार रहा था मगर तन अब भी विद्रोही की मुद्रा में इन्हें झूठलाने में लगा था। पद्मा रो पड़ी और लिपट गई सरस्वती से और उसके पास बोलने के लिए सिर्फ़ एक ही वाक्य बचा था—

"मैं क्या करूँ...क्या करूँ...क्या करूँ?"

अगली शाम सभी रिश्तेदारों का अपने-अपने ठीये पर वापस जाना तय था। इसलिए अगली दोपहर एक बार फिर पंचायत बैठी।

इस पंचायत में सरस्वती ही मुखर थी, बोली—

"मैंने भाभी के मन के बन्द दरवाज़े पर दस्तक दे दी है। साथ ही देह की सत्ता का भरपूर पोषण किया है। तन में और मन में हलचल मचाने का काम तो मैंने कर दिया है। थोड़ा समय तो चाहिए।"

पद्मा के साथ हुई अपनी पूरी बातचीत का खुलासा भी सरस्वती ने कर दिया और अन्तत: बोली—

"मैं इतना तो समझ गई हूँ कि भाभी के तन-मन को एक साथ जगाए रखने के लिए निरन्तर उकसाते रहने की ज़रूरत है। मुश्किल यही है कि न तो मैं जल्दी आ सकती हूँ और न ही दीदी आ सकती है। हाँ, झूनू तीन महीने के अन्दर आ सकती है, क्योंकि तब तक नवजात भी तीन महीने का हो जाएगा। उसके साथ में विष्णु को भी आना पड़ेगा, लेकिन उनके आते-आते मैं भाभी के नाम चिट्ठियों की ऐसी बौछार करूँगी कि उनके मन का लोहा पिघलकर मोम बन जाएगा और तन की चट्टान दरककर रेत बन जाएगी।

विष्णु, झूनू और अरुणोदय जब तीन माह बाद हरिपुर आए तो झूनू और पद्मा का प्रथम मिलन बेहद प्रगाढ़ रहा। झूनू तो पद्मा को देखते ही अप्रत्याशित रूप से खिल उठी, क्योंकि विवाह के समय विष्णु ने पद्मा के चेहरे पर जो गहरी व्यथा देखी थी, वो तो कपूर की तरह उड़ चुकी थी। उसके ख़ूबसूरत चेहरे की मुर्दनी की चर्चा सुनकर जो बेहद मायूस हो गई थी, उसकी जगह दमक उठी रौनक ने शेष कथा अनकहे ही कह दी थी।

विष्णु भी शंकर के खिले-खिले चेहरे को देखकर विभोर था कि जिस चेहरे पर एक दार्शनिक की स्थायी उदासी हावी रहा करती थी, उसकी जगह एक पुरुषोत्तम ने ले ली थी। सिर्फ़ पुरुषोत्तम। मर्यादा के अनचाहे मुखौटे का तिरोहित होना ही ज़रूरी था।

अभी तक चतुर्वेदी परिवार के किसी भी सदस्य को मालूम नहीं था कि झूनू देवरानी की पद्मा जेठानी सद्य-सम्भवा है। दरअसल, झूनू की दुष्टता का कोई समतुल्य नहीं था। जैसे ही पद्मा के गले पहली बार लगी तो उसने पद्मा के कानों में कहा—

"क्यों जेठानी जी, यह पहला महीना है न?"

पद्मा ने भी झूनू के कानों में कहा—

"तू तो बड़ी चालाक है, एक़दम भाँप गई, दुष्टा कहीं की।"

"दादा को भी नहीं बतलाया?"

"नहीं, लाज आती है।"

झूनू ने फौरन विष्णु को ख़बर दी।

विष्णु भागता गया और गुलाब जामुन ले आया।

शंकर अपने कमरे में बैठकर कुछ लिख-पढ़ रहा था। विष्णु एक हाथ में गुलाब जामुन की हँड़िया उठाकर झुका और उसने शंकर के पाँव छू लिये।

शंकर खड़ा हो गया और बोला—

"अरे, क्या करता है? अभी थोड़ी देर पहले ही तो तूने मेरे पाँव छुए थे।"

विष्णु बोला—

"वो तो बहुत पुरानी बात हो गई।"

"क्या मतलब?"

"पहले एक गुलाब जामुन तो खाओ।"

शंकर अचरज में बोला—

"बात क्या है? पहले पाँव छुए और फिर गुलाब जामुन खिलाया।"

"तुम्हारा प्रमोशन हो गया है इसलिए।"

"प्रमोशन?"

"हाँ, तुम बापजी बनने वाले हो।"

शंकर समझ ही नहीं पाया। पूछ बैठा—

"बापजी? मतलब?"

"अरे दादा, अगर हमारी प्यारी भाभीजी माँ बनने वाली है तो तुम बापजी हुए न!"

शंकर का चेहरा एक़दम लाल हो गया। झेंपता-सा बोला—

"तेरी भाभी को तनिक भी सबर नहीं। उसे पहले माँ को बतलाना चाहिए था। एक़दम झूनू से कह दिया।"

"तब तक झूनू कमरे में आ चुकी थी। तपाक से बोली—

"आप भी दादा, हमारी जेठानी को कम मत समझो। उन्होंने मुझे कहाँ बतलाया। मैंने उनके कान में कहा तो उनकी चोरी पकड़ी गई।"

घर में हंगामा मच गया।

पोते के सम्भावित आगमन के शुभ समाचार से आन्दोलित थे बाबूजी और अम्माजी। पद्मा की दोनों बेटियाँ ग़ुलाब जामुन की चाशनी से लटपट होती हुई ख़ूब ख़ुश थीं। यह और बात है कि उन्हे ख़ुशी का कारण पता नहीं था।

उसी रात शंकर ने पद्मा को बाँहों में भरकर पूछा—

"तुमने मुझे नहीं बतलाया?"

पद्मा लजाती हुई बोली—

"लाज आ रही थी।"

"मैं उस पल को कभी नहीं भूलूँगा जब मैंने तुम्हें पहली बार पति की दृष्टि से देखा और तुम समर्पित थी।"

"मगर आपको याद नहीं होगा कि पहले आया समर्पण और फिर आई दृष्टि। आपकी छुटकी बहन ने ही तो मेरा माथा ऐसा घुमाया था कि मैंने ही तन-मन से विवश होकर आप तक मेरी पुकार पहुँचाने की पहल की थी।"

"मगर मैंने तो नहीं सुनी तुम्हारी पुकार।"

"यह पुकार सुनी नहीं जाती, महसूस की जाती है।"

"हाँ, महसूस तो की थी मैंने तुम्हारी देह की पुकार।"

सूर्योदय, शंकर और पद्मा का बेटा, यही तो नाम रखा था विष्णु ने जब उसे ख़ुशख़बरी दी गई थी, चतुर्वेदी परिवार में नवजात के आगमन पर। केवल जन्मोत्सव नहीं, महोत्सव मनाया था विष्णु ने हरिपुर में जो कि ऐतिहासिक बन गया था।

यह जन्म महोत्सव जनसभा में परिणत हो चुका था। पारस टॉकीज़ से कोतवाली तक, यहाँ तक कि चकराघाट तक भारी भरकम भीड़ जमा थी। बड़ा बाज़ार की सड़क पर बाकायदे दरी बिछाकर लोगों को बिठाया गया था। क्या जलवा था शंकर माट्साब का। समूचे हरिपुर में उनकी तूती बोलती थी। उनकी विशाल शिष्य मंडली आवभगत में लगी थी। माइक और लाउड स्पीकर की लम्बी-चौड़ी व्यवस्था की गई

थी। पारस टॉकीज़ का शो बन्द कर दिया गया था। सड़क के दोनों तरफ़ दुकानें, सब की सब, खुली थीं, मगर ग्राहकी का नामोनिशान नहीं था। पारस टॉकीज़ के सामने मंच बना था। माइक के सामने विष्णु बहुत भावुक हो उठा था।

"अरुणोदय का छोटा भाई सूर्योदय। अरुणिमा आभा पहले पसरती है आकाश के पूर्व क्षितिज पर फिर उदय होता है सूर्य। अरुण की कोमलता ही तो सूर्य को तेजस्विता प्रदान करती है। शंकर दादा की मूलभूत तेजस्विता का लघुतम कण भी नहीं है मेरे समूचे अस्तित्व में, किन्तु दादा ने उसे न्योछावर कर दिया मुझपर और स्वयं गौण बने रहे। ऐसी कुर्बानी किसी ने कभी भी किसी और के लिए नहीं की होगी। आज जो कुछ मैं हूँ, सिर्फ़ और सिर्फ़ दादा के कारण हूँ।"

और रो पड़ा था विष्णु भरी सभा में।

भरी हुई आवाज़ में बोला शंकर—

"विष्णु यह ग़लत बात है। खुद को कमतर आँकना उतना ही बड़ा अन्याय है, जितना किसी को भी हिमालयी ऊँचाई में बिठाना। रिश्तों में सन्तुलन के लिए ज़रूरी है कि जिसको जो करना चाहिए, उसे वो सही-सही करे। कर्तव्यबोध को बड़प्पन मानना अतिशयोक्ति है।"

नारायणसिंह ठाकुर ने हस्तक्षेप किया—

"शंकर दादा और मेरे दोस्त विष्णु की आपसदारी एक मिसाल है।"

उस रात विष्णु ने शंकर से कहा—

"दादा, मैं चाहता हूँ कि सूर्योदय और अरुणोदय साथ-साथ एक छत के नीचे पलें।"

शंकर बोला—

"एक छत के नीचे इन दोनों का लालन-पालन तो एक सपना है। उस सपने को फिलहाल सपना ही रहने दो। हाँ, हाँ, साथ-साथ ज़रूर पलेंगे जब सूर्योदय मैट्रिक पास करके बनारस जाएगा, आगे की पढ़ाई के लिए।"

(फ्लैश बैक समाप्त)

किसे पता था कि उस रात दोनों भाइयों के बीच जो सपना पनपा था, वो बारह वर्षों बाद धरती पर उतर आएगा।

बस यही तो, बड़ी दूर तक चल चुकी अतीत गाथा वर्तमान में आ मिली।

बुन्देला विश्वविद्यालय में उसकी नियुक्ति के बाद शुरुआती व्यस्तताओं के चलते विष्णु के हरिपुर आवास की समस्या का हल नारायणसिंह ठाकुर ने बड़ी आसानी

से कर दिया। उसकी कोठी का जो हिस्सा शंकर माट्साब के नाम पर चिह्नित हो चुका था, उसी को विष्णु के छोटे-से परिवार का घर बना दिया गया था। गुरुदत्त चतुर्वेदी के घर और ठाकुर की कोठी के बीच की दीवार में एक दरवाज़ा बना दिया गया ताकि विष्णु के परिवार को यह अहसास हो कि वो अपने पैतृक निवास की एक छत के नीचे रहने जा रहा है।

इस घर को रहने योग्य बनाने की ज़िम्मेदारी नारायण पर छोड़कर विष्णु बनारस जाकर तुरन्त पत्नी झूनू और चौदह वर्षीय बेटे अरुणोदय को लेकर हरिपुर पहुँच गया। माँ ने विधिवत् विष्णु परिवार के गृह प्रवेश को अनुष्ठान का रूप दिया। इसी अनुष्ठान के हिस्से के रूप में हवन के तुरन्त पश्चात् झूनू और पद्मा का हाथ पकड़कर माँ पैतृक निवास की रसोई में ले गई जहाँ जेठानी-देवरानी ने मिलकर खीर पकाई। गुरुदत्त जी अरुणोदय और सूर्योदय का हाथ पकड़कर सीधे रसोई पहुँचे। उनके पीछे-पीछे शंकर और विष्णु भी रसोई में दाख़िल हुए। शंकर की दोनों बेटियाँ सरिता और कविता उनके साथ थीं।

इतनी बड़ी-सी रसोई कि वहाँ नई व्यवस्था के अन्तर्गत दो डाइनिंग टेबिलें और दस कुर्सियाँ बाक़ायदे जमा दी गई थीं—एक मेज़ पर छह और दूसरे पर चार कुर्सियाँ। कुल मिलाकर तस्वीर बिल्कुल साफ़ हो गई कि गुरुदत्त जी अपने दोनों बेटों के साथ संयुक्त परिवार के रूप में रहेंगे, जहाँ एक ही चूल्हा जलेगा और दस प्राणी साथ-साथ रहेंगे।

आख़िर आ गया ऐतिहासिक दिन जिसका बेसब्री से इन्तज़ार कर रही थीं हरिपुर की सभी सड़कें, गली-कूचे, तिराहे, चौराहे, भवन-दर-भवन। तबीयत से सजाया गया था शहर का कोना-कोना, हर एक घर, दुकानें, दफ़्तर, स्कूल, कचहरी, संस्थान, मन्दिर, मस्जिद, गुरुद्वारे, गिरजाघर यहाँ तक कि अस्पताल भी, रेलवे स्टेशन और बस स्टेंड भी। यहाँ, वहाँ, कहाँ नहीं।

बुन्देला विश्वविद्यालय के भव्य प्रवेशद्वार से लेकर, दोनों हवेलियों और सड़कों तथा आसपास के खुले विशाल मैदान को ख़ूब सजाया गया था जहाँ पहली जुलाई की सुबह हज़ारों-हज़ारों की संख्या में हरिपुर निवासी जमा हो चुके थे।

मुख्य प्रवेशद्वार पर कतार-दर-कतार, शिक्षकों की टोली, कार्यालय के कर्मचारी-अधिकारी, विद्यार्थी समूह पंक्तिबद्ध खड़े थे। निर्धारित समय पर हरिकेसरी खुली जीप में बैठकर प्रवेशद्वार के निकट पहुँचे जुलूस का नेतृत्व करने के लिए। कलेक्टर टंडन अपनी गाड़ी से उतरकर हरिकेसरी की जीप की ओर बढ़े। मगर इससे पहले कि हरिकेसरी की बगल में बैठने का उपक्रम करते, बुन्देला विश्वविद्यालय के कोषाध्यक्ष आनन्दीलाल शुक्ल अपने साथ शंकरदत्त चतुर्वेदी एवं लल्लनप्रसाद

वर्मा यानी विश्वविद्यालय के प्रथम विद्यार्थीद्वय दौड़कर जीप के पास पहुँच गए। हरिकेसरी ने दोनों विद्यार्थियों का स्वागत किया। वे दोनों जीप के पीछे की सीट पर बैठ गए। हरिकेसरी ने कोषाध्यक्ष आनन्दीलाल शुक्ल को अपने बगल में बिठा लिया। कलेक्टर टंडन ठगे-से खड़े रह गए। वो भारी क़दमों से शिक्षकों की पंक्ति के शीर्ष पर विष्णुदत्त के साथ खड़े हो गए। इसी पंक्ति में कुलसचिव बाँके बिहारी भी शामिल थे।

सहसा दो बालक हरिकेसरी के पास पहुँचे और बोले—"बब्बा, हम भी जुलूस में शामिल होना चाहते हैं," हरिकेसरी ख़ुश हो गए बोले—

"तुम्हारा परिचय?"

एक के बाद एक, दोनों बालक बोले—

"मैं हूँ अरुणोदय चतुर्वेदी।"

"और मैं हूँ सूर्योदय चतुर्वेदी।"

उसी समय दौड़ते हुए विष्णु उनके पास पहुँचे—

"अरे, तुम दोनों यहाँ क्या कर रहे हो?"

हरिकेसरी ने हस्तक्षेप किया—

"मैंने इन्हें विशेष रूप से न्योता दिया है—बुन्देला विश्वविद्यालय के दो भावी विद्यार्थी के रूप में। दोनों जीप के आगे-आगे चलेंगे।"

दोनों बालक जीप के आगे पंक्तिबद्ध खड़े हो गए। कुलसचिव ने उनके हाथों में बैनर थमा दिया जिस पर लिखा था—

बुन्देला विश्वविद्यालय
प्रथम प्रवेश दिवस

कुलसचिव बाँके बिहारी ने माइक पर उपकुलपति हरिकेसरी से निवेदन किया—

"आपकी आज्ञा हो तो जुलूस रवाना हो।"

उपकुलपति हरिकेसरी ने माइक पर कहा—

"अनुमति दी जाती है।"

कुलसचिव ने फिर घोषणा की—

"मैं श्री शंकरदत्त चतुर्वेदी जी से निवेदन करता हूँ कि वे कुलगान प्रारम्भ करें।"

शंकर ने कुलगान छेड़ा ही था कि जीप के पीछे चल रहे जुलूस में सभी कुलगान में शामिल हो गए। हरिकेसरी उस समय चकित रह गए जब विश्वविद्यालय के आसपास के लम्बे-चौड़े मैदान में जमा हज़ारों हरिपुरवासी भी कुलगान को गगन गुँजाते हज़ारों कंठ के समूह गान के रूप में एकस्वर में गाने लगे। हरिकेसरी की आँखें नम हो गईं और वे अपने रुँधे गले को साफ़ कर कुलगान में स्वयं सम्मिलित हो गए।

जुलूस दोनों हवेलियों के बीच में बने फ्लैगपोस्ट के पास पहुँचकर थम गया। उपकुलपति हरिकेसरी ने विश्वविद्यालय का झंडा लहराया। सामूहिक हर्षध्वनि का सिलसिला कुछ देर तक चलता रहा।

उपकुलपति हरिकेसरी माइक के सामने आए—

"मैं हरिकेसरी, बुन्देला विश्वविद्यालय का उपकुलपति आज से बुन्देला विश्वविद्यालय के शुभारम्भ की घोषणा करता हूँ।"

एक बार फिर तुमुल हर्षध्वनि की लहर को चीरकर हरिकेसरी बोले—

"आज से काम ज़्यादा, बातें कम। यहाँ इकट्ठे सभी जनों से निवेदन करता हूँ कि सभी अपने-अपने काम में जुट जाएँ। धन्यवाद।"

सुनने में भले ही अटपटा लगे, लेकिन हुआ हूबहू ऐसा ही।

पलक झपकते दो साल गुज़र गए।

विश्वविद्यालय को गढ़ने का संकल्प और जुनून इस क़दर हावी था हर शिक्षक, प्रशासकीय अधिकारी पर कि सभी अपने-अपने काम पर निरन्तर ऐसे जुटे रहे कि समय का बीतना महसूस ही नहीं हुआ। सभी विभागाध्यक्ष अपने-अपने विभाग को सँवारने में इतने तल्लीन थे कि उनका निजी जीवन निजी रहा ही नहीं। चाहे किसी विषय से सम्बन्धित विभाग हो अथवा प्रशासकीय विभाग। इनमें सर्वोपरि थे विष्णुदत्त चतुर्वेदी जिन्हें हरिकेसरी से लेकर चतुर्थ श्रेणी कर्मचारी तक जितनी इज़्जत करते थे, उतना ही प्यार भी करते थे। इज़्जत और प्यार जब हाथों में हाथ डाले साथ-साथ चलते हैं तो एक ऐसा अनोखा रिश्ता पनपता है जिसकी परिभाषा शब्दों की परिधि के बाहर चली जाती है।

निर्माण का ऐसा सिलसिला चल निकला कि दो वर्षों पहले जो लम्बा-चौड़ा खुला मैदान था, उसके चप्पे-चप्पे पर भवन खड़े हो गए। हर अध्ययन विषय का अलग-अलग भवन, प्रशासकीय और पुस्तकालय भवन, कई श्रेणियों के सभागृह, छात्रावास, शिक्षकों के आवासगृहों की अलग-अलग कॉलोनियाँ, एक खुला स्टेडियम जिसके बीचोबीच खेलों का मैदान, कम से कम पच्चीस हज़ार दर्शकों का पवेलियन, एक बन्द स्टेडियम जो इनडोर गेम्स के लिए उपयोगी था जिसमें पेविलियन था दस हज़ार दर्शकों के लिए।

दो वर्षों के पहले केवल मॉडल्स के रूप में आर्किटेक्ट ने जिसे सजाया था हरिकेसरी के सामने, वो मात्र एक स्वप्न था जो दो वर्षों बाद ज़मीन पर उतर आया था। बुन्देलखंड अंचल का एक अनाम क़स्बा हरिपुर, देखते ही देखते, भारतीय मानचित्र पर विश्वस्तरीय उच्च शिक्षा के प्रतिष्ठित केन्द्र के रूप में उभरा।

और तब आया एक और ऐतिहासिक दिन—

बुन्देला विश्वविद्यालय का प्रथम दीक्षान्त समारोह, जिसमें बी.ए., बी.एससी., बी.कॉम. और इन्हीं संकायों के स्नातकोत्तर तथा पी-एच्.डी. उपाधि प्राप्त करने वाले योग्य विद्यार्थियों के लिए अलग-अलग समूह विभिन्न रंगों के गाउंस पहने हुए इनडोर स्टेडियम में अपनी-अपनी पंक्तियों में बैठे थे। पवेलियन था हरिपुरवासियों के लिए आरक्षित स्टेडियम के लिए बीच के खेल परिसर में कई-कई क़तारें थीं कुर्सियों की जहाँ शिक्षक और विद्यार्थी समूहों ने अपना-अपना निर्धारित स्थान ग्रहण कर रखा था। गण्यमान्य व्यक्तियों के लिए कुर्सियाँ आरक्षित थीं।

सभी की आँखें प्रवेशद्वार पर थीं।

स्टेडियम की बाहरी दीवार से सटे शामियाना और कनातों से निर्मित कमरे में अपने-अपने विषय अथवा कर्मक्षेत्र से सम्बन्धित रंग-बिरंगे गाउन्स पहन अतिमहत्त्वपूर्ण महानुभाव पंक्तिबद्ध खड़े हो गए। कुलसचिव बाँके बिहारी सबसे आगे अकेले और उनके पीछे तीन-तीन महानुभावों की पंक्तियों में खड़े कुछ विभागाध्यक्ष, सभी संकायाध्यक्ष, कार्य परिषद् के शासकीय सदस्यगण और अन्त में तीन श्रेष्ठिजनों की सर्वोच्च पंक्ति—उपकुलपति हरिकेसरी, कुलपति प्रदेश के मुख्यमंत्री और कोषाध्यक्ष श्री आनन्दीलाल शुक्ल। दीक्षान्त जुलूस स्टेडियम के प्रवेशद्वार की ओर चल पड़ा। इस शामियानावाले कमरे और इनडोर स्टेडियम के प्रवेश द्वार के बीच पंक्तिबद्ध सलाम की मुद्रा में खड़े थे सुरक्षाकर्मी।

सहसा एक अनहोनी घट भी गई और पलक झपकते तिरोहित भी हो गई। सुरक्षाकर्मियों की पंक्तियों से बचता-बचाता दीक्षान्त जुलूस की अन्तिम पंक्ति की ओर लपका खोजी तिलकधारी और वो उपकुलपति हरिकेसरी के निकट पहुँचकर चरण स्पर्श के लिए झुका। हरिकेसरी चकित ठिठके। ठहरे नहीं। चलते-चलते उन्होंने महसूस किया कि उनके पैर के मोजे में पत्रनुमा काग़ज़ खोंसकर खोजी तिलकधारी उलटे पैरों भाग खड़ा हुआ। तड़ित-सी यह होनी हो गई। जिन्होंने होनी होते देखी उन्होंने यह मान लिया कि किसी भक्त ने हरिकेसरी बब्बा के चरण स्पर्श किये।

दीक्षान्त जुलूस इनडोर स्टेडियम में प्रवेश हुआ। उपस्थित सभी दर्शक खड़े हो गए और उन्होंने करतल ध्वनि से जुलूस का स्वागत किया। जुलूस का हर महानुभाव मंच पर रखी कुर्सियों पर यथास्थान आसीन हुआ। उपकुलपति हरिकेसरी ने उपस्थित समुदाय की ओर देखा तो बस ठगे-से देखते रह गए। सामने गोलाकार दर्शक दीर्घा एक़दम खाली। एक भी व्यक्ति नहीं बैठा था उसमें। दस हज़ारी दर्शक दीर्घा जनशून्य। ऐसा क्या हो गया कि जिन हरिपुरवासियों ने हज़ारों की संख्या में बुन्देला विश्वविद्यालय के शुभारम्भ के दिन गगनभेदी नारों से खुले विशाल मैदानी परिवेश को गुंजायमान कर दिया था, वे सबके सब बुन्देला विश्वविद्यालय के प्रथम दीक्षान्त समारोह के ऐतिहासिक अवसर पर एक़दम अनुपस्थित रहें। माना कि दो वर्षों के अन्तराल में विश्वविद्यालय का सम्पर्क हरिपुरवासियों से टूट गया था। इस

अन्तराल में विश्वविद्यालय के भवन निर्माण में इस शिद्दत से जुटे रहे हरिकेसरी कि उन्हें साप्ताहिक अंगारा को पढ़ना तो दूर, देखने तक की फुरसत नहीं मिली। दैनिक समाचार पत्र तो बाहर से आते थे, उन्हें कोई क्यों देखता भला। कोई मिलने भी आया हो उनसे तो उन्हें मालूम नहीं, क्योंकि वे तो पेड़ के नीचे अथवा धूप में कुर्सी मेज़ पर बैठते थे। उपकुलपति कक्ष की ओर झाँकते भी नहीं थे। कामकाजी शिक्षकों, अधिकारियों और कर्मचारियों से घिरे रहते। एक विशेष विशाल छतरी उन पर तनी रहती थी जो ज़रूरत पड़ने पर चारों ओर से घिरकर कमरा बन जाती थी। एक आरामकुर्सी भी रखी रहती जिसका उपयोग वे दिवा निद्रा के लिए करते थे। मौसम की मार से उन्हें पूरी तरह सुरक्षित रखने की व्यवस्था की गई थी—कोषाध्यक्ष आनन्दीलाल शुक्ल तथा दोनों चतुर्वेदी भाइयों की देख-रेख में। उपकुलपति निवास का उपयोग वे रात आठ बजे से सुबह दस बजे तक करते थे भोजन, शयन, नित्यकर्मादि के लिए। दिवा भोज वे मैदानी छतरी तले ही करते थे। इन्हीं ख़यालों में खोए हरिकेसरी का माथा ठनका। दर्शक दीर्घा का खालीपन तथा गण्यमान्य व्यक्तियों के लिए आरक्षित कुर्सियों में सिवाय दो कुर्सियों के, बाक़ी कुर्सियों की रिक्तता का राज़ शायद खोजी तिलकधारी उनके मोजे में खोंसकर चला गया। इन दो कुर्सियों पर बैठे थे दो वकील—इन्द्रजीत दुबे और मुरली मनोहर गोस्वामी। वकील चौकड़ी में से शेष दो वकील श्याम कलेवर सेठिया और गोपीकृष्ण खरे तो मंच की प्रथम पंक्ति में बैठे थे।

हरिकेसरी ने मंच की प्रथम पंक्ति पर दृष्टि दौड़ाई तो उन्हें फिर झटका लगा। जिस व्यक्ति को उन्होंने भरी सभा में अपना उत्तराधिकारी—भावी कुलपति घोषित किया था, वो प्रोफ़ेसर विष्णुदत्त चतुर्वेदी मंच की दूसरी पंक्ति में बैठे थे। मंच की सारी कुर्सियों पर कुलसचिव बाँके बिहारी ने नामों की चिट चिपका दी थी। हरिकेसरी कसमसाकर बैठे रहे।

दीक्षान्त समारोह की कार्यवाही चल निकली। हिन्दी में एम.ए. के प्रथम आए विद्यार्थी का नाम जब गोल्ड मेडिल के लिए कुलसचिव ने उच्चारित किया तो हरिकेसरी दंग से रह गए। वास्तव में शंकरदत्त चतुर्वेदी हिन्दी एम.ए. में ऐसे प्रथम थे जो दूसरे नम्बर पर आए विद्यार्थी से 15 अंक आगे थे। चाहने वालों ने तो यह चाहा था कि दूसरे नम्बर का विद्यार्थी ही अंकों के हिसाब से भी प्रथम स्थान हासिल करें, किन्तु परीक्षक महोदय ने चाहने वालों को साफ़ मना कर दिया था कि ऐसे विद्यार्थी को प्रथम स्थान दिया जाए जो योग्यता के हिसाब से प्रथम स्थान तो क्या प्रथम श्रेणी के योग्य भी नहीं था, वो तो वास्तव में द्वितीय श्रेणी के भी योग्य नहीं था। फिर भी हेराफेरी तो विवशतावश की गई। उस तृतीय श्रेणी के योग्य विद्यार्थी को प्रथम श्रेणी में लाया गया। भले ही उसे प्रथम स्थान नहीं मिला था फिर भी उसे प्रथम स्थान पर भरी सभा में घोषित किया गया था। उसका नाम था रमाकान्त जैन।

इसी प्रकार कला संकाय में प्रथम आए विद्यार्थी शंकरदत्त चतुर्वेदी का नाम गोल्ड मेडल के लिए नहीं लिया गया। उनके स्थान पर समाजशास्त्र में एम.ए. में प्रथम आए विद्यार्थी लक्ष्मीचन्द मित्तल का नाम घोषित किया गया। शंकरदत्त चतुर्वेदी को दोनों गोल्ड मेडल से वंचित रखा गया। हरिकेसरी मन मसोसकर रह जाने के अलावा क्या कर सकते थे। आख़िर प्रथम दीक्षान्त समारोह की गरिमा की बाध्यता थी। ख़ासकर प्रदेश के माननीय मुख्यमंत्री की उपस्थिति का मान भी रखना था।

दीक्षान्त समारोह रात्रि भोज के पूर्व हरिकेसरी का हाथ धुलाने के बहाने कुलसचिव बाँके बिहारी ने फुसफुसाकर हरिकेसरी से कहा—

"शंकरदत्त चतुर्वेदी का नाम मैंने नहीं काटा। काट भी नहीं सकता था। वे ही प्रथम स्थान पर थे, किन्तु मुझसे कहा गया दूसरे स्थान वाले विद्यार्थी को प्रथम घोषित करने के लिए। ऊपर से आदेश आया था।"

"ऊपर से आए आदेश का मतलब?"

इससे पहले कि बाँके बिहारी कुछ कहते डिनर मेज़ के शीर्ष पर बैठे मुख्यमंत्री जी की आवाज़ गूँजी—

"महामना हरिकेसरी जी, आपकी कुर्सी आपकी प्रतीक्षा कर रही है।"

हरिकेसरी मेज़ की ओर क़दम बढ़ाते हुए बोले—

"मैं हाज़िर हूँ, माननीय मुख्यमंत्रीजी।"

हरिकेसरी मेज़ के शीर्ष पर मुख्यमंत्री के बगल में रखी कुर्सी की ओर बढ़े। उनके स्वागत में मुख्यमंत्री खड़े हो गए। हरिकेसरी बोल पड़े—

"अरे, आप क्यों खड़े हो गए? आप तो बुन्देला विश्वविद्यालय के चांसलर हैं और मैं हूँ वाइस चांसलर। प्रोटोकॉल के अनुसार—

हरिकेसरी के संवाद में हस्तक्षेप करते हुए मुख्यमंत्री बोले—

"आप तो विश्वविद्यालय के जनक हैं—संस्थापक हैं आप। कोई भी वरिष्ठतम पद आपकी बराबरी तो क्या, आपके आसपास भी नहीं बैठ सकता।"

"आपके इस बड़प्पन के लिए मैं आभारी हूँ।"

भोजन के पश्चात् मुख्यमंत्री को साथ लेकर हरिकेसरी अपने चेम्बर के सोफे पर जा बैठे। कॉफ़ी की चुस्की लेते हुए दोनों बातचीत करने लगे। थोड़ी देर में ही बाँके बिहारी दरवाज़े पर प्रकट हुए—

"मे आय कम इन, सर?"

भारी आवाज़ में मुख्यमंत्री बोले—

"आइए कुलसचिवजी। हम आपसे बहुत ख़ुश हैं। आपने तो हरिकेसरीजी के विश्वविद्यालय के लिए रात-दिन एक कर रखा है।"

"यह तो आपकी ज़र्रानवाज़ी है, वरना मैं किस काबिल हूँ।"

"कैसे आना हुआ?"

"मान्यवर, हरिकेसरी जी के विश्वविद्यालय के छात्रसंघ के अध्यक्ष एवं सचिव आपके दर्शनाभिलाषी हैं।"

"हाँ, हाँ, ज़रूर भेजिए।"

थोड़ी देर में हिन्दी एम.ए. में गोल्ड मेडल प्राप्त करने वाले—रमाकान्त जैन और कला संकाय में गोल्ड मेडल प्राप्त करने वाले लक्ष्मीकान्त मित्तल कमरे में दाख़िल हुए और दोनों विद्यार्थियों ने दोनों महारथियों के चरण स्पर्श किये।

बाँके बिहारी ने उनका विधिवत् परिचय करवाया।

हरिकेसरी को उन्हें पहचानने में देर नहीं लगी—

"तुम दोनों को ही आज गोल्ड मेडल मिला है न?"

"जी हाँ, बब्बा आपकी अनुकम्पा है।"

गम्भीर आवाज़ में हरिकेसरी बोल पड़े—

"नहीं बेटे, मेरे विश्वविद्यालय में किसी को भी मेरी अनुकम्पा से गोल्ड मेडल नहीं मिलता है। मेरिट से मिलता है। मैंने शंकरदत्त चतुर्वेदी को बुलवाया है।"

मुख्यमंत्री ने तुरन्त हस्तक्षेप किया।

"ठीक है, अब तुम दोनों जा सकते हो।"

उन दोनों के साथ बाँके बिहारी भी बाहर चले गए और उलटे पाँव वापस कमरे में दाखिल हुए और बोले—

"वाइसचांसलर सर, शंकरदत्त चतुर्वेदी आपके दर्शनाभिलाषी हैं।"

मुख्यमंत्री ने हस्तक्षेप किया—

"उनसे कहिए कि आज मुलाकात सम्भव नहीं है, क्योंकि मैं चांसलर की हैसियत से वाइसचांसलर के साथ मंत्रणा कर रहा हूँ।"

बाँके बिहारी जिस तेज़ी से अन्दर आए थे, उसी तेज़ी से बाहर चले गए।

हरिकेसरी बोलने को हुए—

"माननीय मुख्यमंत्रीजी..."

उनकी बात काट कर मुख्यमंत्री बोले—

"आदरणीय हरिकेसरीजी, इस धृष्टता के लिए क्षमा चाहता हूँ कि आपके अनमोल बोल सुने बिना ही मैंने बोलना शुरू कर दिया। मैं आपके प्रति असीम कृतज्ञता प्रकट करता हूँ कि आपने मेरे प्रदेश के लिए इतनी बड़ी ऐतिहासिक सौगात दी है। इस अनाम क़स्बे को विश्व के मानचित्र पर प्रतिष्ठित कर दिया है। अपने अकेले के दम पर एक विश्वविद्यालय की स्थापना करना एक चमत्कार है। हम सब, समूचा बुन्दलखंड ही नहीं, बल्कि हमारा समूचा देश आपके प्रति नतमस्तक है। विश्वविद्यालय शब्द ही अपने आप में कितना बड़ा है। आपने इस विश्वविद्यालय के माध्यम से ढेरों बड़े

काम किये हैं और कितने ही बड़े कामों को आप अंजाम देंगे। इस विराटता और विशालता के महासागर में एक छोटी-सी नाव के अस्तित्व के लिए यदि आप स्वयं को दाँव पर लगा देंगे तो क्या ऐसा करना आपकी गरिमा के अनुकूल होगा। नाव के अस्तित्व को प्रतिष्ठित करने के लिए आप महासागर को झूठला नहीं सकते।"

"आदरणीय हरिकेसरी जी, ज़रा सोचिए, यदि आप दो छोटे-छोटे बालकों के गले से लटके गोल्ड मेडल उताकर, उनके पिता की उम्र के एक व्यक्ति के गले में पहना देंगे तो क्या उस पिता जैसे व्यक्ति को अच्छा लगेगा? फिर आपको यह भी तो सोचना है कि इस प्रकरण को न्याय के नाम पर तूल देने से आपके विश्वविद्यालय की कितनी बदनामी होगी।"

"आदरणीय हरिकेसरी जी, आप मुझसे हर मामले में बड़े हैं। मैं आपकी बेहद इज़्जत करता हूँ। मैं स्वयं उन दोनों चतुर्वेदी बन्धुओं से प्रभावित हूँ। छोटे चतुर्वेदी का भविष्य तो आपने पहले ही निश्चित कर दिया है। बड़े के भविष्य के बारे में मुझे सोचने का मौक़ा दीजिए। मैं आपको निराश नहीं करूँगा। अन्त में, इतना ही कहना चाहूँगा कि आप आश्वस्त रहें कि मेरे मुख्यमंत्री रहते ऐसी अनहोनी कभी नहीं होगी।"

हरिकेसरी के इतने दीर्घ मौन से मुख्यमंत्री थोड़े चिन्तित हुए। उन्होंने हरिकेसरी के तेजस्वी मुखमंडल को पढ़ने की व्यर्थ कोशिश की। भला, किनारे पर खड़ा एक राजपुरुष उस महासागर की अतल गहराई को नाप सकता था?

मुख्यमंत्री फिर बोल पड़े—

"करबद्ध क्षमाप्रार्थी हूँ, आदरणीय हरिकेसरी जी, मैंने आपका बेशकीमती वक़्त ज़ाया किया। आप तो बहुत थक गए होंगे। आपको आराम करना चाहिए।"

"दोनों खड़े हो गए। मुख्यमंत्री ने हरिकेसरी को खड़े होने में मदद की।"

"हरिकेसरी बोले—

"हाँ, आप सही कह रहे हैं। मैं आज सचमुच बहुत थक गया हूँ।"

फिर हँसकर बोले—

"मन की थकावट शरीर पर भी हावी होती है।"

फिर अचानक गर्मजोशी से मुख्यमंत्री का हाथ थामकर बोले—

"शासन की ओर से जो बहुमूल्य योगदान दीक्षान्त समारोह की सफलता के लिए दिया गया है, उसके लिए मैं आपके प्रति कृतज्ञ हूँ।"

उपकुलपति निवास पर पहुँचने में थोड़ी देर और हुई। हरिकेसरी जैसे ही कार से उतरे, प्रतीक्षारत दोनों चतुर्वेदी बन्धु उनका चरण स्पर्श करने के लिए झुके। वे दोनों हरिकेसरी के निर्देश पर उपकुलपति निवास पर हरिकेसरी ही प्रतीक्षा में बैठे थे।

हरिकेसरी ने दोनों को गले लगाया और रुँधे कंठ से बोले—

"मैं तो शंकरदत्त जी के चरणस्पर्श के योग्य नहीं रहा। उनके साथ आज के दीक्षान्त समारोह में धोखा किया गया है।"

शंकरदत्त ने हस्तक्षेप किया—

"क्षमा चाहता हूँ, सर, आपको बोलने से टोक रहा हूँ। हमारा करबद्ध निवेदन है कि आप अभी विश्राम कीजिए। रात भी गहरा रही है। हम दोनों भाई आपके आदेशानुसार सुबह पाँच बजे हाज़िर हो जाएँगे।"

दोनों भाइयों ने हरिकेसरी का हाथ पकड़कर अन्दर पहुँचाया। उनका अर्दली गंगाधर पीछे-पीछे चल रहा था। बँगले के अन्दर दाख़िल होते ही गंगाधर ने सहारा देकर हरिकेसरी को उनकी पसन्दीदा आरामकुर्सी पर बिठाया और झुककर पूछा—

"सर, आपके लिए कॉफ़ी लाऊँ?"

हरिकेसरी बिफर गए—

"यह क्या गंगाधर! तुमने मुझे फिर 'सर' कहा। तुम यह जानते हो कि तुम जब मुझे 'बब्बा' कहते हो, तब मुझे कितना अच्छा लगता है।"

"माफ़ी चाहता हूँ बब्बा, ग़लती हो गई।"

"मैं तो कॉफ़ी पी चुका हूँ। ऐसा करो कि मेरे लिए सूप ले आओ और चतुर्वेदी बन्धुओं के लिए काफ़ी लाओ।"

"लेकिन सर, मैंने जो निवेदन किया था...

हस्तक्षेप किया हरिकेसरी ने।

"शंकरदत्त जी, आज जो कुछ दीक्षान्त समारोह में हुआ, उसे देखकर क्या मैं आप दोनों से बात किये बिना सो सकूँगा? पहले, आप दोनों बैठिए। मुझे सूप भी तो पीना है और आप दोनों कॉफ़ी। बस, अपना-अपना पेय पीते हुए हम थोड़ी बहुत बातचीत तो कर ही लेंगे।"

इस बीच दरवाज़े पर खड़ा रसोइया खिलावन सूप और कॉफ़ी बनाने के लिए जा चुका था। अर्दली गंगाधर हरिकेसरी के जूते-मोजे उतारने में लग गया। अचानक उसके हाथों में मोजे के अन्दर से, काग़ज़ का टुकड़ा मिला।

वो बोल पड़ा—

"बब्बा, आपके मोजे से यह काग़ज़ मिला है।"

हरिकेसरी चौंक पड़े—

"अरे हाँ, दीक्षान्त समारोह शुरू होने के पहले जब जुलूस प्रवेशद्वार के पास पहुँचने को हुआ तब अचानक सुरक्षाकर्मियों की पंक्ति चीरते हुए खोजी तिलकधारी प्रकट हुए और वे मेरे चरणस्पर्श के बहाने यह काग़ज़ का टुकड़ा मेरे मोजे में खोंसकर उलटे पाँव भाग खड़े हुए।"

हरिकेसरी ने पत्रनुमा काग़ज़ मन ही मन पढ़ा—

परम पूजनीय बब्बा!
सादर चरण स्पर्श

आपके विश्वविद्यालय की अपार सफलता को मटमैला करने के लिए जो षड्यंत्र चल रहा है, उसके मुख्य सूत्रधार कुलसचिव श्री बाँकेबिहारी हैं। उनका साथ दे रहे हैं चारों वकील। प्रोफ़ेसर विष्णुदत्त चतुर्वेदी के अच्छे-अच्छे कामों पर पानी फेरा जा रहा है। हरिपुरवासियों से विश्वविद्यालय का मधुर सम्बन्ध जड़ से उखाड़ा जा रहा है। बाँके बिहारी को शासन की शह मिली हुई है। कलेक्टर भी इस खेल में शामिल हैं। सब के सब विष्णुदत्तजी के दुश्मन हैं। सिर्फ़ कोषाध्यक्ष आपके साथ हैं।

आपका चरण सेवक
खोजी तिलकधारी

हरिकेसरी ने यह पत्र कई बार पढ़ा और उसे बगल की मेज़ पर रख दिया। फिर सूप पीते हुए हरिकेसरी बोले—

"विश्वविद्यालय से बड़ी चूक हो गई है। हमने न तो साप्ताहिक अंगारा के साथ सम्पर्क किया और न ही हरिपुर के प्रतिष्ठित नागरिकों से।"

विष्णुदत्त ने हस्तक्षेप किया—

"हस्तक्षेप के लिए क्षमा चाहता हूँ, सर। क्योंकि मैंने स्वयं साप्ताहिक अंगारा और प्रतिष्ठित नागरिकों के निमंत्रण के लिए पुरज़ोर पहल की थी। मैंने साप्ताहिक अंगारा के प्रथम पृष्ठ के लिए विज्ञापन के रूप में हरिपुर के समस्तवासियों को निमंत्रण का प्रारूप तैयार कर कुलसचिव बाँके बिहारी के हस्ताक्षर के लिए उन्हें स्वयं अपने हाथों से सौंप दिया था। साथ ही, हरिपुर के प्रतिष्ठित नागरिकों की सूची और दीक्षान्त समारोह के निमंत्रण पत्र के हर ऐसे नागरिक का नाम लिफ़ाफ़े पर लिखकर वितरण के लिए बाँके बिहारी जी को सौंप दिया था। उन्होंने अपनी कुर्सी से उतरकर यह समस्त सामग्री स्वीकार की थी और मेरे प्रति असीम कृतज्ञता प्रकट की थी।"

"मैं सम्पूर्ण रूप से आश्वस्त था कि आपसे ऐसी चूक नहीं हो सकती थी फिर भी ऐसा क्यों हुआ, इसका पता मैं कल दोपहर 12 बजे तक लगा लूँगा। आप दोनों कल शाम को 7 बजे मेरे आवासीय कार्यालय में पधारें।"

दूसरे दिन सुबह 5 बजे खोजी तिलकधारी हरिकेसरी के बँगले पर पहुँचा। वो गेट

पर खड़े चौकीदार के हाथ में लिफ़ाफ़ा देकर जा ही रहा था कि लॉन पर टहलते हरिकेसरी ने आवाज़ दी—

"जोसेफ (गेट पर खड़े चौकीदार का नाम) खोजी तिलकधारी को मेरे पास भेजो।"

खोजी तिलकधारी हरिकेसरी की आवाज़ से उत्तेजित होकर गिरता-पड़ता हरिकेसरी के पास पहुँचा और उनके चरणों में लोट गया।

हरिकेसरी ने पूछा—

"यह आप क्या कर रहे हैं? आपके कपड़े गन्दे हो जाएँगे। उठिए और मेरे साथ अन्दर चलिए।"

हरिकेसरी सीधे अपने आवासीय कार्यालय में पहुँचे। पीछे-पीछे झुका हुआ हाथ जोड़कर खोजी तिलकधारी कार्यालय के दरवाज़े पर खड़ा हो गया।

हरिकेसरी बोले—

"अरे, आप दरवाज़े पर क्यों खड़े हैं? अन्दर आइए और मेरे सामने वाली कुर्सी पर बैठिए। आपसे एक ज़रूरी बात करनी है।"

सहमते-सहमते खोजी तिलकधारी अन्दर अध बैठे की मुद्रा में कुर्सी के अगले हिस्से के किनारे पर जैसे-तैसे बैठ गया और हाथ जोड़कर लगभग हकलाता-सा बोला—

"एक कर जोड़ प्रार्थना है कि आप मुझे 'आप' नहीं कहें और मेरे नाम के आगे 'जी' नहीं लगाएँ। हम तो आपके नाती-पोते जैसे हैं। हमारे दादाजी हमें 'लल्ला' कहते हैं। आप भी हमें लल्ला ही कहें।"

हँसते हुए हरिकेसरी बोले—

"अच्छी बात है, मैं तुम्हें 'आप' नहीं कहूँगा। अकेले में हम तुम्हें 'लल्ला' कहेंगे, लेकिन सबके सामने तो खोजी तिलकधारी ही कहूँगा।"

"बब्बा, खोजी तिलकधारी तो मेरा असली नाम नहीं है। लोग ऐसा कहने लगे हैं। मुझे असल में ये नाम शंकरदत्त माट्साब ने दिया है। तब से यह चल निकला है। मेरा असली नाम है उमेश भार्गव।"

"नहीं लल्ला! तुम्हारा नाम तो अब खोजी तिलकधारी है।"

यह सारी बातें खोजी तिलकधारी जैसे-तैसे बोल तो गया। मगर घबराहट में लगातार हकलाता रहा।

सहज भाव से हरिकेसरी बोले—

"अच्छा लल्ला, तुमने जो पत्र मुझे लिखा है और उसमें षड्यंत्र की बात जो लिखी है, उसे मैं विस्तार से सुनना चाहूँगा।"

"बब्बा, मैं आपके सामने सभी बातें बोल नहीं सकूँगा। घबराहट होती है, इसलिए लिखकर लाया हूँ।"

खोजी तिलकधारी ने एक बड़ा-सा लिफ़ाफ़ा हरिकेसरी के सामने रख दिया। उन्होंने लिफ़ाफ़ा खोला तो उसमें से एक तो पत्र निकला जो खोजी तिलकधारी ने लिखा था। इस पत्र के साथ दो और काग़ज़ नत्थी थे जो फटी हालत में जोड़े गए थे। हरिकेसरी ने पहले पत्र पढ़ा—

परम पूजनीय बब्बा,

सादर चरण स्पर्श,

मैं आपके सामने सारी बातें खोलकर रखना चाहता हूँ। ये जो चार वकील साहब हैं, सब के सब मौक़ापरस्त हैं। ये चारों मन ही मन तो एक-दूसरे के ख़िलाफ़ हैं, मगर व्यवहार में जो गुटबाज़ी है, उसमें एक गुट सेठियाजी और खरेजी का है। ये दोनों कार्यपरिषद् के सदस्य हैं और दूसरा गुट दुबेजी और गोस्वामीजी का है। मगर ऊपरी दिखावे में चारों वकील एक हैं। ये चारों पद पाने के लालची हैं। ज़रूरत पड़ने पर एक-दूसरे को काट भी सकते हैं। इन चारों के साथ कुलसचिव बाँके बिहारी जुड़े हुए हैं। असल में जो खलनायक हैं, वो हैं बाँके बिहारी, बहुत शातिर। उनको प्रदेश शासन की पूरी शह मिली हुई है। हरिपुर कलेक्टर भी उनके साथ हैं।

ये सब के सब एक बात में एक-दूसरे के साथ पूरी तरह जुड़े हुए हैं और वो है आपके ख़ासमख़ास शंकरदत्त चतुर्वेदी का पत्ता साफ़ करना। हाँ, इन वकीलों में से एक हैं इन्द्रजीत दुबे जिनको मैंने फोड़ रखा है। चतुर्वेदी बन्धु बहुत भले मानुष हैं। दोनों बुन्देला विश्वविद्यालय को बुलन्दी तक पहुँचाने में जुटे हुए हैं। विश्वविद्यालय के कोषाध्यक्ष श्री आनन्दीलाल शुक्ल जी आपही की तरह इन दोनों भाइयों को तहेदिल से मानते हैं और इनका भला चाहते हैं और साथ में विश्वविद्यालय का भी भला चाहते हैं और आपकी पूजा मन ही मन देवता की तरह करते हैं और ख़ास बात यह है कि हमारे देश के केन्द्रीय शासन में उनकी गहरी पैठ है, इसिलए प्रदेश शासन भी उन्हें बहुत मानता है। कोषाध्यक्ष बनने के बाद ये पूरी तरह विश्वविद्यालय के प्रति समर्पित हैं। दोनों चतुर्वेदी बन्धु और आनन्दीलालजी मिलकर काम कर रहे हैं, किन्तु ये तीनों भले मानुष हैं, इसलिए इनको ख़बर तक नहीं है कि बाँके बिहारी और चारों वकील मिलकर चतुर्वेदी बन्धुओं के विरुद्ध षड्यंत्र रच रहे हैं, लेकिन चूँकि इन्द्रजीत दुबे मेरे साथ स्कूल में विद्यार्थी काल से गहरे जुड़े हुए हैं। उनके साथ मेरी गाढ़ी छनती है। वे ही तो मुझे षड्यंत्र की

सारी ख़बर देते रहते हैं। मैं भी अकेले उनको ही शेष तीनों वकीलों से बेहतर साबित करने पर तुला हुआ हूँ और उन्हें अपने तरीक़े से आनन्दीलालजी के साथ मिलकर काम करने के लिए उकसाता हूँ। करजोड़ माफ़ी चाहता हूँ कि मैं भी गुटबाज़ी की राजनीति कर रहा हूँ और किसी को कानोकान ख़बर नहीं है। ये राजनीति न करूँ तो विश्वविद्यालय का और चतुर्वेदी बन्धुओं का भला कैसे कर सकता हूँ।

बब्बा, आप जिस निष्ठा से चतुर्वेदी बन्धुओं के पक्षधर हैं, उस पर ही बाँके बिहारी और उनके साथी भरपूर चोट करना चाहते हैं।

दीक्षान्त समारोह को हरिपुर के जन-जन से जोड़ने के लिए प्रोफ़ेसर विष्णुदत्त चतुर्वेदीजी ने साप्ताहिक अंगारा के प्रथम पृष्ठ के लिए हरिपुर के जन-जन को निमंत्रणरूपी विज्ञापन तैयार करके कुलसचिव बाँके बिहारी के हस्ताक्षर के निमित्त उन्हें स्वयं सौंपा था। साथ ही हरिपुर के प्रतिष्ठित नागरिकों की सम्पूर्ण सूची निमंत्रण पत्र के साथ वितरण के लिये बाँके बिहारी जी को सौंपी थी।

इन दोनों दस्तावेज़ों को फाड़कर बाँके बिहारी जी ने रद्दी की टोकरी में डाल दिया था ताकि ये दस्तावेज़ सम्बन्धितों के पास नहीं पहुँच पाएँ। मैंने फाड़े हुए काग़ज़ के टुकड़ों को गोंद से जोड़कर आपके अवलोकनार्थ मेरे पत्र के साथ नत्थी कर दिये हैं।

मेरे दोस्त वकील इन्द्रजीत दुबे के माध्यम से मैं कुलसचिव की मेज़ के नीचे रखी रद्दी की टोकरी में फेंके गए टुकड़ों को प्राप्त कर सका।

मैंने सारी बातें खोलकर लिखने की कोशिश की है, लेकिन इसमें प्रगट मुझसे कोई चूक हो गई हो तो उसे आप क्षमा कीजिए।

मैं इसी तरह आपके चरणों की सेवा कर सकूँ तो स्वयं को धन्य समझूँगा।

एक बार फिर आपके चरणों को माथे से लगाता हूँ।

आपका चरण सेवक
खोजी तिलकधारी

हरिकेसरी आश्चर्यचकित होकर गोंद से जोड़े गए काग़ज़ के टुकड़ों से बने मूल दस्तावेज़ देखकर बेहद ख़ुश हुए और बोले—

"शाबाश बेटा लल्ला! तुमने तो वाकई कमाल कर दिया है। इस काम में तुम्हारे जितनी तारीफ़ की जाए, कम है।"

हरिकेसरी के चरणों से अपना माथा टेककर खोजी तिलकधारी रवाना हुआ।

दूसरे ही दिन उपकुलपति के विश्वविद्यालयीन कक्ष में हरिकेसरी के सामने हाथ बाँधे बाँके बिहारी खड़े थे। उपकुलपति ने उन्हें बैठने तक के लिए नहीं कहा। वे बोले—

"मिस्टर रजिस्ट्रार, क्या आपको पता है कि मैंने आपको सुबह-सुबह क्यों बुलाया है?"

खिसियानी हँसी के साथ बाँके बिहारी बोले—

"कल के दीक्षान्त समारोह की सफलता पर ख़ुशी ज़ाहिर करने के लिए आपने मुझे बुलाया होगा।"

बिना आवाज़ ऊँची किये गम्भीर स्वर में बोले हरिकेसरी—

"आप इसे दीक्षान्त समारोह की सफलता मानते हैं, ताज़्जुब है। आपको हो क्या गया है? दस हज़ार लोगों के बैठने के लिए बनाई गई इनडोर स्टेडियम की दर्शक दीर्घा पूरी तरह खाली थी। प्रतिष्ठित नागरिकों के लिए सुरक्षित सैकड़ों कुर्सियों में केवल दो व्यक्ति बैठे थे, बाक़ी सारी कुर्सियाँ खाली थीं। इसे आप दीक्षान्त समारोह की सफलता मानते हैं?"

"माफ़ी चाहता हूँ सर कि आपके सामने अपनी सोच व्यक्त कर रहा हूँ। दीक्षान्त समारोह के सम्बन्ध में मेरी सोच, विश्वविद्यालय की प्रतिष्ठा की उच्चता के अनुकूल है। मैं सोचता हूँ कि दीक्षान्त समारोह की गरिमा के लिए विद्वानों और डिग्रीधारी विद्यार्थियों की उपस्थिति ही मान्य है। दर्शक दीर्घा तो इनडोर खेलों के दर्शकों के लिए बनाई गई है। उसमें जन साधारण की उपस्थिति दीक्षान्त समारोह की गरिमामयी मर्यादा के प्रतिकूल होती।"

"ऐसा आपने स्वयं सोचा था या किसी ने आपको ऐसी सलाह दी है?"

अपनी प्रशंसा सुनने की उत्सुक प्रतीक्षा में आकुल होकर बोले बाँके बिहारी—

"नहीं सर, किसी ने ऐसी कोई सलाह नहीं दी थी। यह मेरी अपनी सोच है।"

"बाँके बिहारी जी, आपकी इस सोच से मैं जितना ज़्यादा हैरान हूँ, उससे ज़्यादा शर्मिन्दा हूँ। जिस धरती पर मैं जन्मा, जिस नगर की गली-कूचों में नंगे बदन और नंगे पैरों मैं चला, उस धरती के कण-कण से मुझे प्यार है और उस नगर के जन-जन को मैं अपना कुटुम्ब मानता हूँ। मेरे विश्वविद्यालय के प्रथम दीक्षान्त समारोह में उनकी हज़ारों की संख्या में उपस्थिति, मेरे लिए गौरव का विषय है, उसे ही आप गरिमा के प्रतिकूल बतला रहे हैं। कितनी ग़लत सोच है आपकी, घोर सामन्ती।"

सिर झुकाकर बाँके बिहारी बोले—

"मैं माफ़ी चाहता हूँ, सर। मुझसे बहुत बड़ी चूक हो गई।"

हरिकेसरी ने पूछा—

"ख़ैर, आपकी सोच अगर प्रतिकूल ही थी तो प्रोफ़ेसर विष्णुदत्त चतुर्वेदी जी ने जब आपको साप्ताहिक अंगारा के लिए निमंत्रणरूपी विज्ञापन की सामग्री दी तो उसे आपने क्यों नहीं छपवाया?"

बाँके बिहारी बिल्कुल पलट गए—

"नहीं सर, मुझे प्रोफ़ेसर चतुर्वेदी ने कोई सामग्री नहीं दी और अगर दी भी होती तो अपनी बुनियादी सोच के मुताबिक 'अंगारा' जैसे चिन्दी अख़बार में आपके विश्वविद्यालय से सम्बन्धित कोई विज्ञापन छपवाने जैसी तौहीन मैंने कभी नहीं की होती।"

"तौहीन शब्द का अर्थ आप जानते हैं? यदि जानते होते तो इस सन्दर्भ में उसका प्रयोग कर आप मेरी तौहीन नहीं करते।"

"सॉरी सर, मैंने आपकी भावना को ठेस पहुँचाई।"

"लेकिन आपने झूठ क्यों बोला कि प्रोफ़ेसर चतुर्वेदी ने आपको कोई सामग्री नहीं दी। अगर नहीं दी होती तो आपके कार्यालयीन कक्ष की रद्दी की टोकरी में ये टुकड़ों को जोड़कर बनाए गए काग़ज़ कैसे पहुँच गए?"

हरिकेसरी ने खोजी तिलकधारी की चिट्ठी तो अपने पास रख ली, लेकिन कतरनों को गोंद से जोड़कर जिस सामग्री की तैयारी की गई थी, उन दोनों काग़ज़ों को बाँके बिहारी के हाथों में दे दी।"

बाँके बिहारी सकपका गए और बोले—

"दीक्षान्त समारोह की तैयारी में मेरी व्यस्तता के कारण मैंने इन्हें न देखा और न पढ़ा। मेरी मेज़ पर काग़ज़ों का अम्बार था। मैंने अपने पी.ए. को हिदायत दी थी कि मेज़ पर बिखरे काग़जों पर सरसरी निगाह डालकर जो ग़ैरज़रूरी हों, उन्हें फाड़ दें। उसी ने इन्हें फाड़ दिया होगा।"

हरिकेसरी ने इंटरकॉम पर अपने पी.ए. को जो लगभग फुसफुसाहट जैसी हिदायत दी, उसे बाँके बिहारी सुन नहीं सके।

हरिकेसरी ने बाँके बिहारी को बैठने के लिए कहा। कुछेक क्षणों में कुलसचिव के पी.ए. को साथ लेकर उपकुलपति के पी.ए. हाज़िर हुए।

हरिकेसरी ने कुलसचिव के पी.ए. से पूछा—

"क्यों? आपने रजिस्ट्रार साहब की मेज़ पर रखे काग़ज़ों को क्यों फाड़ा?"

हाथ जोड़कर पी.ए. ने कहा—

"माफ़ी चाहता हूँ सर, मैंने आज तक कभी कोई काग़ज़ नहीं फाड़ा।"

बाँके बिहारी ने कड़ककर अपने पी.ए. से पूछा—

"तो मेरी मेज़ पर रखे काग़ज़ों को किसने फाड़ा?"

हरिकेसरी ने तुरन्त हस्तक्षेप किया—

"मिस्टर रजिस्ट्रार, प्लीज़ मेंटेन डेकोरम। यू डेयर नॉट इंटरबीन व्हेन आय एम क्वेश्चनिंग?"

हरिकेसरी ने इशारे से दोनों पी.ए. को जाने के लिए कहा। जब कमरा खाली हो गया तब हरिकेसरी बोले—

"मिस्टर रजिस्ट्रार, आय एम वार्निंग यू। यस, यू मस्ट नो योर लिमिट्स।"

बिहारी उठ खड़े हुए और बोले—

"आय एम रियली सॉरी फॉर माय ब्लंडर। आय अपोलोजाइज़।"

"आप खड़े क्यों हो गए? बैठ जाइए। आपसे मुझे बहुत कुछ कहना है।"

बाँके बिहारी मजबूरी में बैठ गए।

हरिकेसरी का बोलना ज़ारी रहा—

"मिस्टर रजिस्ट्रार, मैं एक वकील हूँ इसलिए शतरंज की चालों को ख़ूब समझता हूँ, लेकिन अब मैं वकालत से रिटायर हो चुका हूँ इसलिए शतरंज से कोसों दूर हूँ। जब तक वकील था तब तक शतरंज की सोची-समझी चालें सिर्फ़ जीतने के लिए चलता रहा हूँ। हारना नहीं जानता। इसलिए अब मैं चालें चलता नहीं हूँ, समझता ज़रूर हूँ, लेकिन पिछले दो साल में। और कुछ न देखा, न सुना, बस विश्वविद्यालय को बनाने के जुनून में ऐस गुज़ारे कि मुझे विश्वविद्यालय निर्माण के अलावा न कुछ दिखा और न मैंने कुछ सुना। विश्वविद्यालय का हर शिक्षक, विद्यार्थी, अधिक़ारी, कर्मचारी मेरे साथ क़दम मिलाकर चलने में इतना डूबा रहा कि वे अपना आसपास, पड़ोस ही नहीं, अपना परिवार भी भूले रहे। ज़रा देखिए, रजिस्ट्रार साहब कि मुझसे प्यार करने वाले कितनी निष्ठा और भरपूर ईमानदारी से मेरा साथ हर क़दम पर दे रहे हैं। उनके बरक्स आपकी और आपके साथियों की करनी का पर्दाफ़ाश इस क़दर हुआ कि आपको अचरज तो हुआ होगा कि आपकी मेज़ के नीचे रखी रद्दी की टोकरी में फेंकी गई कतरनों को गोंद से जोड़कर, उन्हें पुनः दस्तावेज की शक्ल देने में माहिर लोगों से आप जैसे घोर षड्यंत्री बेख़बर बने रहे। आप स्वयं को क्या समझते हैं, यह आप ही बेहतर जानते हैं और आपसे बेहतर आपको जानने वाला कोई माई का लाल है तो ज़रूर, उसे भी आप अब तक रियलाइज तो कर चुके होंगे। आपकी पहुँच कहाँ तक और कितनी है, इस बात में मुझे कोई दिलचस्पी नहीं। उस पहुँच से ऊँची कोई पहुँच तो होगी ही जिसका मेरी पहुँच का अन्दाज़ आपको अब तक हो गया होगा, लेकिन आप यह नहीं जानते कि मैं ऐसी ओछी ऊँच-नीच के चक्कर में पड़ने वाला इनसान नहीं हूँ। मैंने आज तक जो कुछ किया है खुले आम किया है—टोटली ट्रांसपेरेंट और जो कुछ पाया है उसे डिज़र्व करने के बाद पाया है।"

"हाँ, यह ज़रूर है कि पिछले दो वर्षों में विश्वविद्यालय के जुनून में सब कुछ

भूला रहा और इस भूल का ख़ामियाजा भुगत रहा हूँ। मेरे प्रिय साथी दोनों चतुर्वेदी बन्धु, मेरे जीवित रहते अपदस्थ कर दिये गए—शंकरदत्त गोल्ड मेडल से वंचित हो गए और विष्णुदत्त, मेरे घोषित उत्तराधिकारी, मेरे विश्वविद्यालय के प्रथम दीक्षान्त समारोह के मंच की दूसरी क़तार में बैठने के लिए बाध्य किये गए। दर्शक दीर्घा सूनी रही, प्रतिष्ठित नागरिकों की कुर्सियाँ खाली रहीं। मेरे विश्वविद्यालय में मेरे जीवित रहते, गन्दी राजनीति इस क़दर हावी होगी, इसकी कल्पना मुझे नहीं थी। मेरी तसल्ली इतनी भर है कि कोषाध्यक्ष श्री आनन्दीलाल जी ने मेरा साथ नहीं छोड़ा।

"और मैं स्वयं आश्वस्त हूँ रजिस्ट्रार साहब कि मैं गुज़रा वक़्त नहीं हूँ, जो लौट नहीं सकता। मेरे हरिपुरवासियों की दुआएँ हर हाल में मेरे साथ हैं और मेरी उम्र के खाते में कुछ और वर्ष, मोटे अक्षरों से लिखे हैं ताकि मैं अपने विश्वविद्यालय को, आपकी कारस्तानी से बेपटरी होने की दुर्दशा से उबारकर फिर पटरी पर मजबूती से ला सकूँ। इसी दिशा में पहला क़दम मैं ऑलरेडी उठा चुका हूँ। आप मनुष्यत्व को भूल गए थे, लेकिन मेरा मानना है कि कोई भी मनुष्य हमेशा के लिए अमानुष नहीं बना रह सकता। आपके अन्दर मनुष्यत्व की वापसी के लिए आपको जिस मार्ग में जाना चाहिए, मैं आपके लिए वही मार्ग प्रशस्त करना चाहता हूँ। वो मार्ग है ध्यान का—मेडिटेशन।"

"इसलिए, आपके लिए मेरा आदेश है, जी हाँ, आदेश कि आप पन्द्रह दिनों की छुट्टी पर चले जाएँ, इस शर्त के साथ कि आप न तो किसी से मिलेंगे, न टेलीफ़ोन करेंगे, क्योंकि आपका टेलीफ़ोन कनेक्शन काट दिया गया है, मेरे लिखित आदेश से। आपके परिवार को ऑलरेडी अज्ञात स्थान पर भेज दिया गया है। आपका पर्सनल बैंक अकाउंट भी फ्रीज़ कर दिया गया है। आप घर से बाहर नहीं जा सकेंगे। आप पन्द्रह दिनों तक परिवार के साथ वेकेशन एन्जॉय कीजिए।"

"आप अभी, मेरे सामने बैठकर छुट्टी का विधिवत् आवेदन प्रस्तुत करेंगे फिर आप यहाँ से और कहीं नहीं जाएँगे और आपके इन्तज़ार में बाहर खड़ी कार में बैठकर सीधे वहीं जाएँगे जहाँ आपका परिवार है।"

"मिस्टर रजिस्ट्रार, यदि आपको मेरा आदेश स्वीकार न हो तो त्यागपत्र दे दीजिए और ऐसा करने में आप यदि आनाकानी करेंगे तो मैं आपको डिसमिस कर दूँगा। एंड दिस इज़ फायनल।"

बाँके बिहारी आँखें फाड़े हरिकेसरी के नये रूप को देख रहे थे और समझ चुके थे कि उनके आदेश का अक्षरश: पालन करना अब उनकी एकमात्र नियति है। उन्होंने पन्द्रह दिनों की छुट्टी का आवेदन लिखा और आवेदन पत्र में उपकुलपति के आदेश और उनकी शर्तों का विधिवत् उल्लेख किया और यह भी लिखा कि वे

प्रायश्चित के लिए ऐसा स्वेच्छा से कर रहे हैं, उन पर किसी का कोई दबाव नहीं है।

कमरे से बाहर जाने के पहले बाँके बिहारी रो पड़े। उन्होंने हरिकेसरी का चरण स्पर्श किया और तेज़ क़दमों से बाहर जाते हुए दरवाज़े पर ठिठके, मुड़े और हरिकेसरी को झुककर नमन करते हुए कुछ देर खड़े-खड़े मन ही मन बोले, जैसे बोलता है मौन—

'बब्बा, मैं भी गुज़रा वक़्त नहीं हूँ। कसम खाता हूँ कि लौटूँगा ज़रूर। मेरी फिलहाल नज़रबन्दी और एकान्तवास मेरी भावी योजना के लिए स्वर्णिम अवसर है। लौटकर ऐसा चक्रव्यूह रचूँगा जिसे आपका अपार ज्ञान भी भेद नहीं सकेगा। आप भले मनुष्य हैं, बने रहिए। आपको पता नहीं कि मेरे शतरंज के मोहरे तयशुदा चाल नहीं चलते। वे अपनी चाल खुद रचते हैं और उन पर दमखम से चलते हैं। फिर मिलेंगे।'

झील के साथ भी कैसी आसमानी सुलतानी हुई आसमान से एक गड्ढ़ा उतरा। जैसे ही गड्ढ़े ने झील की सतह को स्पर्श किया, अचानक झील का पानी तेज़ी से सरका ताकि पानी में गड्ढ़ा बन सके। जैसे ही पानी में गड्ढ़ा बना, आसमान से उतरा गड्ढ़ा उसमें समा गया और तुरन्त झील का पानी अपनी जगह पर पहुँच गया और गड्ढ़ा भर गया। गड्ढ़ा तो पानी में उतरा और ओझल हो गया।

उसी शाम उपकुलपति निवास के आवासीय कार्यालय में हरिकेसरी निर्धारित कार्यक्रम के अनुसार, चतुर्वेदी बन्धुओं के साथ मिल बैठे। यही दोनों तो ऐसे व्यक्ति थे जिनके साथ हरिकेसरी खुलकर मन की बात कर सकते थे। उन्होंने खोजी तिलकधारी और बाँके बिहारी से हुई सारी बातें उनके सामने रख दीं।

श्रोताद्वय सारी बातें सुनने के बाद मुखर हुए—

विष्णुदत्त बोले—

"किसी भी विश्वविद्यालय के इतिहास में रजिस्ट्रार जैसे चोटी के अफ़सर को ऐसी चौंकानेवाली सज़ा का ज़िक्र नहीं है। सचमुच, आपको कितना मानसिक क्लेश हुआ होगा।"

शंकरदत्त बोले—

"मुझे तो ताज़्जुब इस बात से हो रहा है कि नज़रबन्दी और पारिवारिक एकान्तवास के लिए आपको कौन-सी जगह मिली है?"

बहुत देर तक गम्भीर बातचीत के बीच हरिकेसरी को पहली बार हँसने का अवसर मिला। हँसकर बोले—

"उस अनोखी और निराली जगह की तलाश मैंने नहीं की। कुछ ऐसा संयोग बन गया कि दो बार मैं स्वयं इस बँगले में ठहरा हूँ। यों भी जब भी मुझे लेखन करना होता, बस मैं कहीं न कहीं एकान्तवास कर लेता था। इस बात का पता इंडियन ब्रिटिश आर्मी के कमांडर-इन-चीफ जनरल ऑचिन लेक को था। एक बार जब उन्हें पता चला कि मैं किसी काम से दिल्ली में ठहरा हुआ हूँ, तब उन्होंने मुझे डिनर पर बुलाया। डिनर के बाद जब हम कॉफ़ी पीने के लिए बैठे तो उन्होंने बात छेड़ी।" (बातचीत अंग्रेज़ी में हुई)

"सर केसरी, जब मैंने कुछ घंटों के लिए एकान्तवास की योजना बनाई तो अचानक मुझे आपकी याद आई। क्या आप मेरे साथ चलना चाहेंगे?"

मैं बोला—

"आपके एकान्तवास में मैं कैसे जा सकता हूँ। आप किसी गोपनीय सैनिक अभियान पर चिन्तन-मनन करेंगे। उस समय मेरा वहाँ उपस्थित रहना क्या उचित होगा?"

ऑचिन लेक हँसकर बोले—

"क्या किसी आर्मी जनरल को कुछ घंटों की मानसिक शान्ति की ज़रूरत नहीं हो सकती? इसी शान्ति की तलाश में कुछेक साल पहले मैंने इस जगह का आविष्कार किया था। अब तो उस प्लॉट पर एक बँगला बना हुआ है।"

हरिकेसरी ने बोलना ज़ारी रखा—

"जनरल ऑचिन लेक ने आर्मी के अपने विमान में मुझे बिठाया और हम दोनों एक अज्ञात हवाई पट्टी पर उतरे और आर्मी जनरल की ख़ास जीप में बैठकर हम बँगले की ओर चल दिये। बँगला, एक ऐसी खड़ी पहाड़ी पर बना हुआ है जिसके चारों ओर गहरी खाइयाँ हैं। सिर्फ़ एक तरफ़ की खाई पर एक पुल बना हुआ है जो मुख्य सड़क से सिर्फ़ बँगले को जोड़ता है। पुल के सड़क के किनारे वाले हिस्से पर भारी-भरकम प्रवेशद्वार बना हुआ है। जीप से पुल पार करते हुए हम बँगले के पोर्च पर पहुँचे। एक सिपाही मुझे एक कमरे में पहुँचाकर चल दिया। जब हम एक-दूसरे से अलग हुए थे तब जनरल ने मुझे इतना भर कहा था—

"सुबह चाय पर फिर मिल बैठेंगे।"

"इसी बँगले पर हम एक बार महीने के लिए ठहरे थे। यहीं पर मैंने अपना एक खंडकाव्य पूरा किया था। ज़ाहिर है कि आर्मी के नियमों के अन्तर्गत जो भी पाबन्दियाँ थीं, उनका मैंने एक अच्छे नागरिक की तरह पालन किया।"

विष्णुदत्त पूछ बैठे—

"सर, यदि अनुमति हो तो एक बात पूछूँ?"

"हाँ, हाँ, पूछिए।"

"आपके साथ जनरल ऑचिन लेक की निकटता कैसे हुई?"

"गुड क्वेश्चन! सही सवाल पूछा आपने। यू हैव अ वेरी अलर्ट माइंड प्रोफ़ेसर चतुर्वेदी। आपको सही समय पर सही बात सूझती है। सच है, सामान्य तौर पर ऐसी निकटता सम्भव नहीं होती। दरअसल, ब्रिटिश प्रिवी काउंसिल में जनरल साहब के अत्यन्त निकटस्थ किसी व्यक्ति का एक केस अन्तिम फैसले के लिए पहुँचा। जनरल साहब नहीं चाहते थे कि कोई अंग्रेज़ वकील इस केस को लड़े। मेरी एक क़ानून सम्बन्धी क़िताब जनरल साहब पढ़ चुके थे और बहुत प्रभावित थे। इसलिए इस केस की पैरवी करने का मौक़ा मुझे मिला और मैं केस जीत गया था। तभी से जनरल साहब से मेरी निकटता बढ़ी।"

शंकरदत्त ने पूछा—

"प्रिवी काउंसिल में एक अंग्रेज़ वकील को एक भारतीय वकील ने हराया क्या यह अचरज क़ाबिल नहीं है?"

"प्रिवी काउंसिल के अपने आदर्श हैं जिसके अन्तर्गत देश, राष्ट्रीयता, जाति, भाषा, धर्म आदि का कोई हस्तक्षेप सम्भव नहीं है।"

शंकरदत्त बोले—

"सर, हमें आप पर गर्व है। आप वरसेटाइल जीनियस हैं।"

हँसते हुए हरिकेसरी बोले—

"वो तो हम हैं।"

और ठहाका लगाते हुए बोले—

"इसीलिए तो आप दोनों से मेरी दोस्ती है। एक ख़ासी पुरानी घिसी-पिटी कहावत है—बर्ड्स् ऑफ द सेम फेदर फ्लैक टुगेदर।"

एक और ठहाका लगाया हरिकेसरी ने और बोले—

"आप तो इस बँगले के बारे में सोचिए जिसमें बाँके बिहारी जी सपरिवार वेकेशन मना रहे हैं।"

उसी समय एक्सटेंशन की घंटी बजी। हरिकेसरी ने फ़ोन उठाया—

"यस..."

"सर लाइन पर कोषाध्यक्षजी हैं।"

उस तरफ़ से आवाज़ आई।

"बब्बा, पाय लागूँ। आपने मुझे बधाई नहीं दी।"

"किस बात की?"

"हाल ही में म्युनिसिपाल्टी के अध्यक्ष पद का चुनाव था।"

"तो क्या सेठिया जी का कार्यकाल समाप्त हो गया। हम तो यही जानते हैं कि सेठियाजी म्युनिसिपल चेयरमैन हैं।"

"आप ठीक जानते हैं बब्बा।"

"तो फिर?"

"चुनाव में सेठियाजी ने पूरी ताक़त से हिस्सा लिया, मगर मुझ जैसे मामूली आदमी से हार गए।"

"बेटा, आनन्दीलाल, तुम्हें बहुत-बहुत बधाई।"

"नहीं बब्बा, ऐसे नहीं। मैं तो आपके पाँव छूकर आशीर्वाद लूँगा।"

"उसके लिए बेटा, तुम्हें मेरे पाँव तक पहुँचना होगा।"

"बस, अबै आउथे, बब्बा।"

हरिकेसरी ख़ुश होकर बोले—

"यह तो बड़ी अच्छी ख़बर है। आनन्दीलाल अब नये म्युनिसिपल चेयरमैन हैं।"

शंकरदत्त बोले—

"सचमुच बहुत अच्छी ख़बर है। दो साल बीत गए और हम अभी तक बेख़बर हैं।"

"इसी का नाम ही तो जुनून है, शंकरदत्त जी।"

अचानक शंकरदत्त उठ खड़े हुए और बोले—

"बहुत हो गया। अब ये 'जी' और 'प्रोफ़ेसर चतुर्वेदी नहीं लगेगा। आनन्दीलालजी साँई आप हमाय बब्बा और हम सिर्फ़ शंकर और विष्णु।"

दोनों भाइयों ने हरिकेसरी के पाँव छुए।

उसी समय आनन्दीलाल आ धमके और ख़ुशी के मारे लगभग चीख़ पड़े—

"अरे, आप दोनों भाई माट्साब और प्रोफ़ेसर साब पहले से हाज़िर हैं। हमारी तो तबीयत ख़ुश हो गई।"

आनन्दीलाल तो हरिकेसरी के पाँव पर लेट गए।

हरिकेसरी लगभग झल्लाए—

"ये क्या मूर्खता है, आनन्दीलाल। ये मेरा आवासीय कार्यालय है। आवास तो अन्दर है।"

आनन्दीलाल उठ खड़े हुए और बोले—

"ऐसा ही सही। तो उपकुलपतिजी, हम एक प्रस्ताव लाए हैं और यह अद्भुत संयोग है कि उपकुलपति कार्यालय में मुझे देखो चतुर्वेदी बन्धु मिल गए।"

एक-दूसरे के साथ गले मिलकर तीनों बैठ गए।

हरिकेसरी ने पूछा—

"हाँ, तो क्या प्रस्ताव है?"

"बब्बा, यह प्रस्ताव हमने म्युनिसिपल कमिटी को सर्वानुमति से पास करा लिया है।"

"ये तो बहुत अच्छी कायदे की बात है।"

"यह तय किया गया है कि म्युनिसिपल हाईस्कूल को अपग्रेड कर कॉलेज बना दिया जाए।"

हरिकेसरी सोच कर बोले—

"प्रस्ताव सचमुच अच्छा है, लेकिन व्यावहारिक नहीं है।"

"काय बब्बा।"

"अरे, तुम विद्यार्थी कहाँ से लगोगे? इतना छोटा शहर है हरिपुर। कौन विद्यार्थी विश्वविद्यालय छोड़कर म्युनिसिपल कॉलेज में पढ़ने जाएगा।"

"उसके लिए एक तरक़ीब सोची है मैंने। इस कॉलेज का नाम म्युनिसिपल कॉलेज नहीं होगा, बल्कि ऐसा नाम होगा कि उस नाम से विद्यार्थी खींचे चले आएँगे।"

"ऐसा कौन-सा शहद के छत्ते जैसा नाम होगा जिसकी तरफ़ मधुमक्खी की तरह विद्यार्थी खींचे चले आएँगे।"

"हाँ, बब्बा, यही है हमारी तुरूप की चाल।"

"बातें बहुत हो गईं मगर अभी तक कॉलेज के नाम का पता नहीं चला।"

"यह नाम भी म्युनिसिपल कमेटी ने सर्वानुमति से स्वीकार कर लिया है।"

शंकरदत्त बोल पड़े—

"हद हो गई। हरिपुर में इतना सबकुछ हो गया और हमें ख़बर तक नहीं।"

आनन्दीलाल विजयी मुद्रा में बोले—

"आप में से किसी को ख़बर नहीं होना ही तो हमारी जीत है।"

शंकरदत्त बोल पड़े—

"आनन्दीलालजी, यह तो ग़लत बात है। हमको ख़बर नहीं करके आपने हमें पराया कर दिया।"

"जी नहीं। ख़बर इसलिए नहीं की गई ताकि आप नखरें करें और बब्बा तानाशाही नहीं करें।"

बब्बा हँस पड़े—

"मेरी तानाशाही?"

"जी हाँ, जैसी तानाशाही आपने दिखाई थी जब बुन्देला विश्वविद्यालय का नाम हरिकेसरी विश्वविद्यालय सर्वानुमति से प्रस्तावित किया गया था।"

"तो क्या तुम?"

हस्तक्षेप करते हुए आनन्दीलाल बोल पड़े—

"जी हाँ, इसलिए हमने जो तय किया है वो पत्थर की लकीर है और सुनिए मेरा दावा है कि जैसे ही मैं कॉलेज का प्रस्तावित नाम सुनाऊँगा आप दोनों ख़ुशी से उछल पड़ेंगे।"

विष्णुदत्त बोले—

"मैं अन्दाज़ लगाऊँ नाम का?"

"जी नहीं, मैं ही पहली बार को नाम लूँगा। वो नाम है—डॉ. हरिकेसरी कला, वाणिज्य, विधि स्नातकोत्तर महाविद्यालय।"

चतुर्वेदी बन्धु आनन्दीलाल से लिपट गए।

हरिकेसरी नाराज़ हो गए—

"यह कौन-सा तरीक़ा है मुझे घेरने का। मैंने जो बातें मेरे नाम के प्रस्ताव के बारे में उस समय कही थी, वहीं बातें दोहरा रहा हूँ।"

विष्णुदत्त बोले—

"बब्बा, यदि अनुमति हो तो मैं बोलूँ?"

"हाँ, तुम जो बोलोगे सही ही बोलोगे।"

विष्णुदत्त ने कहा—

"बब्बा, आपके विश्वविद्यालय का नाम आपके नाम से न होना इसलिए सही था कि हमारा यह विश्वविद्यालय अकेले आपके द्वारा संस्थापित है, जिसमें आपने अपनी ज़िन्दगी भर की पूँजी लगा दी है। मगर म्युनिसिपल कॉलेज तो हरिपुरवासियों की सम्पत्ति है इसलिए हरिपुरवासियों द्वारा चुनी गई म्युनिसिपल कमेटी को यह अधिकार है कि वो एक ऐसे करिश्मायी नाम का उपयोग करें जिस नाम ने हरिपुर को न केवल भारतीय मानचित्र पर, बल्कि वैश्विक धरातल पर प्रतिष्ठित कर दिया है। इसलिए मात्र आपके समक्ष हम दोनों भाई आनन्दीलालजी के साथ हैं। इसलिए यदि आप विरोध भी करते हैं तो प्रजातांत्रिक तरीक़े से हम तीन आपके एक की संख्या पर भारी पड़ते हैं। वैसे तो आप अकेले भी पूरे हरिपुर पर भारी हैं। इसलिए मैंने केवल संख्या का दावा पेश किया है।"

हरिकेसरी हँस पड़े—

"सच तो यही है कि तुम तीनों ने मिलकर संख्या के दम पर मुझे अकेले को हरा दिया है।" आनन्दीलाल मैं तुम्हारे महाविद्यालय का नाम स्वीकार करता हूँ, लेकिन तुमने शंकर से यह क्यों कहा था कि इस कॉलेज के बारे में अगर उन्हें ख़बर होती तो वो नखरे करते?"

"तो फिर सुन लीजिए। म्युनिसिपल कमेटी ने यह भी तय कर लिया है कि शंकरदत्त जी हमारे इस महाविद्यालय के प्रथम प्राचार्य होंगे।"

शंकरदत्त आश्चर्यचकित होकर खड़े हो गए—

"यह अनहोनी कैसे हो सकती है। कहाँ तो मैं म्युनिसिपल हाईस्कूल का ग़रीब मास्टर और यहाँ एक महाविद्यालय के प्राचार्य के पद की गरिमा?"

हरिकेसरी बोल पड़े—

"शंकर! तुम मेरे विश्वविद्यालय का अपमान कर रहे हो।"

शंकरदत्त ने अपने दोनों कान पकड़ लिये—

"बब्बा, ऐसी धृष्टता मैं कैसे कर सकता हूँ।"

"तो फिर तुम अपना बोला हुआ वाक्य वापस लो, क्योंकि तुम अभी म्युनिसिपल हाईस्कूल के शिक्षक नहीं, बल्कि बुन्देला विश्वविद्यालय के एम.ए. हिन्दी और कलासंकाय दोनों के टॉपर हो। तुम स्कूल शिक्षक थे, अब नहीं हो। इसलिए मैं तुम्हारी योग्यता के बल पर तुम्हें म्युनिसिपल महाविद्यालय का प्रथम प्राचार्य स्वीकार करता हूँ।"

आनन्दीलाल बोले—

"यदि मेरी धृष्टता स्वीकार हो तो बब्बा मैं आपके बोले गए वाक्य को सही-सही बोल दूँ।"

"धृष्ठता कैसी?"

"ऐसी कि आपके द्वारा बोले गए वाक्य को सुधार रहा हूँ।"

हँस पड़े हरिकेसरी—

"हाँ, हाँ, अपनी भूल स्वीकार करता हूँ, तुम उसे सुधार सकते हो।"

"म्युनिसिपल कॉलेज नहीं बल्कि डॉ. हरिकेसरी कला, वाणिज्य और विधि स्नातकोत्तर महाविद्यालय के प्रथम प्राचार्य हैं बुन्देला विश्वविद्यालय के डबल टॉपर श्री शंकरदत्त चतुर्वेदी।"

शंकरदत्त ने शंका ज़ाहिर की—

"बब्बा, मैं यह मानता हूँ कि आपके नाम के आकर्षण में इस नये कॉलेज में विद्यार्थी खींचे चले आएँगे, लेकिन म्युनिसिपल हाईस्कूल भवन में छह नई कक्षाओं के लिए नये कमरे रातोंरात कहाँ से लाएँगे? इस पुराने भवन में स्कूल की नई कक्षाओं के लिये जगह नहीं है। इसलिए स्कूल की कक्षाओं में विद्यार्थियों की बढ़ी हुई संख्या के लिए एक कक्षा के दो सेक्शन नहीं खोले जा रहे हैं।"

हरिकेसरी बोले—

"शंकर की आशंका में वज़न तो है। इसलिए तुरन्त कॉलेज खोलने के बजाय म्युनिसिपल हाईस्कूल के अहाते में जो विशाल भूखंड खाली पड़ा हुआ है, उसे कॉलेज के लिए नया भवन बनाया जाए। हाँ, शंकर की कॉलेज के प्राचार्य पद पर नियुक्ति की जाए और उन्हें नये भवन निर्माण की ज़िम्मेदारी सौंप दी जाए।"

आनन्दीलाल उत्तेजनावश उठ खड़े हुए और बोले—

"बब्बा, राम का नाम लेव। यदि हमने नया कॉलेज तुरन्त नहीं खोला तो बाँके बिहारी और चारों वकील मिलकर क्या गुल खिलाएँगे, ये आप सब जानते हैं। यों ही सेठिया वकील साहब चुनाव हारकर खार खाए बैठे हैं। हम तो यह कहते हैं कि जिन पन्द्रह दिनों की छुट्टी पर बाँके बिहारी एकान्तवास कर रहे हैं, इन्हीं पन्द्रह दिनों में न केवल नये कॉलेज और नये प्राचार्य की नियुक्ति की घोषणा हो, बल्कि कॉलेज बाक़ायदे शुरू हो जाए। शंकरदत्त की जो भी आशंका में है उसके लिए हम लोग कॉलेज के लिए किराए का भवन ले लेंगे।"

अचानक विष्णुदत्त बोल पड़े—

"बब्बा, यदि आपकी अनुमति हो तो मैं बता दूँ कि एक हल है जिसमें किराए का भवन कहीं ओर लिये बिना गुत्थी सुलझा सकते हैं।"

हरिकेसरी बोले—

"हाँ, हाँ बेटा तुम्हें अनुमति दी जाती है, क्योंकि मुझे विश्वास है कि तुम तुरन्त हल ढूँढ़ सकते हो।"

विष्णुदत्त बोले—

"म्युनिसिपल हाईस्कूल भवन का उपयोग तीन शिफ्टों में किया जाए। डॉ. हरिकेसरी कला और वाणिज्य स्नातकोत्तर महाविद्यालय की छह-छह कक्षाओं के लिए इंटर की दो कक्षाएँ, बी.ए., बी.कॉम. की दो-दो कक्षाएँ और स्नातकोत्तर कला और वाणिज्य के लिए दो-दो कक्षाएँ—इस प्रकार बारह कक्षाओं के लिए बारह कमरे सुबह की शिफ्ट में उपयोग में लिये जाएँगे। 40-40 मिनट के छह पीरियड्स—यानी सुबह 7 बजे से 11 बजे तक के लिए। फिर दूसरी शिफ्ट सुबह 11-30 बजे से शाम 5-30 तक हाईस्कूल की कक्षाएँ और विधि की कक्षाओं के लिए शाम 6 बजे से रात 9 बजे तक तीसरी शिफ्ट चलेगी।"

"इस प्रकार सुबह और शाम की शिफ्ट में ऐसे ज़रूरतमन्द विद्यार्थी मिल जाएँगे जो दिन भर कहीं नौकरी करते हैं यानी वर्किंग मेन और वीमेन के लिए स्पेशल क्लास जो नौकरी करते हुए भी अपनी पढ़ाई ज़ारी रख सकते हैं। इस प्रकार नये कॉलेज के लिए विद्यार्थी जुटाने की समस्या खुद-ब-खुद हल हो जाएगी।"

आनन्दीलाल लगभग चीख़ पड़े—

"अद्भुत, विष्णुदत्तजी अद्भुत!"

और उन्होंने दौड़कर विष्णुदत्त को गोद में उठा लिया फिर हरिकेसरी के पाँव छुए और लगे हाथ शंकरदत्त के भी पाँव छू लिये।

शंकरदत्त बिफर गए—

"अरे आप क्या अनर्थ कर रहे हैं, आनन्दीलालजी, आप हमारे स्कूल के चेयरमैन हैं।"

आनन्दीलाल हँस पड़े, बोले—

"इस मुग़ालते में मत रहिए। सेठियाजी अब भी हाईस्कूल के चेयरमैन हैं और साल भर और रहेंगे, क्योंकि म्युनिसिपालटी में अध्यक्ष के चुनाव के एक वर्ष बाद हाईस्कूल के चेयरमैन का चुनाव होता है। ऐसा नियम सेठियाजी ने अपने अध्यक्षीय कार्यकाल में बना लिया था।"

हरिकेसरी बोले—

"ताज़्जुब है। ऐसे धुरंधर हैं सेठियाजी। मगर हमें आश्चर्य हो रहा है, आनन्दीलाल कि ऐसे धुरंधर राजनीतिक खिलाड़ी को तुमने चुनाव में पछाड़ कैसे दिया?"

विष्णुदत्त बोले—

"क्या बब्बा। इतनी जल्दी आप भूल गए कि सिर्फ़ सेठियाजी ही नहीं बल्कि चारों वकील और चारों राजनेता टापते रह गए और आनन्दीलालजी हमारे विश्वविद्यालय के कोषाध्यक्ष हो गए।"

आनन्दीलाल उत्साह में भरे-भरे बोल पड़े—

"तो बब्बा, आपकी अनुमति हो तो अभी रात को ही और कल सुबह ताँगा बुला देते हैं पूरे शहर में और माइक से घोषणा कर दें कि डॉ. हरिकेसरी कला, वाणिज्य, विधि स्नातकोत्तर महाविद्यालय की स्थापना म्युनिसिपल हाईस्कूल भवन में हो चुकी है तुरन्त प्रवेश लें।"

हरिकेसरी हँस पड़े—

"तुम तो बेटा आनन्दीलाल बहुत उतावले हो रहे हो। एक नये कॉलेज के शुभारम्भ के लिए जो विश्वविद्यालयीन कार्यालय की विधिवत कार्यवाही होती है, पहले उसे पूरा करना होगा ताकि महाविद्यालय को विश्वविद्यालय की मान्यता मिल सके। उसके बाद धूमधाम से कोई कार्यक्रम करेंगे तब तुम्हारे महाविद्यालय का शुभारम्भ होगा। समझे उत्साहीलाल।"

"अरे बब्बा, आपने तो हमारा नाम बदल दिया।"

विष्णुदत्त बोल पड़े—

"हाँ, आनन्दीलाल जी, ऐसा अवसर बहुत ज़ल्द आनेवाला है।"

उत्सकुता से हरिकेसरी ने पूछा—

"क्यों बेटा, विष्णु क्या तुम्हारे मन के चूल्हे में कोई खिचड़ी पक रही है?"

विष्णु ने उत्साह में भरकर कहा—

"बब्बा, खिचड़ी तो पक चुकी है। बस परोसने की देर है।"

हरिकेसरी ख़ुश हो गए—

"बेटा विष्णु, मैं जानता था तुम कोई नई योजना ज़रूर बनाओगे।"

"बब्बा, मैं जानता हूँ आपके मन की टीस कि दीक्षान्त समारोह में हरिपुर के जन-जन से विश्वविद्यालय का नाता तोड़ दिया गया है, जबकि विश्वविद्यालय के शुभारम्भ के दिन, उस समय के विश्वविद्यालय के आधे-अधूरे परिसर में हरिपुरवासी इस उन्माद से उमड़ पड़े थे कि तिल धरने की जगह नहीं थी। तो बब्बा, अब हम ऐसी योजना बना रहे हैं कि हमारे विश्वविद्यालय से जन-जुड़ाव का एक नया इतिहास रचा जाए।"

अवाक् सुनते रहे हरिकेसरी बोले—

"विष्णु बेटा, मैं तो कल्पना भी नहीं कर सकता कि मेरे विश्वविद्यालय के साथ जन-जन जुड़ाव का एक नया इतिहास रचा जाए ऐसी कोई योजना भी हो सकती है। यदि है तो तुमने उस पर आज तक अमल क्यों नहीं किया?"

"दरअसल, बब्बा, मैं इन्तज़ार कर रहा था कि विश्वविद्यालय के प्रथम दीक्षान्त समारोह में ही यह जन-जन जुड़ाव सहसा फलीभूत हो जाएगा और विश्वविद्यालय के निर्माण में हम सबके समर्पण के जुनून के कारण, हरिपुरवासियों के साथ आपकी एकतरफ़ा सम्बन्धहीनता की चुप्पी से जो दम घोटनेवाली उमस पैदा हो गई है, उस पर रिमझिम बारिश में अन्दर तक भीगने का ख़ुशगवार अहसास पैदा होता। मगर ऐसा बाँके बिहारी के षड्यंत्र के कारण नहीं हो सका।"

"सच कहा तुमने, विष्णु हमारे देखते-देखते यह सुनहरा अवसर हमारे हाथ से निकल गया।"

"निराश मत होइए बब्बा यह जो नई योजना हमारे पास है उससे हरिपुर में तहलका मच जाएगा। मैंने आपकी ओर से हरिपुरवासियों के नाम एक अपील तैयार की है जो कल साप्ताहिक 'अंगारा' के मुखपृष्ठ पर बतौर विज्ञापन छपेगा।"

"मैं यह अपील सुनने को अधीर हो रहा हूँ।"

विष्णुदत्त ने अपने ब्रीफकेस में से एक लिफ़ाफ़ा निकाला। लिफ़ाफ़े में से अपील निकालकर पढ़ना शुरू किया—

सबसे पहले तो हम आपसे करबद्ध क्षमाप्रार्थी हैं कि बुन्देला विश्वविद्यालय के प्रथम दीक्षान्त समारोह के लिए आप सबके नाम जो निमंत्रण भेजना तय कर चुके थे, उस निमंत्रण पत्र को हमारी जानकारी के बिना षड्यंत्रपूर्वक फाड़ दिया गया और हम बुन्देला विश्वविद्यालय के प्रथम दीक्षान्त समारोह में आप सबकी हज़ारों की संख्या में उपस्थिति से वंचित रह गए। इसलिए अब हमने तय किया है कि हम स्वयं आपके दरवाज़े पर पहुँचेंगे ताकि आप सबके सामने बुन्देला विश्वविद्यालय के लिए दान की झोली फैला सकें। अब तक तो एकमात्र मेरे दान से विश्वविद्यालय की शुरुआत हुई। अब हरिपुर के हर घर से दिये गए दान से बुन्देला विश्वविद्यालय सचमुच बुन्देलखंड की ज़मीन से जुड़ जाएगा। अब हर हरिपुरवासी कह सकेगा—मैंने मेरे विश्वविद्यालय के लिए दान दिया है ताकि हरिपुरवासियों के सामूहिक दान से विश्वविद्यालय का बुन्देला नाम सार्थक हो सके।

कल सुबह आठ बजे उपकुलपति निवास से एक जुलूस निकलेगा। इस जुलूस में विश्वविद्यालय के शिक्षक और विद्यार्थी तो होंगे ही और आपसे हरिपुर की हर गली और नुक्कड़ पर मिलेंगे, ताकि आप दान हमारे सन्दूक़ में डाल सकें। यह जुलूस गोपालगंज, बस स्टेंड, परकोटा, तीन बत्ती होता हुआ कटरा बाज़ार की मस्ज़िद से लगे पंजाब नेशनल बैंक के सामने के खुले मैदान में एक सभा के रूप में तब्दील होगा।

मैं एक खुली जीप में बैठूँगा। मैं आमंत्रित करता हूँ कि मेरे बगल की सीट पर विश्वविद्यालय के कोषाध्यक्ष श्री आनन्दीलाल शुक्ल बैठेंगे। जीप के पीछे की चार सीटों पर चारों राजनेता—संतन राय दद्दू, पीताम्बर शास्त्री, लियाकत अली खाँ

और क्रान्तिवीर लाल को बैठने के लिए आमंत्रित करता हूँ।

जुलूस जब सभा में तब्दील होगा तब उस सभा में उपस्थिति के लिए हरिपुर के हर प्रतिष्ठित नागरिक को आमंत्रित करता हूँ जिनके नाम अंगारा के आगामी पृष्ठों में छपे हैं। यदि हमारी भूल से कोई नाम छूट गया हो तो मेरे बुढ़ापे की भूल मानकर माफ़ कर देंगे। इन सबके साथ मैं हरिपुर के समस्त कामगारों, मज़दूरों, कुलियों, सरकारी कर्मचारियों को सभा में उपस्थिति के लिए तहेदिल से आमंत्रित करता हूँ।

मेरी जीप से जुड़ी हुई एक ट्रॉली में दान के लिए सन्दूक़ रखा होगा और इस ट्रॉली में बैठने के लिए मैं रामभरोसे जी और अंगारा के सम्पादक अब्दुल दीवाना को आमंत्रित करता हूँ—

हम हैं आप सबके बब्बा

हरिकेसरी

विष्णुदत्त का अपील पाठ सुनकर असीम उत्तेजना में ऐसे भर उठे हरिकेसरी जैसे उनकी उम्र घटकर आधी हो गई हो। वे विष्णुदत्त को गोद में उठा लेना चाहते थे। ग़नीमत यह हुई कि हरिकेसरी के इस मन्तव्य को आनन्दीलाल भाँप गए और उन्होंने विष्णुदत्त को गोद में उठा लिया।

हरिकेसरी विष्णुदत्त से लिपटकर रो पड़े और भावावेश में बोल पड़े—

"मेरा लाडला बच्चा विष्णु, तेरी खोपड़ी में ऐसी अनोखी निराली बातें आती कैसे हैं?"

शंकरदत्त अपनी भावुकता पर काबू पाने के लिए उठ खड़े हुए और बोले—

"बब्बा, अब आप आराम कीजिए। हम सीधे पहुँचेंगे अंगारा प्रेस और आपकी अपील तथा हरिपुर के प्रतिष्ठित नागरिकों की सूची छपने के लिए अब्दुला दीवाना को सौंप देंगे ताकि कल यह छप जाए और परसों सुबह जुलूस निकले।"

तीनों उपकुलपति आवास से बाहर निकले।

रात काफ़ी हो गई थी। अब्दुला दीवाना को शंकरदत्त ने जगाया।

"अरे, माट्साब, इतनी रात को...।"

शंकरदत्त ने बात आगे बढ़ाई—

"हरिकेसरी बब्बा ने हरिपुरवासियों के नाम अपील छापने के लिए भेजी है। इस अपील के साथ हरिपुर के प्रतिष्ठित नागरिकों की सूची भी छापनी है और कल ही तुम्हारा 'अंगारा' बँट जाना चाहिए। और हाँ, इसे विज्ञापन की तरह छापना ताकि अंगारा को कुछ राशि मिले।"

अब्दुला दीवाना बिफर गया—

"का कैत हो, माट्साब, विज्ञापन की ऐसी की तैसी। हरिकेसरी बब्बा की

अपील तो खुद एक खजाना है। उसका कोई मोल लग ही नहीं सकता। आप निसाखातिर रओ माट्साब रात भर में हम दस हज़ार कापियाँ छाप भी देहें और सुबह बँटवा भी दे हें।"

झील की पंकिल हरियाली धीरे-धीरे छँटने लगी। पंक पिघलकर डूबने लगा और सतह से उतरकर झील की तलहटी में पहुँचकर विलीन हो गया। पानी की सतह पर धीरे-धीरे आकाश उतरने लगा। हरिताभ का आकाश रंग में रूपान्तरण, झील की किताब में लिखा जा रहा नया पन्ना बन गया।

दूसरे दिन सुबह अंगारा ने समूचे हरिपुर को ऐसा झकझोरा कि लोग बौराए-से हरिपुर के अपने-अपने ठिए पर पहुँच गए और हरिपुर चर्चानगरी बन गया। उस दिन सुबह-दोपहर-शाम-रात काटे नहीं कट रही थी। कल की सुबह कब होगी ये कैसा सवाल? अरे भाई कल की सुबह कल होगी।

और आज की सुबह झूमकर आई। उपकुलपति आवास के सामने वाली सड़क पर उपकुलपति आवास के प्रवेश द्वार के ऐन सामने दुल्हन-सी सजी खुली जीप मुस्तैदी से आ खड़ी हुई। विष्णुदत्त ने जुलूस का सारा बन्दोबस्त इस प्रकार सँभाला—

खुली जीप के सौ गज आगे जुलूस की अंग्रिम पंक्ति में चार मोटरसाइकिल जिनमें विश्वविद्यालय का झंडा और बैनर लेकर चार विद्यार्थी बैठे थे। उसके पीछे एक जीप के साथ नत्थी ट्रॉली पर गायक छात्र-छात्राओं का एक दल समूह गान के लिए बैठा था। इस ट्रॉली के पीछे विश्वविद्यालय के विभागाध्यक्ष और विश्वविद्यालय के कोषाध्यक्ष तथा चारों राजनेता, रामभरोसे और अब्दुला दीवाना बब्बा के इन्तज़ार में खड़े थे। खुली जीप के पीछे थोड़ी दूर पर जीप के साथ जुड़नेवाली ट्रॉली खड़ी थी जिस पर एक विशाल सन्दूक़ रखा था। इस ट्रॉली के पीछे विश्वविद्यालय के शिक्षकों और विद्यार्थियों के दल तैनात थे।

इसी समय तीन खचाखच भरी बसें, बब्बा की खुली जीप के बगल में आकर खड़ी हुईं, जिनमें से सदर बाज़ार तथा आसपास के निवासी हाथ में मालाएं लेकर उतरने लगे।

सुबह के आठ बजने के ठीक दस मिनट पहले हरिकेसरी ख़रामा-ख़रामा चलते हुए खुली जीप के पास आकर खड़े हुए। उनके पीछे-पीछे जीप ड्राइवर असलम हाथ में एक विशाल झोली लेकर खड़ा हुआ। आनन्दीलाल ने पहली माला हरिकेसरी

को पहनाई और नारा लगाया—हरिकेसरी बब्बा की जय! पूरे जुलूस ने तीन बार 'जय' का नारा लगाया। हरिकेसरी मालाओं से लाद दिये गए। पास खड़े क्रान्तिवीर लाल उनकी मालाएँ उतारकर उपकुलपति आवास के चौकीदार जोसेफ को देते गए। आनन्दीलाल ने सहारा देकर हरिकेसरी को खुली जीप में बिठाया और जीप ड्राइवर असलम के हाथ से विशाल झोला लेकर हरिकेसरी के हाथों में थमाया और पास खड़े अपने कार ड्राइवर के हाथ से एक विशाल पोटली निकाली और हरिकेसरी की झोली में डाल दी। फिर तो ताँता बँध गया हरिकेसरी की झोली में नोट, नक़दी, जेवर डालने का। हर शिक्षक, हर विद्यार्थी दान देने के होड़ में लगे थे। जैसे ही हरिकेसरी के हाथ का झोला भरता विष्णुदत्त उसे पीछे की ट्रॉली में रखे विशाल सन्दूक़ में खाली कर देते। आधे घंटे तक यही सिलसिला चलता रहा। दान के इस होड़ में सदर बाज़ार और आसपास के निवासी भी शामिल हो गए। हरिकेसरी कोषाध्यक्ष से बोले—अब तो तुम मेरे बगल में बैठ जाओ। आनन्दीलाल बोले—बब्बा हम आपके बगल में नहीं बैठेंगे। हम ख़ुद आपकी जीप चलाएँगे। फिर ये सवाल उठा कि जीप में हरिकेसरी की बगल की सीट पर कौन बैठेगा। चारों वकील और कलेक्टर में होड़ मच गई। आख़िर हरिकेसरी ने फैसला सुनाया—

"मेरी बगल की सीट में उपकुलपति बँगले का चौकीदार जोसेफ बैठेगा और जोसेफ की जगह ड्राइवर असलम बँगले पर पहरा देगा।"

जोसेफ ने अपना रुपयों से भरा वॉलेट तथा जेवर की पोटली हरिकेसरी की झोली में डालकर उनके बगल में सिमटकर बैठ गया।

हरिकेसरी बोले—

"जोसेफ, तुम भी अपने को लुटा रहे हो!"

"हमारी क्या औक़ात बब्बा। हम आपसे जो कुछ पाते हैं उसका एक छोटा-सा हिस्सा झोली में डाल रहे हैं।"

विष्णुदत्त ने हरिकेसरी से पूछा—

"बब्बा, अब जुलूस रवाना करें।"

आँखों में आँसू और होंठों पर हँसी लिये हरिकेसरी बोले—

"क्या कमाल की योजना तुम्हारी विष्णु, जुलूस रवाना होने के पहले ही सन्दूक़ भर गया है।"

"बब्बा, सिर्फ़ विश्वविद्यालय के लोग नहीं, सदर बाज़ार और आसपास के लोग भी जुलूस में शामिल हो गए।"

"कितना लम्बा जुलूस है?"

"पता नहीं बब्बा, जुलूस का अगला छोर तो दिख रहा है, मगर पिछला छोर कहाँ तक फैला है, दिख नहीं रहा है।"

"अच्छा, जुलूस रवाना करो।"

विष्णु ने ज़ोर से आवाज़ लगाई—

"दादा, कुलगान शुरू करें।"

शंकरदत्त समूहगान वाली जीप के कॉर्नर पर खड़े हो गए। उन्होंने जैसे ही कुलगान की प्रथम पंक्ति शुरू की पूरी भीड़ कुलगान में शामिल हो गई। शंकरदत्त बोनेट पर ही बैठ गए। स्वयं हरिकेसरी और आनन्दीलाल भी गाने लगे। आनन्दीलाल खुली जीप की स्टियरिंग पर बैठ चुके थे। जुलूस सिविल लाइंस होता हुआ गोपालगंज पहुँचा। गोपालगंज के तिगड्डे तक पहुँचते-पहुँचते हरिकेसरी को सैकड़ों की संख्या में मालाएँ पहनाईं। हरिकेसरी एक से माला स्वीकराने और वही माला दूसरे को पहना देते। उनसे मौक़ा प्राप्त कर लोग भाव विभोर होकर नारे लगाने लगते। गोपालगंज के लोग जुलूस में शामिल हो गए। नोट, नगदी, जेवर की बारिश ज़ारी रही।

जुलूस बस स्टेंड की बगल की सड़क से झील के किनारे-किनारे आगे बढ़ रहा था। बसों में यात्रा पर जाने के लिए तैयार बैठे लोग बस से उतरकर भागते हुए हरिकेसरी की जीप के पास पहुँचे और उनकी झोली में नोट, नगदी, जेवर डालने लगे। झोली कितनी बार भर जाने के बाद जीप में रखे सन्दूक़ में डाल दी गई, इसकी गिनती लोग भूल गए।

एक नौजवान ने अपनी नव-विवाहिता पत्नी के सारे गहने उतार लिये। हरिकेसरी ने यह दृश्य देखा तो भाव विह्वल हो गए। उन्होंने उस नौजवान को रोकना चाहा तो वो रो पड़ा और बोला—

"बब्बा, आप जे गैना ने लेहो तो हम अपनी जीप के आगे लेटकर जान दे देंगे।"

हरिकेसरी ने उस नौजवान को गले लगा लिया और फूलमालाएँ उसे पहना दीं। वो नौजवान झूमता हुआ नाचने लगा और जुलूस में अपनी पत्नी के साथ शामिल हो गया। वो भूल गया कि वो अपनी पत्नी के साथ बस से कहीं जा रहा था। बस स्टेंड पर खड़े ताँगे भी सवारियाँ छोड़कर जुलूस के साथ नाचने लगे। सवारी भी कहाँ चूकतीं। वे भी जूलस के साथ पैदल हो लिये।

जुलूस झील के किनारे-किनारे बढ़ता हुआ परकोटा के तिगड्डे पर पहुँचा। सनीचरी और नज़रबाग परकोटा से लोग आकर यहाँ जमा थे। हरिकेसरी की झोली में दानराशि डालकर लोग जुलूस में शामिल हो गए। इस तिगड्डे पर भीड़ इतनी ज़्यादा थी कि अपने मन्दिर-सह-निवास के चबूतरे से उतरकर पंडत सुकुल हरिकेसरी तक नहीं पहुँच सके। हरिकेसरी की नज़र असहाय खड़े पंडित जी पर पड़ी। उन्होंने जीप रुकवाकर पंडित जी को बुलवाया। भीड़ उत्साहित हो उठी और देखते ही देखते भीड़ के कन्धों पर सवार होकर पंडित जी हरिकेसरी की जीप के पास पहुँचे। पंडित जी अंगोछा की पोटली में बँधे गहने हरिकेसरी की झोली में डालने लगे तो हरिकेसरी ने रोका—

"यह आप क्या कर रहे हैं?"

रुँधे गले से पंडित जी—

"जजमान हम तो ग़रीब बामन हैं। हमाय पास तो बस इत्ती पूँजी है। कछु नगदी है औउर हमाई पंडिताइन के गैंने हैं।"

"मगर पंडित जी, हम आपसे कुछ भी नहीं ले सकते, हम आपके यजमान हैं।"

"अरे, राम खों नाम लेव जजमान। हमाई का बिसात कि हम आपखों कछु देवें। हम तो अपने बुन्देला विश्वविद्यालय के लाने आय दे रये हैं।"

हरिकेसरी पंडित जी को गले लगाकर रो पड़े।

इस बीच विष्णु ने अपने शिक्षक साथियों और विद्यार्थियों की सहायता से भीड़ को नियंत्रित किया। यहाँ इकट्ठी भीड़ जुलूस में शामिल होना चाहती थी इसलिए यहाँ इकट्ठे लोगों को एक लाइन बनाकर अनुशासित रूप से जुलूस के पीछे भेजा गया। अब तो जुलूस का पिछला हिस्सा गोपालगंज तक पहुँच गया।

जैसे ही परकोटा के तिगड्डे से जुलस रवाना होने लगा तो एक विद्यार्थी ने आकर ख़बर दी कि बड़ा बाजार, चकराघाट, पुख्याउरोटी और नरियावाली का एक अलग जुलूस कटरा की तीन बत्ती पर इकट्ठा हो चुका है तब विष्णुदत्त को चिन्ता हुई कि जब हरिकेसरी वाला एक मील लम्बा जुलूस जब तीन बत्ती पहुँचेगा तब तीन बत्ती इलाके पर पहले ही बने दबाव को एक साथ अनुशासित रखकर सँभालना मुश्किल हो जाएगा। विष्णु ने जुलूस को परकोटा के तिगड्डे पर ही रोका और स्वयं भागते हुए तीन बत्ती पहुँचे और वहाँ इकट्ठी भीड़ को निकट ही म्युनिसिपल स्कूल के पीछे के मैदान में भेज दिया। कैसा अद्भुत स्व-अनुशासन था कि पूरी भीड़ लाइन बनाकर निर्धारित मैदान पर ऐसे पहुँच गई जैसे फौज के सिपाही अनुशासन का पालन करते हैं।

परकोटा के दोनों तरफ़ रहने वाले निवासियों ने परकोटा के तिगड्डे पर फूलमालाएँ, नोट, नगदी, जेवर की बौछार हरिकेसरी की झोली में कर दी थी।

परकोटा के तिगड्डे से तीन बत्ती तक दो सौ गज़ का फ़ासला तय करने में जुलूस को जाने कितना समय लग गया। रामभरोसे होटल वाला, बड़े भैया टेलर मास्टर, दनादन मन्दिर से पंडित जी, चीप स्टोर्सवाले पंजाबी भाई, बंगाली मिष्ठान्न भंडार के दास मोशाय, एम्प्रेस मिल कपड़ों की दुकान के सेठ रतनचन्द चौधरी ने एक-एक कर जुलूस को रोका। हर एक ने एक-दूसरे से बढ़कर दानराशि बब्बा की झोली में डाली।

खुली जीप जुलूस के आगे-आगे जब तीन बत्ती पहुँची तब दुकानदारों में होड़ लग गई। सैनी पानवाला और बनारसी पानवाला, हबीब टेलर मास्टर, जमुना मिठिया, साथी बुक डिपो, रूसिया होटल वाला, दीपचन्द्र एंड संस सभी ने अपनी हैसियत से बढ़कर नोटों की बौछार कर दी। तीन बत्ती से मस्ज़िद की तरफ़ जब जुलूस बढ़ा तब म्युनिसिपल स्कूल के मैदान में खड़ी भीड़ भी आगे बढ़ते हुए जुलूस में शामिल

हो गई। तब विष्णु ने जुलूस को तीन हिस्सों में बाँट दिया। एक हिस्सा सीधे मनोहर टॉकीज़ तक के लिए। दूसरा दक्षिणी तरफ़ कन्या विद्यालय तक और तीसरा हिस्सा बाईं तरफ़ मार्केट तक। पंजाब नेशनल बैंक के सामने मैदान में मंच बनाया। तीन तरफ़ जो भीड़ भेजी गई थी, वो सिमट कर मंच को घेर कर खड़ी थी। इस प्रकार यह विशाल मीलों लम्बा जुलूस अब आमसभा में परिणत हुआ।

हरिकेसरी जब मंच पर लगे माइक पर बोलने के लिए खड़े हुए तो लगभग पचास हज़ार लोगों की भीड़ में पसर गई चुप्पी अविश्वसनीय लग रही थी। सब के सब, बूढ़े, जवान, बच्चे सभी साँस रोके केसरी बब्बा की आवाज़ सुनने के लिए अधीर हो रहे थे। लगभग अस्सी हज़ार आबादी वाले हरिपुर की इस आमसभा में पचास हज़ार लोगों की उपस्थिति न केवल ऐतिहासिक बल्कि चमत्कारी लग रही है।

हरिकेसरी ने दुनिया देखी थी। वो न केवल भारत के महत्त्वपूर्ण शहरों में रहे, बल्कि आख़िरकार विदेश में ही रहे। मगर आज उनकी अपनी जन्मभूमि में उन्हें जो प्यार मिला, वो उनके लिए एक ऐसा अनुभव था, जिसकी वो न केवल कल्पना कर सकते थे और न ही विश्वास कर पा रहे थे।

माइक के सामने खड़े हरिकेसरी चकित भाव से जन-मेदिनी को देख रहे थे। आँखों में उमड़ते आँसू और गले के बार-बार अवरुद्ध हो जाने के कारण वो बोल नहीं पा रहे थे। विष्णु उनकी मन:स्थिति देखकर उनके बगल में जा खड़े हुए और धीरे-से बोले—

"बब्बा, आपके सामने हरिपुर के नागरिक नहीं खड़े हैं। ये सभी आपके बच्चे हैं। इन्हें आशीर्वाद नहीं देंगे?"

हरिकेसरी बड़ी मुश्किल से फुसफुसाए—

"तुम ठीक कह रहे हो, बेटा। ये सभी मेरे बच्चे हैं।"

"हाँ, हाँ, बब्बा यही तो बोलना है आपको।"

हरिकेसरी ने गला साफ़ किया और माइक पर बोले—

"हरिपुर के निवासियो, मेरे बच्चो...।"

हरिकेसरी की आवाज़ सुनते ही, अब तक दम साधे खड़ी जनता अचानक फूट पड़े—

"हरिकेसरी बब्बा की जय...। तीन बार जयकार सुनकर हरिकेसरी ने अपना दाहिना हाथ उठाकर शान्त रहने का इशारा किया और उसी क्षण भारी भीड़ में सुई पटक सन्नाटा पसर गया।

हरिकेसरी बोले—

"बच्चो, हरिपुर की इन गली-कूचों में नंगे बदन और नंगे पैरों दौड़कर बड़ा हुआ। आज मैं तुम सबका बब्बा हूँ। तुम सबने जो प्यार उँडेला, उससे जीप में

रखा सन्दूक़ लबालब भर गया और मैं अन्दाज़ लगा सकता हूँ कि मेरे मात्र एक करोड़ रुपयों के बदले तुमने कम से कम डेढ़ करोड़ रुपये से मेरी झोली अटाटूट भर दी।"

"बच्चों, मैंने अपनी वसीयत तुम सबके नाम लिख दी है। मेरी ये वसीयत काग़ज़ पर नहीं लिखी गई है, बल्कि एक समूचे भूखंड पर लिखी गई है। इस भूखंड को बुन्देला विश्वविद्यालय का नाम दिया गया है। आज मैं बुन्देला विश्वविद्यालय तुम सबको सौंपता हूँ ।"

"हरिकेसरी बब्बा अमर रहे...केसरी बब्बा ज़िन्दाबाद" के गगनभेदी नारों से पूरा हरिपुर थर्रा गया।

हरिकेसरी दोनों हाथ उठाकर जन-मेदिनी को आशीर्वाद देते हुए अपनी कुर्सी पर बैठकर फूट-फूटकर रो पड़े। विष्णु ने अपने विद्यार्थियों को इशारा किया। विद्यार्थियों ने सैकड़ों रंगीन गुब्बारे आकाश में छोड़ दिये। तुमुल हर्षध्वनि हुई।

बब्बा की खुली जीप का हॉर्न बजा और लोगों ने मंच के आसपास जीप के लिए जगह बनाई। इसी जीप के साथ कई और जीप आ खड़ी हुईं। हरिकेसरी जीप में बैठ गए। आनन्दीलाल स्टियरिंग व्हील पर। खुली जीप में खड़े होकर हरिकेसरी ने हरिपुरवासियों का हाथ हिलाकर अभिवादन किया।

झील में फव्वारे फूटने लगे—असंख्य फव्वारों के चलते झील ओझल हो गई इन फव्वारों की पनीली दीवार के पीछे। फव्वारों की बौछार से हरिपुर की भीड़ घिर गई और समूची भीड़ एक इकाई की तरह अन्दर तक भीग गई। मगर कोई गीला नहीं हुआ।

अगले दिन रविवार को अंगारा के मुखपृष्ठ पर छपा था—
सबसे ऊपर मोटे अक्षरों में छपा था—
जन जन को बब्बा का न्योता
दूसरी पंक्ति में बड़े अक्षरों में छपा था—
अगले रविवार को हरिपुर में किसी के घर पर दिन को चूल्हा नहीं जलेगा
तीसरी पंक्ति में छपा था—
पूड़ी साग और लड्डू का महाभोज
अगली पाँच पंक्तियों में छपा था—
हर घर में ताला डालकर सब के सब चले आओ, मेरे बच्चो,
बुन्देला विश्वविद्यालय के इनडोर स्टेडियम में
20 हज़ार की एक पंगत
कुल पाँच पंगत

दोपहर 12 से अपराह्न 4 बजे तक
आयोजक
आनन्दीलाल शुक्ल
सह-आयोजक
शंकरदत्त चतुर्वेदी

अब्दुला दीवाना को अंगारा का दस हज़ार प्रतियों वाला एक अंक छापकर तसल्ली नहीं हुई। उसने अंगारा दैनिक प्रकाशन शुरू कर दिया और आगामी गुरुवार तक शब्दों और वाक्यों में कोई हेर-फेर नहीं किया और सिर्फ़ एक पन्ना छापा। शुक्रवार को उसने दूसरी पंक्ति में 'अगले रविवार' के स्थान पर 'परसों' छापा। शनिवार को दूसरी पंक्ति में 'परसों' की जगह 'कल' छापा और ख़ास रविवार को उसने दूसरी पंक्ति में 'कल' के बजाय 'आज' छापा। यह एक छोटा-सा नमूना है अब्दुला दीवाना की दीवानगी का।

एक और दीवाने की दीवानगी का नमूना। आनन्दीलाल ने हर रोज़ हरिपुर के हर मोहल्ले, गली, कूचों में लाउडस्पीकर बाँधकर ताँगा घुमाया और हर रोज़ 'अंगारा' का दैनिक अंक बार-बार पढ़ा और बाँटा। ग़नीमत है कि वो स्वयं ताँगे पर नहीं बैठे। शंकरदत्त के साथ जो किशोर विश्वविद्यालय का प्रथम विद्यार्थी घोषित हुआ था—यानी लल्लनप्रसाद वर्मा को बिठाया था। उसके लिए शंकरदत्त ने यह पंक्ति लिखवाई थी—मैं बुन्देला विश्वविद्यालय के उपकुलपति बब्बा द्वारा घोषित बुन्देला विश्वविद्यालय का प्रथम विद्यार्थी—लल्लनप्रसाद वर्मा बोल रहा हूँ, इस पंक्ति को पढ़ने के बाद वो 'अंगारा' में छपी न्योते की पंक्तियों को पढ़ता था।

आनन्दीलाल के हरिपुर में बसने वाले और आसपास के गाँवों में बसने वाले कारिन्दों और शंकरदत्त के विद्यार्थियों ने दो लाख पत्तल और दो लाख दोनों का, बारह विशाल कढ़ाइयों और भगोने तथा झारा, पलटा, कलछू एवं अन्य आनुषंगिक रसोई में काम आने वाली वस्तुओं का जुगाड़ किया। साथ ही बारह रसोइयों और बारह पूड़ी बोलने वाली बाइयों के साथ हर एक के लिए चकला-बेलन का प्रबन्ध किया। इन्हीं बाइयों को आलू, गोभी, टमाटर की रसेदार सब्ज़ी के लिए सब्ज़ी काटने का काम सौंपा।

बीती रात को ही स्टेडियम के बाहर फैले मैदान में मिट्टी के विशाल चबूतरे बनाने वाले कारीगरों ने एक पंक्ति में विशाल चूल्हे मिट्टी और ईंट से बनाए। ऐसे नक़्क़ाशीदार बने ये चूल्हे कि मन करे इन्हें प्रदर्शनी में सजा दिया जाए। रात को ही जलाऊ लकड़ी से लदी दर्जनों बैलगाड़ियाँ पंक्तिबद्ध खड़ी हो गईं जिनके बैलों को रात्रि विश्राम के लिए गाड़ी से अलग कर दिया, लेकिन बैलगाड़ी हाँकने वाले

गाड़ीवान बब्बा की रसोई के काम में जुट गए। चूल्हों की पंक्ति से थोड़ी दूर तक कई विशाल दरियाँ बिछी हुई थीं और एक कोने में चादरों का ढेर था, साथ में तकिये भी। बब्बा की रसोई में असली घी की पूड़ियाँ और असली घी की तरकारी न बने तो आयोजक आनन्दीलाल का आयोजन कैसा। स्टेडियम के निकट बने गोडाउन में घी के दर्जनों पीपे, आटा, सब्जियों, मसालों के दर्जनों बोरियों के साथ और भी ढेरों-ढेरों बोरियों के पहाड़ जमे हुए थे। इन ढेरों-ढेरों बोरियों में क्या रखा था शंकरदत्त को पता नहीं। स्टेडियम के अन्दर और बाहर मैदान में भरपूर रोशनी का माकूल इन्तज़ाम था। स्टेडियम के अन्दर दस हज़ारी गैलरी पर, बीच में विशाल मैदान पर और मंच पर रंग-बिरंगी दरियाँ बिछी थीं। रात की रोशनी में ये दरियाँ इतनी आकर्षक लग रही थीं कि मन करे इन्हें सिर्फ़ देखते रहे, इन पर बैठे नहीं।

पूरी व्यवस्था की देखरेख और चौकसी के लिए रात्रि जागरण करने वाले शिक्षक और विद्यार्थी कार्यस्थल पर पहुँच गए। इन्होंने शंकरदत्त और विष्णुदत्त से आग्रह किया कि वे घर जाकर विश्राम करें और सुबह-सुबह कार्यस्थल पर पहुँच जाएँ। मगर शंकर और विष्णु को चैन कहाँ। उन्होंने कहा कि अगर सोने की इच्छा हुई तो यहीं मैदान में बिछी दरियों पर चादर ओढ़कर सो जाएँगे। मार्च महीने में यों ही रात को मौसम सुहाना रहता है।

अचानक मौसम गर्मा गया। रसोई के मैदान से थोड़ी दूर पर एक कार आकर रुकी। चतुर्वेदी बन्धुओं ने अपने विश्वस्त साथियों से कहा कि उन्हें घर से बुलाया गया है और कार उन्हें लेकर रवाना हो गई।

सेठिया के घर पर चारों वकील गम्भीर चर्चा में तल्लीन थे। बीच-बीच में इस चर्चा की सारी ख़बर सेठिया कलेक्टर टंडन को दे रहे थे।

अचानक सेठिया वकील के घर पर टेलीफ़ोन की घंटी बजी।

चपरासी ने फ़ोन उठाया और बोला—

"मैं चपरासी बोल रहा हूँ।"

उधर से आवाज़ आई—

"साहब को फ़ोन दो।"

चपरासी ने पूछा—

"आप कौन साहब बोल रहे हैं?"

"मैं बुन्देला विश्वविद्यालय का उपकुलपति हरिकेसरी बोल रहा हूँ।"

चपरासी के हाथ से टेलीफ़ोन गिरते-गिरते बचा—

"साहब, केसरी बब्बा का फ़ोन है।"

घबराकर सेठिया ने फ़ोन उठाया

"हुकुम कीजिए बब्बा।"

"आप फौरन मेरे घर पर आ जाइए।"

उत्तर की प्रतीक्षा किये बिना बब्बा ने फ़ोन रख दिया।

उपकुलपति के आवासीय कार्यालय में हरिकेसरी के सामने सेठिया सहमे-से बैठे थे।

हरिकेसरी बिना भूमिका बाँधे बोले—

"सेठियाजी, आप चारों वकीलों ने बाँके बिहारी और कलेक्टर टंडन के साथ मिलकर दीक्षान्त समारोह को चौपट करने का जो षड्यंत्र किया, उसकी भनक भी अगर मुझे मिल गई होती तो आपके षड्यंत्र को मैं चौपट कर देता। ग़लती मेरी ही थी कि मैं समय रहते चौकन्ना नहीं था। मैं बेख़बर आस्तीन में साँप पाल रहा था, एक नहीं छह साँप। पूरा विश्वविद्यालय उस समय विश्वविद्यालय के निर्माण के जुनून में सब कुछ भूला हुआ था। मगर जन-जन से दान के लिए जो जुनून निकला था उसमें हम सब चौकन्ने थे। उसी प्रकार आज भी हम चौकन्ने हैं। कल जो महाभोज का आयोजन है उसे चौपट करने के लिए आपने कुछ असामाजिक तत्त्वों को विश्वविद्यालय कैम्पस में भेजने की योजना बनाई है, उसकी हमें पूरी ख़बर है। मगर आपको यह ख़बर नहीं है कि बुन्देला विश्वविद्यालय कैम्पस के 500 गज़ की दूरी पर कोई भी अजनबी पहुँचेगा तो विश्वविद्यालय के चप्पे-चप्पे पर सादे कपड़ों में तैनात पुलिस वाले उन्हें दबोच लेंगे और उनके साथ थर्ड डिग्री करके उगलवा लेंगे कि आपने उन्हें महाभोज चौपट करने के लिए भेजा है। फिर आज की रात ही आप अरेस्ट कर लिये जाएँगे और कल की सुबह आप अख़बार की सुर्खियों में होंगे।

पसीने से लथपथ आँखें फाड़े सेठिया बब्बा को देख रहे थे, उनका गला सूख रहा था।

हरिकेसरी ने चपरासी को बुलाया—

"सेठिया जी के लिए पानी ले आओ। पहले उनका मुँह धुलवा दो, क्योंकि बेचारे पसीना-पसीना हो रहे हैं, फिर उनको पानी पिलाओ और उसके बाद दो कप कॉफ़ी बनवाओ। एक सेठिया जी के लिए और एक मेरे लिए।" मुँह धोकर और पानी पीकर सेठिया थोड़े स्वस्थ हुए।

उसी समय फ़ोन की घंटी बजी—एक रिसीवर बब्बा ने सेठिया जी की ओर बढ़ा दिया और दूसरे पर स्वयं थे। उस तरफ़ से आवाज़ आई—'बब्बा, पन्द्रह हट्टे-कट्टे नौजवान हैं, सब के सब पकड़े गए। उन्होंने बिना थर्ड डिग्री के सेठिया जी का नाम ले लिया।"

बब्बा ने टेलीफ़ोन पर निर्देश दिया—पुलिस चीफ से मेरी बात कराओ।"

ऊपर से पुलिस चीफ की आवाज़ आई तो बब्बा ने कहा—

"थैंक यू वेरी मच। उन गुंडों को रात भर विश्वविद्यालय गेस्ट हाउस में नज़रबन्द रखो। लोकल पुलिस की हमने मदद नहीं ली। सेंट्रल पुलिस को ही सीधे ख़बर की थी।"

"शंकरदत्त चतुर्वेदी जी और विष्णुदत्त चतुर्वेदी जी गेस्ट हाउस में ही हैं और उन बदमाशों को समझाइश दे रहे हैं। इतना अच्छा बोलते हैं दोनों भाई कि गुंडों का लीडर रो पड़ा और बोला—

"हम आपैके विद्यार्थी हते। मनो पढ़ाई में मन नहीं लगा पाए सो गलत रास्ते पर चले गए। हम बहुत पछता रहे हैं।"

शंकरदत्त जी बोले—

"सच्चे मन से किया गया पश्चाताप सारे पाप धो देता है। अब तुम लोग सो जाओ। सुबह तरोताज़ा होकर सीधे विश्वविद्यालय में महाभोज के लिए आ जाना। तुम सभी। अब तुम्हें कोई नहीं रोकेगा।"

"आप देवता हैं माट्साब।"

"अरे नहीं रे, मैं मनुष्य बना रहूँ बस। हम सबके देवता तो बब्बा हैं।"

फिर पास सादी पोशाक में खड़े इंस्पेक्टर से बोले—

"आपने सुन लिया हमने इन भटके हुए लड़कों से क्या कहा। इन्हें नहला-धुलाकर कल 12 बजे विश्वविद्यालय के इनडोर स्टेडियम पर आ जाइए। अपने साथ अपने सभी साथियों को भी ले आइए बब्बा के न्योते में। हम चलते हैं।"

ये सभी बातें हरिकेसरी ने सुन लीं। उन्होंने शंकरदत्त जी से बात करने की इच्छा ज़ाहिर की—

शंकर फ़ोन पर बोले—

"हाँ, बब्बा, गेस्ट हाउस में माकूल इन्तज़ाम हैं।"

हरिकेसरी बोले—

"यहाँ सेठिया जी मेरे सामने बैठकर कॉफ़ी पी रहे हैं। आज की रात सेठिया जी उपकुलपति आवास के गेस्ट हैं। कल सुबह मेरे साथ स्पेशल गेस्ट बनकर महाभोज में शामिल होंगे।"

सेठिया अवाक् हरिकेसरी की ओर देख रहे थे। हरिकेसरी ने टेलीफ़ोन पर बोलना ज़ारी रखा—

"चिन्ता मत करो। सेठिया जी का नाइटसूट और कल के महाभोज के लिए पोशाक मैंने पहले ही मँगवा कर रख ली। अब तुम दोनों भाई जाओ और अच्छी नींद सो लो।"

शंकरदत्त बोले—

"बब्बा, आज की रात तो आनन्दीलाल जी के महाभोज के नाम लिख दी है

हम दोनों ने। बस हम वहीं जा रहे हैं। ज़रूरत हुई तो वहीं मैदान पर सारे रसोइए और इन्तज़ाम में लगे साथियों के साथ हम दोनों भाई चादर ओढ़कर सो जाएँगे।"

हरिकेसरी चिन्तित हुए—

"लेकिन बेटा, सिर्फ़ दरी पर कैसे सोओगे?"

"चिन्ता न करें, बब्बा, ज़रूरत पड़ने पर हम तो घास पर भी सो सकते हैं।"

हरिकेसरी हँसे—

"तुमने तो बेटा, मुझे मेरे बचपन की याद दिला दी। शाबाश, डटे रहो।"

जब चतुर्वेदी बन्धु महाभोज के मैदान पर पहुँचे तब उनका स्वागत आनन्दीलाल शुक्ल ने किया। वो लपककर गए—

"आप दोनों भाई तो जादूगर हैं। कितना परफेक्ट इन्तज़ाम किया है। मैंने अब तक अपने गाँव में दस हज़ारी पंगत तो कई आयोजित किये, मगर सौ हज़ारी पंगत तो नया इतिहास रचेगा। पूरे एक लाख लोगों की पंगत। क्या बात है।"

शंकरदत्त बोल पड़े—

"आपका भी जवाब नहीं है आनन्दीलालजी। सब कुछ किया धरा तो आपने। हम दोनों भाइयों ने तो हाथ बँटाया है। सही यह है कि आपके इशारे से काम होता है और हमारा हाथ-पैर हिलाने से। मगर एक चिन्ता मुझे खाए जा रही है। पूड़ी-तरकारी का तो प्रबन्ध चौकस है, किन्तु लड्डू बनने की सामग्री तो मेरे अनुमान से बोरियों में रखी है। मगर लाखों की संख्या में लड्डू बनाने का काम सुबह के इन चूल्हों में सम्भव नहीं है। अभी तुरन्त लड्डू निर्माण अभियान शुरू किया जाए और वो भी युद्ध स्तर पर तब लड्डू समय पर उपलब्ध होंगे।"

आनन्दीलाल हँस पड़े—

"एक़दम सही समय पर आपने चिन्ता प्रकट की है, लेकिन मेरा अनुमान बतलाता है कि रात भर में पाँच लाख लड्डू नहीं बन पाएँगे। सुबह का सारा समय तो पूड़ी-साग बनाने में गुज़र जाएगा।"

दोनों भाइयों ने एक स्वर में आश्चर्य प्रकट किया—

"पाँच लाख लड्डू!"

"जी हाँ, बुन्देलखड़ी परम्परा है। हर पत्तल में सबसे पहले पाँच-पाँच लड्डू परोसे जाते हैं। उसके बाद पूड़ी-सब्ज़ी।"

"ये तो असम्भव है।"

"कई बार दस हज़ारी पंगत करने का अनुभव काम आया। शंकरदत्त जी जिन बोरियों में लड्डू बनाने की सामग्री का आपको अनुमान है, उन बोरियों को दरअसल, कार्ड बोर्ड के डब्बों में पाँच लाख तैयार लड्डू रखे हुए हैं।"

"लीजिए, आप हम दोनों भाइयों को जादूगर बता रहे थे। असल में जादू तो आपने किया है। हाँ, आपने बिल्कुल सही फ़रमाया है। बुन्देलखंडी दावत में मैं भी कई बार शामिल हुआ हूँ। पाँच लड्डू से ही भोजन शुरू करना पड़ता था। मैं बड़े कायदे से तीन लड्डू ग़ायब कर देता था, पंगत में बैठे अपने दोनों पड़ोसियों के बलबूते पर। दो लड्डू मैं इस कायदे से खाता था कि लोगों को लगे कि मैं पाँच लड्डू खा रहा हूँ।"

हरिकेसरी सेठियाजी को साथ लेकर महाभोज के परिसर सुबह 11-30 बजे पहुँच गए। इनडोर स्टेडियम से 500 गज़ दूर महाभोज प्रवेशद्वार बनाया गया था। हरिकेसरी वहीं उतरने को हुए तो आनन्दीलाल ने उन्हें रोका—

"नहीं बब्बा, आप यहाँ नहीं उतरेंगे, क्योंकि इस प्रवेशद्वार से इनडोर स्टेडियम के प्रवेशद्वार तक एक रंगीन सड़क बनाई गई है जिस पर आपकी खुली जीप होगी।

हरिकेसरी आज के स्पेशल गेस्ट सेठिया को लेकर बीच में बैठे-बैठे ही उस सड़क पर बढ़ने लगे। सारा परिसर दुल्हन की तरह सजाया गया था। सड़क के दोनों तरफ़ रंगीन रस्सियों पर हज़ारों हरिपुरवासी बैठे थे जो बब्बा की जीप देखकर अपनी-अपनी जगह पर खड़े हो गए। दूर से ही इनडोर स्टेडियम की दीवार पर लगे बैनर को बब्बा ने पढ़ा—

जन-जन को बब्बा का न्योता

1,00,000 हरिपुरवासियों का महाभोज

आज हरिपुर के किसी भी घर में दिन का चूल्हा नहीं जला। स्टेडियम के बाहरी सुसज्जित मैदान में जहाँ 12 चूल्हे जल रहे थे और उन पर पूड़ियाँ तली जा रही थीं, वहीं बब्बा जीप से नीचे उतर गए। आनन्दीलाल, शंकरदत्त और विष्णुदत्त दौड़ते आए।

आनन्दीलाल ने पूछा—

"बब्बा आप यहाँ क्यों उतरे?"

हरिकेसरी हँसकर बोले—

"मैं कहाँ उतरा! जीप ने ज़बरदस्ती उतार दिया। जीप बोली—"बब्बा, आपको एक दर्ज़न कढाइयों में अठखेलियाँ करते घी ने पुकारा और हुक्म दिया—बब्बा, पहली पूड़ी आप तलेंगे?" भारी भीड़ में हँसी का फव्वारा छूटा। बब्बा, पहली कढ़ाई की तरफ़ बढ़े। उसी समय परकोटा वाले पंडित जी ने मंत्रोच्चार किया। आनन्दीलाल ने बब्बा के हाथ में एक पूड़ी दी। बब्बा ने पूड़ी घी में डालने का कमाल किया और हाथ में झारी लेकर तैरती-नाचती पूड़ी पर झारी का हल्का दबाव दिया। पूड़ी फूलकर कुप्पा हो गई। बब्बा ने उसे झारी से उठा लिया। आनन्दीलाल ने अपने दोनों हाथों में पत्तल थामा जिस पर बब्बा ने सूखी पूड़ी डाल दी। भीड़ ने तालियाँ

बजाईं। शंकरदत्त ने दौड़कर एक दोना भर सब्ज़ी उस पत्तल पर रख दी। सेठिया को बब्बा ने इशारा किया। सेठिया ने आनन्दीलाल के दोनों हाथों पर रखी पत्तल से पूड़ी का एक कौर तोड़ा, उस कौर को सब्ज़ी से तरबतर किया और बब्बा को खिला दिया। बब्बा ने एक के बाद एक आनन्दीलाल, शंकरदत्त, विष्णुदत्त, सेठिया और उनके तीन वकील साथियों को एक-एक कौर खिलाया। इस बीच बारह कढ़ाइयों में दर्ज़नों पूड़ियाँ तैरने लगीं। सन्तनराय दद्दू दौड़कर एक पत्तल पर एक दोना सब्ज़ी ओर एक पूड़ी लेकर बब्बा के सामने आ गए—"काय बब्बा हम आपके छोरा नइयाँ, हमें भी खिलाओ। बब्बा ने दद्दू, तीनों राजनेताओं, रामभरोसे और अब्दुला दीवाना को भी पूड़ी खिलाई। जैसे ही हरिकेसरी इनडोर स्टेडियम की तरफ़ बढ़े, पंडत सुकुल ने आवाज़ दी 'काय बब्बा हमें को भूल गए कलेक्टर टंडन भी पंडित जी के साथ खड़े हो गए।

हरिकेसरी ने इनडोर स्टेडियम में प्रवेश किया और ठगे-से ठिठक गए।

आनन्दीलाल ने पूछा—

"बब्बा, आप रुक क्यों गए?"

"आनन्दीलाल, इतनी ख़ूबसूरत रंगीन दरियाँ हमने पहले कभी नहीं देखीं।"

झिझकते हुए आनन्दीलाल बोले—

"बब्बा, ये आपकी ही दरियाँ हैं।"

हरिकेसरी बोले—

"तुमने ठीक कहा। अब मुझे याद आया। हरिपुर में तुम्हारा खानदान ही तो एकमात्र रईस खानदान हैं और रईस खानदानों में ऐसी नायाब चीज़ें ढेरों होती हैं। तो फिर सुनो, तुरन्त इन दरियों पर मोटी चादरें बिछाओ। फिर उन पर पत्तलें सजाओ महाभोज के लिए।"

शंकर और विष्णु के दर्ज़नों विद्यार्थियों ने पलक झपकते सफेद चादरों से स्टेडियम की गैलरी, मैदान और मंच पाट दिया और उन पर हज़ारों पत्तल-दोने कायदे से सज़ा दिये।

मंच की प्रथम पंक्ति के बीचोबीच हरिकेसरी बैठे और उन्होंने आवाज़ दी—

"सुनो, उन दोनों कुलियों को बुलाओ जिन्होंने हरिपुर रेलवे स्टेशन पर हरिपुर में मेरे पहले दिन मेरा सामान उठाया था।"

दोनों कुली अन्य कुलियों के साथ पोशाक में दौड़ते हुए आए। बब्बा ने उन दोनों से कहा—"तुम दोनों में से एक मेरे बाएँ हाथ पर और दूसरा मेरे दाहिने हाथ की तरफ़ बैठेंगे।"

दोनों कुली बब्बा के आसपास बैठ गए। मंच पर अधिकतर कुली, हम्माल, मजदूर, चपरासी, चारों वकीलों, कलेक्टर टंडन और रामभरोसे, अब्दुला दीवाना को घेरकर मंच पर ही बैठ गए। एक विद्यार्थी कुर्सी लेकर दौड़ा। बब्बा ने पूछा—बेटा,

तुम यह कुर्सी किसके लिए लाए?" विद्यार्थी बोला—बब्बा, आपके लिए। "तुमने कैसे सोच लिया कि बब्बा पंगत में कुर्सी पर बैठेंगे। अरे, मैं इतना बूढ़ा नहीं हुआ हूँ। अब भी योगासन करता हूँ और वहीं पर पालथी मारकर बैठ सकता हूँ।" और बब्बा बैठ गए। विद्यार्थी कुर्सी सिर पर रखकर भागा। पंगत में बैठे 20,000 लोगों ने खड़े होकर ताली बजाई। पूरे स्टेडियम में 20,000 लोग भोजन के लिए बैठ गए ठीक दोपहर 12 बजे परम्परानुसार पहले लड्डू परोसे गए। फिर पूड़ी-साग। बब्बा ने अपने पाँच लड्डूओं में से दो-दो लड्डू बगल में बैठे कुलियों के पत्तल में डाल दिये। फिर एक लड्डू ख़ूब मजे ले-लेकर खाते रहे। दो पूड़ियाँ और एक दोना सब्ज़ी भी खाई।

इस बीच एक चमत्कारी हंगामा हो गया। हरिपुर की मशहूर तीन बत्ती पर बेनी पान वाले ने हरिपुर के एक सौ पनवाड़ियों को इकट्ठा किया और बब्बा के न्योते के लिए प्रत्येक को एक हज़ार सादा तथा मसालेदार पान लगाने की हिदायत दी और दो बसों में भरकर इनडोर स्टेडियम परिसर पर पहुँच गए। दोपहर 12-30 बजे 20 पान वाले एक-एक हज़ार लगे हुए पान थाली में सजाये इनडोर स्टेडियम के प्रवेशद्वार पर पंक्तिबद्ध खड़े हो गए। इनडोर स्टेडियम में भोजन करके हर निकलने वाला पुरुष, स्त्री और बच्चों—हर एक ने पान खाया। आनन्दीलाल ने बब्बा का परिचय बेनी पान वाले से करवाया। बब्बा ने उसे गले लगाया और बोले—

"तुमने तो ऐसा चमत्कार किया बेनी चौरसिया कि महाभोज के आयोजक आनन्दीलाल को भी ख़बर नहीं होने दी और सौ पनवाड़ियों को इकट्ठा कर लिया, लेकिन हरिपुर तो छोटा शहर है यहाँ तुम्हें सौ पान वाले कैसे मिल गए?"

"बब्बा, हरिपुर की यह ख़ासियत है कि यहाँ हर सौ क़दम पर कम से कम एक पान की दुकान हे। देखिए तीन बत्ती पर ही चार पान की दुकानें हैं। यहाँ पान का पत्ता सस्ता भी मिलता है, क्योंकि यहाँ बड़े पैमाने पर पान की खेती होती है।"

हरिकेसरी जब अकेले जीप में बैठे तब उन्होंने लगभग फुसफुसाते हुए शंकरदत्त से पूछा "क्यों शंकर, आज खोजी तिलकधारी नहीं दिखा?" शंकर ने कहा—"खोजी तिलकधारी भोज में शामिल था, लेकिन सार्वजनिक रूप से वो आपके सामने नहीं आएगा।"

अपराह्न 4-30 बजे जब हरिपुरवासियों का भोजन सम्पन्न हुआ तब आनदीलाल, शंकरदत्त, विष्णुदत्त, शिक्षक साथी, विद्यार्थीगण यानी समूचा आयोजक दल और रसोइए और पनवाड़ी समाज शाम 5 बजे एक साथ भोजन करने बैठे।

कमाल यह हुआ कि लगभग एक लाख पत्तल-दोने प्रत्येक भोजन करने वाले ने स्वयं स्टेडियम के पीछे खड़ी म्युनिसिपाल्टी की कचरा गाड़ियों में ही डाले। बब्बा जब कचरा गाड़ी की ओर बढ़े तो आनन्दीलाल दौड़ते हुए आए और बब्बा के हाथ से पत्तल छीनकर स्वयं भागे कचरा गाड़ी की तरफ़। कहीं कोई गन्दगी नहीं

हुई। जो भी सामान बचा वो सब आनन्दीलाल ने रसोइयों और बाइयों को दे दिया।

सभी ने महसूस किया कि कुलसचिव बाँके बिहारी की बिरादरी न तो दान इकट्ठा करने के जुलूस में और न ही महाभोज में कहीं भी शामिल थे।

अगले दिन सुबह 11 बजे कलेक्टर टंडन का फ़ोन आया। उपकुलपति के पी.ए. ने कॉल बब्बा को ट्रांसफर कर दिया—

टंडन बोले—

"गुड मॉर्निंग, सर।"

उपकुलपति ने उत्तर दिया—

"वेरी वेरी गुड मॉर्निंग मिस्टर टंडन।"

"कल तो कमाल हो गया। एक लाख पुरुष, महिलाएँ, बच्चों का एक दिन में एक स्थान पर महाभोज—कभी किसी ने पहले नहीं देखा, न सुना, न पढ़ा। कितना वेल प्लांड एंड वेल ऑर्गनाइज़्ड था बब्बा का न्योता। आपने तो सर इतिहास रच दिया।"

"मेनी थैंक्स फॉर योर कॉम्पलीमेंट विच आय डोंट डिज़र्व एट ऑल।" यह सब तीनों लोगों की करामात थी—प्राइमेरिली आनन्दीलालजी शुक्लजी और दोनों चतुर्वेदी बन्धु एंड देयर असिस्टेंट्स। सच तो यह है कि हरिपुरवासियों ने यूनिक डिसिजन का ग़ज़ब का परिचय दिया। एक साथ 20,000 लोगों का एक ही जगह पर बैठकर खाना। एक पंगत में नहीं, बल्कि पाँच पंगत में। ऐसा डिसिप्लिंड हरिपुरवासियों का व्यवहार और इसका क्रेडिट आपको जाता है, मिस्टर कलेक्टर।"

"यह तो आपका बड़प्पन है सर, आपकी ज़र्रानवाज़ी।"

"हाँ तो बतलाइए क्या काम है?"

"आपको एक ख़ुशख़बरी देनी थी। आज प्रदेश के मुख्यमंत्री हरिपुर में आए हैं किसी कार्यक्रम में। उनकी हार्दिक इच्छा है कि आपके साथ सर्किट हाउस में लंच करें।"

"यह तो बड़ी ख़ुशी की बात है, लेकिन मेरे रहते सर्किट हाउस में क्यों? उन तक मेरा यह निवेदन पहुँचाने का कष्ट करें कि माननीय मुख्यमंत्रीजी मेरे घर पर लंच करेंगे। थैंक यू।"

और हरिकेसरी ने फ़ोन रख दिया।

उपकुलपति आवास में मुख्यमंत्री के साथ हरिकेसरी का लंच सम्पन्न हुआ। दोनों ड्राइंग रूम में बैठकर कॉफ़ी पी रहे थे।

मुख्यमंत्री अचानक बोल पड़े—

"एक अफ़वाह बाज़ार में बहुत गर्म है कि कोषाध्यक्ष जी विश्वविद्यालय कोष का दुरुपयोग कर रहे हैं।"

हरिकेसरी हँसते हुए बोले—

"यह अफ़वाह किसकी है, आपकी या कलेक्टर टंडन की?"

"क्या फ़र्क पड़ता है?"

"बहुत ज़्यादा फ़र्क है, क्योंकि आपकी अफ़वाह इतनी बचकानी नहीं हो सकती।"

"क्या मतलब?"

"बड़ी आसान बात है। विश्वविद्यालय कोष किसी तिजोरी में तो बन्द नहीं रहता है। इम्पीरियल बैंक में बतौर एफ.डी. जमा रहता है। उसमें से धन निकालने के लिए कुलसचिव प्रस्ताव रखते हैं जिसे कोषाध्यक्ष प्रतिहस्ताक्षर करते हैं फिर उपकुलपति स्वीकार या अस्वीकार करते हैं। स्वीकार होने पर कुलसचिव प्रस्ताव के अनुसार चेक पर हस्ताक्षर करते हैं।

अब आप ही बताइए, माननीय मुख्यमंत्रीजी, कोषाध्यक्ष इस प्रक्रिया में किस तरीक़े से कोष का दुरुपयोग कर सकते हैं। सबसे बड़ी बात विश्वविद्यालय कोष से कोई भी छोटी या बड़ी धनराशि केवल और केवल कुलसचिव के हस्ताक्षर से ही निकाली जा सकती है और इन दिनों कुलसचिव छुट्टी पर हैं।"

मुख्यमंत्री अचानक बोल पड़े—

"अच्छी याद दिलाई आपने। मुझे आपसे कुलसचिव के सम्बन्ध में भी जानकारी चाहिए।"

"एक मिनट, मुख्यमंत्रीजी, पहले कोषाध्यक्ष वाली अफ़वाह का फ़ैसला तो हो जाए।"

"मैं समझ गया। वो अफ़वाह ग़लत है। अब आप यह बतलाइए कि आपने कुलसचिव को कहाँ भेजा है? उनका तो कहीं कोई अता-पता ही नहीं। वो फ़ोन भी नहीं उठाते हैं।"

"उन पर थोड़ा रहम कीजिए, माननीय मुख्यमंत्रीजी विश्वविद्यालय के प्रथम दीक्षान्त समारोह की सारी ज़िम्मेदारी अकेले उनके कन्धे पर थी। उसे सुसम्पन्न करने के बाद वे अपने परिवार के साथ पन्द्रह दिनों के लिए वेकेशन एन्जाय कर रहे हैं। बाकायदे लीव एप्लिकेशन स्वीकृत करवाने के बाद और सबसे बड़ी बात कि यह एप्लिकेशन उन्होंने टाइप नहीं करवाई, बल्कि अपने हाथ से लिखी मेरी आँखों के सामने और तुरन्त चले गए। फिलहाल उनके घर पर और ऑफ़िस में ताला बन्द है। किसी भी अतिव्यस्त कामकाजी व्यक्ति को रिलैक्स करने के लिए छुट्टी पर जाने का पूरा अधिकार है।"

"फिर लोग ऐसा क्यों कहते हैं कि आपने उन्हें कहीं भेजा है?"

"माननीय मुख्यमंत्रीजी, एक बात आपको दो टूक कहूँ। आप पूरे प्रदेश के भाग्यनियन्ता हैं। यदि आप इस प्रकार अफ़वाहों और लोगों के कहने की बात करें तो क्या यह उचित है?"

"लेकिन हरिकेसरीजी, आपसे एक शिकायत तो कर ही सकता हूँ कि आपने विश्वविद्यालय के लिए दान इकट्ठा करने के उद्देश्य से भारी-भरकम जुलूस निकालना तय किया और आपने मुझे ख़बर भी नहीं दी।"

"माननीय मुख्यमंत्रीजी, यह ऐतिहासिक जुलूस का मामला सीधे-सीधे मेरे और हरिपुरवासियों के बीच का है। लोग दान मेरी झोली में डालना चाहते थे तो आपको बीच में डालकर आपके बड़प्पन को हम चोट नहीं पहुँचाना चाहते थे। इससे आपका अपमान होता। मैं भला आपके अपमान की बात कैसे सोच सकता हूँ।"

"ठीक है आपकी बात बिल्कुल सही है, लेकिन ऐसा जुलूस निकालने के लिए हरिपुर के कलेक्टर को तो ख़बर होनी चाहिए।"

"बिल्कुल ठीक कहा आपने। इसलिए हमने कलेक्टर ऑफ़िस से बाकायदे लिखित स्वीकृति प्राप्त करने के बाद जुलूस निकाला।"

"तो फिर इसकी जानकारी कलेक्टर को क्यों नहीं है?"

"लगता है, आपको किसी ने फिर बरगलाया है, क्योंकि कलेक्टर टंडन जी पूरे जुलूस में निरन्तर हमारे आसपास थे। यदि उनके ऑफ़िस में पूछताछ करेंगे तो हमारा आवेदन उनकी स्वीकृति बकायदे सील-सिक्के के साथ मिल जाएगी, क्योंकि ऐसा भी स्वीकृति पत्र उपकुलपति कार्यालय की फ़ाइल में नियमानुसार रखा है।"

अचानक मुख्यमंत्री हँस पड़े—खोखली हँसी—

"आदरणीय हरिकेसरीजी, आपसे बात करते हुए मैं भूल ही गया था कि मैं विश्व के श्रेष्ठतम वकील से बात कर रहा हूँ। आपने तो मुझे निरुत्तर कर दिया।"

"निरुत्तर नहीं, माननीय मुख्यमंत्रीजी, लाजवाब क्योंकि आप लाजवाब मुख्यमंत्री हैं। तो अब चलिए दो मनुष्यों के बीच बातचीत हो जाए। आप मुख्यमंत्री के चोले से बाहर निकल आइए, मैं भी काला गाउन उतार देता हूँ।"

"आपका भी जवाब नहीं है। आपने किस ख़ूबसूरती से काले गाउन वाले मुहावरे का प्रयोग किया।"

"मनुष्य के रूप में जब मैं आपके साथ बातचीत करने बैठा हूँ तो आपकी बेहद उजली छवि मेरी आँखों के सामने आती है और मुझे गर्व होता है कि हमारे प्रदेश को आप जैसा मुख्यमंत्री मिला है। मुख्यमंत्रीजी, हमारे देश को आज़ाद हुए अभी बमुश्किल दो साल गुज़रे हैं, लेकिन इसके पहले आप देश की आज़ादी के आन्दोलनों की आग में कूद पड़े थे। ब्रिटिश पुलिस की लाठी से आज भी आपका घुटना टीस मारता है। लगातार 8-10 साल या शायद और ज़्यादा आपने अपने

घर परिवार का मोह छोड़कर जेल यात्रा की। 1942 में जब आप पुलिस की लाठी झेल रहे थे, तब आपको कहाँ मालूम था कि पाँच वर्षों के अन्दर देश आज़ाद हो जाएगा। तब तो आपने करो या मरो का नारा लगाते हुए सिर पर कफ़न बाँधकर ब्रिटिश दमन के विरुद्ध खुद को न्योछावर कर दिया था।"

भाव विचलित मुख्यमंत्री ने अपने आँसू पोंछे।

"आपके आँसू देखकर मुझे अच्छा लगा कि आपके अन्दर इनसान अभी पूरी तरह मरा नहीं है, लेकिन उस समय आपके अन्दर का इनसान क्यों मर गया था जब आप दो कच्ची उम्र के निहायत निकम्मे नौजवानों को बेईमानी धोखाधड़ी का पाठ पढ़ाते हुए उनके गले में गोल्ड मेडल लटका रहे थे और वो भी एक सच्चे, त्यागी, तपस्वी, कर्मयोगी इनसान का योग्यता प्राप्त अधिकार छीनकर। आपने कुलसचिव से इतना घिनौना ग़ैरक़ानूनी काम करवाया जिसकी वज़ह से उसको आज भी जेल हो सकती है और उसका करियर चौपट हो सकता है। आपके कुलसचिव ने सिर्फ़ इतना ही अपराध नहीं किया है। उन्होंने हरिपुरवासियों को प्रथम दीक्षान्त समारोह में उपस्थिति से वंचित किया। आपको शायद याद होगा दो साल पहले जब बुन्देला विश्वविद्यालय का शुभारम्भ हुआ था तब समूचा हरिपुर हज़ारों की संख्या में उमड़ पड़ा था। मुख्यमंत्रीजी, यह मेरा विश्वविद्यालय नहीं है, यह हरिपुरवासियों का और बुन्देलखंड अंचल का विश्वविद्यालय है। कुलसचिव ने न केवल जन-जन को प्रथम दीक्षान्त समारोह से वंचित किया, बल्कि हरिपुर के समस्त प्रतिष्ठित नागरिकों को भी नहीं आने दिया। उन्होंने एक और अपराध किया है। मैंने जिस प्रोफ़ेसर विष्णुदत्त चतुर्वेदी को सार्वजनिक रूप से अपना उत्तराधिकारी घोषित किया है जो सबसे वरिष्ठ डीन हैं, उसे मंच पर दूसरी क़तार में बिठाया।"

"इतने सारे अपराधों के बावजूद मैंने कुलसचिव को न ही जेल भेजा और न ही उन्हें बर्खास्त किया। उन्हें मैंने एकान्तवास में भेजा है ताकि वे प्रायश्चित कर सकें।"

"चूँकि प्रथम दीक्षान्त समारोह में कुलसचिव से मेरा सम्बन्ध हरिपुरवासियों से विच्छेद कर दिया था इसलिए प्रोफ़ेसर विष्णुदत्त चतुर्वेदी ने उसे पुनः जाग्रत करने के लिए दान के लिए जुलूस की योजना बनाई और उसे प्रचंड सफलता के साथ संचालित किया।

"इसी सफलता को नया आयाम देने के लिए आनन्दीलालजी ने प्रत्येक हरिपुरवासी को मेरी खातिर विशाल महाभोज के लिए आमंत्रित किया। बीते कल हरिपुर के किसी भी घर में दिन का चूल्हा नहीं जला। आनन्दीलालजी ने इस महाभोज का नाम दिया—जन-जन को बब्बा का न्योता। आनन्दीलाल जी खानदानी रईस हैं। उनके पास बाप-दादाओं की अपार सम्पत्ति है। स्वयं भी वे सफलतम उद्योगपति हैं। दस हज़ारी पंगत तो वे जब तब आयोजित करते हैं। पहली बार बुन्देला विश्वविद्यालय के लिए और ख़ासकर मेरे लिए उन्होंने विशाल सौ हज़ारी

पंगत का सफलतम आयोजन किया। अब हरिपुरवासियों का बुन्देला विश्वविद्यालय के साथ अटूट सम्बन्ध हो गया है।"

"सच कहूँ मुख्यमंत्रीजी, मैं तो आपके हवाले बुन्देला विश्वविद्यालय सौंप रहा हूँ। अब समय आ गया है कि जब मैं कह सकूँ कि मैं तो आपके हवाले बुन्देला विश्वविद्यालय सौंप रहा हूँ। आपही के हाथों बुन्देला विश्वविद्यालय में प्रोफ़ेसर विष्णुदत्त चतुर्वेदी को उपकुलपति पद पर राजतिलक होगा।"

मुख्यमंत्री भावावेश में खड़े हो गए। उन्होंने हरिकेसरी को खड़े होने में सहारा दिया। दोनों आत्मीयता से गले मिले। फिर मुख्यमंत्री जी बोले—

"अभी तो कई वर्षों तक आप हमारा मार्गदर्शन करते रहेंगे।"

और मुख्यमंत्री चल दिये।

बुन्देला विश्वविद्यालय में दो डिप्टी रजिस्ट्रार—एक थे वरिष्ठ डिप्टी रजिस्ट्रार, दूसरे थे डिप्टी रजिस्ट्रार (फाइनेंस) इसलिए रजिस्ट्रार बाँके बिहारी की अनुपस्थिति में वरिष्ठ डिप्टी रजिस्ट्रार को संयुक्त रजिस्ट्रार प्रमोट कर दिया गया था और उन्हीं के पास रजिस्ट्रार का चार्ज भी था। इनका नाम था—प्रकाशचन्द्र माथुर और दूसरे का संजयसिंह राजपूत। माथुर शिक्षकों, विद्यार्थियों और कार्यालय के अन्य अधिकारी और कर्मचारियों के बीच बहुत लोकप्रिय थे—ख़ूब हँसमुख—पान-तम्बाखू के शौकीन। दूसरे डिप्टी रजिस्ट्रार के साथ उनकी गहरी दोस्ती थी। इसलिए विश्वविद्यालय के प्रशासन में कोई समस्या कभी नहीं आई। माथुर को सभी प्यार से 'डिप्टी सैंया' कहते थे। संयुक्त रजिस्ट्रार प्रोमोट होने के कारण भी वे 'डिप्टी सैंया' ही बने रहे। एक्टिंग रजिस्ट्रार बनने के बाद भी माथुर अपने कमरे में ही बने रहे। रजिस्ट्रार का कमरा खाली ही रहा।

महाभोज के तीसरे दिन आनन्दीलाल विश्वविद्यालय कार्यालय में माथुर के कमरे का चिन हटाकर दरवाज़े पर ही खड़े-खड़े बोले—

"मे आय कम इन सर।"

दरवाज़े पर आनन्दीलाल को खड़ा देखकर माथुर हड़बड़कार उठे और दरवाज़े की ओर भागे—"अरे सर, आपने क्यों तकलीफ की। मुझे बुलवा लिया होता।"

माथुर ने हाथ पकड़कर आनन्दीलाल को बिठाया फिर बोले—

"हाँ सर, कहिए क्या आदेश है।"

आनन्दीलालजी बोले—

"स्वार्थवश ही आपके पास आया हूँ।"

"फ़रमाइए सर।"

"आपको तो मालूम होगा कि मैं अब म्युनिसिपल चेयरमैन हूँ।"

"जी हाँ, यह ख़ुशख़बरी मुझे मिल चुकी है। आपको बधाई।"

'सिर्फ़ बधाई से काम नहीं चलेगा। आपको मेरा एक ख़ास काम जितनी ज़ल्दी हो सके करना है।"

हँसकर माथुर बोले—

"हाँ सर, मालूम है। आप म्युनिसिपल हाईस्कूल को अपग्रेड कर पोस्टग्रेजुएट कॉलेज बनाना चाहते हैं, जिसका नाम डॉ. हरिकेसरी कला, वाणिज्य, विधि स्नातकोत्तर महाविद्यालय। म्युनिसिपल हाईस्कूल भवन में ही तीन शिफ्ट में स्कूल और कॉलेज साथ-साथ चलेंगे। सुबह की शिफ्ट में कला और वाणिज्य महाविद्यालय, दोपहर को हाईस्कूल और शाम को विधि महाविद्यालय। बब्बा ने इंस्पेक्शन कमेटी गठित कर दी है जिसमें विश्वविद्यालय के कला, वाणिज्य और विधि तीनों के डीन सदस्य होंगे। कला के डीन वरिष्ठतम हैं इसलिए वे इस कमेटी के चेयरमैन होंगे और एक्टिंग रजिस्ट्रार कमेटी के सेक्रेटरी होंगे। यह इंस्पेक्शन कमेटी कल ही भवन को विज़िट करने जाएगी। कल ही कमेटी रिपोर्ट प्रस्तुत करेगी और कल ही उपकुलपति एफिलिएशन मंजूर कर लेंगे। आप चाहें तो परसों कॉलेज का शुभारम्भ कर सकते हैं।"

आनन्दीलाल उत्तेजनावश खड़े हो गए। उन्होंने माथुर के साथ गर्मजोशी से हाथ मिलाया और कहा—

"थैंक यू वेरी मच, माथुर साहब, आपने तो चमत्कार कर दिया।"

माथुर फिर बोले—

"थैंक यू कैसा? ये तो हमारा काम है जो हमें करना ही था। आप चाहें तो प्राचार्य का नाम भी घोषित कर सकते हैं, क्योंकि बब्बा ने शंकरदत्त चतुर्वेदी जी के नाम को स्वीकृति दे दी है।"

"सचमुच कमाल हो गया। कहा आवश्यक कार्यवाही सम्पन्न हो जाए। तीन दिन बाद हम कॉलेज की और प्राचार्य की घोषणा करेंगे। एक वरिष्ठ केन्द्रीय शासन के मंत्री, प्रदेश के मुख्यमंत्री और बब्बा आशीर्वाद देंगे।

म्युनिसिपल हाईस्कूल भवन और परिसर ऐसे निराले आकर्षक ढंग से सजा था जैसा कोई भवन, कोई परिसर नहीं सजा था। आनन्दीलाल ने बम्बई की फ़िल्मी दुनिया के एक मशहूर आर्ट डायरेक्टर को इस सज्जा के लिए बुलाया था। पूरा भवन एक राजमहल जैसा लग रहा था और स्कूल के विशाल मैदान को एक मॉडर्न ऑडिटोरियम की तरह सजाया गया था जिसे देखकर ऐसा लग रहा था कि यह ऑडिटोरियम सजाया गया नहीं, बल्कि निर्मित किया गया असली ऑडिटोरियम लग रहा था।

साप्ताहिक अंगारा ने डॉ. हरिकेसरी कला, वाणिज्य, विधि स्नातकोत्तर

महाविद्यालय के उद्घाटन में समस्त हरिपुरवासियों को म्युनिसिपल अध्यक्ष श्री आनन्दीलाल शुक्ल की ओर से आमंत्रित किया था। पूरे शहर में निमंत्रण पत्र भी बाँटे गए। ताँगे में लाउडस्पीकर लगाकर पूरे शहर में घुमाया गया। यानी सारा बन्दोबस्त चाक-चौबन्द था।

उद्घाटन के दिन नागरिकों ने पूरे नगर को महोत्सव के रूप में सजाया। सारे दुकानदारों ने भी अपनी-अपनी दुकानों को अपनी तरह सजाया था। यहाँ तक कि सड़कें भी सजाई गई थीं जैसे सड़कों पर गालीचा बिछा हो।

निर्धारित समय पर अपनी खुली हुई बड़ी कार फुलवारी की तरह सजाकर आनन्दीलाल उपकुलपति निवास पर पहुँचे। कार ड्राइवर ही चला रहा था। आनन्दीलाल ने आश्चर्यचकित होकर देखा कि हरिकेसरी हाथ में फूलों की एक मोटी माला लिये पोर्च पर खड़े हैं। वो घबराहट में गिरते-पड़ते बब्बा के पास पहुँचकर साष्टांग लेट गए। हरिकेसरी के इशारे पर दो आदमियों ने उन्हें पकड़कर उठाया। एक बार फिर आश्चर्यचकित हुए आनन्दीलाल जब उन्होंने महसूस किया कि वे पोर्च के नीचे फ़र्श पर नहीं, बल्कि लाल कालीन पर लेटे हुए हैं। वे बब्बा के पैरों से लिपट गए।

बब्बा हँस पड़े और बोले—

"मैं जानता था तुम मुझे देखकर ऐसी ही मूर्खता करोगे। इसलिए यह गलीचा पहले से बिछा रखा था।"

आनन्दीलाल को माला पहनाते हुए फिर कहा—

"आज का दिन, तुम्हारा दिन है, इसलिए तुम्हारा सूर्ख कालीन स्वागत—रेड कारपेट वेलकम के साथ पुष्पहार अभिनन्दन भी किया गया।"

"अभिनन्दन नहीं आशीर्वाद कहिए।"

आनन्दीलाल इधर-उधर कुछ खोजते हुए बोले—म्युनिसिपल हाईस्कूल के चेयरमेन श्याम कलेवर सेठियाजी नहीं नज़र आ रहे हैं। वे आज के आयोजन के ख़ास आयोजक हैं। मैंने उनसे बब्बा के आवास पर पहुँचने के लिए कहा था। तभी एक कार आकर रुकी और सेठियाजी चलते हुए बब्बा के पास पहुँचे और उन्हें चरण स्पर्श किया। "माफ़ कीजिए थोड़ी देर हो गई।" आनन्दीलाल ने सेठियाजी को गले लगाया और कहा "सेठियाजी! आप तो सीधे म्युनिसिपल हाईस्कूल पहुँचिए।" फिर धीरे से कान में बोले—मेरी कार में जहाँ आपको बैठना था वहाँ बब्बा बैठ गए हैं। सेठियाजी हँसते हुए बोले—"मैं बब्बा के स्वागत के लिए स्कूल भवन पहुँचता हूँ।"

"तुरन्त चलो समय हो रहा है।"

कार का दरवाज़ा खोलकर आनन्दीलाल खड़े हो गए। बब्बा ने पूछा—

"तुम कहाँ बैठोगे?"

"मैं तो बब्बा आपका सारथी हूँ इसलिए स्टियरिंग पर बैठूँगा।"

"तो फिर मैं तुम्हारे बगल की सीट पर बैठूँगा। आज तुम्हारा दिन है इसलिए तुम्हारे बगल में बैठने से मेरा महत्त्व बढ़ेगा।"

शरमाकर आनन्दीलाल बब्बा को अपने बगल की सीट पर बिठाकर खुद स्टियरिंग पर बैठते हुए बोले—

"आप भी बब्बा, अचानक ऐसी बात कह देते हैं कि हमारे रोंगटे खड़े हो जाते हैं।"

बब्बा ने जोसेफ से कहा—

"तुम फौरन सर्किट हाउस फ़ोन करके कलेक्टर टंडन को यह सूचना दो कि हम रवाना हो गए हैं और सीधे सर्किट हाउस पहुँच रहे हैं। यह भी कन्फर्म करो कि म्युनिसिपल हाईस्कूल के चेयरमेन सेठिया सर्किट हाउस पहुँच गए हैं।"

सर्किट हाउस में केन्द्रीय मंत्री और मुख्यमंत्री तैयार खड़े थे। आनन्दीलाल ने उनके चरण स्पर्श किये और उन्हें पीछे की सीट पर बिठाया। बैठने के पहले दोनों ने हरिकेसरी को कार से नहीं उतरने दिया और उनके साथ हाथ मिलाया।

केन्द्रीय मंत्री बोल पड़े—

"आनन्दीलालजी आप कार ड्राइव करेंगे?"

"जी हाँ, मंत्री महोदय, जब कार में बब्बा बैठे होते हैं तो कार रथ बन जाती है और हम इनके सारथी।"

बब्बा ने चुटकी ली—

"आनन्दीलाल मेरे कृष्ण भगवान हैं, मैं तो इनका अर्जुन हूँ।"

केन्द्रीय मंत्री बोले—

"हरिकेसरी जी यदि आप अर्जुन हैं तो हम दोनों युधिष्ठिर, भीम तो नहीं बन सकते। हाँ नकुल, सहदेव बन सकते हैं।"

आनन्दीलाल शर्मिन्दा होकर बोले—

"हमारे बब्बा हमारी मिट्टी पलीत किये बिना मानते नहीं हैं।"

मुख्यमंत्री हँसकर बोले—

"आनन्दीलालजी ये भूल जाते हैं कि आप विश्व के सर्वश्रेष्ठ वकील से बात कर रहे हैं। एक बार मैं भी इनके चक्कर में फँस चुका हूँ।"

"जी हाँ, मुख्यमंत्रीजी। मैं अपने शब्द वापस लेता हूँ। मैं तो बस कार ड्राइव कर रहा हूँ।"

"लेकिन आनन्दीलाल, बातों-बातों में तुम सीधे म्युनिसिपल स्कूल नहीं जा रहे हो।"

"आपने ठीक कहा बब्बा, हम हरिपुर की परिक्रमा करके निर्धारित समय पर स्कूल पहुँचेंगे, क्योंकि जुलूस वाले दिन हम जहाँ नहीं जा सके हैं, आज वहाँ से होकर जाएँगे—ख़ासकर सदर बाज़ार और बड़ा बाज़ार।"

सदर बाज़ार पहुँचते-पहुँचते माज़रा समझ में आ गया। सड़क के दोनों तरफ़ पंक्तिबद्ध लोग खड़े हैं, पुष्पवर्षा कर रहे हैं और जय-जयकार कर रहे हैं। हरिबब्बा की जय, केसरी बब्बा की जय, हरिकेसरी ज़िन्दाबाद के नारे से अभिनन्दन चल रहा है।

जब बड़े बाज़ार की ओर से कार तीन बत्ती पहुँची वहाँ तीन बत्ती से मस्ज़िद तक हज़ारों लोग खड़े थे। जय-जयकार के नारों से गगन गूँज उठा। कार म्युनिसिपल भवन के सामने रुकी। पहले आनन्दीलाल उतरे। चारों तरफ़ लाउडस्पीकर लगे थे। आनन्दीलाल के हाथ में माइक दिया गया। आनन्दीलाल ने प्रार्थना की—

"भाइयो और बहनो, आपसे मेरा करजोड़ निवेदन है कि आप जहाँ खड़े हैं, वहीं खड़े रहें। जब बब्बा, केन्द्रीय मंत्री और मुख्यमंत्रीजी भवन पर लगी नामपट्टिका उद्घाटन करके भवन की दाहिनी तरफ़ से मैदान पर बने ऑडिटोरियम के मंच पर पहुँच जाएँ तब आप भवन की बाईं ओर से ऑडिटोरियम में प्रवेश करें ताकि किसी प्रकार की अव्यवस्था न हो।"

लोग ख़ामोशी से ख़ड़े रहे।

सेठियाजी ने माला पहनाकर तीनों का स्वागत किया और आनन्दीलाल को भी माला पहना दी। बब्बा बोले—"यह आपने ठीक किया। आज तो माला के असली हक़दार आनन्दीलाल हैं।"

भवन के पास पहुँचकर हरिकेसरी ने दोनों अतिथियों से निवेदन किया—

"माननीय केन्द्रीय मंत्री एवं माननीय मुख्यमंत्री से मैं बुन्देला विश्वविद्यालय के उपकुलपति की हैसियत से निवेदन करता हूँ कि आप दोनों महानुभावों अपने करकमलों से नामपट्टिका का उद्घाटन करें।"

तुरन्त दोनों महानुभावों ने कहा—

"बब्बा, आप ऐसा क्यों कह रहे हैं। आपके रहते हम भला उद्घाटन कैसे कर सकते हैं?"

हरिकेसरी बोले—

"आप दोनों महानुभावों को इस महोत्सव के अतिथि के रूप में आमंत्रित किया गया है। अतिथि देवो भव। भला देवताओं की उपस्थिति में एक स्थानीय मनुष्य कैसे कुछ भी कर सकता है।"

मुख्यमंत्री हँस पड़े—

"माननीय मंत्रीजी हमने पहले ही कहा था कि विश्व के सर्वश्रेष्ठ वकील के सामने कुछ भी कहना निरर्थक है। आइए हरिकेसरीजी की वरद् आशीर्वादी उपस्थिति में हम उद्घाटन की रस्म अदायगी कर दें।"

आनन्दीलाल ने दोनों अतिथियों के हाथ में रेशमी डोर के दो छोर दे दिये। उन दोनों ने डोर खींची और नामपट्टिका पर से आवरण हट गया जिस पर लिखा था—

डॉ. हरिकेसरी कला, वाणिज्य, विधि स्नातकोत्तर महाविद्यालय
म्युनिसिपल हाईस्कूल
हरिपुर (बुन्देलखंड)

ऑडिटोरियम के मंच पर विराजमान अतिथियों और सेठियाजी का हार-फूल से और अपने वक्तव्य से आनन्दीलाल ने स्वागत किया। महाविद्यालय के नामकरण की गाथा दोहराई। लोगों ने हज़ारों कंठ से हरिकेसरी बब्बा की जय के नारे लगाए।

अपने वक्तव्य के अन्त में आनन्दीलाल बोले—

"अब मैं बुन्देला विश्वविद्यालय के उपकुलपतिजी से करजोड़ प्रार्थना करता हूँ कि बब्बा अब डॉ. हरिकेसरी कला, वाणिज्य, विधि स्नातकोत्तर महाविद्यालय के शुभारम्भ और महाविद्यालय के प्राचार्य के शुभनाम की—यानी दोनों की घोषणा करें।"

बब्बा माइक के सामने आए और बोले—

"अभी-अभी म्युनिसिपल चेयरमेन श्रीयुत आनन्दीलाल शुक्ल जी ने जिस कला, वाणिज्य, विधि स्नातकोत्तर महाविद्यालय का नामोच्चार किया था—

तुरन्त हज़ारों कंठ से प्रतिवाद उठा—

"नहीं, बब्बा ऐसे नहीं। आप महाविद्यालय का नामोच्चार कीजिए।"

बब्बा मुस्कराए और बोले—

"जनता जनार्दन की आज्ञा शिरोधार्य करता हूँ। महाविद्यालय के नामोच्चार का एक नया आइडिया आया है। हमें विश्वास है कि आप सबको अवश्य पसन्द आएगा। मैं जैसे ही अपने हाथ से इशारा करूँ ठीक उसी समय मेरे नामोच्चार के साथ आप सब हज़ारों कंठ से नामोच्चार कीजिए...।"

पूरी भीड़ ने एक साथ कहा—"हमें मंजूर है।"

बब्बा ने हाथ उठाया और उसी क्षण हज़ार कंठों से गगनभेदी आवाज़ उठी—

"डॉ. हरिकेसरी कला, वाणिज्य, विधि स्नातकोत्तर महाविद्यालय के शुभारम्भ की घोषणा करता हूँ।"

आनन्दीलाल ने अचानक एक और माइक हाथ में ले ली और बोले—

"मुझे बेहद ख़ुशी है कि हज़ार कंठों से डॉ. हरिकेसरी कला, वाणिज्य, विधि स्नातकोत्तर के शुभारम्भ की घोषणा हमारे अतिथिद्वय माननीय केन्द्रीय मंत्रीजी एवं मुख्यमंत्रीजी तथा सेठियाजी की वरद् उपस्थिति में विधिवत् हो गई। मगर एक बात सार्वजनिक रूप से कहना चाहता हूँ कि हज़ार कंठों से जो शुभ नामोच्चार हुआ इस नामोच्चार में बब्बा ने विधिवत् घोषणा तो की मगर प्रारम्भिक नामोच्चार के समय मौन रहे।"

अतिथिद्वय हँस पड़े साथ में हज़ारों लोग उस हँसी में शामिल हुए।

बब्बा बोले—मेरा लाडला बेटा आनन्दीलाल मेरा नामोच्चार सुनने के लिए बहुत

आतुर है। चलिए हज़ारों की उपस्थिति में मैं अपने बेटे की इच्छा पूरी करता हूँ—

"मेरा नाम है—डॉ. हरिकेसरी। (फिर आनन्दीलाल की ओर देखकर बोले—"अब तो ख़ुश।")

आनन्दीलाल ने मंच पर ही बब्बा को साष्टांग दंडवत किया।

हरिकेसरी हँसकर बोले—

"मेरा यह बेटा तो बिल्कुल पागल है। चलो उठो, मुझे दूसरी घोषणा करनी है।"

कुछेक क्षण तब बब्बा मौन रहकर बोले—

"मैं बुन्देला विश्वविद्यालय के उपकुलपति की हैसियत से आनन्दीलाल के द्वारा संस्थापित महाविद्यालय के प्रथम प्राचार्य के रूप में श्रीयुत शंकरदत्त चतुर्वेदी के शुभनाम की घोषणा करता हूँ।"

ख़ूब हँसी के फव्वारे फूटे और तालियाँ बजीं। फिर बब्बा बोले—

"मंच पर पधारिए शंकरदत्त चतुर्वेदीजी।"

शंकरदत्त मंच पर आकर बब्बा के चरणों से लिपट कर रोने लगे।

हज़ार कंठों से शंकरदत्त चतुर्वेदी के जयकार के नारे उठे।

शंकरदत्त ने स्वयं को सँभाला, उन्होंने नतमस्तक होकर दोनों अतिथियों एवं सेठियाजी का हाथ जोड़कर अभिवादन किया। तीनों ने हाथ उठाकर आशीर्वाद दिया फिर तीनों का सम्भाषण हुआ। तीनों ने आनन्दीलाल और शंकरदत्त की भूरि-भूरि प्रशंसा की।

शंकरदत्त ने आभार प्रदर्शन करते हुए तीनों अतिथियों और आनन्दीलाल तथा समस्त हरिपुरवासियों की प्रशंसा की और अन्त में बोले—

अन्त में, मैं डॉ. हरिकेसरी बब्बा की वाक्चातुर्य के सम्मान में उन्हें नतशिर प्रणाम करता हूँ। हज़ारों लोगों की हँसी और तालियों के साथ सभा विसर्जित हुई।

बाहर निकलते ही सन्तनराय दद्दू ने आनन्दीलाल का हाथ पकड़ लिया और बोले—"काय भज्जा, मूनिसिपाल्टी के राजा कटारे। आप तो आज के कारजक्रम में हम सबको भूल गए। कित्ता सानदार कारजकरम रहा।"

साप्ताहिक अंगारा, यों तो साप्ताहिक ही छपता था, किन्तु उसे 'दैनिक' नाम दिये बिना, इन दिनों वो रोज़ सुबह हरिपुरवासियों के अनेक के घरों पर दस्तक देता था। शहर के तयशुदा नुक्कड़ों पर तो हाथोंहाथ बिकता ही था, हज़ारों की संख्या में। अंगारा का दफ़्तर, यों तो उसी भवन में था, किन्तु एक हॉल और जुड़ गया था, साथ ही एक बड़ी मशीन भी लग गई थी। अब्दुला दीवाना और रामभरोसे की आर्थिक स्थिति भी सुधर गई थी। अब अब्दुला खुद मशीन नहीं चलाता था। दो नये कर्मचारी मशीन चलाने के लिए आ गए थे। रामभरोसे के पास कार आ गई थी। अब्दुला ने भी

कार ख़रीद ली थी, लेकिन लाख कोशिशों के बाद भी उसे चलाना सीख नहीं पाया। खोजी तिलकधारी अंगारा का रिपोर्टर तो था ही, अब अब्दुला की कार भी चलाता था।

हरिपुर की सूरत भी बदल रही थी। दुकानें बड़ी हो रही थीं। सड़कें चौड़ी तो हो रही थीं। अधिकतर सीमेंट-कांक्रीट की बन गई थीं। अब हरिपुर महागाँव नहीं रहा, उसका शहरीकरण तेज़ी से हो रहा था। हरिकेसरी बब्बा क्या आए हरिपुर में, बुन्देला विश्वविद्यालय तो ले ही आए; शहर की गहमागहमी बढ़ गई। ढेरों विद्वान्, वैज्ञानिक, साहित्यकारों के लगभग रोज़ाना आगमन से हरिपुर अब बड़ी चर्चानगरी बन गई।

शहर से दूर बुन्देला विश्वविद्यालय और शहर के बीचोबीच डॉ. हरिकेसरी कला, वाणिज्य, विधि स्नातकोत्तर महाविद्यालय की स्थापना से हरिपुर की रौनक में चार, आठ, बारह, सोलह न जाने कितने चाँद लग गए।

हरिपुरवासी हर सुबह अंगारा का मुखपृष्ठ पढ़ने के लिए आतुर रहते थे। किसी न किसी सनसनी की आदत-सी बन गई थी, लेकिन इस सनसनी में किसी बुरे समान्तर की गन्दगी नहीं होती थी। हाँ, अक्सर चौंका देता था अचानक समाचार।

हाल ही में मुखपृष्ठ में ख़बर छपी—

"कौन आया आधी रात को।"

रात के ठीक बारह बजे, एक बन्द काली गाड़ी में कौन पहुँचा सपरिवार अपने बँगले पर और पहुँचते ही चार फ़ोन खटकाए। जब आज का अंगारा उनके हाथ में पहुँचेगा उस समय चारों, बँगले के मालिक के साथ सुबह का नाश्ता-चाय ले रहे होंगे। रात को ही नाश्ते का मीनू तय हो गया था—ऑरेंज जूस, फ्रूट साल्ट, बटर चीज़ टोस्ट, ऑमलेट, चिकन सॉसेजेस और कॉफ़ी।"

सुबह पौने पाँच बजे हरिकेसरी बब्बा का फ़ोन बज उठा। बब्बा ने खुद फ़ोन उठाया—"हाँ, बेटा लल्ला, कल रात को बाँके बिहारी सपरिवार अपने बँगले पर पहुँच गए। उन्होंने चारों वकीलों को तुरन्त फ़ोन किया और आज सुबह नौ बजे बाँके बिहारी के बँगले पर वो नाश्ता करेंगे...।"

उधर से खोजी तिलकधारी की आवाज़ आई—

"अरे बब्बा, इत्ती सुबह आपके पास अंगारा पहुँच गया?"

"वो जो बालक है विश्वविद्यालय का प्रथम विद्यार्थी ललनप्रसाद वर्मा, वही दे जाता है।"

"बब्बा, आप तो ख़बर के पीछे की ख़बर भी जानते हैं।"

"अब मैं मॉर्निंग वॉक के लिए निकलता हूँ।"

"बब्बा, लॉन पर दोनों चतुर्वेदी बन्धु आपकी प्रतीक्षा कर रहे हैं।"

हँस पड़े हरिकेसरी—

"तू बहुत दुष्ट है, लल्ला। मेरे घर की ख़बर भी रखते हो।"

अचानक थकावट-सी महसूस हुई हरिकेसरी को। वे सोफा पर बैठ गए और बोले—"जोसेफ, दोनों चतुर्वेदी बन्धुओं को अन्दर भेज दो।"

जोसेफ दौड़कर बाहर निकला और उल्टे पाँव चतुर्वेदी बन्धुओं के साथ अन्दर आया और चिन्तित स्वर में बोला—"बब्बा, सुबह-सुबह कभी बैठते नहीं हैं।"

बब्बा हँस पड़े और बोले—

"ये जोसेफ भी...।"

चतुर्वेदी बन्धु बब्बा के पाँव छूकर, उनके पाँव के पास फ़र्श पर ही बैठ गए—

बब्बा थोड़ी दबी आवाज़ में बोले—

"यह क्या पागलपन है। तुम दोनों फ़र्श पर क्यों बैठ गए?"

शंकरदत्त बोले—

"फ़र्श पर कहाँ बब्बा, हम तो कालीन पर बैठे हैं।"

"चलो, चलो उठो, मेरे बगल में सोफे पर बैठो। मैं तो दो देवताओं के बीच में बैठूँगा। एक तरफ़ शंकर, दूसरी तरफ़ विष्णु। मगर मैं ब्रह्मा नहीं हूँ। मैं तो हरिया हूँ बाबूजी मुझे हरिया ही कहते थे। नंगे बदन, नंगे पैरों हरिपुर की गलियों में दौड़ता धूल-धूसरित हरिया।"

बब्बा की आँखों में चमक भर गई। दोनों बन्धु तुरन्त बब्बा के बगल में बैठ गए। बब्बा ने अपने दोनों हाथ बढ़ाए। दोनों भाइयों ने बब्बा के दोनों हाथ थाम लिये। हाथ ठंडे हो रहे थे।

बब्बा हँसकर बोले—

"घबराओ मत, हाथ भले ही ठंडे हो गए हों, मगर पाँव गरम हैं। अभी तो बहुत दूर चलना है। अभी पाइपिंग हॉट सूप पी लूँगा तो हाथ भी गरम हो जाएँगे, शरीर भी। सुबह-सुबह सूप का मज़ा ही कुछ और है। एक बार आजमा तो लो।"

जोसेफ तीन ग्लास सूप लेकर आ गया—बियर ग्लास। बब्बा बोले—

"इन ग्लासों को बियर ग्लास कहते हैं। तुम दोनों को तो यह सब पता ही नहीं होगा। टोटल टी टॉटलर हो—कभी बियर तक नहीं पी। मैं तो हर रात को डिनर के पहले एक पेग स्कॉच पीता हूँ।"

शंकर बोले—

"जी हाँ, पता है। रसोइया से कहते हैं—दवा ले आओ।"

बब्बा हँस पड़े। दोनों भाइयों ने साथ दिया। बब्बा बोले—

"तुम दोनों दुष्ट तो हमारे किचन तक की ख़बर रखते हो।"

सूप पीते हुए विष्णु बोले—

"बब्बा, यह सूप तो लाज़वाब है। सारे ग्रीन वेजिटेबल्स के कतरे दाँतों के बीच जब आते हैं तो उन्हें होल्ड करने का मज़ा ही अलौकिक है।"

बब्बा बोल पड़े—

"अच्छा एक़दम अलौकिक।"

और तीनों हँस पड़े।

बातें, और बातें, बातों पर बातें। नाश्ता भी हो गया। दो दौर कॉफ़ी के हो गए। मगर बातों का सिलसिला ख़त्म होने का नाम ही नहीं ले रहा था। बातें न तो विश्वविद्यालय की, न महाविद्यालय की और न हरिपुर की। बब्बा के पास तो बातचीत के लिए विषयों की भरमार थी। मगर विष्णु उन्हें उलझाए रहे उनके कोर्ट केसेस पर। बब्बा का भी यह मोस्ट फेवरिट टॉपिक था। बब्बा का उत्साह देखते बनता था। वो जो थकावट थी सुबह-सुबह, वो ऐसी काफूर हुई कि बब्बा बोल पड़े—

"तुम दोनों जादूगर हो। बातों ने ऐसा जादू किया कि नाउ आय कैन इन अ फ़ाइल।"

उसी समय टेलीफ़ोन की घंटी बजी, तीनों की नज़रें घड़ी पर गई। अरे, सुबह के साढ़े दस बजे रहे हैं। क़रीब छह घंटे गुज़र गए और हमें पता ही नहीं चला।"

बब्बा ने टेलीफ़ोन उठाया—"यस मिस्टर सेठिया, व्हाट न्यूज़?"

सेठिया बोले—"बब्बा हम आपसे मिलना चाहते हैं?"

"मोस्ट वेलकम! लेकिन कब?"

"अगर आपको दिक़्क़त न हो तो अभी।"

"अभी मेरे पास शंकरदत्त और विष्णुदत्त चतुर्वेदी बैठे हैं।"

"यह तो और अच्छी बात है, अगर आप डिस्टर्ब न हों।"

"नॉट एट ऑल। यू कैन कम डाउन एनी मोमेंट।"

फिर बब्बा बोले—

"चलो हम तीनों ऑफ़िस में बैठते हैं।"

सेठिया हाथ में टोकरी लिये अपने ड्राइवर के साथ हरिकेसरी के आवासीय कार्यालय में दाख़िल हुए। कमरा अमरूद की ख़ुशबू से भर गया।

विष्णु बोल पड़े—

"ये तो इलाहाबाद के ख़ास खुसरो बाग़ के अमरूद हैं।"

"ये आपने अच्छा किया सेठियाजी कि अमरूद ले जाए। मैं तो खाऊँगा ही, अपने स्टॉफ और फैमिली को बहुत दिनों से मैंने कोई गिफ़्ट नहीं दिया है।"

बब्बा के अर्दली ने टोकरी ड्राइवर के हाथ से ले ली और अन्दर चला गया।

"चाय-नाश्ते का प्रबन्ध करो।"

सेठिया बोले—"थैंक्स बब्बा, मैं नाश्ता करके आया हूँ।"

बब्बा बोले—"चाय तो फिर भी चलेगी। हाँ, सेठियाजी, कैसे आना हुआ?"

"एक ख़ुशख़बरी है। इलाहाबाद से मेरे एक दोस्त आए हैं—डॉ. पुष्पेश सिंह सोलंकी। बरेली कॉलेज में प्रोफ़ेसर हैं।"

शंकर बोल पड़े—

"मगर उनका सही परिचय यह है कि वे हिन्दी के अत्यन्त लोकप्रिय कवि हैं।"

सेठिया ने बात ज़ारी रखा—

"शंकरदत्त जी, आप स्वयं कवि, गीतकार हैं इसलिए उन्हें पहचानते हैं। हाँ, जो न्यौता मैं देने के लिए आया हूँ—वो यही है कि म्युनिसिपल हाईस्कूल की ओर से आज शाम को पुष्पेशजी के काव्यपाठ का आयोजन म्युनिसिपल मैदान में रखा गया है। बब्बा, आपसे करजोड़ प्रार्थना है कि आप इस आयोजन की अध्यक्षता करें।"

"सेठियाजी, मैं कवि सम्मेलनों—काव्य गोष्ठियों की अध्यक्षता नहीं करता। श्रोताओं की पिछली पंक्तियों में बैठकर कविता का रसास्वादन करता हूँ। यों भी आज ऑफ़िस में कुछ ज़्यादा काम है, क्योंकि आज कुलसचिव बाँके बिहारी छुट्टी से लौटकर ड्यूटी ज्वॉयन करेंगे।"

"बब्बा, आपसे इतना निवेदन है कि काव्यपाठ कार्यक्रम का शुभारम्भ कर दें।"

"मुझे ऑफ़िस से निकलने में देर होगी। इसलिए आप तो काव्यपाठ शुरू कर दीजिए, मैं चुपचाप आकर पीछे बैठ जाऊँगा।"

"जैसी आपकी आज्ञा। शंकरदत्त जी आप तो मंच पर बैठेंगे और आप दोनों कवियों की जुगलबन्दी चलती रहेगी।"

"नहीं सेठियाजी, पुष्पेशजी के एकल काव्यपाठ के आयोजन का आनन्द ही अलग होगा। मैं कार्यक्रम में उपस्थित ज़रूर रहूँगा।"

विष्णुदत्त बोले—"मैं तो पूरे कार्यक्रम में उपस्थित रहूँगा। मैं पुष्पेशजी से ख़ूब परिचित हूँ।"

सेठियाजी उठ खड़े हुए—"तो बब्बा, आज्ञा दें।"

बब्बा बोले—"तो चाय उधार रही। हमें भी ऑफ़िस जाना है।"

सेठिया के प्रस्थान के बाद दोनों भाई भी उठ खड़े हुए।

बब्बा ने पूछा—तुम दोनों कैसे खड़े हो गए?"

उसी समय अर्दली चाय लेकर हाज़िर हो गया।

बब्बा ने बात ज़ारी रखी—"अभी तो इत्मीनान से चाय पिएँगे। आज तो हम बोहेमियन हो गए हैं। असमय कॉफ़ी-चाय पीने का आनन्द ही अलग है। घड़ी के काँटे सी ज़िन्दगी जीते-जीते अघा गया हूँ। पंक्चुअलिटी के पीछे भागता रहा। आज तो तुम दोनों भी हमारे साथ बोहेमियन होने का मज़ा लो। आज मैं बहुत ख़ुश हूँ।"

शंकरदत्त बोले—

"बब्बा, आज पहली बार आपका यह नया रूप देखा, लेकिन बब्बा, आज कुलसचिव बाँके बिहारी छुट्टी से लौट रहे हैं।"

"यस यस, यू आर राइट। मुझे थोड़ी देर के लिए ऑफ़िस तो जाना पड़ेगा।"

चाय ख़त्म होते ही बब्बा खड़े हो गए।

"ओ.के. बॉयज। शाम को मिलते हैं। "

फिर उन्होंने अपने पी.ए. को कुछ निर्देश दिये और बोले—"डू इट अर्जेंटली एंड फास्ट। "

दोनों भाई बाहर आ गए। चलते-चलते शंकर बोला—

"आज बब्बा की तबीयत ठीक नहीं है वरना सुबह-सुबह छह बजे वेस्ट करना बब्बा की आदत नहीं है। उनके साथ ऑफ़िस तो नहीं जाऊँगा। मगर उन पर नज़र रहूँगा। तुम सीधे विश्वविद्यालय जाओ और शाम को सेठियाजी के कार्यक्रम में। मैं तो बब्बा के साथ उनके अनजाने ही लगा रहूँगा। आनन्दीलालजी को भी बुला लेता हूँ। मैं विश्वविद्यालय ऑफ़िस जाता हूँ।"

हरिकेसरी अपने ऑफ़िस में बैठकर, अपनी आदत के अनुसार, अख़बार पढ़ रहे थे। अचानक ऑफ़िस का चिक उठाकर बाँके बिहारी धड़धड़ाते हुए बिना पूछे आकर सीधे सामने वाली कुर्सी पर बैठ गए। हरिकेसरी अख़बार परे रखकर कुछ बोलने को हुए कि बाँके बिहारी बोल पड़े—

"मिस्टर वाइसचांसलर सर, आज आप नहीं बोलेंगे। सिर्फ़ मैं बोलूँगा। मैंने अपनी ज्वायनिंग रिपोर्ट ऑफ़िस में भेज दी है जिसमें मैंने आपके द्वारा मुझसे किये गए अन्याय के कच्चे चिट्ठा का खुलासा किया है और मैं अपनी मर्ज़ी से छुट्टी ले रहा हूँ, क्योंकि मेरे कॉलेज के ज़माने के दोस्त डॉ. पुष्पेशसिंह सोलंकी हरिपुर आए हुए हैं। उन्हें सेठियाजी ने मेरे कहने पर आमंत्रित किया है। वे मेरे बँगले पर ही ठहरेंगे। मैं सारा दिन उनके साथ ही गुज़ारूँगा।"

"और जाते-जाते मैं आपसे वादा करता हूँ कि आपके दोनों चहेते चतुर्वेदी बन्धुओं को भी उनकी औक़ात बता दूँगा।"

बब्बा बिना आवाज़ ऊँची किये बोले—

"हाउ कुड यू डेयर टॉकिंग टु मी लाइक दिस।"

"ज़्यादा अंग्रेज़ी मत झाड़, बुड्ढे। ख़ैर, माना कि मैं तेरे मोटे बदन को हाथ नहीं लगा रहा हूँ, वरना कुर्सी पर बैठा-बैठा ही ढेर हो जाता।"

हरिकेसरी ने ज़ोरों से घंटी बजाते हुए ऊँची आवाज़ में कहा—

"बदतमीज़। तुम होश में नहीं हो।"

घंटी की आवाज़ और बब्बा की ऊँची आवाज़ सुनकर दो चपरासी और दो पी.ए. भागते हुए अन्दर आए। अचानक पैंतरा बदलकर बाँके बिहारी झुककर हाथ जोड़े हुए नाटकीय ढंग से रुआँसी आवाज़ में बोले—

"बब्बा, मैं तो आपको बार-बार कह रहा हूँ कि आप शान्त हो जाइए वरना आपकी तबीयत ख़राब हो जाएगी।"

बाँके बिहारी भागकर आए कर्मचारियों से बोले—

"भैया, बब्बा को सँभालो। अगर मेरे कारण बब्बा को कष्ट हो रहा है तो भैया मैं चला जाता हूँ। मैं तो भैया, 15 दिन की छुट्टी से लौटकर बब्बा के पाँव छूने आया था। मुझे क्या मालूम कि मुझे देखते ही बब्बा भड़क जाएँगे।"

अचानक हरिकेसरी का मुड बदल गया। एक़दम चिन्तायुक्त। फिर पी.ए. से पूछा—

"क्यों बेटा, सब इन्तज़ाम ठीक हैं?"

पी.ए. ने झुककर कहा—'यस सर, आप अभी चल सकते हैं।"

हँसकर बोले हरिकेसरी—

"आइए बाँके बिहारी जी।"

बाँके बिहारी ने चौंककर पूछा—"कहाँ सर?"

हरिकेसरी फिर हँसे—"आप घबरा क्यों रहे हैं?"

उपकुलपति कक्ष के बगल में ही मीटिंग हॉल में हरिकेसरी ने बाँके बिहारी के साथ प्रवेश किया।

मीटिंग हॉल में सत्तनराय दद्दू, पीताम्बर शास्त्री, लियाकत अली, क्रान्तिवीर लाल, रामभरोसे और अब्दुला दीवाना के साथ चारों वकील भी हाज़िर थे।

हरिकेसरी हर एक का नाम लेते हुए बोले—

"आप सबका इस मीटिंग में पहली बार हार्दिक स्वागत करता हूँ। आप लोगों ने शायद बहुत दिनों से फ़िल्म नहीं देखी होगी। क्या आप देखना चाहेंगे?"

सबने कहा—जी हाँ, ज़रूर।

हॉल में अँधेरा हो गया। स्क्रीन पर फ़िल्म शुरू हुई।

बुन्देला विश्वविद्यालय के उपकुलपति कक्ष का पैनिंग शॉट।

अपनी कुर्सी पर बैठे हरिकेसरी अख़बार पढ़ रहे हैं। अचानक ऑफ़िस का चिक उठाकर धड़धड़ाते हुए कुलसचिव बाँके बिहारी प्रवेश करते हैं। जो दृश्य अभी थोड़ी देर पहले घटित हुआ था, वह पूरा का पूरा संवादों सहित दिखाया जाता है जिसमें आख़िरी संवाद बाँके बिहारी बोले—"मुझे क्या मालूम था कि मुझे देखते ही बब्बा भड़क जाएँगे।"

फ़िल्म समाप्त होती है और रोशनी जलती है।

हरिकेसरी बोले—"यह मूवी एंड टॉकी कैमरा उपकुलपति कक्ष में फिट है। इसे मैं इंग्लैंड से लाया था और इंग्लैंड के टेक्नीशियन ने उसकी फिटिंग की है। कहिए, कैसे लगी फ़िल्म?"

क्रान्तिवीर लाल ग़ुस्से में कसमसाता बाँके बिहारी की ओर दौड़ा मगर सिक्यूरिटी

वाले ने उसको दबोच लिया। क्रान्तिवीर चिल्लाने लगा—

"का कई बाँके बिहारी ने—ज़्यादा अंग्रेज़ी मत झाड़।"

हमाय पुरखों से प्यारे बब्बा को बुड्ढे बोले।

सेठिया उठ खड़े हुए और बोले—

"हम सबकी एक ही राय है—मिस्टर बाँके बिहारी को कुलसचिव पद से आज अभी हम सबके सामने डिसमिस किया जाए।"

हरिकेसरी ने वहीं बैठे सबके सामने बाँके बिहारी का डिसमिसल ऑर्डर डिक्टेट किया। टाइप किया हुआ डिसमिसल ऑर्डर हरिकेसरी ने हस्ताक्षर किये और वहीं सबके सामने बाँके बिहारी को ऑर्डर थमाया गया सील सिक्के के साथ।

बाँके बिहारी डिसमिसल ऑर्डर अपने क्रीम कोट में रखकर मीटिंग हॉल से बिना कुछ कहे चल दिया।

बब्बा बोले—"आप सबको धन्यवाद। आपके आने का लाभ, मुझे विश्वास है विश्वविद्यालय को मिलेगा। बस, एक आदेश समझे या निवेदन कि इस बैठक में जो कुछ हुआ, उसकी कहीं भी किसी प्रकार की चर्चा नहीं की जाए ख़ासकर अंगारा में बिल्कुल नहीं। मतलब यह कि बात इस कमरे से बाहर न जाए। अब बैठक समाप्त की जाती है।" कहकर बब्बा चल दिये और सीधे कार में बैठकर घर चले गए।

बाक़ी सब चकित बैठे रह गए। आख़िर दद्दू बोले—

"जे का हो गओ। बब्बा बिना कछु कहे चलते भये।"

उसी समय शंकरदत्त अन्दर आए। सबका अभिवादन कर बोले—

"बब्बा सुबह से स्वस्थ नहीं हैं।"

दद्दू बोल पड़े—"तो हम सब चलें उनखों देखने के वास्ते।"

'नहीं दद्दू, उन्हें आराम करने दें। हम सब अपने-अपने घर चलें। सेठियाजी आप निश्चिन्त रहें। आपके कार्यक्रम का शुभारम्भ बब्बा ही करेंगे, लेकिन ज़्यादा देर ठहरेंगे नहीं।"

म्युनिसिपल हाईस्कूल मैदान में सजावट अच्छी थी, किन्तु निर्धारित समय तक मुश्किल से सौ लोग श्रोताओं में बैठे थे। जब आनन्दीलाल और शंकरदत्त के साथ हरिकेसरी पहुँचे तब उनके स्वागत में वे सभी खड़े थे जो आज दिन को उपकुलपति के कार्यक्रम के मीटिंग हॉल में मौजूद थे। विष्णुदत्त भी हाज़िर थे, किन्तु अतिथि कवि डॉ. पुष्पेशसिंह सोलंकी नहीं आए थे। सेठिया ने अपने विश्वसनीय को बाँके बिहारी के बँगले पर भेज रखा था जहाँ पुष्पेशजी ठहरे थे। सेठियाजी ने बब्बा को मंच पर बैठने के लिए ऐसा मनुहार किया बब्बा अकेले मंच पर बैठ गए। उन्होंने ज़िद करके आनन्दीलाल को अपने पास मंच पर बिठा लिया।

जैसे ही हरिपुर में ख़बर फैली कि बब्बा अतिथि कवि के इन्तज़ार में मंच पर अकेले बैठे हैं, जो जहाँ था काम छोड़कर भागा और थोड़ी देर में ही मैदान में लगी सभी कुर्सियाँ भर गईं और आसपास पीछे सैकड़ों लोग खड़े हो गए। यानी मैदान खचाखच भर गया।

सेठिया के आदमी ने लौटकर ख़बर दी कि बाँके बिहारी के बँगले पर ताला लगा हुआ है और चौकीदार ने बताया कि बाँके बिहारी अपने अतिथि और परिवार को लेकर खजुराहो चले गए हैं और रात्रि विश्राम वहीं करेंगे। कल शाम तक हरिपुर पहुँचेंगे। यह ख़बर क्रान्तिवीर लाल ने भी सुन ली। वो ख़ुशी से उछलता मंच पर चढ़ गया। उसने बब्बा के पाँव छुए और माइक के सामने खड़ा हो गया और उसने बब्बा के जयकार के नारे लगवाए और बोला—"आज तो हम जी भर बब्बा को सुनेंगे। बब्बा बोल उठे—

"आज की शाम तो कविता के नाम पर लिख दी गई है। कविता सुने बिना मैं नहीं बोलूँगा।"

अचानक भीड़ ने नारा लगाना शुरू किया—"शंकरदत्त—शंकरदत्त—शंकरदत्त।"

बब्बा ने हाथ उठाकर सबको शान्त किया और बोले—

"शंकरदत्त माइक पर आएँ।"

शंकरदत्त माइक पर आ गए। पूरी भीड़ ने खड़े होकर तालियों से उनका स्वागत किया। अचानक सेठिया ने मंच पर पहुँच कर पहली माला हरिकेसरी को पहनाई और दूसरी माला शंकरदत्त को। "ये आप क्या कर रहे हैं?" कहते हुए माला उतारने की कोशिश की।

बब्बा ने रोका—

"नहीं शंकर तुम माला नहीं उतारोगे। माला पहने-पहने ही कविता सुनाओगे।"

"जैसी आज्ञा, बब्बा। लेकिन मुझे पहले कुछ कहना है," कह कर शंकर ने तीन मालाएँ उठा लीं। एक माला बब्बा को, दूसरी माला सेठिया को और तीसरी माला आनन्दीलाल को पहनाई। ख़ूब तालियाँ बजीं और फिर नारा उठा—"शंकरदत्त-शंकरदत्त-शंकरदत्त।"

शंकर ने हाथ उठाकर भीड़ को शान्त किया और बोला—

'सुनाता हूँ, भाई, सुनाता हूँ, लेकिन मेरी एक शर्त है। मैं सिर्फ़ एक गीत सुनाऊँगा। उसके बाद बब्बा अपनी अंग्रेज़ी कविता सुनाएँगे और जी खोलकर बोलेंगे।"

बब्बा बोले—"शर्त मंजूर है। मैं कविता भी सुनाऊँगा और जी खोलकर बोलूँगा।"

शंकरदत्त बोले—

"मुझे तो आजकल सिर्फ़ एक ही गीत याद रहता है।"

और उन्होंने बुन्देला विश्वविद्यालय का कुलगान शुरू किया। बब्बा उठ खड़े हुए। भीड़ भी खड़ी हो गई। बब्बा कुलगान गाने लगे। भीड़ भी समवेत स्वर में गा

रही थी। स्कूल के बाहर सड़क पर ट्राफिक जाम हो गया और जो जहाँ पर खड़ा था, कुल गान गा रहा था। ताँगे वाले भी। बब्बा की आँखों से बरबस आँसू बह रहे थे। पूरी भीड़ रो रही थी। मगर कुलगान चल रहा था। कुलगान समाप्त होते ही शंकरदत्त फफककर रो पड़े।

बब्बा ने गला साफ़ किया और उल्लास में भरकर बोले—

"सेठिया जी, पन्द्रह मिनट का विश्राम और विश्राम के समय गला गर्म करने के लिए रूसिया होटल की गरमागरम चाय।"

हंगामा मच गया। चाय के लिए दौड़-धूप शुरू हो गई। बब्बा के साथ एक-एक घूँट चाय पूरी भीड़ ने पी। क्रान्तिवीर लाल बोले—ये चाय नहीं है, बब्बा का प्रसाद है।"

सेठिया ने घोषणा की—

"जिसे सुनने के लिए हमारे कान हाथी के कान बन गए हैं अब उसे सुनने का ऐतिहासिक अवसर आ गया है। अब हमारे प्राणों से प्यारे हरिकेसरी बब्बा हमें अपनी अंग्रेज़ी कविता सुनाएँगे।

हरिकेसरी माइक के सामने खड़े हुए और बोल उठे—

"मेरे प्यारे हरिपुर के लाड़ले बच्चो, यों खड़े होकर कविता सुनने-सुनाने में वो बात नहीं बनती है, जो बननी चाहिए। मेरे अच्छे बेटे श्याम कलेवर ने, क्यों सेठिया बेटे, यही तुम्हारा नाम है न?"

"हाँ बब्बा।"

"अब देखें न सेठिया जी या मिस्टर सेठिया कहने पर एक दूरी बनी रहती है। इसलिए मैं अपने किसी लाड़ले को सर नाम से नहीं, बल्कि पहले नाम से बुलाना पसन्द करता हूँ जैसे खरे को गोपीकृष्ण, गोस्वामी को मुरली मनोहर और दुबे को इन्द्रजीत। क्यों बेटे, मैंने ठीक-ठीक नाम बोला न?"

चारों ने एक स्वर में कहा—"बहुत सही, बब्बा।"

बब्बा ने बोलना ज़ारी रखा।

"तो मैं कह रहा था कि मेरे अच्छे बेटे श्याम कलेवर ने मंच पर इतना सुन्दर गलीचा बिछाया है तो क्यों न उस गलीचे पर बैठकर कविता सुनाई जाए।"

शंकर बोल पड़े—

"लेकिन बब्बा, इस तरह पालथी मारकर बहुत देर बैठने पर आपको तकलीफ होगी?"

हरिकेसरी हँस पड़े—

"जब बेटा बाप बन जाता है तो यही होता है। बस टोकाटोकी शुरू—ये करो, वो न करो। क्यों बच्चों ठीक है न, मैं बैठकर सुनाऊँ?"

पूरी भीड़ एक साथ—"हाँ, बब्बा।"

हरिकेसरी शंकर से बोले—

"बापजी, अब आप भी मेरे साथ बैठ जाइए।"

भीड़ ने ठहाका लगाया। शर्मसार होकर शंकर बैठ गए।

"तो बच्चो, एक मिनट के लिए मैं ध्यान लगा लूँ ताकि मैं अपनी कविता याद कर सकूँ।"

बब्बा ने आँखें बन्द कर लीं। भीड़ में सुई पटक सन्नाटा छा गया। कुछ क्षणों के बाद बब्बा का काव्य पाठ शुरू हुआ—

एक झील की कथा कहता हूँ।
और यह भी कहता हूँ—
इसे सिर्फ़ झील समझने की
भूल मत करना।
इसके नीचे
बहुत नीचे
तलस्पर्शी गहराई में
एक समन्दर लहराता है।
यह मीठे पानी का समन्दर
उछाले नहीं मारता।
किसी अनजाने संगीत के सुरों को
बाँधकर अपनी लहरीली उर्मियों के
पैरों में घुँघरू बनकर
ताल देती लहरों पर
नर्तन करता है।
इसे कोई देख नहीं सकता।
आख़िर देखे तो कैसे
यह पाताल समन्दर तो ओझल रहता है,
तिरोहित सरस्वती की तरह।
इसे सिर्फ़ मैं देख सकता हूँ
मुझे झील का वरदान मिला है।
कहना मुमकिन नहीं है
कब कैसा होगा
झील का मन मौसम
इसीलिए तो
कभी तो सदाबहार मनमौजी

अठखेलियाँ करती है झील
और
कभी कभी ऐसा भी होता है
झील जब बेहद बेचैन हो उठती है।
और आश्चर्य
अपनी तलस्पर्शी अन्नदात्री से
नाता तोड़ देती है झील
पूरी की पूरी
अपनी ज़मीन छोड़कर
शून्य में झूलने लगती है।
झील के पनीले स्पर्श से छूटी ज़मीन
सूखने लगती है।
झील के पनीले दबाव से मुक्त
ज़मीन गर्माने लगती है
और आग पकड लेती है
ना-ना,
पीली नहीं होती
इस आग की लपटें
नीली होती है
ब्लू फ्लेम
नीचे कठोर ज़मीन
ऊपर शून्य में झूलती झील
और बीच में नीली आग।
गरमाने लगता है
झील का पानी
और बस उबलने लगता है
झील की सतह पर
उठने लगती है भाप।
गहराती हुई भाप
धुएँ में तब्दील हो जाती है।
पृथ्वी और आकाश के बीच
गहराता धुआँ
मेघ बनकर
बरस पड़ता है।

झील की सतह पर।
झील का उबलता पानी
ठंडाने लगता है।
और आहिस्ता-आहिस्ता
बैठने लगती है झील
और फिर जस की तस
पकड़ लेती है अपनी ज़मीन।

अरे!
तुम किस बहकावे में आ गए?
दिल खोलकर हँसो।

झील का यह नाटक
महज़ एक सपना था
गहरी नींद में।

अब सुनो तुम सब
सच्चाई की बात
अपनी खुली आँख के सपने का सच।
हमारे तुम्हारे, हम सबके
हरिपुर की उर्वरा धरती पर
सपने उगते हैं
पनपते हैं
और पनपते हैं
और और पनपते हैं
और देखते-देखते
वटवृक्ष बन जाता है।
इस सपने का नाम है
बुन्देला विश्वविद्यालय।
यह किसी वयोवृद्ध
हरिकेसरी का सपना नहीं है।
यह उस बालक हरिया का सपना है
जो हरिपुर की गलियों में
नंगे बदन, नंगे पैरों दौड़कर

धूल धूसरित होता रहा।
इस धूल में बड़ी शक्ति है।
इसे गुलाल जैसा अपने माथे पर लगाओ।

इसलिए कहता हूँ
मेरे बच्चो!
सपने देखो।
सुबह-दोपहर-शाम-रात
सपने देखो।
ना-ना,
आँखें मूँदकर नहीं।
खुली आँखों से देखे गए सपने ही तो
ऐसे सपने हैं
जिन्हे तुम उतार सकते हो
धरती पर।
सपने ही तो ऐसे ज़िद्दी होते हैं
जो सोने नहीं देते।
आँखें मूँदे नींद की गफलत में
सोते हुए
जो सपना दीखता है,
वो सपन नहीं होता
छलावा होता है।

आँखें खोलो।
क्यों आँख मूँदकर बैठे हो।
मैं तुम्हारी आँखों में
सपनों के काजल की कालिख
नहीं लगाना चाहता।
तुम्हारी खुली आँखों में मैं
लेपना चाहता हूँ चन्दन
उजला धुला चन्दन।

जिन्हें पैदा किया है मैंने
घिस घिसकर।

जितना घिसोगे
उतनी ही मोटी परत होगी
चन्दन की
जानते हो!
एक दिन ऐसा आएगा
जब घिसना नहीं पड़ेगा चन्दन
खुद-ब-खुब उतर आएगा चन्दन
खुली आँखों के सपने पर।
बस,
खुली रखो आँखों को
और देखो सपने।
फिर आएगा ऐसा सपना
जब बन जाएँगी आँखें ही सपना।

आँखें सपना
सपना आँखें!

बब्बा ख़ामोश हो गए। जनता इतनी मंत्रमुग्ध बैठी रह गई कि ताली बजाना भूल गई। अचानक हँसकर बब्बा बोल पड़े—"अरे, तुमने तालियाँ नहीं बजाईं।"

तुरन्त होश में आकर जनता ताली बजाती हुई खड़ी हो गई और बजती रहीं तालियाँ बड़ी देर तक। बब्बा ने हाथ उठाया। सन्नाटे की चादर तन गई।

बब्बा ने खड़े होकर अपने दोनों हाथ उठाए फिर बोले—

"ख़ुश रहो अहले वतन, हम तो सफ़र करते हैं।"

शंकर बोल पड़े—"कोई सफ़र नहीं। अभी बहुत देर है।"

"अरे, शंकर बेटा, हम खड़े तो हो गए। अब अगर चलेंगे नहीं तो तुम्हारे कमरे पर पहुँचेंगे कैसे? मैं तो इसी सफ़र की बात कर रहा हूँ। प्राचार्य महोदय, चलिए आपका कक्ष देखना चाहते हैं।"

प्राचार्य के कक्ष पर पहुँचकर बब्बा ने शंकर का हाथ पकड़ा और उसे प्राचार्य की कुर्सी पर बिठाया।

बब्बा ने जेब से डायरी निकाली और उसका छोटा पृष्ठ शंकर की ओर बढ़ाया—

"मिस्टर प्रिंसिपल सर, ऑटोग्राफ़ प्लीज़।"

शंकर खड़े हो गए और बोले—

"ये आप क्या कर रहे हैं, सर?"

"तुम्हारे हस्ताक्षर लूँगा और उसके नीचे प्राचार्य की सील लगाऊँगा। मेरे

पर्सनल रिकॉर्ड के लिए। प्राचार्य के सील-सिक्के से सजी डायरी को बब्बा जेब में रखने लगे तो डायरी हाथ से छूट गई और बब्बा धम्म से पास रखी कुर्सी पर बैठ गए और बोले—

"डोंट वरी। आय ऐम ओ.के.।"

बब्बा खड़े होने लगे तो उनके पैर लड़खड़ाए और वे बैठ गए।

शंकर एम्बुलेंस के लिए फ़ोन करने लगे तो आनन्दीलाल ने रोका—

"एम्बुलेंस जितनी देर में यहाँ पहुँचेगी, उतनी देर में हम अस्पताल पहुँच जाएँगे।"

बब्बा सख़्ती से बोले—

"नहीं मैं अस्पताल नहीं जाऊँगा।"

स्कूल के पास अगले भवन में डॉ. शिलाकारी बैठते थे।

"मैं अभी आया" कहकर क्रान्तिवीर लाल भागे और डॉ. शिलाकारी के दवाख़ाने से स्ट्रेचर उठा लाए।

बब्बा को स्ट्रेचर में लिटाकर म्यूनिसिपालिटी की बड़ी गाड़ी में बब्बा को सुला दिया गया। सरकारी अस्पताल में सिविल सर्जन को फ़ोन कर दिया गया। वे चिकित्सा की पूरी तैयारी के साथ अस्पताल के सामने नर्स को साथ लेकर खड़े थे। रास्ते में ही सिविल सर्जन ने बब्बा का परीक्षण कर इंजेक्शन लगा दिया और बब्बा को चियरअप करने के लिए बोले—

"हरिकेसरी बब्बा इज़ वेरी यंग।"

हरिकेसरी ने नर्स की ओर देखा वो नादान लड़की थी।

बब्बा ने नर्स से पूछा—"आर यू मैरेड, यंग लेडी।"

नर्स ने हँसकर कहा—"यस सर।"

बब्बा बोले—डॉक्टर साहब, आप कह रहे हैं, मैं यंग हूँ, लेकिन क्या फायदा? मैं मैरेड लेडी से शादी तो नहीं कर सकता।"

उपकुलपति आवास पहुँचते ही हरिकेसरी बोल पड़े—"मेरे लिए कुर्सी मँगवाएँ। मुझे जोसेफ और अर्दली सीधे बाथरूम ले जाएँगे।" अर्दली और जोसेफ बाबा को कुर्सी में बिठाकर बाथरूम ले जाने लगे तो सिविल सर्जन साथ हो लिये। बब्बा ने पूछा—"डॉक्टर साहब आप क्यों?" शंकर तुरन्त बोल पड़े—"बब्बा, प्लीज़ जैसा डॉक्टर साहब चाहते हैं, उन्हें करने दीजिए।" बब्बा मुस्कराए—"ओ.के."। थोड़ी देर बाद बाथरूम से निपटकर बब्बा कुर्सी पर से बेडरूम आ गए और उन्हें बिस्तर पर लिटाया। अर्दली दौड़ता आया और उनके जूते उतारने लगा। बब्बा ने टोका—"जूते मत उतारो मेरे। आय वांट टु रिमेन विद माय बूट्स ऑन।"

सिविल सर्जन ने पूछा—

"बब्बा, आपका शर्ट तो उतार दें और सिर से गोल्फ कैप उतार दें।"

"नो-नो डॉक्टर, गोल्फ कैप तो मेरी पहचान है।"

"आपके शर्ट के गले का बटन खोलकर टाई थोड़ी ढीली कर दें?"

"ओ.के.। मगर भूलना नहीं डॉक्टर। बाद में उसे फिर टाइट कर देना। आय मस्ट ऍपियर वेल ड्रेस्ड।"

डॉक्टर को रोना आ गया। उन्होंने बड़ी मुश्किल से अपना चेहरा छिपाया।

बब्बा बोले—"तुम सब थोड़ा सो लो। मैं भी सोऊँगा। लाइट बन्द करके नाइट लाइट जला दें। गुडनाइट फ्रेंड्स। सुबह मिलते हैं।"

फिर फुसफुसाए—

"गुड बॉय, ऑल ऑफ यू।"

बब्बा बुदबदाने लगे—

"...बस, खुली रखो आँखों को...और सपने देखो...आँखें ही बन जाएँगी सपना..आँखें...सपना...सपना...आँखें...।

झील की सतह तरंगहीन शान्त हो गई। पानी का कोई रंग नहीं होता। मगर जब समूचा आकाश उतर आया झील की सतह पर तब पानी का रंग हो गया आकाशी। घिरती रात के साए में, आकाश जो उतरा झील की सतह पर तो पानी में तारे कभी जलते, कभी बूझते रहे...जलते...बूझते...जलते...बूझते तारे सहसा बुझकर विलीन हो गए। आकाश काला हो गया और यह कालिमा पसर गई पूरी झील पर।

रात भर दो मशीनों पर 'अंगारा' छपता रहा। ज़ार-ज़ार रो रहे थे अब्दुला दीवाना और छाप भी रहे थे। रामभरोसे ने दो हज़ार विद्यार्थी इकट्ठे कर लिये थे। सारे के सारे विद्यार्थी बोखलाए-से रो रहे थे और इन्तज़ार कर रहे थे 'अंगारा' का। रामभरोसे उनके सिरों पर हाथ फेर रहे थे। सुबह होने को थी। अब्दुला चीख़-चीख़ कर रोते हुए चिल्ला रहे थे—ले जाओ रे अंगारा। छप गया सारा का सारा। पलक झपकते दो हज़ार विद्यार्थियों ने अंगारा इकट्ठा किया और अपनी-अपनी साइकिलों पर लादकर भागे। हर घर में 'अंगारा' बम फूटा हुआ था। मगर घर के अन्दर आर्तनाद। जो जहाँ जिस हालत में था घर से भागा। किसी घर में ताला तक नहीं लगा और किसी भी दुकान का ताला नहीं खुला। हर सड़क की मंजिल थी हरिकेसरी बब्बा का घर। कोई कार नहीं, बाइक नहीं, ताँगा नहीं, साइकिलें भी नहीं। सबके सब पैदल। किसी को भी होश नहीं था। न जूते, न सैंडल, न चप्पल। सब पैदल नंगे पैरों। उपकुलपति आवास के सामने भीड़, भीड़ और भीड़ जो हर पल बढ़ती ही जा रही थी।

घर के बाहर माइक पर थे आनन्दीलाल। रोते भी जा रहे थे और बोलते भी जा रहे थे—"लाइन लगाकर अन्दर जाइए। बब्बा का अन्तिम दर्शन।"

कैसा था अनोखा अनुशासन कि लाइन जा रही थी। बब्बा के अन्तिम दर्शन के बाद लाइन लौट रही थी और ठहरी हुई भीड़ के समुन्दर में समा जाती थी।

पूरी की पूरी भीड़ अपनी जगह से बब्बा के बिस्तर की परिक्रमा कर वहीं से हिल नहीं रही थी।

अचानक माइक पर कलेक्टर टंडन आ गए और उन्होंने मुख्यमंत्रीजी का संदेश पढ़ा—"भाइयो-बहनो! मुख्यमंत्रीजी के आदेश से मैं आकर संदेश पढ़ रहा हूँ।"

"बुन्देला विश्वविद्यालय के संस्थापक उपकुलपति डॉ. हरिकेसरी के देहावसान का हमें अकथनीय दुख है। दुख की इस घड़ी में यह घोषणा करता हूँ कि आज पूरे प्रदेश में अवकाश रहेगा। इसलिए समस्त हरिपुरवासियों से मेरा यह निवेदन है कि आप भी डॉ. हरिकेसरी की दुखद मृत्यु का शोक मनाने के लिए अपने-अपने घर जाइए। डॉ. हरिकेसरीजी का पावन शव, उनकी लिखित इच्छा के अनुसार हरिपुर के श्मशान में चिता को अर्पित नहीं होगा, बल्कि उनके द्वारा बुन्देला विश्वविद्यालय के निर्धारित स्थल पर, उन्हीं के द्वारा पूर्व में ही निर्मित करवाए गए चबूतरे पर सजाकर उनका पावन शव चिता को अर्पित होगा। उनकी शवयात्रा उनके आवास से जीप पर उनकी देह फूलों के बिस्तर पर रखी जाएगी। इसी जीप के पीछे कारों का काफिला जाएगा जिसमें केवल बुन्देला विश्वविद्यालय के कुछ चुने हुए शिक्षक, कुछ अधिकारी शामिल होंगे। कलेक्टर टंडन प्रदेश शासन के प्रतिनिधि की हैसियत से प्रदेश शासन की ओर से डॉ. हरिकेसरी का अन्तिम संस्कार करेंगे।

यह संदेश पढ़कर टंडन बोले—

"अब यह सभा बर्खास्त की जाती है। आप सब अपने-अपने घर जाइए।"

अचानक गला फाड़कर रोते परकोटा वाले पंडित जी पागलों जैसे बौखलाए—माइक वाला दौड़कर उनके पास माइक ले गया—

"अरे ओ लाट साहेब की औलाद, तू होता कौन है हरिपुरवालों और हमाय प्रानों से पियारे बब्बा के बीच आने वारो। हरिपुर वालों पे फरमान जारी करत है। तुमाओ फरमान ठेंगे पे। बब्बा की शवयात्रा जीप में नई निकालो जइहे। हमाय बब्बा चार कन्धों पर सवार हरिपुर की वैसी ही परीकरमा करहें जैंसे जुलूस के दिन करे हते। जे जुलूस पूरे हरिपुर की परीकरमा करके वोई चबूतरा पे पहुँच हे जो बब्बा ने तय करो है। बब्बा के बब्बा हमाय बब्बा के जजमाने हते अउर हरिकेसरी बब्बा हमाय जजमान हैं। हम उनके कुल के पुरोहित हैं। हमैं ने उनके हरिपुर आगमन पर उनके माथे पे टीका काड़ो है। हमउ टीका काड़ के उनखों बिदा करहें। सुन लेव सब जने बब्बा अपने घर से पहले जिन चार कन्धों पर सवार हुइए—वे हैं पयले लम्बर के शंकरदत्त चतुर्वेदी माट्साब, दूसरे लम्बर में विष्णु भइया, तीसरे लम्बर पे हरिपुर के रईस आनन्दीलाल शुकुल अउर चौथा कन्धा म्हारो हुइए। आगे-आगे काली हाँडी लैके चलहें—बब्बा के खानदान के कारिन्दा संतन राय दद्दू। मुखाग्नि अउर अन्तिम संस्कार भी दद्दू कर दें। चलते जुलूस में चाहे जो कन्धा बदल ले।"

इतना कहकर पंडित जी उपकुलपति आवास में घूस गए और पंडित जी द्वारा

निर्धारत चार कन्धों पर सवार होकर बब्बा की अन्तिम यात्रा शुरू हुई। भीड़ ने बब्बा की सवारी के लिए जगह बनाई। सबसे आगे हाँडी लेकर दद्दू और उनके पीछे चार कन्धों पर सवार होकर हरिकेसरी बब्बा। चार-चार की पंक्ति में जुलूस बन गया। कैसा था ग़ज़ब का अनुशासन। अन्तिम यात्रा कैंट होकर गोपालगंज होते हुए पूरे रास्ते चार कन्धे निरन्तर बदलते रहे, मगर किसी प्रकार की कोई अव्यवस्था नहीं हुई। बब्बा के जीप वाले जुलूस के रास्ते पर बढ़ती जा रही थी। हरिपुर की सम्पूर्ण परिक्रमा कर बुन्देला विश्वविद्यालय में अन्तिम संस्कार के लिए निर्धारित स्थान पर पहुँचने में देर शाम हो गई। वहाँ मुख्यमंत्री कुछेक मंत्रियों और अफसरों के साथ खड़े थे। बब्बा की देह को सजी हुई चिता पर रखने के पूर्व आगे बढ़कर मुख्यमंत्री और उनके साथ के मंत्रीगणों ने शव को कन्धा दिया। चिता पर हरिकेसरी की दिव्य देह को रखने के लिए पहले चार कन्धों ने पुनः कन्धा दिया।

चिता के लिए निर्धारित स्थान और पूरे विश्वविद्यालय परिसर में रोशनी जगमगा उठी। जैसे ही संतन राय दद्दू ने मुखाग्नि की पूरी भीड़ आर्तनाद कर उठी। चिता धू-धू कर जलने लगी।

चिता से दूर एक मंच बना हुआ था। इतनी दूर कि उस मंच तक चिता की तपिश न पहुँचे। इस मंच पर एक माइक भी लगी थी और दूर-दूर तक स्पीकर्स लगे हुए थे ताकि एक मील तक आवाज़ पहुँच सके।

अचानक मंच पर एक महिला आँसू पोंछती प्रकट हुई और हज़ारों श्रोताओं को नमस्कार कर बैठ गई। माइक भी नीचे उतार दी गई। महिला सिसक भी रही थी और गा भी रही थी महात्मा गाँधी के प्रिय भजन। अद्भुत था यह गायन जिसमें रुदन तो था, किन्तु रागरागिनी-लय-ताल-स्वर में मिश्री घुली। कहीं कोई व्यवधान नहीं। श्रोता मंत्र-मुग्ध। भजन समाप्त होते ही वो महिला उठ खड़ी हुई और बोली—

"मैं हेमलता रस्तोगी, बब्बा के विश्वविद्यालय में संगीत विभाग का कामकाज करती हूँ।"

वो आँसू पोंछती दौड़ती हुई श्रोताओं की भीड़ में समा गई।

भीड़ में से ही एक ऊँचा-पूरा सुदर्श व्यक्ति उठा और माइक के पास पहुँचा और बोलना शुरू किया—

"हरिकेसरी बब्बा के लाड़ले हरिपुरवासियो, मैं आपके लिए ऐसा अभागा अजनबी हूँ जो पहली बार हरिपुर आया इस महान् धरती की मिट्टी के गुलाल को माथे पर लगाने के लिए और सिर्फ़ बब्बा के दर्शन के लिए, लेकिन हतभागा और पापी मैं ऐसा दुर्भाग्य लेकर आया कि मैंने प्रथम तथा अन्तिम दर्शन लिये काठ के बिछौने पर चिर निद्रा में तल्लीन हम सबके पूजनीय, लाड़ले, देवता समान बब्बा के।"

फफककर रोते-रोते अजनबी बोला—

"माफ़ी चाहता हूँ मैं अपने को सँभाल नहीं पा रहा हूँ। मैं इस योग्य हूँ ही नहीं कि अपना परिचय दूँ। एक मामूली मास्टर हूँ। बरेली कॉलेज के हिन्दी विभाग का प्रोफ़ेसर। मेरा अदना सा नाम है—पुष्पेश सिंह सोलंकी।"

फिर जो उन्होंने बोलना शुरू किया तो ऐसा समाँ बाँधा कि हज़ारों लोग सुई पटक सन्नाटे में मंत्र-मुग्ध सुनते रहे। ऐसा भाषण आज तक किसी ने नहीं सुना था। थके-हारे, रोते हुए हज़ारों लोग सब कुछ भूलकर सिर्फ़ भाषण सुनने में तल्लीन हो गए। वे एक घंटे तक बोले, मगर लगा नहीं कि इतना समय बीत गया। हरिपुरवासियों के लिए यह अनोखा भाषण यादगार बन गया। उनका पूरा का पूरा भाषण केवल हरिकेसरी बब्बा और बुन्देला विश्वविद्यालय पर केन्द्रित था। भाषा का ऐसा चमत्कारी जादू, नये-नये मुहावरों का प्रयोग, क़िस्सागोई भी और नाटकीयता भी। नाटकीयता भी ऐसी कि पता ही नहीं चला कि ऐसी भी हो सकती है नाटकीयता। अपने भाषण में उन्होंने डॉ. हरिकेसरी कला, वाणिज्य, विधि स्नातकोत्तर महाविद्यालय का ज़िक्र भी किया, मगर प्राचार्य शंकरदत्त चतुर्वेदी का नाम नहीं लिया। इस सन्दर्भ में एक आदर्श महाविद्यालय की अवधारणा का भी संकेत दिया। भाषण क्या था गद्य कविता थी जैसी आज तक किसी हरिपुरवासी ने नहीं सुनी थी।

इस भाषण के बाद मुख्यमंत्री बोलने के लिए खड़े हुए मगर इस भाषण के चमत्कार के आगे क्या बोलते, केवल श्रद्धांजलि का एक वाक्य बोलकर बैठ गए और सभा विसर्जित हो गई।

हरिपुर का जो अध्याय स्वर्णिम अक्षरों से अभी-अभी लिखा गया था, वो अध्याय आज हरिकेसरी के देहावसान के साथ समाप्त हो गया।

अब जो अगला अध्याय और आने वाले समस्त अध्याय लिखे जाने हैं, उनके पहले एक विषकुम्भक अवश्य आया यानी वर्तमान अध्याय और आगामी अध्याय के बीच का अन्तराल।

हरिकेसरी की मृत्यु से बुन्देला विश्वविद्यालय के उपकुलपति का जो स्थान रिक्त हुआ, उसे महासभा द्वारा निर्वाचन से भरा जाना था, लेकिन जब तक विधिवत् सम्पन्न होता तब तक के लिए नियमानुसार वरिष्ठतम संकायाध्यक्ष (डीन) के रूप में विष्णुदत्त चतुर्वेदी रेक्टर नियुक्त हुए।

सभी को यह ज्ञात था कि हरिकेसरी की यही अन्तिम इच्छा थी कि उनके बाद विष्णुदत्त चतुर्वेदी ही बुन्देला विश्वविद्यालय के उपकुलपति बनें। इसलिए जब कार्यवाहक उपकुलपति (रेक्टर) के रूप में विष्णुदत्त चतुर्वेदी ने बुन्देला विश्वविद्यालय की बागडोर सँभाली तब सभी आश्वस्त थे कि कुछ माह पश्चात्

महासभा में सम्पन्न होने वाला चुनाव मात्र औपचारिकता है और विष्णुदत्त चतुर्वेदी आगामी उपकुलपति बनेंगे।

केसरी बब्बा की जलती चिता के समक्ष अश्रुपूरित नेत्रों से विष्णुदत्त ने जो संकल्प लिया था उसे चरितार्थ करने के लिए उन्होंने अंत्येष्ठि स्थल पर ही केसरी बब्बा की स्मारिक निर्माण का कार्यारम्भ किया और तेज़ी से संकल्प को अंजाम तक पहुँचाने में जुट गए।

इस बीच एक दिन अचानक कलेक्टर टंडन समाधि स्थल पर हाज़िर हो गए। विष्णु ने उनका स्वागत किया।

मगर कलेक्टर टंडन ने बेहद रूखेपन से पूछा—

"प्रोफ़ेसर चतुर्वेदी, आपने किससे पूछकर हरिकेसरीजी की समाधि निर्माण का निर्णय लिया?"

कुछ क्षणों तक विष्णुदत्त मौन रहे फिर बोले—

"मिस्टर कलेक्टर, मुझे आपके व्यवहार से अचरज होता है। आप निश्चय ही जानते होंगे कि कोई भी विश्वविद्यालय सरकारी नहीं होता स्वयं स्वायत्त होता है—टोटली ऑटोनॉमस। इसलिए अत्यन्त कृपापूर्वक आप विश्वविद्यालय के किसी भी मामले में हस्तक्षेप नहीं करने का कष्ट करें।"

"प्रोफ़ेसर साहब, मैं हस्तक्षेप नहीं कर रहा हूँ। मुख्यमंत्रीजी के आदेश से मैंने यह प्रश्न पूछा।"

"माननीय मुख्यमंत्रीजी जब भी मुझसे कोई भी प्रश्न पूछेंगे, मैं तुरन्त उत्तर दूँगा।"

"उन्होंने आदेश दिया है कि आप राजधानी में जाकर उनसे मिल लें।"

"मैं उनसे फ़ोन पर बात कर लूँगा।"

"मगर उन्होंने मुझे आदेश दिया है कि आपको साथ लेकर मैं मुख्यमंत्रीजी से राजधानी में मिलूँ।"

"श्रीमान् कलेक्टर महोदय, मैंने आपसे कहा न कि मैं माननीय मुख्यमंत्रीजी से फ़ोन पर बात कर लूँगा।"

"प्रोफ़ेसर साहब, आप मुख्यमंत्रीजी के आदेश का उल्लंघन कर रहे हैं।"

"कलेक्टर साहब, मैं जो कुछ कर रहा हूँ, पूरी ज़िम्मेदारी के साथ कर रहा हूँ। मैंने कभी किसी सक्षम अधिकारी को मुझे दिये गए किसी भी आदेश का उल्लंघन नहीं किया है। इसलिए आपसे मेरा यह विनम्र निवेदन है कि इस बात को यहीं ख़त्म करने की कृपा करें ताकि मैं तुरन्त समुचित कार्यवाही कर सकूँ।"

"यानी आप मुझे जाने के लिए कह रहे हैं।"

"प्लीज़ मिस्टर कलेक्टर, लेट अस एग्री टु एंड द कन्वरसेशन हियर एंड नाउ।"

"आय अंडरस्टैंड व्हाट यू वांट टू से।"

"थैंक यू।"

कलेक्टर टंडन तेज़ी से चले गए।

विष्णुदत्त तुरन्त अपने विभागाध्यक्ष वाले कक्ष में पहुँचे। वे रेक्टर होते हुए भी अभी उपकुलपति कक्ष में नहीं बैठे। अपने फिज़िक्स विभाग से ही विश्वविद्यालय का संचालन कर रहे थे। उन्होंने प्रादेशिक शासन के चीफ सेक्रेटरी से फ़ोन पर बातचीत की।

चीफ सेक्रेटरी बड़ी शालीनता से बोले—

"गुड डे प्रोफ़ेसर चतुर्वेदी। आपके रेक्टर बनने पर बधाई।"

"धन्यवाद चीफ सेक्रेटरी महोदय।"

"यह क्या प्रोफ़ेसर साहब आप मुझे मेरे डेज़िग्नेशन पर क्यों सम्बोधित कर रहे हैं? यू कैन कॉल मी, मेहरोत्रा।"

"थैंक यू मिस्टर मेहरोत्रा। सॉरी टु डिस्टर्ब यू।"

"नो प्रॉब्लम। यू कैन कॉल मी एनी टाइम। कहिए मैं क्या कर सकता हूँ?"

"हरिपुर के कलेक्टर..."

"ओह! ही मस्ट बी टंडन। डिड ही मिसबिहेव विद यू।"

"नॉट एक्ज़ेक्टली। वो मुझसे कह रहे थे कि माननीय मुख्यमंत्रीजी ने यह आदेश दिया है कि मैं तुरन्त उनके साथ राजधानी पहुँचूँ माननीय मुख्यमंत्रीजी से मिलने के लिए। उन्होंने मुझसे पूछा कि मैंने किससे पूछकर हरिकेसरीजी की समाधि निर्माण का निर्णय लिया। मैंने उन्हें समझाने की कोशिश की कि विश्वविद्यालय सरकारी संस्था नहीं, बल्कि ऑटोनोमस होती है।"

"एब्सोल्यूटली। यूनिवर्सिटीज़ ॲटोनॉमी इज़ वेल नोन।"

"बट मिस्टर टंडन डिनायड टु एग्री।"

"ओह, प्रोफ़ेसर चतुर्वेदी, आय फील सॉरी। दिस टंडन इज़ इनकॉरिजिबल।" आप चिन्ता मत कीजिए। मैं माननीय मुख्यमंत्रीजी से थोड़ी देर में आपकी बातचीत करवाता हूँ।"

थोड़ी ही देर में मुख्यमंत्री के पी.ए. का फ़ोन आया—

"नमस्ते रेक्टर साहब, माननीय मुख्यमंत्रीजी आपसे बात करेंगे।"

विष्णुदत्त ने तुरन्त फ़ोन पर मुख्यमंत्री का अभिवादन किया।

"मैं, विष्णुदत्त चतुर्वेदी, आपको नमस्कार करता हूँ।"

हँसते हुए मुख्यमंत्री बोले—

"नमस्कार प्रोफ़ेसर चतुर्वेदी, आपके विश्वविद्यालय के क्या हाल हैं?"

"क्या कहूँ, माननीय मुख्यमंत्रीजी, हम लोगों को केसरी बब्बा के बिना बहुत सूना-सूना लगता है। हम तो उनके बिना विश्वविद्यालय की कल्पना नहीं कर सकते।"

"आप सही फ़रमा रहे हैं। उन जैसे विश्वविख्यात विराट व्यक्तित्व की अनुपस्थिति भी उतनी ही विराट लगती है, लेकिन विश्वविद्यालय को तो उनके सपनों को साकार करना है और यह काम आप बहुत बख़ूबी कर रहे हैं। आप जैसे विद्वान् से मैं क्या कहूँ?"

"माननीय मुख्यमंत्रीजी, मैं आपसे कुछ निवेदन करना चाहता हूँ।"

"हाँ, हाँ, ज़रूर कीजिए। कहिए मैं आपके लिए क्या कर सकता हूँ?"

"हरिपुर के कलेक्टर टंडन साहब ने..."

"क्या टंडन ने कोई बदतमीज़ी की?"

"ऐसा मैं कैसे कह सकता हूँ। हाँ, मैंने ज़रूर उन्हें यह समझाने की कोशिश की कि कोई भी विश्वविद्यालय सरकारी संस्थान नहीं होता, बल्कि ऑटोनॉमस होता है।"

"बिल्कुल सही कहा आपने।"

"लेकिन कलेक्टर टंडन यह जानना चाहते थे कि मैंने किससे पूछकर हरिकेसरीजी की समाधि निर्माण का काम शुरू कर दिया?"

"अरे राम-राम, कितने ग़लत ढंग से टंडन बात करता है। उसे एक प्रख्यात विद्वान् की गरिमा का तनिक भी ख़याल नहीं। दरअसल केसरी बब्बा की समाधि के सम्बन्ध में मेरे कुछ विचार थे जो मैं आपसे शेयर करना चाहता हूँ।"

"आप जैसा कहें, माननीय मुख्यमंत्रीजी, मैं आपसे कब मिलने आ जाऊँ?"

"अरे नहीं प्रोफ़ेसर चतुर्वेदी। आप विश्वविद्यालय की व्यस्तता छोड़कर क्यों आएँ? मैं ही जल्दी हरिपुर आने का कार्यक्रम बनाता हूँ। यहाँ राजधानी में तो मैं बहुत व्यस्त रहता हूँ। हरिपुर में एकान्त मिलेगा तो शान्ति से आपके साथ विचार-विमर्श हो सकता है।"

"आपका स्वागत है। एक निवेदन विशेष रूप से करना चाहता हूँ।"

"हाँ, हाँ, ज़रूर कीजिए।"

"कलेक्टर टंडन, बहुत अच्छे प्रशासक हैं। हरिपुर के उन्नयन में उनका भारी योगदान है। वे मेरे भाईसाहब डॉ. शंकरदत्त चतुर्वेदी के शिष्य हैं, इसलिए उनके साथ हमारा सौहार्दपूर्ण पारिवारिक सम्बन्ध है। चूँकि वे नौजवान हैं इसलिए कभी-कभी उत्तेजनावश कुछ कह जाते हैं जिसका हम क़तई बुरा नहीं मानते। एक बात ज़रूर है वे आपके प्रति पूरी निष्ठा से, मन-वचन-कर्म से समर्पित हैं।

मुख्यमंत्री हँस पड़े—

"आप सचमुच बहुत भले आदमी हैं, प्रोफ़ेसर साहब। ज़ल्दी मिलते हैं।"

उसी शाम रईस आनन्दीलाल शंकर, विष्णु के घर पहुँचे। चाय पीते हुए आनन्दीलाल बोले—

"मैंने सुना कलेक्टर टंडन के साथ आपकी झड़प हो गई।"

विष्णु हँस पड़े—

"आनन्दीलालजी, आपके पास ऐसा कौन-सा बायनाकूलर है कि आप दूर तक की ख़बर रखते हैं।"

इसके बाद विष्णु ने तकलीफ से कलेक्टर, चीफ सेक्रेटरी और मुख्यमंत्री से पूरी बातचीत सुना दी। सब कुछ सुनने के बाद आनन्दीलाल बोले—

"विष्णुभाई, कलेक्टर टंडन तो हुकुम का गुलाम है। असली घाघ तो है मुख्यमंत्री। उन्होंने कोशिश की आपको घोपे में लेने की मगर आप तो हुकुम का इक्का हैं। अपने उसूलों के पक्के हैं। तो आपसे मिलने आ रहा है तुरूप का पत्ता लेकर। मगर उन्हें पता नहीं कि आपका खुला खेल इतना फौलादी है कि उसे कोई हिला नहीं सकता।"

अन्त में शंकर बोले—

"यही तो बात है कि हम दोनों भाइयों को दुनियादारी समझ में तो आती है मगर हम दुनियादारी की चाल नहीं चल सकते। हमारे बाबूजी के संस्कार अटल हैं।"

मुख्यमंत्री विश्वविद्यालय कार्यालय भवन पहुँचे। विष्णुदत्त ने आगे बढ़कर उनकी आगवानी की। विष्णु, मुख्यमंत्री को लेकर मीटिंग हॉल की तरफ़ बढ़े। उसके बगल में उपकुलपति कक्ष में ताला बन्द था। मुख्यमंत्री पूछ बैठे—

"प्रोफ़ेसर विष्णुदत्त चतुर्वेदी, यह क्या माज़रा है? उपकुलपति कक्ष में ताला क्यों बन्द है?"

विष्णुदत्त थोड़ा भावुक होकर बोले—

"जब हमारे केसरी बब्बा ही नहीं रहे तो उनका कार्यालय किसके लिए खुलता।"

"मगर प्रोफ़ेसर साहब आप विश्वविद्यालय के रेक्टर की हैसियत से प्रभारी उपकुलपति हैं। आपको इसी कक्ष में बैठना चाहिए।"

"मैं तो अपने फिज़िक्स विभाग के कक्ष में बैठता हूँ और कार्यालयीन कार्य के लिये मीटिंग हॉल में बैठक है। आज भी मैंने आपके लिए मीटिंग हॉल में ही बैठक व्यवस्था रखी है, आपकी गरिमा के अनुकूल। आइए, आपका स्वागत है।"

दोनों मीटिंग हॉल में दाख़िल हुए। लम्बी-चौड़ी मेज़ के एक सिरेपर दो ख़ूबसूरत कुर्सियाँ रखी थीं। इन कुर्सियों के पीछे हरिकेसरी का आदमक़द फ़ोटो लगा था। विष्णु फ़ोटो की तरफ़ बढ़े। मुख्यमंत्री भी साथ हो लिये। फ़ोटो के नीचे एक छोटी-सी मेज़ पर रखी ट्रे में गुलाब की पंखुड़ियों का ढेर था। फ़ोटो और ट्रे के बीच में जो खाली जगह थी वो खाली नहीं थी, उसमें पंखुड़ियों का ढेर था। दोनों ने एक के बाद एक फ़ोटो के नीचे श्रद्धांजलि अर्पित की।

मुख्यमंत्री मेज़ के सिरे पर लगी दो कुर्सियों में से एक पर बैठ गए। मेज़ के आगे क़लमदान और पैड रखा था और एक स्टेंड पर लिखा था—कुलपति। मगर बगल वाली जगह खाली है। मुख्यमंत्री की बाईं तरफ़ की कुर्सियाँ की क़तार की पहली कुर्सी पर विष्णु बैठ गए।

मुख्यमंत्री इतना ही बोले—

"रेक्टर साहब आप अपने इरादे के पक्के हैं।"

मुख्यमंत्री की मेज़ के सामने एक ख़ूबसूरत बॉक्स और एक ब्रीफकेस रखा था। उन दोनों पर नज़र पड़ी मुख्यमंत्री की। दोनों पर एक जैसी पंक्ति लिखी थी—

"इस पर जो सील लगी है, उसे केवल प्रोफ़ेसर विष्णुदत्त चतुर्वेदी खोलें और कोई नहीं।" इस पंक्ति के नीचे हरिकेसरी के हस्ताक्षर उपकुलपति के मोहर के साथ।

दोनों की सील टूटी हुई थी।

विष्णुदत्त ने पहले ब्रीफकेस खोला और उसमें एक नक्शा निकाला। नक्शे के बीच लिखा था—"बुन्देला विश्वविद्यालय की निर्धारित जगह पर हरिकेसरी की समाधि बनेगी, वो केवल प्रोफ़ेसर विष्णुदत्त की देख-रेख में बनेगी ताकि इस नक्शे में कोई फेरबदल, संशोधन अथवा परिवर्तन या परिवर्धन नहीं हो सके। बॉक्स में रखे मॉडल की तरह हूबहू।" इस पंक्ति के नीचे भी हरिकेसरी के हस्ताक्षर और उपकुलपति की मुहर लगी है और इस नक्शे को कचहरी में विधिवत् रजिस्टर किया हुआ था।

मुख्यमंत्री ने ध्यान से नक्शे को देखा। तुरन्त विष्णुदत्त ने बॉक्स खोला और उसके अन्दर से हरिकेसरी की समाधि का मॉडल निकाला। बेहद ख़ूबसूरत मॉडल देखकर मुख्यमंत्री चकित रह गए। उस पर भी हरिकेसरी के हस्ताक्षर और कचहरी का रजिस्ट्रेशन था।

अब एक फ़ाइल निकाली विष्णुदत्त ने जिसमें विष्णुदत्त के नाम एक पत्र था जिसमें विस्तार से समाधि के बारे में लिखा था। इस हिदायत के साथ कि इस समाधि के आसपास ख़ूबसूरत फुलवारी लगी हो और उसमें कौन-कौन से फूल लगे हों, इसका भी निर्देश था।

ये सभी सामग्री देखकर, मुख्यमंत्री जितने चकित थे, उतने ही निराश। सिर्फ़ इतना ही बोले—

"किसी साधारण व्यक्ति ने यह सब लिखा होता तो इतनी क़ानूनी बंदिशों के साथ नहीं लिखी होती। अब इस मामले में कोई हस्तक्षेप करना चाहे तो प्रोफ़ेसर चतुर्वेदी की रज़ामन्दी ज़रूरी है।"

विष्णुदत्त ने दृढ़तापूर्वक कहा—

"माननीय मुख्यमंत्रीजी, आप मुझे जो महत्त्व प्रदान कर रहे हैं, मैं उसके योग्य नहीं हूँ। मेरी क्या बिसात कि मैं बब्बा की वसीयत में हस्तक्षेप कर सकूँ। ये जो आपके सामने मेज़ पर रखी सामग्री है, उसे और कोई भी, कभी भी देख तक नहीं

पाएगा। यह तो हम सबके लिए पवित्र दस्तावेज़ है।"

मुख्यमंत्रीजी बोले—

"प्रोफ़ेसर चतुर्वेदी, आप बहुत भले आदमी हैं। मैं आपसे बहुत प्रभावित हूँ। मन की बात सिर्फ़ आपको बतला रहा हूँ। मैं चाहता था कि केसरी बब्बा की समाधि स्थल पर उनके चरणों के पास मैं बुन्देला विश्वविद्यालय के प्रथम कुलपति होने के नाते अपनी समाधि के साथ छोटा-सा स्थल सुरक्षित रखना चाहता था जिसे आप मेरी मृत्यु के बाद बनवा देते।"

विष्णुदत्त तुरन्त बोल पड़े—

"शुभ-शुभ बोलिये मुख्यमंत्रीजी। आप दीर्घायु होंगे।"

चाय पीते-पीते विष्णुदत्त ने फ़ाइल और मॉडल यथास्थान रखकर उसमें ताला बन्द कर दिया। संयुक्त कुलसचिव ने विष्णु के निर्देशानुसार दोनों तालों पर सील लगा दी और अपने पी.ए. को बुलाकर उसे सारी सामग्री सौंप दी।

विष्णुदत्त के पी.ए. सारी सामग्री थैली में भरकर कार्यालय भवन के बाहर बरामदे में आए और विष्णु की कार की ओर बढ़े। अचानक एक हट्टे-कट्टे अजनबी ने पीछे से विष्णु के पी.ए. को रूमाल सूँघाकर बेहोश कर दिया और वो अजनबी पी.ए. के हाथ से थैली छीनकर तेज़ क़दमों से बढ़ लिया। आश्चर्य! इस घटना को किसी ने नहीं देखा। अजनबी दस क़दम बढ़ा होगा कि बरामदे से लगे एक कमरे से चार हट्टे-कट्टे सुरक्षाकर्मी निकले और उन्होंने अजनबी को दबोच लिया। उनमें से एक सुरक्षाकर्मी अजनबी के हाथ से थैली छीनकर विष्णु की कार में जा बैठा फिर उसने विष्णु के पी.ए. को कार में डाला और स्वयं कार चलाकर दृष्टि से ओझल हो गया। अजनबी को बरामदे में ही छोड़कर शेष तीनों सुरक्षाकर्मी जिस कमरे से निकले थे, उसी कमरे में चले गए। उसी समय मुख्यमंत्री के पी.ए. और ड्राइवर तथा विष्णु के ड्राइवर अपनी-अपनी जगह पर प्रकट हुए। संयोगवश उसी समय मुख्यमंत्री और विष्णु बरामदे में आ गए। कलेक्टर टंडन भी संयुक्त कुलसचिव के कमरे से निकलकर बरामदे में आ गए। विष्णु ने मुख्यमंत्री को और कलेक्टर को विदा किया।

कलेक्टर की कार विश्वविद्यालय प्रवेश द्वार से बाहर निकली ही थी कि वही अजनबी कार के सामने प्रकट हुआ। कलेक्टर ने उसे कार की अगली सीट पर बिठा लिया।

एक महीने के अन्दर हरिकेसरी की समाधि तैयार हो गई। चूँकि समाधि की खुदाई शुरू होने के साथ-साथ उसके आसपास फुलवारी, लॉन और भव्य प्रवेशद्वार भी तैयार हो गए थे।

प्रवेशद्वार के दाहिने और बाएँ खम्भे के बाहर दो स्तम्भ बनाए गए थे जो केवल पाँच फीट ऊँचे थे और उन पर संगमरमर पर कुछ लिखा हुआ था। इस संगमरमर पर रेशमी कपड़ा ढँका था। दोनों स्तम्भों पर।

निर्धारित तिथि की घोषणा साप्ताहिक अंगारा के माध्यम से वे कर चुके थे। जब विश्वविद्यालय के प्रथम कुलपति, प्रदेश के माननीय मुख्यमंत्री समाधि पर प्रथम श्रद्धांजलि करेंगे। इस तिथि पर समाधि के आसपास और सामने हरिपुर निवासी भारी संख्या में उमड़ पड़े थे। समाधि के बगल में एक भव्य मंच बनाया गया था जैसा केसरी बब्बा की अन्त्येष्टि के समय किया गया था। नगर के सभी गण्यमान्य व्यक्ति उपस्थित थे।

नियत समय पर मुख्यमंत्री का काफिला आ पहुँचा। वे समाधि पर श्रद्धा-सुमन अर्पित करने के पूर्व प्रवेशद्वार पर रुक गए, क्योंकि उनका रास्ता रोककर प्रवेशद्वार पर विष्णुदत्त खड़े थे। प्रवेशद्वार की दाहिनी तरफ़ जो पाँच फ़ुट ऊँचा स्तम्भ था उस पर ढँके रेशमी कपड़े को हटाने के लिए विष्णुदत्त ने मुख्यमंत्री के हाथ में रेशम की डोर थमा दी। मुख्यमंत्री ने जैसे ही डोर खिंची, वैसे ही स्तम्भ पर ढँका कपड़ा सरक गया।

संगमरमर पर खुदा हुआ था—

"हरिपुर की गलियों में नंगे बदन, नंगे पैरों, धूल-धूसरित होते बालक हरिया के सपने को चरितार्थ किया वयोवृद्ध विश्वविख्यात विधिवक्ता, शिक्षाशास्त्री, सृजनधर्मी चिन्तक डॉ. हरिकेसरी ने और अपना सर्वस्व न्योछावर कर अपनी मातृभूमि हरिपुर में बुन्देला विश्वविद्यालय की स्थापना की और उसके प्रथम आजीवन उपकुलपति सर्व-सम्मति से निर्वाचित हुए।

इसे माइक पर पढ़कर सुनाया विष्णुदत्त ने। बड़ी देर तक केसरी बब्बा के जयकार के नारों से दसों दिशाएँ गूँजती रहीं।

प्रवेशद्वार की बाईं तरफ़ भी पाँच फ़ुट ऊँचा स्तम्भ था, लेकिन विष्णुदत्त और साथियों ने इसे इस तरह घेर कर रखा था कि मुख्यमंत्री की नज़र उन पर नहीं पड़ी और वे केसरी बब्बा की समाधि पर पुष्प अर्पित करने के लिए बढ़ लिये। विश्वविद्यालय के कोषाध्यक्ष आनन्दीलाल शुक्ल प्राचार्य शंकरदत्त चतुर्वेदी उनके साथ हरिपुर के चारों राजनेता, चारों वकील, साप्ताहिक अंगारा से जुड़े रामभरोसे और अब्दुला दीवाना। सेठिया वकील के साथ एक परिचित व्यक्ति भी थे डॉ. पुष्पेश सिंह सोलंकी।

पुष्पांजलि के बाद मुख्यमंत्री समाधि के प्रवेश द्वार की तरफ़ लौटे और मंच की तरफ़ बढ़ने लगे तो विष्णुदत्त ने फिर उनका रास्ता रोका और प्रवेश द्वार की बाईं तरफ़ जो पाँच फ़ुट ऊँचा स्तम्भ था, उस पर ढके रेशमी कपड़े को हटाने के लिए विष्णु ने मुख्यमंत्री के हाथ में रेशमी डोर थमा दी। मुख्यमंत्री ने जैसे ही डोर खींची वैसे ही स्तम्भ पर ढका कपड़ा सरक गया।

संगमरमर पर खुदा हुआ था—

"अमर डॉ. हरिकेसरी की जीवन्त समाधि पर प्रथम श्रद्धांजलि अर्पित की अपने करकमलों से बुन्देला विश्वविद्यालय के प्रथम कुलपति, प्रदेश के मुख्यमंत्री माननीय मथुरा प्रसाद तिवारी ने।"

इसे भी माइक पर पढ़कर सुनाया विष्णुदत्त ने। एक बार फिर से केसरी बब्बा के जयकार के नारे गूँजते रहे।

मुख्यमंत्री सहित सभी साथ वाले व्यक्ति मंचासीन हो गए। मुख्यमंत्री के सम्बोधन के पश्चात् सभा विसर्जन की घोषणा के पूर्व अचानक सेठिया वकील माइक पर आ गए। वे बोले...? "माननीय मुख्यमंत्रीजी सभा विसर्जित होने के पहले एक ख़ुशख़बरी देना चाहता हूँ। पिछली बार केसरी बब्बा की अन्त्येष्टि के तुरन्त पश्चात् हिन्दी के प्रकांड विद्वान् डॉ. पुष्पेशसिंह सोलंकी का मंत्रमुग्ध करने वाला सम्बोधन सुनकर माननीय मुख्यमंत्रीजी ने यह निर्देश दिया था कि निकट भविष्य में किसी कार्यक्रम में पुष्पेशजी का व्याख्यान आयोजित किया जाए। यदि मुख्यमंत्रीजी की आज्ञा हो तो हम पुष्पेशजी को वक्तव्य के लिए आमंत्रित करना चाहेंगे।"

मुख्यमंत्री ने हाथ उठाकर कहा—"इससे बेहतर और क्या हो सकता है।"

सेठिया ने माइक विष्णुदत्त को थमा दी।

विष्णुदत्त बोले—"जैसी माननीय मुख्यमंत्रीजी की आज्ञा। आइए पुष्पेशजी।"

जैसे ही पुष्पेशजी माइक पर आए, तालियों की गर्मजोशी से उनका जबरदस्त स्वागत किया। तालियाँ थमने का नाम भी नहीं ले रही थीं। पुष्पेशजी ने तुमुल तालियों का शुक्रिया तीन बार झुककर किया। तालियाँ बन्द हुई तो पुष्पेशजी बोले—

"माननीय मुख्यमंत्रीजी,बुन्देला विश्वविद्यालय के प्रथम रेक्टर महोदय प्रोफ़ेसर डॉ. विष्णुदत्त चतुर्वेदीजी, आदरणीय कोषाध्यक्ष महोदय श्रद्धेय श्री आनन्दीलाल शुक्ल और उसके बाद मंच पर बैठे सभी श्रीमन्तों का नाम लिया, यहाँ तक कि अंगारा साप्ताहिक के सम्पादक अब्दुला दीवाना का भी और सम्बोधन के अन्त में जब वे हँसते हुए नाटकीय ढंग से बोले—और सर्वोपरि जिनके लिए मैं तरसता हूँ, प्रणाम करता हूँ ऐसे परम श्रद्धेय केसरी बब्बा के लाड़ले हरिपुरवासियो। तो एक बार फिर तुमुल तालियों ने हर्ष प्रकट किया काफ़ी देर तक। फिर पुष्पेश बोले—

"यह मेरा परम सौभाग्य है कि मुझे हरिपुरवासी इतना प्यार करते हैं। मैं असमंजस में हूँ इस प्यार को कैसे, कहाँ सहेजकर रखूँ। मेरा असमंजस इसलिए भी है कि माननीय मुख्यमंत्री के सम्बोधन की मर्यादा का तोड़कर मैं कैसे बोल सकता हूँ।"

अचानक सन्नाटा छा गया।

और फिर पुष्पेश बोले—

"इसलिए मैंने निश्चय किया है कि अपनी वाणी केसरी बब्बा को श्रद्धांजलि नहीं अर्पित करना चाहता, बल्कि उनकी स्मृति में लिखी गई मेरी कुछ तुच्छ कविताएँ भेंट करना चाहता हूँ।"

फिर जो पुष्पेशजी ने अपने सुरीले कंठ से गाकर केसरी बब्बा की स्मृति में लिखी गईं कविताओ की असीम करुणा प्रस्तुत की तो पूरी भीड़ रो पड़ी और रोती रही। पुष्पेश स्वयं नाटकीय ढंग से आँसू बहाते रहे और गीत गाते रहे। पूरा एक घंटा बीत गया, किसी को ख़बर तक नहीं हुई। अचानक फफक कर रो पड़े पुष्पेश। भीड़ हाहाकार कर उठी। मंच पर सभी रूमाल से आँसू पोंछते रहे। पुष्पेश ने आँखें पोंछी और भरे गले से बोले—

"मैं माफ़ी चाहता हूँ कि मैंने आपका अमूल्य समय नष्ट किया। ख़ासकर मैं मुख्यमंत्रीजी के प्रति क्षमा प्रार्थी हूँ कि मैंने उनके निर्धारित कार्यक्रम में बाधा पहुँचाई।"

इतना कहकर पुष्पेश मंच छोड़कर भीड़ की अग्रिम पंक्ति में जा बैठे।

विष्णुदत्त ने भरे गले से आभार मानने की बात शुरू की ही थी कि आनन्दीलाल ने हस्तक्षेप किया—

"रेक्टर साहब, बुन्देला विश्वविद्यालय का कुलगान..."

विष्णुदत्त बोल पड़े—

"क्षमा कीजिए, मैं भावुकता में चूक कर गया। आपका बहुत-बहुत आभार कोषाध्यक्षजी। बुन्देला विश्वविद्यालय का कुलगान परम्परा के अनुसार प्राचार्य श्री शंकरदत्त चतुर्वेदी प्रस्तुत करेंगे।"

कुलगान की घोषणा सुनते ही पूरी भीड़ यंत्रवत् खड़ी हो गई और शंकरदत्त ने माइक पर कुलगान की प्रथम पंक्ति गाई कि पूरी भीड़ कुलगान में शामिल हो गई। मुख्यमंत्री सहित सभी मंचस्थ महानुभाव खड़े हो गए। आश्चर्यचकित पुष्पेश भी खड़े होकर कुलगान सुनने में तल्लीन हो गए। उनके और मुख्यमंत्रीजी के अलावा सभी गा रहे थे। शंकरदत्त के सुरीले गले का जादू दसों दिशाओं में फैल गया। जो भीड़ पुष्पेश की कविताओं से भावुक हुई जा रही थी, वही भीड़ हमेशा की तरह कुलगान की दीवानगी में डूब गई।

सत्तनराय दद्दू के पास आनन्दीलाल शुक्ल का सन्देश पहुँचा टेलीफ़ोन से—

"दद्दू यह तो ग़लत बात है।"

आवाज़ तुरन्त पहचानकर दद्दू घिघियाए—

"पाँव लागे मालक, माफ़ी दीजो दादा अगर मोसे कछु ग़लती हो गई हो।"

"ग़लती नहीं महा ग़लती। कभी सोचा है कि चलो आनन्दीलाल दादा को अपनी कोठी की रात वाली ख़ास सभा में न्योता दें।"

"छि छि छि, सच्ची मोसे भारी चूक हो गई। आप तो आजै रात खों आ जाओ।"

"ऐसे नहीं, दद्दू। अकेले हम-तुम नहीं। चारों नेता, रामभरोसे और अब्दुला दीवाना।"

"काय मालक, शंकरदत्त माट्साब अउर बिष्णु भैया को भी बुलाएँ?"

"तुम्हें अकल कब आएगी। तुम देवताओं को शैतानों की महफिल में बुलाओगे।"

"अरे वाह! हम तो मूरख हैं मालक। हम भूले गए हते कि ख़ास सभा में बोतल खुलत हे अउर हड्डी टूटत है। आओ, मालक आजै रात खों हो जाए गम्मत।"

उसी रात महफिल जमीं। पीताम्बर शास्त्री हमेशा की तरह पीली पोशाक में। फर्क इतना ज़रूर था कि हमेशा उनकी धोती और पगड़ी सूती होती हैं, लेकिन आज सिल्क की हैं। लियाकत अली साटन की नीली लुंगी, नीला साटन का कुर्ता, नीली साटन की बंडी और नीली साटन की टोपी, क्रान्तिवीरलाल तो ऊपर से नीचे तक लाल पोशाक में थे, पजामा ज़रूर चूड़ीदार था। संतन राय दद्दू हल्के रंग की मखमली लुंगी, घुटनों के नीचे तक गोटेदार कुर्ता और हमेशा की तरह हल्की हरी टोपी। रामभरोसे और अब्दुला दीवाना रोज़मर्रा के कपड़ों में ही थे। दीवाने ख़ास हमेशा की तरह सजा-धजा और इत्र की महक से सराबोर। दो हुक्के थे। एक तो हमेशा की तरह दद्दू वाला हुक्का और एक ख़ास हुक्का ख़ास आनन्दीलाल शुक्ल के लिए। सारी तैयारियाँ माकूल थीं।

आश्चर्य! आनन्दीलाल अकेले नहीं आए। उनके साथ काला सूट, काला फेल्ट हैट, काला चश्मा और काली दाढ़ी वाला एक अजनबी था।

उपस्थितों ने खड़े होकर उनका स्वागत किया।

आनन्दीलाल बोले—

"माफ़ी चाहता हूँ भाई। आप सबको ख़बर किये बिना मैं अपने साथ अपने रिश्तेदार को ले आया, क्योंकि ये थोड़ी देर पहले ही विलायत से आए हैं। आप सब इनके सामने खुलकर बात कर सकते हैं।"

सबने उनका स्वागत किया। उन्होंने बैठते ही पाइप निकालकर पीने के पहले बोले—"मे आय स्मोक माय पाइप विथ योर परमिशन।"

आनन्दीलाल ने तुरन्त अनुवाद किया—

"ये महाशय, आपकी अनुमति से अपनी पाइप पीना चाहते हैं।"

दद्दू बोल पड़े—

"हाँ हाँ सा'ब आप ज़रूर पिएँ। हम भी अपनी तम्बाखू पिएँगे।"

आनन्दीलाल बोले—

"अरे वाह दद्दू, हमारे लिए ख़ास हुक्का।"

"आप हमाय मालक हो।"

"कोई मालिक-वालिक नहीं। आज सब बराबर हैं। एक बार बोतल तो खुले। इस बीच अजनबी ने न तो फेल्ट हैट उतारा और न ही काला चश्मा। उन्होंने अपनी

पाइप निकाली और उसे एक छोटे पतले औज़ार से खुरचने लगे। फिर खुरचे हुए अवशेष को ऐश ट्रे में डाल दिया और पाइप में ताज़ा तम्बाखू भरी और उस तम्बाखू में लाइटर से लौ लगा दी। अब बारी आई पाइप को दाँतों से दबाकर धुआँ उगलने की। इस पूरी प्रक्रिया में एक ऐसी अदा थी कि सबका ध्यान अपनी ओर खींचती थी।

दद्दू बोल पड़े—

"हम तो रंग-ढंग देखत रअ गए। हमे तो ई पैप अंग्रेज़ी हुक्का लागत हे।"

क्रान्तिवीर लाल बमके—

"अरे दद्दू, अंग्रेज़ी धुआँ ही सूँघते रहोगे तो यह बताओ कि अंग्रेज़ी बोतल खुलेगी कि नहीं। प्यास के मारे गला सूख रहा है।"

फिर क्या था। बोतल भी खुल गई और जाम भी भर गए।

लालजी ने हौले-हौले घूँट भरने की अदा को उछाल फेंका और बोतल उठाकर मुँह से लगाया और गटागट बोतल खाली करके भर्राई आवाज़ में कुन्दनलाल सहगल की मशहूर ग़ज़ल 'बाबुल मोरा नैहर छूटो जाए' का बेहद बेसुरा राग छेड़ते हुए दूसरी बोतल की ओर लपके। दद्दू ने लालजी के बढ़े हुए हाथ पर हुक्के की नली मारकर बोले—

"भौत हो गओ। तुमाय डेढ़ पसली के बदन में पूरी बोतल उतर तो गई मनो अबे उके चढ़ने की बारी है। उतै औंधे होवे वारे हो।"

"ऐंसो न बोलो। हम अपने दम का जहूरा दिखा चुके हैं बीड़ी को एक सुट्टे में खतम करके। आप हमें छेड़ो मत। हाँ, कहे देते हैं।"

"ई घिसी-पिटी ग़ज़ल काहे सुना रये हो। अपनी कविता सुनाओ।"

अचानक लालजी को जैसे करंट छू गया हो, बोले—

"अरे दद्दू कविता की क्या बात करत हैं। कविता तो सुनाई थी पुष्पेश जी ने। क्या कविता पढ़ते हैं। सच्ची रोंगटे खड़े हो जाते हैं। जवाब नहीं हैं उनका।"

शास्त्रीजी बोल पड़े—

"कविता तो फिर भी कविता है, लेकिन कितना अच्छा भाषण देते हैं।"

दद्दू ने भी हामी भरी—

"भोत बढ़िया! ऐसो लागत है कि बे बोलत जाएँ और हम सुनत रहें।"

अचानक क्या हुआ कि वो काला चश्माधारी पाइप पीने वाला अजनबी उठ खड़ा हुआ।

"दद्दू बोल पड़े—

"अरे साब। आप बीच महफिल में कैसे ठाँड़े हो गए खम्भा नाइ।"

अजनबी के बोल फूटे—

"बेअदबी की माफ़ी चाहता हूँ, लेकिन क्या करूँ। जिस महफिल में पुष्पेशजी की तारीफ़ होती है, वहाँ मैं बैठ नहीं सकता।

"काय साब! ऐंसी भी का बात है।"

"बात ऐसी है कि आप सुनेंगे तो आपके पैरों तले से जमीन खिसक जाएगी।"

लियाकत अली बोले—

"ज़मीन तो खिसक चुकी है। हम शुरू में समझे थे कि आप ख़ालिस विलायती हैं। मगर जब आप ख़ालिस देसी जबान बोलने लगे तो हम चौंक गए।"

अजनबी बोले—

"आप हमारे चोले पर मत जाइए। यह तो बिल्कुल बनावटी है। न हमारे चेहरे पर दाढ़ी है, न ऐसी पोशाक ये सब धोखा है।"

दद्दू बोले—

"मनो, हमाई में इ बात नी आई, ऐंसी धोखाधड़ी का हे?"

"हम आपको धोखा नहीं दे रहे हैं। ये धोखा हम पुष्पेश को दे रहे हैं, क्योंकि हम उनका पीछा तबसे कर रहे हैं, जब से वे बरेली से हरिपुर के लिए रवाना हुए"

"सिर्फ़ आप लोगों को आगाह करने के लिए कि उनके जादू में मत फँसिए। बस, यों समझिए कि पुष्पेशजी कुछ ही मिनटों में यहाँ पधारेंगे।"

दद्दू अचरज में भरकर बोले—

"काय आनन्दीलालजी, हमने तो उनको न्योता नहीं दिया। आपने उनखो बुलौवा भेजो है।"

आनन्दीलाल चिहुँक उठे—

"अरे, राम का नाम लेव। हम उनको क्यों बुलाएँगे। ये जो मेरे साथ आए हैं बिना बुलाए मेरे रिश्तेदार, वो इसलिए कि उन्होंने ऐसा बोल दिया था कि वो इस महफिल में हम सबकी भलाई के लिए शामिल होना चाहते हैं, क्योंकि ये पहले से ही जानते हैं कि पुष्पेशजी इस महफिल में सबको चौंकाने के लिए बिना बुलाए शामिल होंगे।"

दद्दू बोले—

"ये जो आपके रिश्तेदार हैं बे जासूसी का काम करत है?"

अजनबी बोल पड़े—

"माफ़ी चाहता हूँ। मैं पेशे से जासूस तो नहीं हूँ, लेकिन बुन्देला विश्वविद्यालय की सुरक्षा के लिए मैं पुष्पेशजी का पीछा कर रहा हूँ—इस चोले में ताकि वे मुझे पहचाने नहीं, क्योंकि मै भी बरेली का हूँ और पुष्पेशजी की मक्कारी को बड़े नजदीक से देखा है मैंने। वे मुझे पहचानते भी हैं काफ़ी गहराई से।"

संयोगवश उसी समय नौकर आया और बोला—

"दद्दू, कोउ आए हें आपसे मिलने की ख़ातिर। मनो, उनने अपना नाम नीं बताओ।"

नौकर की सूचना खत्म होते ही पुष्पेशजी दरवाज़े पर प्रकट हुए और हँसते हुए बोले—

"बिन बुलाए मुझ नाचीज़ घुसपैठिए की गुस्ताखी की माफ़ी चाहता हूँ।"

सभी उन्हें नमस्कार करते हुए उठ खड़े हुए। दद्दू बोल पड़े-

"कैंसी बात कर रहे आप, पुष्पेशजी आप तो पूरे हरिपुर के ख़ास मेहमान हें। पधारिए आपका स्वागत हे।"

पुष्पेशजी गर्मजोशी से सबके गले मिले। अजनबी से गले मिलकर बोल पड़े—

"शेष सभी महानुभावों से तो मैं परिचित हूँ। (अजनबी से) मगर आपको मैंने नहीं पहचाना।"

अजनबी एक़दम लपककर पुष्पेशजी के पाँव छूने के लिए झुका और अपनी आवाज़ बदलकर हें-हें करता हुआ अजीब भाषा में बोला—

"नाचीज़ तो हम हें, सरकार माई बाप। नहीं समझे आप मेरे निवेदन को। आपको कौन नहीं जानता। सारे देश में आपकी तूती बोलती है। हम ऐसा बोलते हैं। क्या?"

आनन्दीलाल जी अजनबी से बोले—

"भैयाजी, आप किन बातों में उलझ गए। आप तो बैठिए और जल्दी से जाम खाली कीजिए। हम लोगों को जल्दी जाना है।"

पुष्पेश ने मनुहार किया—

"कैसी दिलफटी की बात कर रहे हैं आप।"

दद्दू बोले—

"मालक, आप चले जाओगे तो हमाओ को सहारो।"

आनन्दीलाल ने जल्दी से सफ़ाई दी—

"हम फौरन थोड़े जा रहे हैं। जाम का एक दौर तो पुष्पेशजी के सम्मान में होगा," क्रान्तिवीरलाल बोले—

"अरे, हम तो भूलै गए हते कि हमको अपनी कविता सुनानी है।"

शास्त्रीजी ने तुरन्त टोका—

"ऐसा जुलुम होगा तो हमरा क्या होगा?"

पुष्पेश ने हस्तक्षेप किया—

"अरे नहीं, नहीं। जुल्म की बात कैसी। हम तो क्रान्तिवीरलालजी की कविता सुनने को लालायित हैं।"

दद्दू बोले—

"फिर तो हो गओ काम रजन की बउखों।

लियाकत अली ने कहा—

"शायरी तो होगी सिर्फ़ पुष्पेशजी की।"

सबने एक स्वर में कहा—

"हो जाए कविता सिर्फ़ पुष्पेशजी।"

आनन्दीलाल ने कहा—

"लेकिन महफिल को गरमाने के लिए जाम का एक छोटा-सा दौर हो जाए।"

फिर क्या था। सबके जाम भरे गए और पुष्पेशजी ने कविता छेड़ी। अपने सुरीले कंठ से। उनकी कविताओं की अनुगूँज महफिल में बादल बनकर बरसती रही जिसमें भीगती रही रतजगा पंचायत। आनन्दीलाल और उनके अजनबी रिश्तेदार बीच महफिल से कब खिसक गए किसी को ख़बर नहीं हुई। बीच-बीच में चाय के प्यालों ने जाम की जगह ले ली। चाय अन्तराल में लालजी अपनी कविताई घुसपैठ से बाज़ नहीं आए। दीवार घड़ी ने पाँच घंटियाँ सुनाईं। सभी चौंके दो बार। एक बार तो दीवार घड़ी की घंटी सुनकर और दूसरी बार सेठिया वकील की बुलन्द आवाज़ से।

"अरे पुष्पेशजी आप यहाँ जमे हैं। मैं मॉर्निंग वॉक पर निकला तो दद्दू की कोठी में आपकी गाड़ी खड़ी दिखी तो धड़धड़ा कर अन्दर चला आया।"

दद्दू बोल पड़े—

"सुबह पाँच बजे की घंटी हमन अब्बै सुनी आओ सेठिया साहब आपके लिए चाय-नाश्ता हाज़िर है।"

"माफ़ी चाहता हूँ। मैं इस समय मॉर्निंग वॉक पर हूँ। क्यों पुष्पेशजी आप अभी यहीं जमे रहेंगे।"

दद्दू ने जवाब दिया—

"और नइ तो का। अब हम सबै थोड़ी देर नींद निकारेंगे। मेहमानखाने के चार कमरे तैयार हैं।"

सेठिया बोल पड़े—

"दद्दू आप शायद भूल गए। रेक्टरशिप के चार महीने बीत चुके हैं। आज ही का दिन तो बचा है। कल उपकुलपति चुनाव है।"

पुष्पेशजी बोल पड़े—

"चुनाव तो मात्र औपचारिकता है। हमारे प्रिय रेक्टर साहब डॉ. विष्णुदत्त चतुर्वेदी का उपकुलपति चुना जाना केसरी बब्बा तय कर गए हैं। आप तो सुबह की हवाखोरी कीजिए। मैं दोपहर के भोजन के समय पहुँच जाऊँगा।"

दद्दू ने हस्तक्षेप किया—

"काय पुष्पेश जी, आप इतैं मुँह जूठा ने करहो?"

"हमारे प्यारे दद्दू, हम आपकी मेहमान नवाज़ी से अभिभूत हैं। मुँह जूठा तो हम पिछली रात को ही कर चुके हैं—जाम के साथ। फिर कभी आएँगे दिवा भोज के लिए।"

सेठिया जी "अच्छा तो फिर हम चलते है।" कहकर चल दिये। महफिल भी बर्ख़ास्त हो गई। चारों मेहमानख़ाने की ओर बढ़ लिये।

आख़िर निर्धारित तिथि भी आ गई महासभा की चुनाव बैठक के लिए। मगर पिछली रात यानी आधी रात के बाद, कुछ शिक्षक साथी विष्णु से अचानक ही मिलने आए। गहरी नीद से सहसा जगाए जाने के बाद कोई भी व्यक्ति कुछ तो अटपटा महसूस करता ही है। ऊपर से यदि उसे अप्रत्याशित सूचना दी जाए तो वस्तुस्थिति समझने में देर ज़रूर होती है। यही हुआ भी। शिक्षक साथियों ने सूचना दी कि रात के साढ़े ग्यारह बजे एक बस विश्वविद्यालय परिसर में आई और सीधे वहाँ पहुँची जहाँ सम्बद्ध महाविद्यालयों के प्राचार्य ठहराए गए थे और आश्चर्य, उन सभी प्राचार्यों को भरकर बस कहीं चली गई। शिक्षक साथियों ने अचरज इस बात पर प्रकट किया उन प्राचार्यों के साथ विश्वविद्यालय के कुछ शिक्षक भी थे।

विष्णु ने नितान्त सहज भाव से यह सूचना ग्रहण की और उनींदी मुस्कान बिखेरकर बोले—

"अरे भाई, ऐसा क्या गज़ब हो गया कि आप सभी इतने परेशान हो गए और रतजगा करने का ठान बैठे।"

एक शिक्षक साथी राजेश करमरकर कुछ उत्तेजित से बोल पड़े—

"कैसी बात कर रहे हैं, सर? क्या आप नहीं जानते कि यह सभी प्राचार्य शासकीय महाविद्यालयों के प्राचार्य हैं? और यह भी सूचना है कि प्रदेश शासन के शिक्षा सचिव हरिपुर पहुँच चुके हैं और सर्किट हाउस में ठहरे हुए हैं।"

विष्णु उसी शान्त भाव से बोले—

"मेरी एक बात की गाँठ बाँध लो, राजेश भाई। हम शिक्षकगण शिक्षक हैं और शिक्षक ही रहेंगे। कौन कहाँ ठहरता है, कोई कहाँ जाता है और क्यों जाता है, इससे हमें क्या सरोकार?"

"ठीक है सर, आप मेरी बात भले ही नहीं माने, लेकिन आनन्दीलालजी के मेहमान रिश्तेदार की बात तो मानेंगे?"

यह कहकर उस अजनबी रिश्तेदार को आगे कर दिया जो बीते कल की रात दद्दू की महफिल में शामिल थे।

वो अजनबी उसी वेशभूषा में बोला—

"विष्णु सर, आप मुझे नहीं पहचानते, मगर हम आपके मुरीद हैं। इसलिए इसी मौक़े पर हम बरेली से आ रहे हैं एक भयानक धोखेबाज़ आदमी का पीछा करते हुए जो आपके विरुद्ध इस षड्यंत्र के सूत्रधार हैं। उनका नाम है डॉ. पुष्पेशसिंह सोलंकी।"

विष्णु हँस पड़े—

"यह आप किस शरीफ आदमी के विरुद्ध अनर्गल प्रचार कर रहे हैं। पुष्पेशजी तो किसी भी राजनीति से दूर एक सम्पूर्ण जीव है। प्लीज़ ऐसा मत कीजिए।"

हताश राजेश करमरकर ने आख़िरी कोशिश की—

"यही तो मुश्किल है सर, कि आप आइसबर्ग के उसी हिस्से को, उसी रूप में स्वीकारते हैं जो आँखों को दीखता है, लेकिन पानी की अत्तल गहराई में..."

विष्णु ने बीच में ही राजेश को टोक दिया—

"प्लीज़, राजेश भाई, क्यों तुम छोटी बातों को बेवजह अहमियत दे रहे हो? इन छोटी-छोटी बातों में अपना अमूल्य समय नष्ट करते रहोगे तो उन सपनों का क्या होगा, जिन्हें ज़मीन पर उतार लाने का संकल्प हम लोगो ने किया है?"

"फिर वही मुश्किल सर, कि आप जिस ऊँचाई पर खड़े होकर दुनिया को देखने और समझने के आदी हैं, उस ऊँचाइ से वे चीज़ें नहीं दीखती हैं जिनसे हमारी आज की दुनिया बनती-बिगड़ती है।"

"मुश्किल वो नहीं है जिसे तुम मुश्किल कहने की भूल कर रहे हो, वो दरअसल मेरी ज़मीन है, जिस पर मैं खड़ा हूँ।"

राजेश ने बहस वहीं रोक दी और उठ खड़ा हुआ। उसके चेहरे से यह साफ़ ज़ाहिर था कि विष्णु के तर्क से सम्पूर्णतया असन्तुष्ट है, मगर वो विष्णु के प्रति जी-जान से समर्पित है, इसलिए विवश है। वो बोला—

"अच्छा सर, हम चलते हैं। रात काफ़ी हो गई है। सुबह की गहमागहमी के लिए बाक़ी बची रात का कुछ तो उपयोग कर लिया जाए।"

विष्णु हँसते हुए बोले—

"यह हुई न बात। अब जाएँ और कुछ घंटों के लिए सो जाओ ताकि दिन भर तरोताज़ा रह सको।"

राजेश के होंठों पर मुस्कराहट और आँखों में एक चमक उतर आई। विष्णु इस चमक को देखकर आश्वस्त हुए। मगर राजेश के साथ आए हुए अन्य शिक्षक साथियों को यह समझने में कोई कठिनाई नहीं हुई कि यह चमक तरल थी।

निर्धारित तिथि पर जब महासभा की चुनाव बैठक शुरू हुई और विष्णु ने विश्वविद्यालय के रेक्टर होने के नाते अध्यक्ष की कुर्सी सँभालते हुए बैठक की कार्यवाही शुरू की तो यह पाया कि प्रभारी कुलसचिव अपनी कुर्सी पर हाज़िर नहीं हैं। विष्णु ने उपकुलसचिव से जब पूछा तो उसने बताया कि अचानक ही प्रभारी कुलसचिव को फ़ोन पर बुलाया गया है। विष्णु की भौंहों पर बल पड़ा—

"यह तो ठीक नहीं है। प्रभारी कुलसचिव यह कहला सकते थे कि महत्त्वपूर्ण बैठक चल रही है।"

उपकुलसचिव ने बेहद विनम्रता से कहा—

"सर, मुझे ठीक से तो पता नहीं...मगर शायद...फ़ोन किसी वी.आई.पी. का है।"

इतने में प्रभारी कुलसचिव दौड़ते हुए आए और उन्होंने विष्णु को यह अप्रत्याशित

सूचना दी कि प्रदेश के मुख्यमंत्री स्वयं महासभा की अध्यक्षता के लिए पधार रहे हैं।

विश्वविद्यालय के अधिनियम के अनुसार विश्वविद्यालय के उपकुलपति का निर्वाचन भी महासभा में सम्पन्न होता था और महासभा की पहली बैठक में प्रदेश के मुख्यमंत्री को ही विश्वविद्यालय का कुलपति (चांसलर) निर्वाचित किया गया था। इसलिए विश्वविद्यालय के अधिनियम के अनुसार कुलपति ही महासभा के पदेन अध्यक्ष थे। मगर संयोग ऐसा बना था कि महासभा की पिछली दो बैठकों में कुलपति की अनुपस्थिति में विश्वविद्यालय के उपकुलपति होने के नाते हरिकेसरी ही अध्यक्षता करते रहे। इसी व्यवस्था के अनुसरण में आज की महासभा की बैठक में, मुख्यमंत्री की ओर से किसी पूर्व सूचना के अभाव में विश्वविद्यालय के रेक्टर होने के नाते विष्णु ही अध्यक्ष के आसन पर विराजमान थे।

जब प्रभारी कुलसचिव ने विष्णु को मुख्यमंत्री सम्बन्धी सूचना दी तो वे सोच में अवश्य पड़ गए कि मुख्यमत्री की गरिमा के अनुरूप पिछली संध्या को ही यह सूचना आ जाती तो आज की यह बैठक, मर्यादा के अनुकूल प्रारम्भ होती। विष्णु को यह आश्चर्य भी हुआ कि मुख्यमंत्री के आगमन की सूचना फ़ोन पर रेक्टर को न देकर प्रभारी कुलसचिव को क्यों दी गई। ख़ैर, विष्णु के शिक्षक मन ने यही निष्कर्ष ग्रहण किया कि मुख्यमंत्री अपनी अतिव्यस्तता के कारण यह निर्णय नहीं कर पाए होंगे कि वे महासभा की बैठक में स्वयं उपस्थित हो सकेंगे या नहीं। रही बात प्रभारी कुलसचिव को फ़ोन पर सूचना देने की तो मुख्यमंत्री के निजी सचिव के विवेक पर निर्भर करता है। बस, इस निष्कर्ष पर पहुँचकर विष्णु इस सोच के व्यवधान से उबर गए।

विष्णु ने महासभा को यह सूचना दी कि स्वयं मुख्यमंत्री महासभा की अध्यक्षता के लिए पधार रहे हैं। महासभा में उपस्थित महाविद्यालयीन प्राचार्य, जो अब तक आपसी बातचीत में मगन थे, अचानक ऐसे सिमटे-सिमटे से बैठ गए जैसे अचानक ही फौजियों को कमांडर ने अटेनशन का आदेश दिया हो।

प्राचार्यों के सहज व्यवहार में आए इस परिवर्तन को विष्णु जैसा शिक्षक भी नज़रअन्दाज़ नहीं कर सका। उसका मन उदास हो उठा। ये प्राचार्य भी तो उन जैसे शिक्षक ही हैं, फिर किसी राजपुरुष के लिए उनके मन में आतंक क्यों? क्या यह भी प्रजातंत्र है जिसमें किसी राजनेता का ऐसा दबदबा होना लाज़मी है जैसा सामन्ती व्यवस्था में किसी सामन्त का हुआ करता था? प्रजातंत्र में तो सब बराबर होते हैं फिर यह राजनेताओं का आतंक क्यों?

विष्णु ने मन ही मन निश्चय किया कि बुन्देला विश्वविद्यालय का उपकुलपति बनने के बाद वो शिक्षकों की गरिमा को पुनर्स्थापित करेगा।

उसी समय मोटर साइकिलों के पीछे सायरन बजाती कारों का काफिला महासभा भवन के समक्ष आ पहुँचा। विष्णु ने रेक्टर होने के नाते मुख्यमंत्री का स्वागत किया।

कार से उतरते ही मुख्यमंत्री बोले—

"कहिए प्रोफ़ेसर चतुर्वेदी कैसा चल रहा है आपका विश्वविद्यालय?"

सहज भाव से विष्णु ने कहा—

"मुख्यमंत्री जी, यह मेरा ही विश्वविद्यालय नहीं है, मेरा भी विश्वविद्यालय है।"

मुख्यमंत्री हँस दिये—

"वाह डॉ. चतुर्वेदी 'ही' और 'भी' का अन्तर आज पहली बार सही-सही समझ में आया है।"

मुख्यमंत्री, रेक्टर, प्रदेश के शिक्षा सचिव मेहरा और कलेक्टर टंडन महासभा की बैठक में प्रविष्ट हुए। सभी उठ खड़े हुए। मुख्यमंत्री और विष्णु दो मुख्य आसंदियो पर बैठ गए। प्राचार्यों के अलावा सभी शिक्षक सदस्य बैठ गए। विष्णु कुछ अचरज से झुके खड़े प्राचार्यों को देख रहे थे। आख़िर ये प्राचार्य यों खड़े क्यों हैं? अचानक उसकी नज़र शिक्षा सचिव मेहरा पर पड़ी। वे अपने आसन की ओर बढ़ रहे थे। उनके बैठते ही प्राचार्यगण बैठ गए। शिक्षा सचिव के बग़ल में कलेक्टर टंडन भी बैठ गए। विष्णु को यह नागवार लगा। उसने प्रभारी कुलसचिव से पूछा—

"क्या कलेक्टर भी महासभा के सदस्य हैं?"

प्रभारी कुलसचिव ने सहमते हुए बतलाया कि कलेक्टर भी सदस्य नहीं हैं। विष्णु मुख्यमंत्री की ओर मुड़े और धीमी आवाज़ में बोले—

"मुख्यमंत्रीजी, मेरे ख़याल से कलेक्टर टंडन भूलवश महासभा की बैठक में शामिल हो गए हैं। वे सदस्य नहीं हैं।"

मुख्यमंत्री मुस्कराए। उन्होंने कलेक्टर की ओर देखा। कलेक्टर तेज़ी से मुख्यमंत्री के पास पहुँचे। मुख्यमंत्री बोले—

"कलेक्टर टंडन, आपका यहाँ हाज़िर रहना किसी ख़ास वज़ह से ज़रूरी है क्या?"

कलेक्टर का जवाब जैसे तैयार था—

"सर, मैं तो आपके ही ऑर्डर का इन्तज़ार कर रहा था।"

"थैंक यू।"

कलेक्टर टंडन सभा भवन के बाहर चले गए।

महासभा की कार्यवाही शुरू हुई।

मुख्यमंत्री ने अपना भाषण शुरू किया—

"रेक्टर प्रोफ़ेसर चतुर्वेदी और महासभा के विद्वान् सदस्यगण—बात तो लगभग पाँच साल पहले की है, मगर मुझे लगता है कि अभी उसी दिन की बात है जब हम सबने मिलकर हमारे पूज्य डॉ. हरिकेसरी जी को, उन्हीं के द्वारा संस्थापित बुन्देला विश्वविद्यालय का आजीवन उपकुलपति निर्वाचित किया था। उस समय पर ख़याल भी नहीं आया कि वे इतनी जल्दी हमारे बीच से, हमें अनाथ बनाकर

चले जाएँगे, लेकिन विधि का यही विधान है कि वे आज हमारे बीच नहीं हैं। मैं आज इस बैठक में केवल इसलिए उपस्थित हुआ हूँ कि उनकी स्मृति के चरणों में अपनी श्रद्धांजलि अर्पित कर सकूँ। पूज्य हरिकेसरी जी के बारे में कुछ कह सकने की योग्यता मुझमें नहीं है। ख़ासकर विद्वानों के बीच कुछ सार्थक कह सकने की भाषा मेरे पास नहीं है। मैं केवल इतना कहना चाहूँगा कि ईश्वर हमें वो शक्ति दे कि हम उनके देहावसान का दुख झेल सकें, उनके पदचिह्नों पर चल सकें और उनके सपने को साकार कर सकें। आप सभी विद्वानों ने मिलकर इस विश्वविद्यालय को मात्र पाँच वर्षों में एक गौरवशाली राष्ट्रीय संस्थान का दर्ज़ा दिया है। इसके लिए प्रदेश का मुख्यमंत्री होने के नाते मैं आप सबके प्रति कृतज्ञ हूँ।

इस अवसर पर मैं महाविद्यालयों के प्राचार्यो से ये विशेष रूप से कहना चाहूँगा। यह सही है कि आपका नियमित कार्यक्षेत्र आपके अपने-अपने महाविद्यालयों तक सीमित है, किन्तु चूँकि आप सबके महाविद्यालय बुन्देला विश्वविद्यालय से सम्बद्ध हैं, इसलिए आप भी इस विश्वविद्यालय के विकास में अपना-अपना योगदान अवश्य दें। इस प्रदेश के अधिकतर महाविद्यालय शासकीय हैं इसलिए आप सभी इस विश्वविद्यालय में शासन का प्रतिनिधित्व भी करते हैं जिसके कारण आपका दायित्व और भी अधिक महत्त्वपूर्ण है। मुझे विश्वास है कि आप प्रदेश के शिक्षा सचिव से केवल अपने-अपने महाविद्यालय के लिए नहीं, बल्कि पूरे प्रदेश के गौरव बुन्देला विश्वविद्यालय के सम्बन्ध में भी मार्गदर्शन प्राप्त करते हैं।

आज इस असीम दुख की घड़ी में भी मुझे यह देखकर अत्यन्त सन्तोष है कि हमारे पुराने साथी पंडित हरिकृष्ण शुक्ल, जिन्होंने देश के लिए अपना सबकुछ न्योछावर कर दिया है और जो अब राजनीति से लगभग संन्यास ले चुके हैं, आज की महासभा की अत्यन्त महत्त्वपूर्ण बैठक में अपनी गरिमामयी उपस्थिति से हमें आश्वस्त कर रहे हैं कि यदि उन जैसा कर्मयोगी बुन्देला विश्वविद्यालय के लिए अपनी अमूल्य सेवाएँ अर्पित करते हैं तो यह विश्वविद्यालय धन्य हो जाएगा।

मैं क्षमा चाहता हूँ। पूज्य हरिकेसरी जी का अभाव हमें इतना खल रहा है कि हम और कुछ भी कह सकने में असमर्थ हैं। बस, अन्त में इतना ही पुरज़ोर कहना चाहूँगा कि आज उपकुलपति के रिक्त पद के लिए जो चुनाव होने जा रहा है, उसे सर्वसम्मति से ही सम्पन्न होने दें। इसी से हम सबके पूज्य हरिकेसरीजी की आत्मा को शन्ति मिलेगी।

इन शब्दों के साथ मैं आप सबसे विदा लेता हूँ, क्योंकि इस विश्वविद्यालय के कुलपति होने के नाते इसके उपकुलपति के चुनाव में मेरी उपस्थिति अवांछनीय है।

दिवंगत पूज्य हरिकेसरीजी की स्मृति में दो मिनट के मौन के बाद मुख्यमंत्री चले गए। उन्होंने अपने हाथ के हशारे से सभी को उनके साथ बाहर आने से रोका, विष्णु को भी और शिक्षा सचिव को भी।

थोड़ी-सी हलचल के बाद एक बार फिर महासभा की कार्यवाही शुरू हुई। प्रभारी कुलसचिव ने उपकुलपति पद के प्रत्याशियो के नाम आमंत्रित किये।

प्रोफ़ेसर राजेश करमरकर ने अविलम्ब प्रोफ़ेसर विष्णुदत्त चतुर्वेदी का नाम प्रस्तावित किया जिसका अनुमोदन चारों नेताओ एवं कोषाध्यक्ष आनन्दीलाल शुक्ल के साथ कई और शिक्षको ने किया। तालियों की गड़गड़ाहट से हॉल गूँज उठा जिससे यह साबित हो गया कि यदि चुनाव की नौबत आई तो विष्णु भारी-भरकम बहुमत से जीतेंगे।

वाणिज्य संकाय के अध्यक्ष और विज्ञान संकाय के अध्यक्ष, जिन्हें चुनाव अधिकारी मनोनीत किया गया था, उन्होंने प्रभारी कुलसचिव से कहा कि प्रोफ़ेसर विष्णुदत्त चतुर्वेदी का नाम ब्लैक बोर्ड पर लिख दिया जाए। प्रभारी कुलसचिव ने जैसे ही विष्णु का नाम ब्लैक बोर्ड में लिखा, वैसे ही बाहर खड़े विद्यार्थियों ने नारा लगाना शुरू कर दिया—"प्रोफ़ेसर विष्णुदत्त चतुर्वेदी ज़िन्दाबाद।" विष्णु को यह बेहद नागवार लगा। उसने राजेश को इशारा किया। राजेश ने तुरन्त बाहर जाकर विद्यार्थियों के चुप कर दिया।

मुख्य चुनाव अधिकारी प्रोफ़ेसर देवेन्द्र श्रीवास्तव, विज्ञान के संकायाध्यक्ष चुने गए उपकुलपति का नाम घोषित करने के लिए माइक के सामने आए और इतना ही कह पाए—

"मैं बुन्देला विश्वविद्यालय के उपकुलपति के रूप में...

कि श्याम कलेवर सेठिया वकील उठ खड़े हुए—

"ठहरिए प्रोफ़ेसर श्रीवास्तव मैं कुछ कहना चाहता हूँ।"

प्रोफ़ेसर देवेन्द्र श्रीवास्तव तैश में आ गए और बोले—

"आपको जो कुछ भी कहना हो चुनाव की घोषणा के बाद कहे, क्योंकि मेरी राय में चुनाव प्रक्रिया के बीच में किसी भी प्रकार का वक्तव्य उचित नहीं है।"

श्याम कलेवर भी तनाव में आ गए और बोले—

"आप उचित और अनुचित की बात मुझसे न कहें। मैं एक वकील हूँ और क़ानून ख़ूब समझता हूँ। इसलिए मैं अध्यक्ष महोदय से निवेदन करता हूँ कि कृपया मुझे बोलने का अवसर दें।"

देवेन्द्र ने लगभग ललकारते हुए कहा—

"मैं अध्यक्ष महोदय से व्यवस्था की माँग करता हूँ।"

विष्णु अपने सामने मेज़ पर रखे माइक पर बोले—

"मैं दोनों महानुभावों से क्षमा याचना करता हूँ। दरअसल, आप दोनों अपनी-अपनी सदाशयता में थोड़ी-थोड़ी चूक कर गए हैं। उपकुलपति के चुनाव के लिए एक प्रत्याशी का नाम आते ही तालियों और नारों के फलस्वरूप प्रोफ़ेसर देवेन्द्र श्रीवास्तव से यह चूक हो गई कि उपकुलपति के चुनाव के लिए केवल एक प्रत्याशी

का नाम आते ही वे महासभा से यह पूछना भूल गए कि कोई और नाम है अथवा नहीं और वे चुनाव परिणाम की घोषणा करने लगे। दूसरी ओर श्री श्याम कलेवर सेठियाजी दूसरा नाम प्रस्तावित करने के बजाय ये बोले कि वे कुछ कहना चाहते हैं। इसलिए मैं महासभा के वर्तमान अध्यक्ष होने के नाते यह व्यवस्था देता हूँ कि श्री श्याम कलेवर सेठियाजी यदि चाहें तो उपकुलपति पद के लिए किसी और प्रत्याशी का नाम प्रस्तावित कर सकते हैं। मैं समझता हूँ कि इसमें देवेन्द्र श्रीवास्तव को कोई आपत्ति नहीं होगी।

देवेन्द्र के चेहरे पर उदास हँसी उभर गई। वे बोले—

"भला मुझे क्या आपत्ति हो सकती है। मैंने सहज भाव से यह सोचा कि जिस महापुरुष को हम आज श्रद्धांजलि अर्पित कर रहे हैं, जो बुन्देला विश्वविद्यालय के संस्थापक हैं—ऐसे हमारे पूज्य हरिकेसरीजी की यह अन्तिम इच्छा थी कि उनके बाद बुन्देला विश्वविद्यालय के उपकुलपति प्रोफ़ेसर विष्णुदत्त चतुर्वेदी ही हों और फिर अभी-अभी स्वयं मुख्यमंत्री यह आदेश कर गए हैं कि उपकुलपति का चुनाव सर्वसम्मति से हो। इसलिए मैंने यह निष्कर्ष निकाला कि प्रोफ़ेसर विष्णु चतुर्वेदी का नाम प्रस्तावित होते ही चुनाव सम्पन्न हो गया।"

अब गोपीकृष्ण खरे वकील उठ खड़े हुए और बोले—

"अध्यक्ष महोदय, मुझे प्रोफ़ेसर देवेन्द्र श्रीवास्तव के इस वक्तव्य पर घोर आपत्ति है, क्योंकि उन्होंने अपने वक्तव्य के माध्यम से उपकुलपति पद के एक प्रत्याशी का चुनाव प्रचार किया है जो कि महासभा की मर्यादा के विरुद्ध है इसलिए उनका मुख्य चुनाव अधिकारी बने रहना ग़ैर क़ानूनी है।"

अचानक तैश में उठ खड़े हुए वकील इन्द्रजीत दुबे—

"बड़े शर्म की बात है कि एक व्यक्ति अपने निजी स्वार्थ के लिए इस क़दर धाँधली कर सकता है और वो भी आज के दिन जब हम यहाँ पूजनीय हरिकेसरीजी को श्रद्धांजलि अर्पित करने के लिए इकट्ठा हुए हैं। हमे प्रोफ़ेसर विष्णुदत्त चतुर्वेदी से ऐसी उम्मीद नहीं थी। अरे भाई, आपको उपकुलपति बनने की इतनी ही लालसा थी तो आप हम सबको हुक्म दे देते तो हम सब मिलकर यों ही उपकुलपति बना देते और वो भी सद्भावना के साथ। आपको ऐसे छल, प्रपंच करने की ज़रूरत क्या थी?"

विष्णु हतप्रभ होकर इस अप्रत्याशित आक्रमण को नि:शब्द झेलता रहा। इससे पहले कि वो कुछ बोले प्रोफ़ेसर देवेन्द्र श्रीवास्तव बोलने के लिए उठ खड़े हुए—

"अध्यक्ष महोदय, मुझे अनुमति दीजिए।"

विष्णु कुछ बोले नहीं, केवल हामी के लिए सिर हिला दिया। देवेन्द्र कुछ देर मौन खड़े रहे। वे बहुत विचलित हो रहे थे। लग रहा था जैसे भाषा गढ़ने के लिए शब्द खोज रहे हों। आख़िर वो बोले—

"अध्यक्ष महोदय, मैं बहुत शर्मिन्दा हूँ और महासभा से क्षमायाचना करता हूँ। मैं आपसे प्रार्थना करता हूँ कि आप मुझे मुख्य चुनाव अधिकारी की जिम्मेदारी से मुक्त होने की इजाज़त दीजिए। सच तो यह है कि मैंने प्रोफ़ेसर विष्णुदत्त चतुर्वेदी के सम्बन्ध में जो कुछ कहा वो यही सोचकर कहा कि मैं विश्वविद्यालय परिवार के समक्ष बोल रहा हूँ। मुझे यह ख़याल ही नहीं आया कि इस महासभा कार्यवाही की एक निर्धारित वैधानिकता है और ऐसे ही अनजाने में मैं महासभा की मर्यादा भंग कर बैठा। इतना ही नहीं, असावधानीवश दिये गए मेरे वक्तव्य के कारण प्रोफ़ेसर विष्णुदत्त चतुर्वेदी को अपमानित होना पड़ा। मैं बेहद-बेहद शर्मिन्दा हूँ और अध्यक्ष महोदय आपसे व्यक्तिगत रूप से क्षमायाचना करता हूँ।"

देवेन्द्र अपनी आसन्दी छोड़कर अन्य शिक्षकों के बीच जा बैठे।

विष्णु ने व्यवस्था की—

"मैं वाणिज्य संकाय के अध्यक्ष प्रोफ़ेसर रमन भार्गव से निवेदन करता हूँ कि वे मुख्य चुनाव अधिकारी का कार्यभार सँभाले। उनकी सहायता के लिए मैं कला संकाय के अध्यक्ष प्रोफ़ेसर राजेश करमरकर से निवेदन करता हूँ।"

राजेश अपनी जगह पर खड़े रहकर ही बोले—

"अध्यक्ष महोदय, मैं आपके आदेश का उल्लंघन नहीं करना चाहता, लेकिन मैं विवश हूँ। मैंने उपकुलपति पद के लिए एक प्रत्याशी का नाम प्रस्तावित किया है, इसलिए वैधानिक रूप से मुख्य चुनाव अधिकारी के सहायक के रूप में कार्य करना उचित नहीं होगा।"

विष्णु बोले—

"मैं प्रोफ़ेसर करमरकर का आभारी हूँ जो उन्होंने मुझे ठीक समय पर आगाह कर दिया। मैं विधि संकाय के अध्यक्ष प्रोफ़ेसर राजेन्द्र भटनागर से निवेदन करता हूँ।"

राजेन्द्र अपनी जगह से उठकर रमन भार्गव के पास आकर बैठ गए।

विष्णु फिर बोले—

"मैं यह व्यवस्था देता हूँ कि उपकुलपति पद के लिए जिस व्यक्ति का नाम प्रस्तावित किया गया है उसे विवादग्रस्त मानकर निरस्त कर दिया जाए और उपकुलपति पद के लिए पुनः नाम प्रस्तावित किया जाए।"

सभाभवन में सन्नाटा छा गया। इस सन्नाटे को कौन तोड़े इसी असमंजस में सभी एक-दूसरे की तरफ़ ऐसे देख रहे थे जैसे कोई किसी को पहचानता न हो अचानक पं. हरिकृष्ण शुक्ला खड़े हो गए और बोले—

"श्रीमान् अध्यक्ष महोदय, मैं यह प्रस्तावित करता हूँ कि यह बैठक कुछ देर के लिए स्थगित कर दी जाए।"

प्रोफसर राजेश करमरकर सहसा खड़े हो गए। मगर वो तैश में नहीं थे और

अगर थे भी तो उनके चेहरे पर उस तैश का कोई असर नहीं था। हाँ, यदि कुछ दीख रहा था उनके चेहरे पर तो वो था आश्वस्ति का स्थायी भाव जिसमें तूफ़ान के बाद उजाड़ को नज़रअन्दाज़ करने का दमखम हो कि हर उजाड़ के बाद निर्माण होकर रहेगा। राजेश के होंठों पर मुस्कराहट इस चुनौती के साथ ही मौजूद थी कि उसे कोई उखाड़कर तो देखें। वे बोले—

"श्रीमान् अध्यक्ष महोदय, मैं ये हरिकृष्ण शुक्ल से क्षमायाचना के साथ कह रहा हूँ कि बैठक के स्थगन की कोई ज़रूरत नहीं है। यों हरिकृष्ण शुक्ल जी जैसे मजबूत नेता को इतनी जल्दी ढीला नहीं पड़ना चाहिए। मैं ये शुक्ल जी महाराज को आश्वस्त करना चाहता हूँ कि श्रीमान् वही होगा जिसका निर्देश हमारे माननीय मुख्यमंत्रीजी हमको दे गए हैं। आख़िर हमारी बिसात ही क्या है? भले ही आप हमें प्रोफ़ेसर, प्रिंसिपल या विद्वान् कहें, मगर हम सब हैं तो ग़रीब मास्टर ही।"

सहसा श्री श्याम कलेवर जी सेठिया वकील ने हस्तक्षेप किया—

"अध्यक्ष महोदय, क्या हम जान सकते हैं कि प्रोफ़ेसर राजेश करमरकर को भाषण देने की अनुमति किसने दी है?"

इससे पहले कि विष्णु कुछ सोचते राजेश, सेठिया वकील की ओर मुख़ातिब होकर बोले—

"मैं बहुत शर्मिन्दा हूँ। विश्वास कीजिए, मैं तो उपकुलपति पद के लिए प्रत्याशी का नाम प्रस्तावित करने के लिए खड़ा हुआ था। मगर क्या करूँ! हम शिक्षकों की ऐसी आदत है कि हम जब भी बोलने के लिए खड़े होते हैं पूरा एक पीरियड यानी चालीस मिनट लगातार बोलने के आदी हैं। बस, इसी आदत की वज़ह से ग़फलत हो गई। माफ़ी चाहता हूँ।

सेठिया वकील ने चुटकी ली—

अफसोस मत कीजिए प्रोफ़ेसर करमरकर। आपको भरपूर बोलने का अवसर ज़रूर मिलेगा।

"धन्यवाद सेठियाजी, मैं भी बोलने का अवसर चूकूँगा नहीं। फिलहाल तो अध्यक्ष महोदय, मैं उपकुलपति पद के लिए प्रत्यक्ष रूप से घोषित नहीं होते हुए भी घोषित जैसा ही मानकर यानी अघोषित-घोषित प्रत्याशी का नाम प्रस्तावित करना चाहता हूँ। जी हाँ, मैं उपकुलपति पद के लिए पं. हरिकृष्ण शुक्ल का नाम प्रस्तावित करता हूँ।

एक बार फिर सभाभवन में सन्नाटा छा गया। इस सन्नाटे को विष्णु ने तोड़ा—

"मैं चुनाव अधिकारियों से निवेदन करता हूँ कि ब्लैक बोर्ड पर प्रस्तावित प्रत्याशी का शुभनाम लिख दिया जाए।"

ब्लैक बोर्ड पर प. हरिकृष्ण शुक्ल का नाम लिख दिया गया।

चुनाव अधिकारी प्रो. रमन भार्गव बोले—

"उपकुलपति पद के लिए किसी दूसरे प्रत्याशी का नाम?"

प्रोफ़ेसर देवेन्द्र श्रीवास्तव जैसे ही बोलने के लिए खड़े हुए विष्णु ने हस्तक्षेप किया—

"इससे पहले कि प्रोफ़ेसर देवेन्द्र श्रीवास्तव कुछ बोलें, मैं यह अपील करता हूँ कि कृपया यह चुनाव सर्वसम्मति से होने दें।"

प्रोफसर देवेन्द्र श्रीवास्तव तैश में आ गए—

"क्या अध्यक्ष महोदय की इस अपील को हम अपने प्रजातांत्रिक अधिकारों का हनन मान लें?"

एक साथ कई शिक्षक बोल पड़े—

"हम अपने प्रजातांत्रिक अधिकारों का हनन नहीं होने देंगे।"

विष्णु के उदास चेहरे पर अचानक चमक आ गई। लगा जैसे उनके मन की मुराद पूरी हो गई। वो हँसकर बोले—

"मैं सदन से क्षमायाचना करता हूँ। आप अपने प्रजातांत्रिक अधिकारों का अवश्य उपयोग करेंगे।"

प्रोफ़ेसर देवेन्द्र श्रीवास्तव यही तो चाहते थे। झट बोल पड़े—

"मैं प्रोफ़ेसर विष्णुदत्त चतुर्वेदी का नाम उपकुलपति के प्रत्याशी के रूप में प्रस्तावित करना चाहता हूँ।"

"सदन में ख़ुशी की लहर दौड़ पड़ी, क्योंकि शिक्षकगण आश्वस्त थे कि महाविद्यालयीन प्राचार्य तथा कुछ और सदस्यों को यदि विरोधी मान भी लें तो शेष सदस्यों की संख्या निश्चय ही भारी बहुमत से विष्णु के पक्ष में थी।

विष्णु ने कहा—

"मैं चुनाव अधिकारियों से निवेदन करता हूँ कि ब्लैक बोर्ड पर दूसरे प्रत्याशी का नाम लिख दिया जाए।"

ब्लैक बोर्ड में विष्णु का भी नाम लिख दिया गया।

रमन भार्गव ने पूछा—

"उपकुलपति पद के लिए किसी और प्रत्याशी का नाम?"

सभाभवन में फिर सन्नाटा छा गया। थोड़ी देर बाद रमन भार्गव बोले—

"तो यह मान लिया जाता है कि उपकुलपति के प्रत्याशी के रूप में केवल दो ही नाम हैं। एक पं. हरिकृष्ण शुक्ल और दूसरे है प्रोफ़ेसर विष्णुदत्त चतुर्वेदी। चूँकि नाम दो हैं इसलिए चुनाव प्रक्रिया विधिवत् सम्पन्न होना आवश्यक है। विश्वविद्यालय अधिनियम के अनुसार चुनाव गुप्त मतदान से होगा। इसलिए बूथ और पर्चियाँ करने में थोड़ा समय लगेगा। पर्चियों पर प्रत्याशियों के नाम एल्फेबेटिकल ऑर्डर से लिखे जाएँगे। पर्ची पर पहला नाम पं. हरिकृष्ण शुक्ल और दूसरा नाम प्रोफ़ेसर विष्णुदत्त चतुर्वेदी। इसलिए अध्यक्ष महोदय से निवेदन है कि इस प्रक्रिया को शुरू करने के

पहले हमे आधा घंटे का समय दिया जाए। सभासदों से यह अपील की जाती है कि वे आपस में बातचीत न करें।"

विष्णु मुस्कराते हुए उठ खड़े हुए। उनके खड़े होते ही सभी सभासद खड़े हो गए। उन्होंने इशारे से सबको बैठने के लिए निवेदन किया और बोले—

"एक व्यवस्था की ओर आप सबका ध्यान आकर्षित करना चाहूँगा। चुनाव की गर्मजोशी में चुनाव अधिकारी महोदय चुनाव प्रक्रिया के पालन में थोड़ा चूक कर गए। नियमानुसार प्रत्याशियों का नाम वापस लेने का अवसर उन्होंने नहीं दिया। इसलिए मैं अध्यक्ष होने के नाते पूछता हूँ कि क्या कोई प्रत्याशी अपना नाम वापस लेंगे?"

सभा में दोनों पक्षों से नहीं-नहीं की आवाज़ गूँज उठी।

विष्णु अपनी अध्यक्षीय आसन्दी छोड़कर हँसते हुए सार्वजनिक माइक के सामने खड़े होकर बोले—

"आदरणीय सभासदो, चूँकि मैं उपकुलति पद का एक प्रत्याशी हूँ इसलिए एक प्रत्याशी के रूप में अपना वक्तव्य अध्यक्षीय आसन्दी से देना मैंने उचित नहीं समझा।"

अचानक इन्द्रजीत दुबे वकील ने हस्तक्षेप किया—

"आप अन्याय कर रहे है प्रोफ़ेसर चतुर्वेदी। यदि सदन में प्रत्याशियों को वक्तव्य देने का अवसर दिया जाता है तो पहला अवसर पं. हरिकृष्ण शुक्ल को दिया जाना चाहिए, क्योंकि उनका नाम पर्ची में पहला होगा।"

सदाशयता की मूर्ति बने पं. हरिकृष्ण शुक्ल ने अपनी जगह पर खड़े होकर कहा—

"प्रोफ़ेसर विष्णुदत्त चतुर्वेदी ही पहले बोलें। मुझे कोई आपत्ति नहीं है। यों भी मुझे कुछ भी नहीं बोलना है। मैं तो सेवक हूँ और हमेशा सेवक ही रहूँगा। सेवक तो कार्य में ही विश्वास रखता है, बोलने में नहीं। बोलना तो आप विद्वान् का एकाधिकार है। आप बोलिए प्रोफ़ेसर विष्णुदत्त चतुर्वेदी। मुझे कुछ भी नहीं बोलना है।"

पं. हरिकृष्ण शुक्ल बैठ गए। विष्णु थोड़ी देर तक माइक के सामने चुपचाप खड़े रहे और मुस्कराते हुए नज़रें झुकाए फर्श की ओर निहारते रहे। फिर उन्होंने आहिस्ता-आहिस्ता अपनी पलकें उठाईं और पूरे सदन पर अपनी नज़रें दौड़ाईं। उनकी मुस्कान थोड़ी और चौड़ी हो गई। फिर वो थोड़ा हँसकर बोले—

"आदरणीय सभासदो, यह मैंने आज जाना कि कैसे इनसान को चुनाव परत-द-परत उघाड़ता ही चलता है। अपने पच्चीस वर्षों के शिक्षक जीवन में मैंने कभी किसी चुनाव में हिस्सा नहीं लिया। मेरा तो यह सिद्धान्त रहा है कि मैं किसी चुनाव में हिस्सा नहीं लूँगा। चुनाव तो राजनीतिज्ञों का खेल है। यह उन्हीं को शोभा देता है। हम शिक्षक तो इनसान बनाने का काम करते हैं। प्रत्याशी बनने-बनाने का नहीं। मगर कैसा है कि शिकंजा चुनाव का मैं भी लपेट में आ गया। इसलिए इस निर्णय का क्या करूँ जो मैं शुरू से लिये बैठा हूँ। मैं किसी भी कीमत पर अपने सिद्धान्त

को तोड़ नहीं सकता, न बीते हुए कल, न आज न कभी आगे। यह मेरा दृढ़ निश्चय है। इसलिए आदरणीय सभासदो, मैं, विष्णुदत्त चतुर्वेदी, उपकुलपति के पद के इस चुनाव से दृढ़तापूर्वक अपना नाम वापस लेता हूँ।"

इतना कहकर विष्णु तेज़ी से अपनी अध्यक्षीय आसन्दी की ओर बढ़े और बैठ गए।

कई शिक्षक तिलमिलाकर बोल पड़े—

"ऐसा हरगिज़ नहीं हो सकता। आप हमें धोखा नहीं दे सकते।"

शिक्षकों की तिलमिलाहट शोर में तब्दील हो गई। विष्णु ने हमेशा की तरह इशारे से सबको शान्त रहने को कहा। फिर माइक पर शान्त रहने की अपील की, लेकिन करो या मरो के अन्दाज़ में शोर बढ़ता ही रहा। आख़िर अपने स्वभाव के विरुद्ध विष्णु को चीख़ना पड़ा—साइलेंस प्लीज़।"

सभाभवन में सन्नाटा छा गया। इस सन्नाटे को तोड़ा विष्णु ने—

"आदरणीय सभासदो, मैं अपनी चीख़ के लिए क्षमा चाहता हूँ। आपा खो बैठना किसी भी शिक्षक को शोभा नहीं देता। मैं पुनः सभी सभासदों से नतमस्तक हो करबद्ध क्षमाप्रार्थी हूँ।"

सभाभवन में सुई पटक सन्नाटे को चीरती हुई एक आवाज़ गूँजी—

"राजेश करमरकर बेहोश हो गए हैं।"

सभी शिक्षक राजेश की कुर्सी की ओर दौड़े। इस भीड़ को चीरते हुए विष्णु भी पहुँचे। विष्णु के पहुँचते ही राजेश उठ बैठे और बोले—

"मैं तो नाटक कर रहा था। किसी देवता का ध्यान आकर्षित करने के लिए इससे बढ़िया कोई और उपाय नहीं है। विष्णु सर, हम प्रॉमिस करते हैं कि आपका मन्दिर ज़रूर बनाएँगे। ऐसा मैं तहेदिल से कह रहा हूँ। ऐसा आप ही कर सकते हैं विष्णु सर। अपनी जीत को आपने हवा में उड़ा दिया।"

विष्णु बोले—

"देवता होते भी हैं या नहीं, मैं नहीं जानता और यदि होते हैं तो उन्हें उनका देवत्व मुबारक हो। मैं तो मनुष्य बने रहने की प्रक्रिया में हूँ। हार-जीत या तो राजनीति में होती है या खेलकूद में। मैं न तो पॉलिटिशियन हूँ और न ही स्पोटर्सपर्सन। चियरअप, मैं आज की घोषणा सम्पन्न करने जा रहा हूँ।"

राजेश को अपने चरणों से उठाकर गले लगाता हुआ विष्णु अध्यक्षीय आसन्दी की ओर बढ़ा और बोला—

"कृपया अपनी-अपनी सीट पर बैठ जाइए। सभा की समापन घोषणा अभी बाक़ी है। मैं इस महासभा के अध्यक्ष की हैसियत से पं. हरिकृष्ण शुक्ल को सर्वसम्मति से तीन वर्षों के लिए उपकुलपति निर्वाचित घोषित करता हूँ।"

घोषणा होते ही प्रदेश के शिक्षा सचिव पं. हरिकृष्ण शुक्ल की और लपके और

उन्हें बधाई दी। चारों वकील और प्राचार्यों ने अपने-अपने झोलो से माला निकालकर पंक्तिबद्ध होकर पं. शुक्ल को माला पहनाते हुए बधाई दी। मालाओं से लदे फदे पं. शुक्ल अध्यक्ष की आसन्दी की ओर बढ़े। विष्णु ने बधाई में उनकी ओर अपना हाथ बढ़ाया। पं. शुक्ल ने विष्णु को गले लगा लिया और बोले—

"प्रोफ़ेसर चतुर्वेदी, आप जैसे इनसान से मैं पहली बार मिल रहा हूँ जिसने अपनी जीत मेरी झोली में डाल दी। मैं तो नाममात्र का उपकुलपति हूँ, विश्वविद्यालय का संचालन तो आप ही करेंगे।"

विष्णु बोले—

"सर, मैं अपनी जगह बख़ूबी जानता हूँ। हाँ, मैं इस विश्वविद्यालय से प्रतिबद्ध हूँ, क्योंकि मैं हरिकेसरी बब्बा के सपने से प्रतिबद्ध हूँ।

इससे पहले कि सभा समाप्त हो, सभा भवन के बाहर विद्यार्थियों की चीख़ पुकार, शोरगुल और नारों से विश्वविद्यालय के शान्त परिवेश में तूफ़ान का रेला-सा रहा। राजेश करमरकर भागते हुए बाहर पहुँचे, मगर वे विद्यार्थियों पर काबू पाने में समर्थ नहीं हो सके। विद्यार्थीजन निर्वाचित उपकुलपति के विरुद्ध नारे लगा रहे थे और विष्णु को उपकुलपति के पद पर निर्वाचन की माँग कर रहे थे। स्थिति को नियंत्रण से बाहर जाते देख विष्णु सभाभवन के बाहर दौड़ते हुए पहुँचे और बाहर बने चबूतरे पर खड़े हो गए। इसी बीच कलेक्टर ने पुलिस बल को विश्वविद्यालय परिसर में बुलवा भेजा। विष्णु दोनों हाथ उठाकर चिल्लाए—

"शान्त हो जाओ। शान्त हो जाओ। साइलेंस प्लीज़।"

कुछ ही क्षणों में विद्यार्थी शान्त हो गए। इतने में विष्णु की नज़र परिसर में प्रवेश कर रहे पुलिस वाहनों पर पड़ी। विष्णु ने पास खड़े कलेक्टर टंडन से पूछा—

"कलेक्टर टंडन, किसने पुलिस बल को विश्वविद्यालय परिसर में घुसने का आदेश दिया?"

कलेक्टर टंडन अधिकार भाव से बोले—

"मैंने आदेश दिया है।"

पुलिस बल को सभाभवन की ओर आते देख विद्यार्थी भड़क उठे—

"लाठी, गोली की सरकार नहीं चलेगी, नहीं चलेगी।"

विष्णु फिर बोले—

"खामोश! कोई अपनी जगह से नहीं हिलेगा।"

विद्यार्थी कसमसाकर ख़ामोश हो गए।

विष्णु ने कलेक्टर से कहा—

"मिस्टर कलेक्टर, क्या आपको मालूम है कि विश्वविद्यालय परिसर में पुलिस

बुलाने के पहले उपकुलपति का आदेश प्राप्त करना कम्पलसरी है?"

कलेक्टर टंडन ने इत्मीनान से कहा—

"जी हाँ, मैंने प. हरिकृष्ण शुक्लजी से आदेश प्राप्त कर लिया था।"

विष्णु ने शान्त स्वर में कहा—

"मिस्टर कलेक्टर, आपने जल्दबाज़ी में यह जानना भी ज़रूरी नहीं समझा कि निर्वाचित उपकुलपति तब तक उपकुलपति पद पर प्रतिष्ठित नहीं माने जाते जब तक वे विधिवत् पदभार ग्रहण नहीं करते हैं। इसलिए आपकी जानकारी के लिए यह सूचना दे रहा हूँ कि फिलहाल विश्वविद्यालय के उपकुलपति पद का भार मेरे पास है और मैंने आपको आदेश नहीं दिया है कि विश्वविद्यालय परिसर में पुलिस बुलवाई जाए। आशा है आप मेरी बात समझ गए होंगे और पुलिस बल को विश्वविद्यालय परिसर से फौरन बाहर जाने का आदेश देंगे।"

कलेक्टर टंडन ने तिलमिलाकर कहा—

"कौन ज़िम्मेदार होगा—विश्वविद्यालय परिसर में क़ानून और व्यवस्था के लिए?"

विष्णु ने शान्त स्वर में बोले—

"मैं ज़िम्मेदार हूँ और अपनी ज़िम्मेदारी ख़ूब समझता हूँ।"

कलेक्टर टंडन आपे से बाहर होकर बोले—

"यदि विश्वविद्यालय परिसर में शान्ति भंग हुई तो आप ज़िम्मेदार होंगे।"

विष्णु ने शान्त किन्तु दृढ़ स्वर में कहा—

"मिस्टर टंडन, यू आर ए यंग ऑफ़िसर बट यू डोंट नो हाउ टू बिहेव विद ए सीनियर टीचर। हम शिक्षकों को ऊँची आवाज़ में बात सुनने की आदत नहीं है। प्लीज़ कूल डाउन एंड डू योर ड्यूटी।"

उसी समय शिक्षा सचिव मेहरा तेज़ी से कलेक्टर के पास आए और फुसफुसाए—

"बिहेव योर सेल्फ, टंडन, यू शुड नो योर लिमिट्स। फौरन पुलिस फोर्स को बाहर भेजो।"

अपने वरिष्ठ अधिकारी की चेतावनी से कलेक्टर सजग हुए और उन्होंने पुलिस बल को फौरन बाहर जाने का आदेश दिया। पुलिस बलों को बाहर जाते देख विद्यार्थी जीत की ख़ुशी में चिल्लाए—

"कलेक्टर टंडन हाय-हाय!"

विष्णु आपे से बाहर हो गए—

"ख़ामोश! गुस्ताख, बदतमीज़! लानत है तुम सबको। पूजनीय हरिकेसरी बब्बा के विश्वविद्यालय में ऐसी शर्मनाक नारेबाज़ी। आज तुम लोगों की इस बदतमीज़ी से, मारे शर्म के मेरा सिर झुक गया है। मैं, विष्णुदत्त चतुर्वेदी, बुन्देला विश्वविद्यालय का वर्तमान उपकुलपति तुम लोगों की इस बदतमीज़ी के कारण, सबके सामने

खुलेआम, कलेक्टर टंडन से माफ़ी माँगता हूँ।"

विष्णु कलेक्टर के सामने हाथ जोड़कर झुक गए। विद्यार्थियों में सन्नाटा छा गया। कलेक्टर टंडन हतप्रभ होकर यह दृश्य देख रहे थे। अपने सामने विष्णु को इस तरह झुका पाकर कलेक्टर ने विष्णु के हाथ पकड़ लिये और कहा—

"नो-नो सर, यू नीड नॉट अपोलोजाइज़। आप हमारे गुरु जैसे हैं। दरअसल, विश्वविद्यालय परिसर में पुलिस बुलवाकर मैंने ही विद्यार्थियों को प्रोवोक किया था।"

कलेक्टर ने विष्णु के हाथ छोड़कर अपने हाथ जोड़ लिये और बोले—

"ग़लती मैंने की थी। इनफैक्ट, आय शुड अपोलोजाइज़।"

विष्णु ने भावावेश में कलेक्टर को गले लगा लिया और बोले—

"गॉड ब्लेस यू यंग मैन।"

और विष्णु विद्यार्थियों की ओर मुड़े—

"मेरे प्यारे विद्यार्थियो, मैं जानता हूँ तुम सब मुझसे कितना प्यार करते हो। तुम्हारा प्यार ही तो मेरी ताक़त है, लेकिन इस प्यार का अगर तुम ग़लत इस्तेमाल करते हो तो मेरी यह ताक़त, मेरी कमज़ारी में तब्दील हो जाएगी। तुम लोग मामूली विद्यार्थी नहीं हो, क्योंकि तुम लोग हरिकेसरी बब्बा के बुन्देला विश्वविद्यालय के विद्यार्थी हो। क्या तुम नहीं चाहते कि बुन्देला विश्वविद्यालय हमारे देश का सर्वश्रेष्ठ विश्वविद्यालय कहलाए? अगर ऐसा चाहते हो तो तुम्हें कोई हक़ नहीं है कि तुम बुन्देला विश्वविद्यालय के उपकुलपति पद के चुनाव में दिलचस्पी लो। कौन उपकुलपति बनता है, इससे तुम्हें कोई सरोकार नहीं। तुम्हारा सरोकार है क्लासरूम, लायब्रेरी, लैबोरेटरी-स्टडीज़ और रिसर्च। तुम्हारा सरोकार है खेल के मैदान से, नाटक-रंगमंच से, साहित्यिक गोष्ठी से, डिबेट-सेमिनार और सिम्पोज़ियम से। तुम्हारी दिलचस्पी अगर किसी चुनाव में है, तो वो है तुम्हारे अपने विश्वविद्यालय विद्यार्थी संघ के चुनाव में जिसमें राजनीतिक दलों का कोई हस्तक्षेप नहीं होगा। आज जो कुछ तुमने किया, उसे फिर कभी मत दोहराना, कभी नहीं। मुझे तुम पर गर्व है कि तुम्हारे विद्यार्थी संघ के साहित्यिक और सांस्कृतिक कार्यक्रमों की, तुम्हारे विद्यार्थी संघ की वार्षिक पत्रिका की और शोध पत्रिका की देशभर में चर्चा होती है। चलो, इस बहाने तुम्हारे साथ खुलकर बातचीत हुई जो बहुत दिनों से नहीं हुई थी। अब तुम सीधे अपनी कक्षाओं में जाओ। फिर कहता हूँ, तुम सब पर मुझे गर्व है।"

विद्यार्थियों का हुजूम चुपचाप सिर झुकाए वहाँ से चला गया। यह अविश्वसनीय दृश्य देखकर शिक्षा सचिव और कलेक्टर टंडन अवाक् रह गए। मगर सभाभवन के एक हिस्से में बैठे समस्त महाविद्यालयों के प्राचार्यगण मन ही मन शर्मिन्दा होते रहे कि अपने-अपने महाविद्यालयों में उनका ऐसा वर्चस्व क्यों नहीं है, जैसा विष्णु का बुन्देला विश्वविद्यालय के समस्त विद्यार्थी समाज पर है। उधर सभाभवन के मंच पर अपने चारों वकील साथियों के साथ घिरे बैठे नव-निर्वाचित उपकुलपति

पं. हरिकृष्ण शुक्ल यही सोच रहे थे कि विष्णु नामक इस तूफ़ान की नाक में नकेल कैसे डाली जाए।

तूफ़ान ज़रूर आया मगर झील की सतह पर। इस तूफ़ान ने झील के पानी में उथल-पुथल मचा दी। आख़िर झील, तूफ़ान के वशीभूत, अपने तटबन्ध तोड़ने लगी और झील का उछाल मारता हुआ पानी पूरे हरिपुर की हर गली-कूचे, चौराहे, तिराहे, ठीये में बाढ़ बनकर फैल गया। आख़िर सारा शहर डूब में आ गया, लेकिन डूबा नहीं।

हरिपुर नामक चर्चानगरी में फिर से चर्चा का दौर चल पड़ा।

परकोटा स्थित पं. प्रद्युम्न प्रसाद शुक्ल के मन्दिर-सह-निवास के चबूतरे पर, उस शाम खाली भीड़ जमा थी। पंडित जी बड़े उद्विग्न थे। उस लम्बे-चौड़े से कोने में रखे तखत पर पहले तो वो पालथी मारकर बैठे हुए क्षेत्रीय लोगों से बतिया रहे थे। बतिया क्या रहे थे, ऊँची आवाज़ में विश्वविद्यालय में घुस आई पॉलिटिक्स पर टीका टिप्पणी कर रहे थे। जैसे-जैसे लोगों की संख्या बढ़ने लगी, पंडित जी के तेवर बदलने लगे और तेवर के साथ-साथ बैठक-शैली में भी बदलाव आने लगा। पालथी से उकड़ूँ, फिर वज्रासन में और अन्ततोगत्वा उठ खड़े हुए थे प्रद्युम्न प्रसाद शुक्ल ललकार की मुद्रा में।

"ऊँसै मुँह बाय का देख रये हो हमाई तरफ़? हम कोउ तमासा कर रये हैं का? अरे, हम कोउ परसाद नाई बाँट रये। हम तो जा कह रहे हैं कि जो का हो रओ हे बुन्देला बिसबिद्यालय में, कछु ख़बर है आपखों? जे का बात भई कि हम सबके प्यारे माट्साब—अरे भाई, अच्छो नोनो सो नाम है उनखों—हाँ दागदर बिसूनदत्त चतुर्वेदी। उनखों नी बनाओ आपने उपकुलपति, जैसो हमाय केसरी बब्बा चाहत हते। कहाँ से पकर लाए इन पंडतजी खों, बे भी तो सुकुल हैं—पंडत हरीकिसन सुकुल? अरे, सुकुल तो हम भी हैं। फिर हमें खो काय नई बना दयो उपकुल्पती। अरे भाई, सुकुल हो, पंडत हो, तो काय नई पूजा पाठ करत हमाय धाँई। काय को हमाय बिसविदियालय में घुसत हो?"

इसी रौ में जाने कब तक पंडित जी बोलते रहे और लोग उत्तेजित होते रहे। आख़िर यह निश्चय किया गया कि अगले दिन हरिपुर के नागरिको का जुलूस बनाकर नवनिर्वाचित उपकुलपति का तख़्ता पलट करेंगे।

लेकिन अगले दिन हवा बदल चुकी थी। विष्णु पंडित जी के चबूतरे पर पहुँच गए थे। उन्होंने पंडित जी और चबूतरे पर उपस्थित समाज को यह ख़ूब अच्छी तरह समझा दिया कि किसी भी विवाद से विश्वविद्यालय की प्रतिष्ठा में हानि होगी।

बात यह भी चली कि आसपास के लोगों ने दबी ज़बान से सही, यों चर्चा चलाई कि पिछली रात को जब शहर सो चुका था यानी आधी रात के बाद कलेक्टर साहब की मोटर गाड़ी मन्दिर के सामने आकर रुकी थी और थोड़ी देर बाद चली गई थी। चर्चाकारों के लिए यह बतलाना मुश्किल था कि गाड़ी पंडित जी को लेने आई थी या कि कलेक्टरनबाई पंडिताइन से मिलने आई थी। बहरहाल, इस चर्चानगरी में चर्चा का दौर चला ज़रूर—कई नुक्कड़ों पर। परिवेश थोड़ा-बहुत गरमाया भी। मगर विष्णु का फायर ब्रिगेड मुस्तैदी से कारगर कार्रवाई करता रहा। आख़िर हुआ वही जो होना था यानी बात आई-गई हो गई।

यह ज़रूर हुआ कि नव-निर्वाचित उपकुलपति को जब वस्तुस्थिति का पूरा-पूरा पता चला तो वे आश्चर्यचकित रह गए कि विष्णु आख़िर किस मिट्टी का बना हुआ है कि उसी की कुर्सी बचाने में लगा हुआ है जिसे वो चुनाव में हराने की क्षमता रखते हुए भी चुनाव से हट गया और अपने विरोधी को उपकुलपति बनने का मौक़ा बेहिचक दे दिया। विष्णु तो केसरी बब्बा के बृहत्तर सपने को चरितार्थ करने में लगा हुआ है। मगर उसे यह जानने की ज़रूरत ही महसूस नहीं हुई कि उसका अविश्वसनीय स्तर का उच्चतम आदर्शवाद इस दुनियादारी की दुनिया में फलीभूत होने योग्य है या नहीं। जिस घोर आदर्शवाद को विष्णु अपनी चरम उपलब्धि मानता था, वो आदर्शवाद दुनियादारी की नज़रों में बेवकूफीभरा पागलपन है। दुनियादारी वाले ऐसे व्यक्ति को अपनी स्वार्थसिद्धि के रास्ते का रोड़ा ही नहीं, ख़तरनाक भी मानते हैं।

नव-निर्वाचित उपकुलपति पं. हरिकृष्ण शुक्ल के कार्यकाल का एक महीना बिना किसी बदलाव के गुज़र गया। इस प्रथम माह को उत्सवित करने के लिए नये उपकुलपति ने विष्णु को चाय पर आमंत्रित किया। इस चाय पर विष्णु के अलावा और कोई नहीं था। नाश्ते का प्रबन्ध इतना विस्तृत और भव्य था कि विष्णु चकित रह गया और बोल पड़ा—"एक्सक्यूज़ मी सर, केवल दो व्यक्तियों के लिए इतनी वैराइटी?"

उपकुलपति बोले—

"किसी महत्त्वपूर्ण व्यक्ति के सम्मान में गुलदस्ता भेंट किया जाता है, उसमें फूलों की गिनती नहीं लगाई जाती।"

"बहुत सही फरमाया आपने। मगर एक बात ज़हन में आती है कि फूलों का गुलदस्ता अगर सही ढंग से प्रिज़र्व किया जाए तो वो गुलशन की शोभा लम्बे समय तक बना रहा सकता है।"

"आप चिन्ता न करें प्रोफ़ेसर चतुर्वेदी, बचा हुआ नाश्ता वेस्ट नहीं होगा। आपकी तरफ़ से गरीबों में बाँट दिया जाएगा।"

"सचमुच सर, आपकी ज़र्रानवाज़ी से मैं अभिभूत हूँ।"

"यही तो चाहता था मैं।"

चाय पीते हुए उपकुलपति ने बात शुरू की—

"प्रोफ़ेसर साहब, मैं आपसे एक महीने बाद मिल रहा हूँ। इस एक महीने में आपने पता नहीं क्या-क्या कर दिया होता।"

"शुरू -शुरू में तो एक खालीपन ने ऐसा जकड़ा मुझे कि मेरा जीना व्यर्थ है। दूसरे केसरी बब्बा बहुत याद आए। किसी की याद ऐसी भी हो सकती है जो पीछा ही नहीं छोड़ रही थी। ऐसे में मेरी पत्नी ने सहसा मेरे सामने डायरी रख दी और बोली—तुम्हारे ब्रीफकेस के पिछले हिस्से में रखी हुई थी। रखी नहीं थी, रखी-रखी चिपक गई थी। पिछले पाँच सालों से तुमने इसे छुआ भी नहीं था। एक़दम कोरी है। सिर्फ़ पहले पन्ने में तुम्हारी फिज़िक्स के रिसर्च के नोट्स लिखे हुए हैं। यह पन्ना भी पीला पड़ गया है और स्याही भी धुँधली पड़ गई है।"

सच मानिए सर, बेहद शर्मिन्दा महसूस हुआ कि फिज़िक्स की क्लास ज़रूर नियमपूर्वक पढ़ाता रहा पिछले पाँच साल और वो भी पुराने नोट्स के सहारे। रिसर्च तो भूल ही गया था। पत्नी फिर बोली—तुम्हारी घरेलू लायब्रेरी की किताबों की धूल मैं ज़रूर झाड़ती रही, लेकिन तुम लायब्रेरी में बैठना भूल गए थे। दोष तुम्हारा नहीं है। तुम तो केसरी बब्बा के सपने के जुनून में सबकुछ भूले हुए थे। चियरअप, मैं तुम्हारी ब्लैक कॉफ़ी लाती हूँ।

पत्नी की बातों ने मुझे इस क़दर झकझोरा कि मैं डायरी उठाकर अपनी लायब्रेरी में जा बैठा। बस उस दिन से अपनी लायब्रेरी, अपना डिपार्टमेंट, अपनी लेबोरेटरी में इस क़दर मशगूल हो गया कि मेरे पुराने दिन लौट आए। बीते एक महीने में मेरी रिसर्च डायरी ताज़गी से भर गई है। मुझे याद आया कि मैं एक रिसर्च प्रोजेक्ट में काम कर रहा था। फिर क्या था सब कुछ पहले जैसा हो गया। विदेशों में मेरी रिसर्च की चर्चा उसी गर्मजोशी से चलने लगी। लेटेस्ट स्थिति में बड़ी उत्तेजना है। फ़िजिक्स के जिस फॉर्मूले को लेकर मैंने फिज़िक्स की दुनिया को झकझोरा था उसी दुनिया में एक फ्रेंच फिज़िक्स ने मेरे फॉर्मूले को चैलेंज कर दिया है। मैंने रात-रात भर जागकर स्वयं को इतना मतबूत कर लिया है कि मैं उस चैलेंज की धज्जियाँ उड़ा सकता हूँ। अगले महीने फ्रांस में ही फिज़िक्स के एक इंटरनेशनल कॉन्फ्रेंस में उस फ्रांसीसी फिज़िसिस्ट से मेरी मुठभेड़ होगी। मैं बेहद उत्तेजित हूँ। मेरी अपनी दुनिया में लौट गया हूँ।

उपकुलपति बड़े ध्यान से विष्णु की बातें सुन रहे थे। सहसा उठे और विष्णु को गले लगा लिया। और बोले—

"प्रोफ़ेसर साहब आपकी विद्वत्ता पर हम सबको गर्व है। अगले महीने फ्रांस जाने के पहले आपके साथ मुलाकात तो होगी।"

"ज़रूर होगी, सर मैं आपसे मिलकर जाऊँगा।"

अगला महीना आ गया। पिछले महीने से ही विश्वविद्यालय में सरगर्मी बढ़ गई थी। विष्णु फ्रांस के लिए रवाना हो गए। उपकुलपति ने उनकी भव्य विदाई आयोजित की। इसी महीने में नये उपकुलपति ने अपने कार्यकाल की पहली कार्य परिषद् की बैठक आयोजित की। इस बैठक में अधिकतर रूटीन मामले ही थे। बस एक मामला बेहद चौंकानेवाला और उत्तेजक था। सेठिया वकील ने कार्य परिषद् की बैठक में शंकरदत्त चतुर्वेदी की डॉ. हरिकेसरी महाविद्यालय में प्राचार्य पद पर नियुक्ति को ग़ैरक़ानूनी करार दिया। उन्होंने सिद्ध किया कि शंकरदत्त चतुर्वेदी के पास, प्राचार्य पद पर नियुक्ति के समय वांछित योग्यता नहीं थी, क्योंकि उनके पास हिन्दी की स्नातकोत्तर कक्षाओं को पढ़ाने का तथा महाविद्यालयीन अथवा विभागीय प्रशासन का कोई अनुभव नहीं था जो कि प्राचार्य पद के लिए अनिवार्य है। कार्यपरिषद् की बैठक में बहुमत सेठियाजी के पक्ष में था। जिन चार शिक्षक सदस्यों और कोषाध्यक्ष ने इस नियुक्ति को सही ठहराने की दलीलें दीं, जो ठोस नहीं थीं। केवल भावुकतापूर्ण और केसरी बब्बा की व्यक्तिगत इच्छाओं के अनुसार थी। कोषाध्यक्ष आनन्दीलाल शुक्ल ने केसरी बब्बा की इच्छाओं का बहुत वास्ता दिया। शिक्षक सदस्यों ने पुरज़ोर अपील की मगर उनकी एक नहीं चली और बहुमत से यह निर्णय लिया गया कि शंकरदत्त चतुर्वेदी को प्राचार्य पद से हटाया जाए। उपकुलपति ने यह व्यवस्था ज़रूर की कि शंकरदत्त चतुर्वेदी को डॉ. हरिकेसरी महाविद्यालय का उप प्राचार्य (वाइस प्रिंसिपल) नियुक्त किया जाए। उन्होंने सदाशयता का परिचय देते हुए यह भी कहा कि शंकरदत्त चतुर्वेदी जैसे डबल गोल्ड मेडलिस्ट को बुन्देला विश्वविद्यालय के हिन्दी विभाग में उपयुक्त पद पर नियुक्त किया जाना चाहिए।

हरिपुरवासियों ने इस अनहोनी को जानकर विरोध किया। मामला कोर्ट तक पहुँचा, लेकिन जज ने इस घटना को क़ानून की दृष्टि से सही ठहराया और शंकर की पदावनति कर दी गई—उप प्राचार्य के पद पर।

हरिपुर में यह ख़बर बिजली की तरह फैल गई कि विश्वविद्यालय के पूर्व कुलसचिव बाँकेबिहारी ने आत्महत्या की कोशिश की मगर ऐन मौक़े पर उन्हें अस्पताल ले जाया गया और उन्हें बड़ी कोशिशों से बचा लिया गया।

बाँकेबिहारी ने अपनी आत्महत्या करते हुए प्रोफ़ेसर विष्णुदत्त चतुर्वेदी को जो चिट्ठी लिखी थी उसे साप्ताहिक अंगारा में छापा गया, क्योंकि यह लिखाया व्यक्तिगत रूप से प्रेस में पहुँच गया था—

आदरणीय प्रोफ़ेसर विष्णुदत्त चतुर्वेदी,

मैं आत्महत्या करने जा रहा हूँ, क्योंकि हमारे पूजनीय हरिकेसरी बब्बा के प्रति जो घृणित, जघन्य, शर्मनाक अपशब्द बोलने का जो पाप मैंने किया है, उस पाप का बोझ दिनोंदिन इस क़दर बढ़ता जा रहा है कि मुझसे सहा नहीं जा रहा है। इसलिए मैंने निर्णय लिया है कि मैं प्रायश्चित करूँगा। आत्महत्या के सिवा प्रायश्चित करने का और कोई तरीक़ा नहीं है, यह मेरा दृढ़ निश्चय है। बार-बार यही सोचता रहा कि पाप का प्रायश्चित केवल आत्महत्या से पूरा नहीं होगा। मुझे क्षमायाचना करने के बाद मरना चाहिए, लेकिन हरिकेसरी बब्बा तो स्वर्ग चले गए। मरने के बाद मुझे तो नरक ही मिलेगा तब मैं क्षमायाचना करने के लिए उनके पास जा तो नहीं सकता इसलिए सोचा कि किसी एक ऐसे जीवित व्यक्ति से क्षमायाचना करूँ जिसे हरिकेसरी बब्बा अपना उत्तराधिकारी मानते थे और वो आप हैं सर, प्रोफ़ेसर विष्णुदत्त चतुर्वेदी। आप हरिपुरवासियों के लाड़ले हैं इसलिए आपके माध्यम से मैं हरिपुरवासियों से भी क्षमायाचना करता हूँ। इसीलिए मेरी आत्महत्या का पत्र भी मैं आप ही को सम्बोधित कर रहा हूँ।

मैंने आत्महत्या का तरीक़ा भी ऐसा सोचा है ताकि मुझे चिता भी नसीब न हो। मैंने अपनी पत्नी को सपरिवार उनके मायके भेज दिया है और उन्हें यह हिदायत दी है कि कम से कम तीन महीने बाद वे सब घर लौटें। मैंने उनसे मेरी विदेश यात्रा का झूठ बोला है। मैंने तय किया है कि अपने तीन मंजिले किराए के घर का अन्दर और बाहर से बन्द करके मैं घर की छत पर आत्महत्या करूँगा। मेरे मरने के बाद चील-कौवे और कीड़े-मकोड़े मुझे तीन महीने तक नोचते रहेंगे ताकि कंकाल के सिवा मेरे शरीर का कोई भी हिस्सा नहीं बचे। मेरे उस कंकाल को गटर में बहा दीजिएगा।

मेरा अन्तिम प्रणाम स्वीकार कीजिए।

किसी को मुँह दिखाने लायक नहीं ऐसा पापी

बाँके बिहारी

जैसा कि उन्होंने पत्र में लिखा था वैसा ही बन्दोबस्त करने के बाद बाँके बिहारी

ने अपने सूने और अन्दर-बाहर से पूरी तरह बन्द घर की छत पर पहुँचा और लेट गया। लेटने के बाद उन्होंने देर नहीं की। अपनी जेब से चाकू निकालकर अपने हाथ की कलाई की नस काट दी।

मगर मारने वाले से बचाने वाला बड़ा होता है। ऐसा ही हुआ भी बड़े चमत्कारी ढंग से। जब बाँके बिहारी ने अपने हाथ की नस काटी, उसी समय पड़ोसी नौजवान अपने दो दोस्तों के साथ पतंग उड़ाने के लिए पहुँचा। बाँके बिहारी के घर और पड़ोसी के घर की छत की बाहरी दीवारें लगभग एक-दूसरे से सटी हुई थीं कि कोई भी नौजवान इस छत से उस छत पर कूद कर जा सकता है। पड़ोसी नौजवान ने जैसे ही पतंग उड़ाई, पतंग लहराकर बाँके बिहारी के घर की छत पर गिर पड़ी। नौजवान अपने घर की छत से बाँके बिहारी के घर की छत पर कूदा। उसकी नज़र बाँके बिहारी पर पड़ी। वो ख़ून से लथपथ बेहोश पड़ा था। नौजवान ने अपने एक दोस्त को अपने घर के नीचे दौड़ाया ताकि वो फ़ोन करके एम्बुलेंस बुला सके। अपने दूसरे दोस्त को अपने पास बुलाया और दोनों ने अपनी कमीज़ फाड़कर बाँके बिहारी की कलाई पर कसकर बाँध दी और उसे कन्धे पर डालकर नीचे दौड़े। एक दोस्त बन्द दरवाज़े खोल रहा था, दूसरा बाँके बिहारी को कन्धे पर लादे हुए था। उनके नीचे पहुँचते-पहुँचते एम्बुलेंस भी आ गई। एम्बुलेंस में ही डॉक्टर ने कलाई से रिसता ख़ून बन्द कर दिया और सब अस्पताल पहुँचे। अस्पताल में तुरन्त आगे का इलाज हुआ और बेहोश बाँके बिहारी को ऑक्सीजन मास्क में रखा। बाँके बिहारी की जान बच गई।

अस्पताल में बचाने वाले नौजवान ने पुलिस और प्रेस को अपना बयान दिया। उसी दिन बुलेटिन के रूप में अंगारा में छप गया। हरिपुरवासी भागते हुए अस्पताल पहुँचे। वहाँ भीड़ जमा हो गई जो हर पल बढ़ रही थी। कुछ ही देर में बाँके बिहारी को होश आ गया। उसे बतलाया गया कि अस्पताल के बाहर भारी भीड़ जमा है। उसने उठ बैठने की ज़िद की और डॉक्टर ने उसे व्हीलचेयर में बिठाकर अस्पताल के बरामदे में पहुँचा दिया। बरामदे में बाँके बिहारी को देखकर भीड़ ने उसके जयकार के नारे कुछ लोगों ने लगाए जिनकी देखा-देखी पूरी भीड़ नारे लगाने लगी।

माइक का बन्दोबस्त हो गया और बाँके बिहारी बोलने लगा—

"मेरे प्यारे हरिपुरवासियो,

ये सब कैसे हो गया। मैंने तो नरक में पहुँचने की तैयारी कर ली थी, मुझ पापी को आपने क्यों बचाया। अब मैं जीकर क्या करूँगा। मुझ पापी को कई कोशिशों के बाद भी नई नौकरी नहीं मिली है। अब मेरे पास भीख माँगने के अलावा और कोई रास्ता नहीं है। मैं घर-घर जाकर आप सबसे माफ़ी माँगूँगा, आप मेरी झोली में सूखी रोटी और प्याज डाल देंगे तो मैं अपना और अपने परिवार का पेट भर लूँगा। मगर मैं हरिपुर छोड़कर नहीं जाऊँगा। यही अब मेरे पाप की सज़ा है।"

आनन्दीलाल उस समय तक बाँके बिहारी के पास पहुँच गए थे। उसने माइक पर बोला—

"भाइयो और बहनो,

सच्चे मन से कोई यदि माफ़ी माँगे और उस माफ़ी तक पहुँचने के लिए अपने प्राण न्योछावर करने की पूरी तैयारी कर ले तो क्या उसे क्षमा नहीं करना चाहिए।" भीड़ चिल्लाकर—'क्षमा, क्षमा, क्षमा'।

आनन्दीलाल ने कहा—"वैसे तो बाँके बिहारी जी की योग्यता लायक मेरे पास कोई नौकरी नहीं है, लेकिन डॉ. हरिकेसरी महाविद्यालय में एक बहुत छोटा पद खाली है।"

बाँके बिहारी चिल्लाया—"मैं तो चपरासी बनने के लिए भी तैयार हूँ।"

आनन्दीलाल बोले—

अरे नहीं भाई, हम हरिपुरवासी इतने गए-गुज़रे नहीं है। सेठिया वकील साहब से मेरी चर्चा हो चुकी है। डॉ. हरिकेसरी महाविद्यालय में हेडक्लर्क की जगह खाली है।"

बाँके बिहारी व्हीलचेयर छोड़कर आनन्दीलाल के पैरों पर झुक गया।

"आदरणीय आनन्दीलालजी, आपने तो मुझ पर बहुत बड़ा उपकार किया। मुझे मंजूर है।"

भीड़ ने तालियाँ बजाईं और आनन्दीलाल ने उसे गले लगा लिया।

मध्यरात्रि का सन्नाटा। सहसा सेठिया वकील के घर की अन्दरवाली बैठक से सामूहिक ठहाकों की आवाज़ इतनी ऊँची थी कि बागीचे के पेड़ों पर सो रही चिड़िया फड़फड़ाकर एक साथ उड़ीं और फिर जस की तस बैठ गईं, घबराई-सी। घर के सामने वाली सड़क पर चल रही कारों को सहसा लगाए गए ब्रेक के कारण टायरों की चीं-चीं आवाज़ सन्नाटे को चीरती हुई गूँज उठी। चार-पाँच साइकिलें आपस में भिड़ गईं। साइकिल सवार चिल्लाए—पड़ोसी घर की बालकनी पर आ गए।

"अन्दर क्या चल रहा है? दारू पीकर लोग दूसरों का लिहाज़ भूल जाते हैं।"

चौकीदार ने स्थिति को सँभाला—

"माफ करना साब। हँसी-मजाक थोड़ा तेज हो गया।"

चौकीदार घर का दरवाज़ा अन्दर से बन्द कर बैठक की ओर भागा फिर दोनों हाथ उठाकर सबको चुप रहो का इशारा किया—बोला—

"माफ करना साब आप लोगों के ठहाके से सामने वाली सड़क पर हंगामा हो गया । मैं सबको शान्त करके आया। माफ करना साहब।"

चौकीदार के चले जाने के बाद सेठिया बोले—

"अचानक दूध में उबाल जैसा हो गया। हम लोग भूल ही गए कि आधी रात

बीत गई है। सड़क चलते लोगों का यह हाल हो गया तो पड़ोसियों का क्या हाल हुआ होगा। मुझे कल सुबह सबसे माफ़ी माँगनी पड़ेगी। मगर बात ही कुछ ऐसी हो गई।"

बाँके बिहारी ने घुटनों के बल बैठकर सेठिया जी के पाँव पकड़ लिये।

"सेठिया जी, मैं तो आपका गुलाम हो गया। कैसी ग़ज़ब की प्लानिंग आपने की। कोई सपने में भी असलियत का पता नहीं लग पाएगा। प्रार्थना करता हूँ कि एक बार आप पूरी प्लानिंग फिर से सुना दीजिए।"

सेठिया बोले—

"एक शर्त पर। अब कोई ठहाका लगाना तो दूर हँसेगा भी नहीं। सुनिए।"

"मैंने जो नाटक लिखा, उसके लिए हमने पात्रों का चयन किया और फिर घटनाओं का जाल बिछाया, क्योंकि हम जानते थे कि जब तक स्थितियों को नाटकीय मोड़ नहीं दिया जाता तब तक बाँके बिहारी को कोई कभी माफ नहीं करेगा।"

"नाटक—बाँके बिहारी की आत्महत्या। बाँके बिहारी का आत्महत्या-नोट। तो पहला पात्र है स्वयं बाँके बिहारी। दूसरा पात्र—पड़ोसी नौजवान। तीसरा पात्र—उस नौजवान का दोस्त। चौथा पात्र—जिला अस्पताल के सिविल सर्जन। पाँचवाँ पात्र—असिस्टेंट डॉक्टर।"

"इन पाँचों पात्रों को नाटक की फर्जी कहानी पहले ही बता दी गई थी।"

"घटनाक्रम बाँके बिहारी अपने घर की छत पर लेटे हैं। उनके हाथ में है चाकू और लाल स्याही। वे चाकू पर और अपनी कलाई पर लाल स्याही उड़ेलते हैं।

पड़ोसी नौजवान उनके पास बैठा हुआ है। पड़ोसी की छत पर नौजवान का दोस्त खड़ा है। डोर लिपटी लटाई और पतंग ज़मीन पर पड़ी है।

"पड़ोसी नौजवान अचानक खड़ा होता है और चिल्लाता है बाँके बिहारी ने कलाई काट ली है। मैं इन्हें कन्धे पर उठाकर नीचे पहुँच रहा हूँ। तुम भागकर नीचे जाओ और एम्बुलेंस बुलाओ।

"पड़ोसी नौजवान अपनी फटी हुई कमीज़ को फाड़ता है और बाँके बिहारी की कलाई में बाँधता है। उस पर लाल स्याही उड़ेलता है। फिर बाँके बिहारी को पाँच मिनट के लिए कन्धे पर डालता है। पहली सीढ़ी पर ही नौजवान बाँके बिहारी को कन्धे से उतारता है और दोनों जल्दी-जल्दी सीढ़ियाँ उतरते हैं और दरवाज़े खोलते जाते हैं। घर का मुख्य द्वार खोलने के पहले पड़ोसी नौजवान बाँके बिहारी को कन्धे पर लाद लेता है। एम्बुलेंस के पहुँचते ही दो अटेंडेंट डॉक्टर एम्बुलेंस में मौजूद हैं। अस्पताल पहुँचकर बाँके बिहारी को स्टेचर पर लिटाकर ऑपरेशन थियेटर में ले जाते हैं। बाक़ायदे बाँके बिहारी की कलाई की फर्जी ड्रेसिंग की जाती है।

आगे की कहानी आप सबको मालूम है।"

"नाटक के पाँचों पात्र आज की दारू गोष्ठी में शामिल हैं। इन सबका मुँह बन्द रखने के लिए इन पाँचों पर नोटों की बरसात हो चुकी है। फिर भी उनमें से

कोई मुँह खोलता है तो यह जान ले कि सेठिया अगर ऐसी भयानक फर्जी कहानी को सही साबित कर सकता है तो मुँह खोलने वाले का क्या हाल कर सकता है।"

अचानक बाँके बिहारी बोला...?

"माफ कीजिए सेठियाजी, आपकी कहानी में एक लूप होता है। आपने कहा कि मैं छत पर लेटा हूँ और पड़ोसी नौजवान मेरे पास बैठा हुआ है।"

"कहानी को जब मैंने बयान की तो हूबहू कर दी। दरअसल यह स्वयंसिद्ध है कि पड़ोसी नौजवान ने बाँके बिहारी की कटी हुई कलाई अपनी छत से देख ली थी और चूँकि दोनों मकानों की छते लगभग सटी हुई थीं इसलिए वो अपनी छत से कूदकर उस छत पर पहुँच गया था, लेकिन इसे करने में यह खतरा तो था कि पड़ोसी नौजवान इस छत से उस छत तक कूदने में घायल हो सकता था। इसलिए इसे मैंने अपनी कहानी का हिस्सा नहीं बनाया।"

"बहुत सही किया आपने। जो करिश्मा आपने किया वो असम्भव को सम्भव करने जैसा था। इसके लिए मैं आपके प्रति चिर कृतज्ञ हूँ। मुझ पर जो दरवाज़ा बन्द कर दिया गया था, वो तो उम्रक़ैद का दरवाज़ा था जो कभी खुलता नहीं है, खुल नहीं सकता है। उस दरवाज़े को आपने बिना चाबी के खोला है। 'खुल जा सिमसिम' की तर्ज़ पर, लेकिन आदरणीय सेठियाजी, आप जैसे मनुष्य की दृष्टि में भी वो दरवाज़ा क्यों नहीं टकराया, जो अभी तक बन्द है और मेरा दम घुट रहा है।"

आश्चर्य में भरकर सेठिया बोले—

"ताज्जुब है, ऐसा भी कोई दरवाज़ा हो सकता है। सच मानिए मैं सोच नहीं सकता।"

बाँके बिहारी का चेहरा सहसा विकृत हो गया। जो बलगम बाँके बिहारी के गले में फाँस जैसा अटक गया है, उसे वो पूरी ताक़त से थूककर भी नहीं फेंक सकता। उसे गले में लिये-लिये वो छटपटा रहा है। वो भर्राए गले से सहसा बोल पड़ा—

"सेठिया जी, क्या आपको महाभारत का कोई ऐसा प्रसंग याद है जिसे कोई कभी नहीं भूल सकता। कभी नहीं।"

"महाभारत में तो ऐसे अनगिनत प्रसंग है।"

और ज़्यादा भर्राई आवाज़ में बोला बाँके बिहारी—

"नहीं-नहीं, अनगिनत नहीं, केवल एक प्रसंग जिसकी भयानकता स्वयं जीये बिना केवल पढ़कर या सुनकर नहीं महसूस की जा सकती है।"

"ऐसा भी कोई प्रसंग है?"

"जी हाँ, सेठिया जी, ऐसा प्रसंग है जिसे महाभारत में सामूहिक रूप से पांडवों ने भोगा था और उनके हिस्से में ढेरों लोगों का साथ था स्वयं श्रीकृष्ण थे। मगर उसे मैंने अकेले भोगा—बिल्कुल अकेले। वो था मेरा अज्ञातवास।"

"अज्ञातवास, केवल पन्द्रह दिनों के लिए।"

"वे पन्द्रह दिन मेरे लिए पन्द्रह जन्मों से ज़्यादा थे। ज़रा सोचिए, एक कमरा जिसमें सूरज-चाँद का प्रवेश भी निषिद्ध था। दिन के चौबीसों घंटे चारों तरफ़ से बन्द कमरे में टिपटिपाते हुए दीये जैसे एक बल्ब की रोशनी। एक जैसी रोशनी चौबीसों घंटे। समझ में नहीं आता था कि सुबह-दोपहर-शाम-रात का अहसास कैसा होता है। चाय, नाश्ता, भोजन, शयन, फिर चाय-नाश्ता-भोजन-शयन। सिर्फ़ एक बिस्तर मेरे उठने, बैठने, लेटने के लिए। चाय कब आती, कौन लाता है—पता नहीं। बिस्तर आरामदेह ज़रूर था। नाश्ता ज़रूर क़िस्म-क़िस्म का था। भोजन में भी वैरायटी थी। मगर न परिवार था, न टेलीफ़ोन। पन्द्रह दिनों तक मैंने किसी इनसान को नहीं देखा। न अख़बार, न क़िताबें, न लिखने के लिए काग़ज़ था, न रेडियो, न ग्रामोफ़ोन। मौसम ज़रूर अनुकूल था। न गर्मी, न वर्षा, न जाड़ा। बाथरूम में ठंडे-गर्म पानी की व्यवस्था, नहाने के लिए फव्वारा था जो अपने समय से ही चलता था। हर रोज़ कपड़े बदलने की व्यवस्था थी। टूथपेस्ट, शेविंग किट, नहाने-हाथ धोने का साबुन। हर रोज़ टावल ज़रूर बदल जाता था। मेरे पास किसी क़िस्म की दीवार, टेबल अथवा कलाई घड़ी तो नहीं थी। कमरे की साफ़-सफ़ाई हर रोज़ होती, ऐसा महसूस हुआ। यह अहसास भी ख़ूब था कैमरे की आँखें चौबीसों घंटे आप पर ही रहे। काल कोठरी जैसी तो थी, मगर आराम की व्यवस्था भरपूर थी। कैसी थी यह घ्ड़ी कि कोई शारीरिक तकलीफ़ तो क़तई नहीं थी। कमरे में बासीपन बिल्कुल नहीं था। ताज़गी का एक अहसास था, लेकिन देखने-सुनने-छूने के लिए कुछ भी नहीं था। एक दिन मैंने तय किया न मैं मुँह-हाथ धोऊँगा, न नहाऊँगा, न कपड़े बदलूँगा, न चाय, न नाश्ता, न भोजन। बस लेटा रहा, लेकिन उठना पड़ा। प्रकृति की पुकार को कोई टाल नहीं सकता। पुकार भी दोहरी थी। फिर आकर लेट गया चाय की तलब ने बेचैन कर दिया। भूख भी सताने लगी। मगर मैंने तो ज़िद ठान ली थी। लेटा ही रहा। ऐसा महसूस हो रहा था कि दिन चढ़ आया है। समय-समय पर चाय आई, नाश्ता आया, भोजन आया, मगर मैं टस से मस नहीं हुआ। पानी से भरे गिलास भी आते रहे। मगर मैं प्यासा ही बना रहा। केवल प्रकृति की पुकार के लिए दो-तीन बार बाध्य हुआं। आख़िर नींद ने धर दबोचा। पता नहीं कितनी देर सोता रहा। जब जागा तो गला बुरी तरह सूख रहा था। उसी समय जग भर पानी और पानी से भरा गिलास नज़र आया। मैं ठौक कर पानी पी गया। अरे, पानी तक नहीं पिऊँगा वाली कसम टूट गई। कोई बात नहीं और मैं लेट गया। कुछ देर बाद अचानक मुझ पर पानी की बौछार होने लगी। मैं, मेरे वस्त्र, मेरे बिस्तर गीले हो गए। मैं ताबड़तोब उठा और गीले कपड़े उतारकर बदन पोंछने लगा। बौछार जारी थी—ख़ूब सुगंधित गरम-ठंडा यानी ल्यूकवर्म वाटर। मुझे मज़ा आने लगा तो साबुन की याद सताने लगी। साबुन लगाते ही मुँह के बासीपन का अहसास हुआ। मैंने पेस्ट कर लिया। दाढ़ी पर हाथ फेरा तो लगे हाथ शेविंग कर ली मैंने। बौछार

बन्द हो चुकी थी। मैंने ताज़े कपड़े पहन लिये। बाल सँवार ही रहा था कि नाश्ता हाज़िर हो गया। इतनी वैरायटी थी नाश्ते में कि मेरा मुँह लार से भर गया और मैं कसम तोड़-तोड़कर नाश्ते पर टूट पड़ा। इतना खाया कि पेट सिर्फ़ भरा नहीं फूल गया। इतने में चाय हाज़िर हो गई—लिप्टन ग्रीन लेबल जिसके फ्लेवर ने मुझे ऐसा खींचा कि मैं लगे हाथ तीन कप चाय पी गया। कुछ घंटे बीते तो पेट खाली लगने लगा। क्या टायमिंग थी। इधर पेट खाली हुआ उधर भोजन की थाली हाज़िर हो गई। ख़ूब स्वाद ले-लेकर मैंने डटकर भोजन किया और ऊपर वाले से मन ही मन बोला—मनुष्य को मनुष्य बने रहना चाहिए—साधारण, सामान्य। बेकार की कसमों के चक्कर में नहीं पड़ना चाहिए। यों ही एकान्तवास की सज़ा भुगत रहा हूँ, ऊपर से ऐसी नकारात्मक कसमें किसलिए?"

"आप ही बताइए। हरिकेसरी बब्बा युधिष्ठिर थे कि दुर्योधन। मेरे लिए तो दुर्योधन से बदतर। मेरी हाय ऐसी लगेगी कि उनकी आत्मा प्रेत बनकर भटकती रहेगी।"

तुरन्त दोनों नौजवान और सिविल सर्जन बोल पड़े—

"नहीं-नहीं, हम हरिकेसरी बब्बा के ख़िलाफ़ कुछ भी नहीं सुनेंगे।"

बाँके बिहारी तनाव में आ गए—

"भाड़ में जाएँ आपके बब्बा। हम तो उन्हें खलनायक ही कहेंगे—विलेन।"

"अगर आपने फिर बब्बा के ख़िलाफ़ एक शब्द भी बोला तो हम आपकी आत्महत्या की पोल खोल देंगे। भले ही सेठिया वकील साहब हमें सूली पर चढ़ा दें।"

सेठिया ने बड़ी मुश्किल से नौजवान का ग़ुस्सा ठंडा किया और बाँके बिहारी को चुप करने के लिए बोल पड़ा—

"बाँके बिहारी जी हमने आपकी जो कुछ भी मदद की उसे ख़ाक में डालकर हम भी आपकी आत्महत्या की पोल खोल देंगे।"

बाँके बिहारी को होश आया और वे घुटनों के बल बैठकर, अपने दोनों कान पकड़कर माफ़ी माँगते रहे।

नौजवान बोला—

"ठीक है। हमने माफ किया। आइन्दा जब भी बोले हमारे केसरी बब्बा की पूजा करते हुए बोलिए। वे तो हरिपुरवासियों के देवता हैं।"

अख़बारों में छपे दो विज्ञापनों ने हरिपुर के शिक्षा जगत् में हलचल मचा दी। बुन्देला विश्वविद्यालय के कुलसचिव के रिक्त पद पर लम्बे समय से कोई नियुक्ति नहीं हुई थी। वर्तमान में संयुक्त कुलसचिव के पास ही कुलसचिव पद का भार था और वे प्रभारी कुलसचिव थे। उपकुलपति बहुत दिनों से महसूस कर रहे थे कि पूर्णकालिक कुलसचिव के अभाव में विश्वविद्यालय में महत्त्वपूर्ण निर्णय नहीं हो पा रहे हैं।

दूसरा विज्ञापन म्युनिसिपल कमेटी की ओर से ज़ारी किया गया था। चूँकि

शंकरदत्त चतुर्वेदी की उपप्रांचार्य पद पर अवनति के फलस्वरूप डॉ. हरिकेसरी महाविद्यालय के प्राचार्य का पद रिक्त हो गया था। इसलिए प्राचार्य की नियुक्ति अनिवार्य थी। हरिपुर म्युनिसिपल कमेटी ने अध्यक्ष श्री आनन्दीलाल शुक्ल की अध्यक्षता में प्राचार्य की चयन समिति में सदस्य के रूप में सेठिया वकील को भी चुना था।

बुन्देला विश्वविद्यालय के कुलसचिव पद पर बाँके बिहारी की पुनर्नियुक्ति निर्विरोध हुई। उनकी आत्महत्या के प्रकरण के कारण किसी ने उनका विरोध नहीं किया।

डॉ. हरिकेसरी महाविद्यालय के प्राचार्य के पद पर बरेली कॉलेज के हिन्दी स्नातकोत्तर विभाग के प्रोफ़ेसर एवं विभागाध्यक्ष डॉ. पुष्पेशसिंह सोलंकी की नियुक्ति का हरिपुरवासियों में भी पुरज़ोर स्वागत हुआ।

बाँके बिहारी ने कुलसचिव पद पर अपनी पुनर्नियुक्ति के बाद साइकिल से हरिपुर शहर का चक्कर लगाया और हर महत्त्वपूर्ण ठीए पर पहुँचकर, वहाँ हमेशा इकट्ठा होने वाले लोगों का आशीर्वाद ग्रहण किया।

कुहरिता नहीं था, वो तो धुआँ था जो पसर गया था, झील की सतह पर। यह खालिस धुआँ नहीं था, इसमें पारदर्शी भाप की मिलावट थी। मगर पानी में उबाल नज़र नहीं आ रहा था।

झील का व्यापार उसी वक़्त से होता रहा है, जो कभी किसी व्यक्ति को खुली आँखों से नज़र नहीं आया, बस महसूस हुआ, लेकिन आज जो धुएँ में भाप की मिलावट का नज़ारा था उसे खुली आँखों से देख रहे थे नौका विहार करते हुए आनन्दीलाल और उनके काला चश्मा वाले अजनबी रिश्तेदार। उनकी नज़रों का धोखा सहसा ग़ायब हो गया।

झील किनारे से बग्घी पर रवाना हुए आनन्दीलाल और अजनबी। घर पहुँचने में काफ़ी समय लग गया। मगर रास्ते भर दोनों दम साधे ख़ामोश बैठे रहे। घर की ड्योढ़ी पर अजनबी ने एक वाक्य उठाया—

"सर जी, उल्टी गिनती शुरू हो चुकी है। आप भी बोरिया-बिस्तर बाँध लीजिए।"

आनन्दीलाल ने कोई प्रतिक्रिया ज़ाहिर नहीं की। सिर्फ़ इतना ही बोला—

"दारू पिओगे?"

"आपकी ये लट्ठमार होली मेरे गले के नीचे नहीं उतरती है।"

"क्या मतलब?"

'इसे कुछ ऐसे बोलिये कि सुनते ही सुरूर आ जाए।"

आनन्दीलाल हँस पड़े और बोले—

"हाँ, हाँ याद आया। तुमने एक शब्द गढ़ा था।"

"जी हाँ, मगर एक शब्द नहीं, बल्कि दो शब्दों की सन्धि है।"

"रसरंजन।"

दोनों हँस पड़े।

"ग़म ग़लत करने का यह देवदासाना अन्दाज़, शरद बाबू के ज़माने से अब तक चला आ रहा है।"

अचानक अपना अच्छा-ख़ासा पढ़े-लिखे होने का नमूना बेधड़क पेश कर दिया अजनबी ने, बोला—शरद बाबू जैसा ही अन्दाज़ था चार्ल्स डिकेंस के टेल ऑफ टू सिटीज़ के एक पात्र—सिडनी कार्टन का।

आनन्दीलाल बिफर गए—

"तुम मेरे सामने अंग्रेज़ी झाड़ रहे हो। मुँह का ज़ायका बेमज़ा हो गया।

"चलिए आपको ख़ुश कर देता हूँ—आपके जाने-पहचाने ग़ालिबाना अन्दाज़ में—

"हाँ, यह हुई न बात।"

"अर्ज़ है—क़र्ज़ की पीते थे मय और सोचते थे हाँ,

रंग लाएगी एक दिन फाका मस्ती हमारी ।

"फिर बेमज़ा कर दिया तुमने। क्या वाक़ई फाकामस्ती की नौबत आएगी।"

"राम का नाम लेओ सरकार माईबाप! आप और फाका मस्ती? यह तो हम जैसे भुक्कड़ों के लिए शायद मुमकिन हो भी जाए। मगर खानदानी रईस आनन्दीलाल जी की तो सात पुश्तें बैठकर खा सकती हैं।"

'फिर यह फाका मस्ती वाली बात तुम्हारे मुँह से क्यों निकली?"

"निकली नहीं ना-ना कभी नहीं निकल सकती। आपके घर पर अच्छे-अच्छे पकवान देखकर मुँह में जो लार भर जाती है, उसी की वज़ह से निकम्मी ज़बान फिसल जाती है।"

"ना-ना, हमको दम न देओ। तुम कोई बात सोते-सोते भी कह जाओ तो वो भी फालतू नहीं हो सकती।"

अजनबी अचानक गम्भीर हो गया बोला—

"जब मुझे जितनी बात कहनी होती है, उतनी ही कहता हूँ। वो तो आप हैं जो मेरी बात को पकड़कर बैठ गए।"

'लो, छोड़ता हूँ बात। जब-जब जो-जो होना है तब-तब वो-वो होता है।"

"यह हुई न बात। चलिए पहला घूँट लगाइए और देखिए आसपास सिर्फ़ चमन ही चमन है।"

अंगारा और अख़बारों में विश्वविद्यालय के दो पदों के विज्ञापन छपे। दोनों ही

हिन्दी विभाग के। एक लेक्चरर और एक रीडर का।

शंकरदत्त विज्ञापन देखकर चौंक पड़े और मन ही मन बोले—

"ये सभी नियुक्तियाँ क्या विष्णु के फ्रांस में रहते-रहते ही हो जाएँगी। विष्णु ने शंकर को फ्रांस का आई.एस.डी. फ़ोन नम्बर दे रखा था। शंकर ने फ़ोन लगाया।

शंकर ने विज्ञापनों की बात की तो विष्णु ने पूछा—

"दादा, लास्ट डेट क्या है?"

"इसी महीने की आख़िरी तारीख़।"

"दादा, आपके साथ प्राचार्य पद को लेकर घोर अन्याय हो चुका है। अब हिन्दी का रीडर पद हाथ से नहीं निकलना चाहिए। आप पूरी तरह क्वालिफाई भी करते हैं। ठीक है, आप चिन्ता न करें, जिस दिन का एयर टिकट मुझे मिल जाएगा मैं फौरन चला आऊँगा।"

विष्णु अपना शोधकार्य अधूरा छोड़कर भारत वापस आ गए और सीधे उपकुलपति से मिलने गए। उपकुलपति बोले—

"अरे प्रोफ़ेसर चतुर्वेदी, आपने तो दो माह की छुट्टी ले रखी थी। अचानक छुट्टियाँ ख़त्म करके वापस कैसे आ गए?"

"सर आप ही ने मुझे इमरजेन्सी में बुलाया और आप ही पूछ रहे हैं?"

उपकुलपति चौंके और बोले—

"नहीं प्रोफ़ेसर, चतुर्वेदी, मैंने आपको नहीं बुलाया। किसी ने आपको ग़लत ख़बर दे दी।"

"सीधे-सीधे तो आपने नहीं बुलाया, लेकिन हिन्दी का रीडर पद विज्ञापित कर आपने मुझे परोक्ष रूप से बुलवाया। एक बार तो प्राचार्य पद को लेकर शंकर दादा के साथ चोट हो चुकी है फिर से वैसी ही दुर्घटना न हो जाए।"

उपकुलपति बोले—

"प्रोफ़ेसर चतुर्वेदी आप तो जानते हैं प्राचार्य पद को लेकर जो नाटक खेला गया वो सब सेठिया वकील साहब का षड्यंत्र था। उन्होंने आपकी अनुपस्थिति का फायदा उठाया। मगर आप तो मुझे जानते हैं कि मैं कभी अन्याय नहीं होने दूँगा। भले ही आप अनुपस्थित रहे। मैं आपको वचन देता हूँ कि शंकरदत्त जी निश्चय ही हिन्दी के रीडर बनेंगे ताकि आगे चलकर प्रोफ़ेसर बन सकें। मेरी सलाह मानिए तो वापस फ्रांस चले जाइए। आपने अपने नये शोध से विश्व में तहलका मचा रखा है। उसे अंजाम तक आपको पहुँचाना है।"

"अंग्रेज़ी में एक कहावत है। आप तो जानते ही हैं, सर। कप भर चाय होंठों तक पहुँचने के पहले ही छलक सकती है—मेनी अ स्लिप्स बिटवीन द कप एंड द लिप्स।"

उपकुलपति अचानक जोश में आ गए और उन्होंने सामने रखी चाय की प्याली

को जल्दबाज़ी में होंठों से लगाने को हुए कि प्याली छलक गई और उनकी पोशाक पर पूरी चाय ढुल गई। उपकुलपति गम्भीर हो गए और बोले—

"शाश्वत सत्य को कभी चुनौती नहीं देनी चाहिए। माफ कीजिए, मैं कपड़े बदल कर आता हूँ।"

"आप तो इत्मीनान से नहा लीजिए। मैं चलता हूँ।"

अंगारा में बड़े-बड़े अक्षरों में हेडलाइन छपी—

"उपकुलपति नहीं रहे उपकुलपति।"

क्या कमाल था हेडलाइन का कि केवल हेडलाइन की वजह से अंगारा की दस हज़ार कापियाँ बिक गईं।

सेकंड लीड थी—"विश्वविद्यालय में चौंकाने वाले फेरबदल।"

अंगारा के बीचोंबीच थोड़े बड़े अक्षरों में लिखा था—

"बुन्देला विश्वविद्यालय का प्रदेश शासन द्वारा पारित नया अधिनियम।"

अधिनियम के माध्यम से विश्वविद्यालय के पदाधिकारियों के पदनाम बदल गए। अब 'कुलपति' को 'कुलाधिपति', 'उपकुलपति' को 'कुलपति', 'रेक्टर' को 'कुलाधिसचिव', 'प्रॉक्टर' को 'कुलानुशासक' बना दिया गया।

सबसे चौंकाने वाला बदलाव यह हुआ कि कोषाध्यक्ष का पद समाप्त हो गया।

आनन्दीलाल को अजनबी की पंक्तियाँ याद हो आईं—

"सर जी, उल्टी गिनती शुरू हो चुकी है। आप भी बोरिया-बिस्तर बाँध लीजिए।"

इस ख़बर का असर दो जगहों पर बिल्कुल विपरीत पड़ा।

सेठिया जी के यहाँ तो बोतलें खुल गईं और उनकी ख़ास बैठक में ठहाके लगा रहे थे—बाँके बिहारी, कुलसचिव, प्राचार्य पुष्पेश सिंह सोलंकी, चारों वकील और कुछ ख़ास लोग।

बाँके बिहारी बोले—"मेरा 'कुलसचिव' पदनाम नहीं बदला।"

सेठिया बोले—सबसे बड़ा परिवर्तन तो यह आया कि अब विश्वविद्यालय में किसी पद के लिए चुनाव नहीं होंगे और यह भी कि कुलाधिपति (चांसलर) अब मुख्यमंत्री नहीं रहे। उनका स्थान ले लिया प्रदेश के राज्यपाल ने।

अब कुलपति (वाइस चांसलर) की नियुक्ति कुलाधिपति (चांसलर) द्वारा की जाएगी। कुलाधिपति एक चयन समिति गठित करेंगे जिसमें प्रदेश के उच्च न्यायालय के जज, कुलाधिपति द्वारा नामित एक शिक्षाविद् विश्वविद्यालय की कार्यपरिषद् द्वारा नामित एक सदस्य।

यह चयन समिति तीन नाम प्रस्तावित करेगी जिनमें से किसी भी एक नाम को कुलाधिपति स्वीकृति प्रदान करेंगे, वही विश्वविद्यालय का चार वर्षों के लिए कुलपति

बन जाएगा। कुलाधिपति चयन समिति द्वारा बनाई गई सूची को पूरी तरह अस्वीकृत कर सकते हैं। फिर चयन समिति दूसरी सूची तैयार करेगी। यदि कुलाधिपति को इस दूसरी सूची के नाम अस्वीकृत होते हैं तो यह सूची भी निरस्त हो जाएगी और तब तक कुलाधिपति स्वयं किसी भी व्यक्ति को कुलपति नामित कर सकते हैं।

वर्तमान उपकुलपति जो अब अपदस्थ हो गए, वो भागकर राज्यपाल से मिलने की तैयारी में थे कि ख़बर मिली कि नये कुलपति की नियुक्ति के लिए चयन समिति में उन्हें शिक्षाविद् के रूप में मनोनीत कर लिया गया है। यानी चयन समिति का गठन हो गया है और चूँकि वे स्वयं चयन समिति के सदस्य मनोनीत हो चुके हैं इसलिए वे अपना नाम तो सूची में शामिल नहीं कर सकते थे। इसलिए वे मन मसोस कर रह गए कि जो कुछ भी वे विश्वविद्यालय के लिए करना चाहते थे, उसे नहीं कर सकते।

पूर्व कोषाध्यक्ष यानी अब जो कोषाध्यक्ष नहीं रहे, वे नये कुलपति की नियुक्ति के लिए दौड़-धूप में लग गए। आनन्दीलाल जी-जान से चाहते थे कि प्रोफ़ेसर विष्णुदत्त को राज्यपाल के माध्यम से नियुक्त करवा दें, लेकिन उनका ये दिल टूट गया, क्योंकि विष्णु को राज्यपाल ने चर्चा के लिए आमंत्रित कर लिया था। प्राचार्य पुष्पेश सिंह सोलंकी भी इस दौड़-धूप में शामिल था। उनका साथ सेठिया जी दे रहे थे।

राज्यपाल महोदय ने विष्णु को चर्चा के लिए आमंत्रित कर यह अनुरोध किया कि बनारस हिन्दू विश्वविद्यालय के हिन्दी विभागाध्यक्ष आचार्य वेणीशंकर को बुन्देला विश्वविद्यालय का पहला कुलपति बनने के लिए राज़ी कर लें। वेणीशंकर जी का कुछ दिनों से अवकाश प्राप्त कर चुके थे और विष्णु को बेटा मानते थे। वे बीमार भी चल रहे थे।

विष्णु ने आचार्य वेणीशंकर जी को राज़ी कर लिया और वेणीशंकर जी बुन्देला के प्रथम मनोनीत कुलपति बन गए। शंकर और विष्णु के प्रयासों के कारण हरिपुरवासी भी इस नियुक्ति से प्रसन्न हो गए। आनन्दीलाल जी ख़ुश थे मगर उनके मन में यह मलाल रह गया कि वे विष्णु को प्रथम कुलपति नहीं बनवा सके। पुष्पेश तो बौखला गए। ख़ासकर इसलिए कि चतुर्वेदी बन्धुओं के कारण हरिपुर में आचार्य वेणीशंकर का भव्य स्वागत हुआ।

वेणीशंकर जी के कुलपति बनने से चतुर्वेदी बन्धु आश्वस्त हो गए कि शंकरदत्त अब हिन्दी में रीडर बन जाएँगे।

वेणीशंकर जी ने पहला काम यह किया कि हिन्दी विभाग में रीडर पद की नियुक्ति जल्दी हो जाए। उनको ख़बर थी शंकर इस पद के लिए प्रबल दावेदार हैं।

उन्होंने एक दिन चतुर्वेदी बन्धुओं को साथ-साथ बुलवाया और अपनी दुविधा व्यक्त की। राज्यपाल चाहते थे कि रीडर पद पर उनके रिश्तेदार डॉ. राजकुमार काला की नियुक्ति की जाए। विष्णु ने राय दी कि रीडर के पद पर दो नियुक्तियाँ

की जाएँ। राज्यपाल ने आश्वस्त किया कि हिन्दी रीडर के दूसरे पद की स्वीकृति वो यूजीसी से ले आएँगे।

और बुन्देला विश्वविद्यालय के हिन्दी विभाग में दो रीडर की नियुक्ति एक साथ की गई—डॉ. राजकुमार काला और शंकरदत्त चतुर्वेदी। पुष्पेश यों भी बौखलाए हुए थे। शंकर की पदोन्नति से और चिढ़ गए। उन्होंने स्वयं तो नहीं मगर दूसरों से इस नियुक्ति का विरोध करवाया।

पुष्पेश जी की बौखलाहट ज़ारी थी। उन्होंने नये कुलपति आचार्य वेणीशंकर को डॉ. हरिकेसरी स्नातकोत्तर महाविद्यालय के वार्षिकोत्सव में मुख्य अतिथि के रूप में आमंत्रित किया और विद्यार्थियों के वेश में गुंडों से कुलपति जी का बहुत अपमान किया। वेणीशंकर मुर्दाबाद के नारे लगवाए। यहाँ तक कि महाविद्यालय के हॉल में उन्हें ले जाते हुए उनके साथ धक्का-मुक्की भी की।

ऊपरी तौर पर नये कुलपति का स्वागत किया गया। सेठिया ने तो उन्हें स्वागत करते हुए माला भी ऐसे पहनाई कि माला गिर गई।

वेणीशंकर जी पसीना-पसीना हो रहे थे। उनका गला सूख रहा था। पानी भी ढंग से पी नहीं पा रहे थे और क्षमायाचना कर बीच कार्यक्रम में ही चले गए। फिर विद्यार्थी बने गुंडों ने उनके मुर्दाबाद के नारे लगवाए। शंकर और विष्णु दोनों ही उनके बचाव में लगे थे मगर गुंडों का ऐसा घंटा बजाया गया कि दोनों लाचार हो गए।

लेकिन दोनों भाइयों ने एम्बुलेंस बुलवाकर वेणीशंकर जी को अस्पताल ले गए। वे बीमार तो थे ही। उनकी तकलीफ बढ़ गई। अस्पताल के बाहर हरिपुरवासियों की भीड़ जमा हो गई। इस बार वेणीशंकर ज़िन्दाबाद के नारे लगवाए गए। नगर के सभी गण्यमान्य व्यक्ति, चारों वकील, चारों नेतागण, रामभरोसे, अब्दुला दीवाना आदि सभी ने कुलपति के दर्शन किये और उन्हें आश्वस्त किया कि वे शीघ्र ही स्वस्थ हो जाएँगे। मगर आश्चर्य पुष्पेश नहीं गए। बतलाया गया कि वे किसी कवि सम्मेलन में चले गए हैं।

रात तो जैसे-तैसे बीती मगर सुबह होते-होते वेणीशंकर चल बसे। उनकी अन्तिम यात्रा में पूरा हरिपुर उमड़ पड़ा था।

अगले दिन उनके अस्थि विसर्जन के लिए विश्वविद्यालय के बड़े वैन में अस्थि कलश रखा गया और जैसे ही गाड़ी इलाहाबाद के लिए रवाना हुई, ठीक उसी समय पुष्पेश जी आ धमके। अपने घड़ियाली आँसू छिपाने के लिए उन्होंने काला चश्मा पहन रखा था। हरिपुरवासियों को तो लगा कि पुष्पेश जी ख़ासतौर पर विलेन के रूप में आए थे।

दूसरे दिन विश्वविद्यालय सीनेट की बैठक बुलाई गई ताकि कुलपति की आकस्मिक

मृत्यु पर जो आपातकाल विश्वविद्यालय पर आया था उससे सही तरीक़े से निपटा जा सके। सीनेट की बैठक की अध्यक्षता कुलाधिपति अथवा उनकी अनुपस्थिति में कुलपति द्वारा किये जाने का नियम तो है, लेकिन दोनों की अनुपस्थिति में क्या किया जाए इसलिए बैठक शुरू होने के पहले सीनेट सदस्यों द्वारा उनमें से ही किसी को अध्यक्ष मनोनीत किये जाने का प्रावधान है। जैसे ही बैठक शुरू हुई एक सीनेटर उठ खड़े हुए और उन्होंने सीनेट के वरिष्ठतम सदस्य का नाम प्रस्तावित किया। मगर सीनेट सदस्य आश्चर्यचकित रह गए थे कि उनके नाम के अनुपालन की औपचारिकता के पूर्व ही पुष्पेश सिंह सोलंकी अपनी जगह से लगभग दौड़ कर अध्यक्ष की कुर्सी पर विराजमान हो गए। ग़नीमत यह हुई कि उनका विरोध नहीं हुआ और उन्होंने घोषणा कर दी कि सीनेट की कार्यवाही शुरू की जाए। ऐसे में अचानक एक दुर्घटना होने से बची। पुष्पेश स्वयं अध्यक्ष की कुर्सी से बोलने लगे और मृत कुलपति द्वारा किये गए ग़लत कार्यों की चर्चा करने लगे और अर्थशास्त्र विभाग के अचार्य अध्यक्ष की निन्दा पर उतर आए। अर्थशास्त्री महोदय के बारे में पुष्पेश ने इल्ज़ाम लगाया कि वे मृत कुलपति की ख़ुशामद करने के लिए जयपुर से मोजड़ी भेंट स्वरूप ख़रीद लाए थे। अर्थशास्त्री तैश में आ गए और सीधे माइक पर आकर ट्रेन के फर्स्ट क्लास कम्पार्टमेंट में हुई एक दुर्घटना की चर्चा करने पर उतारू हो गए। दुर्घटना यह थी कि अर्थशास्त्री महोदय ने विभाग की महिला रीडर की कुँवारी छोटी बहन के साथ अकेले ट्रेन कम्पार्टमेंट में मनचले पुष्पेश छेड़छाड़ करने लगे। उस समय चेन खींचकर लड़की ने गाड़ी रुकवाई। गाड़ी के रुकते-रुकते स्थिति की भावी सम्भावना को भाँपते हुए पुष्पेश स्वयं को बचाने के लिए उस लड़की के पैरों पर गिरकर ख़ुद को बचा गए थे। अर्थशास्त्री महोदय ने यह चर्चा शुरू ही की थी कि राजनीति विज्ञान के विभागाध्यक्ष ने दौड़कर माइक पर अपना हाथ रख दिया। अर्थशास्त्री भी इस आकस्मिकता से सकपका गए। उन्हें उनकी सीट पर बिठा दिया गया और सीनेट की बैठक पुनः शुरू हो गई।

सीनेट की उसी मीटिंग में सर्वसम्मति से निश्चित किया कि कुलसचिव बाँके बिहारी को स्थायी कुलपति नियुक्त होने की अवधि तक विश्वविद्यालय का कार्यवाहक कुलपति नामज़द कर दिया।

बाँके बिहारी को सबसे पहले पुष्पेश ने गर्मजोशी से गले लगाया। बाँके बिहारी को बधाई का दौर चलता रहा। चाय विराम की घोषणा हुई। इस विराम में आपसी चर्चाएँ जोरों से चलती रहीं। जब फिर बैठक शुरू हुई तब बाँके बिहारी ने घोषणा की कि कुछ दिनों पहले विश्वविद्यालय में शिक्षकों की जो नई नियुक्तियाँ की गई हैं उनमें से एक नियुक्ति ग़ैर क़ानूनी है। हिन्दी विभाग में रीडर का केवल एक पद रिक्त था, लेकिन भविष्य में विश्वविद्यालय अनुदान आयोग नई दिल्ली से रीडर के एक अतिरिक्त रीडर की स्वीकृति की प्रत्याशा में दूसरे रीडर की नियुक्ति कर

दी गई इसलिए निर्णय यह लिया गया कि दूसरे रीडर के पद को अस्वीकार कर उस दूसरे पद से विदा कर दिया जाए। इस निर्णय के फलस्वरूप डॉ. शंकरदत्त चतुर्वेदी को रीडर पद से नियुक्ति समाप्त कर दी गई। चूँकि शंकरदत्त लेक्चरर भी नहीं थे इसलिए उन्हें डॉ. हरिकेसरी महाविद्यालय के पुराने उपप्राचार्य के पद पर वापस भेज दिया गया।

तुरन्त प्राचार्य पुष्पेश ने सूचना दी कि चूँकि उपप्राचार्य का पद पूर्व में ही समाप्त कर दिया गया था इसलिए शंकरदत्त को महाविद्यालय के रिक्त लेक्चरर पद पर पदस्थ कर दिया गया। शंकरदत्त लांछित अपमानित होने के बावजूद महाविद्यालय के व्याख्याता पद पर वापस पहुँच गए।

साप्ताहिक अंगारा ने इस निर्णय के विरुद्ध मुहिम छेड़ने की घोषणा की, मगर शंकरदत्त ने यह मुहिम रुकवा दी। उन्होंने कहा कि अंगारा को विश्वविद्यालय की राजनीति में हस्तक्षेप नहीं करना चाहिए। बात आई गई हो गई।

मगर होनी तो होकर रही। बात आख़िर बन ही गई बतंगड़। सनसनीखेज़ ख़बर आई। विश्वविद्यालय के कुलाधिपति ने कुलपति चयन समिति की अनुशंसा स्वीकार करते हुए पुष्पेशजी को विश्वविद्यालय का नया कुलपति घोषित कर दिया।

हरिपुर में हंगामा मच गया। हर सड़क पर लोगों की भीड़। अचानक नारे गूँजने लगे। भीड़ जुलूस में तब्दील हो गई। एक नहीं, दो जुलूस। एक जुलूस रेलवे स्टेशन से कटरा बाज़ार की ओर चला और दूसरा बस स्टेंड से परकोटा की ओर। दोनों ही जुलूस में नारे पुष्पेश जी के नाम को लेकर लग रहे थे। एक पुष्पेश जी ज़िन्दाबाद और दूसरा पुष्पेश जी मुर्दाबाद दोनों जुलूस टकराए तीन बत्ती पर। अचानक दोनों जुलूस एक-दूसरे पर आक्रामक हो गए—थप्पड़, लातें, घूँसें। ऐसी झूमाझटकी में दोनों जुलूस में लोग घायल होने लगे। अचानक सायरन बजाती हुई पुलिस आ पहुँची। पुलिस ने बीच-बचाव के नाम पर ख़ूब लट्ठ चलाए। भयंकर ख़ून-ख़राबा होने लगे। चारों राजनेता ताँगे पर माइक लगाकर आ गए और चारों ने ख़ूब जमकर शान्ति की अपील की। थोड़ी देर में एम्बुलेंस गाड़िया फिर सायरन बजाती हुई पहुँच गई और घायलों को लेकर बड़े अस्पताल की ओर रवाना हो गई। जो घायल होने से बच गए थे, उन्हें एक-दूसरे के गले लगने के लिए कहा गया। थोड़ी देर में अमन चैन लौट आया। रूसिया होटल की मशहूर चाय ख़ूब बिकी। समोसे से भरी थालियाँ खाली हो गईं। अब भीड़ चकराघाट में इकट्ठी हुई। चारों राजनेताओं ने ख़ूब भाषण दिये—शान्ति और भाईचारे के नाम पर भाषणों के अन्त होते-होते पुष्पेश जी नमूदार हुए। उन्होंने ख़ूब घड़ियाली आँसू बहाए और शब्दों का जाल ऐसा बिछाया कि पक्ष-विपक्ष दोनों भाव विभोर हो गए। सभा ख़त्म हो

गई। लोग अपने घरों की ओर चल पड़े। चारों राजनेता पुष्पेश जी को साथ लेकर दद्दू की हवेली के दीवाने ख़ास में पहुँचे। पुष्पेश जी को फूल मालाओं से लाद दिया गया। फिर क्या था। बोतलें खुलने में देर कैसी। जाम से जाम टकराए और पुष्पेश जी अपने गीत गाने लगे।

गीतों के बाद दद्दू ने प्रश्न उछाला—

"काय पुष्पेश जी, आप कुलपति तो बन गए। अब का करहो बिसबिदियालय में।"

पुष्पेश जी बोले—"नये भवनों का निर्माण जो हर रोज़ चलेगा। सड़कों के किनारे पेड़ लगाए जाएँगे और उत्सवों का कभी न ख़त्म होने वाला रेला चल निकलेगा।"

अचानक लालजी बोल पड़े—

"कक्षाओं में क्या होगा?"

पुष्पेश जी हँस पड़े और बोले—

"एक नया युग आएगा। कविताओं की धूम मच जाएगी।"

"फिर पढ़ाई का क्या होगा?"

हँस पड़े पुष्पेश और बोले—

"कैसी दकियानूसी बात पूछ रहे हैं आप। पुष्पेश के विश्वविद्यालय में कविता का साम्राज्य होगा। पढ़ाई का क्या, वो तो भेड़चाल चलती रहेगी। ज़रा सोचिए, आप जिस क्लास के पास से गुज़रेंगे, वहाँ से कविता गूँजेंगी। विश्वविद्यालय में नया युग आएगा। सोचिये, विज्ञान की प्रयोगशालाओं में कविता।"

पीताम्बर बोल पड़े—

"जे बात तो गले के नीचे नही उतरी।"

"कविता चढ़ेगी-उतरेगी तभी तो बात बनेगी। आप तो पान तम्बाखू में रमे रहो।"

सब एक साथ हँस पड़े और महफिल ख़त्म हुई।

आनन्दीलाल अपने घर में दुबक कर बैठे-बैठे सोच रहे थे—'समय क्या-क्या खेल रचता है। बुन्देला विश्वविद्यालय से अब तो मेरा कोई सम्बन्ध नहीं रहा जिसे केसरी बब्बा ने देखते-देखते कितना बड़ा बना दिया और खुद चल दिये। जिस विष्णुदत्त चतुर्वेदी को उन्होंने अपना उत्तराधिकारी घोषित किया उसे दरकिनार कर पुष्पेश जैसे शातिर को कुलपति बना दिया गया और हम कुछ भी नहीं कर सके। आश्चर्य, विष्णुदत्तजी पर कोई असर नहीं हुआ। रेक्टर बनने के पहले जैसे थे, फिर से वही हो गए।'

आनन्दीलाल अपने विचारों में डूबे थे कि बाहर दरवाज़े की घंटी बजी। नौकर उनके पास आया और बोला—मालिक, कोई सरदार जी आए हैं।

आनन्दीलाल चौंके—"सरदार जी?"

"हाँ मतलब दाढ़ी और साफ़े वाले सरदार जी।"

"बैठक में बिठाओ। पानी-वानी दो। मैं देखता हूँ।"

जैसे ही आनन्दीलाल बैठक में पहुँचे सरदार जी उठ खड़े हुए और बोले—"सत् श्री अकाल जी।"

जवाब में आनन्दीलाल थोड़े परेशान होकर बोले—

"माफ कीजिए मैंने आपको पहचाना नहीं।"

"लो जी, वही हुआ जो मैं चाहता था।"

"आप पहेलियों में बात क्यों कर रहे हैं?"

"वही तो। जब आपने मुझे नहीं पहचाना तो कोई और क्या ख़ाक पहचानेगा।"

आनन्दीलाल का माथा ठनका।

"कहीं तुम वही तो नहीं हो..."

"बिल्कुल वही हूँ जिसका नाम क्या है, कोई नहीं जानता। मैं अजनबी कहलाने से ही ख़ुश हूँ।"

ख़ुश हो गए आनन्दीलाल और लिपट गए अपने 'अजनबी' दोस्त से और बोले—

"बड़ी तसल्ली हुई, बहुत सुकून मिला, तबीयत ख़ुश हो गई। जिसका पीछा करते हुए बरेली से तुम हरिपुर आए, वो तो अब बुन्देला विश्वविद्यालय पर कब्जा किये बैठा है और अपनी पर उतारू है।"

"चिन्ता नको, सेठजी! मैं अब यहीं हरिपुर में धूनी रमा कर बैठूँगा।"

बुन्देला विश्वविद्यालय के नये कुलपति डॉ. पुष्पेश सिंह सोलंकी विश्वविद्यालय कार्यालय पहुँचे। समस्त कर्मचारी फूल की मालाएँ लेकर उनकी कार की तरफ़ दौड़े। कुलसचिव बाँके बिहारी ने पहले से कार्यालय से लगे दालान के एक छोर पर मंच बनवा लिया था और उस पर गलीचा बिछाकर सिंहासननुमा कुर्सी लगवा रखी थी। कुलपति की कार को घेरे कर्मचारी कुछ कर गुज़रे, उसके पहले ही बाँके बिहारी ने माइक से आवाज़ दी—"जो जहाँ है एक सेकंड के लिए वहीं ठिठक जाए और फिर भागकर मंच के सामने बिछी लम्बी-चौड़ी दरियों पर चार-चार की पंक्तियों में बैठ जाए।"

कर्मचारियों ने कुलसचिव के आदेश का पालन ताबड़तोब किया। अब कुलसचिव कार की ओर बढ़े। उन्होंने कार का दरवाज़ा झुककर मुस्कराहट बिछाते हुए खोला। कुलपति कार से बाहर निकले। उनकी बाँछें खिली की खिली रह गई। बाँके बिहारी बोल पड़े—

"सर, में आय होल्ड योर ऑगस्ट हेंड्स एंड हैव द ऑनर टु ऍस्कार्ट यू टु द डायस।"

पुष्पेश हँस पड़े और बोले—

"क्यों शर्मिन्दा कर रहे हैं। मैं तो यहाँ आपके हवाले हूँ। आप चाहें जो करें।"

कुलपति पुष्पेश के हाथ पकड़कर कुलसचिव बाँके बिहारी ने मंच पर रखे सिंहासन पर बिठाया। समस्त कर्मचारी जो अब तक पंक्तिबद्ध खड़े थे कुलपति के इशारे पर बैठ गए। बाँके बिहारी माइक पर आए और उन्होंने कुलगान शुरू किया। सभी कर्मचारियों ने एकबार फिर खड़े होकर उनका साथ दिया। कुलपति भी खड़े हो गए। कुलगान के बाद कुलपति अपनी आसन्दी पर बैठ गए। बाक़ी सब खड़े ही रहे। कुलसचिव ने कुलपति को पहली माला पहनाई। उसके बाद समस्त कार्यालय अधिकारीगण एवं कर्मचारियों ने एक के बाद एक कुलपति को माला पहनाई। इतनी मालाएँ पहनाई गईं कि कुलपति का चेहरा ढक गया। फ़ोटोग्राफ़र फ़ोटो खींचता रहा। कुलपति ने माला उतारना चाहा तो कुछ मिनिट में दौड़कर उनकी मालाएँ उतारने का क्रम ज़ारी रखा और आसन्दी के सामने रखी मेज़ पर ढेर लगाते गए। कुलपति ने सबको बैठने का इशारा किया। कुलसचिव भी तखत के एक कोने पर बैठ गए।

कुलपति ने तुरन्त हस्तक्षेप किया—

"यह आप क्या कर रहे हैं, तख़त पर ही बैठ गए। यह तो विश्वविद्यालय के कुलसचिव की मर्यादा का उल्लंघन है" और कुलपति ने आवाज़ दी—

"कुलसचिव महोदय के लिए कुर्सी लाइए।"

कुर्सी आ गई और कुलपति की आसन्दी के पास लगा दी गई। कुलसचिव ने कुर्सी उठाई और मंच के नीचे रख दी। कुलपति बोल पड़े—

"यह आप क्या कर रहे हैं। कुर्सी की जगह क्यों बदल दी?"

"क्षमा कीजिए, सर, मैं तो आज आपकी भी नहीं सुनूँगा और वहाँ बैठूँगा जहाँ आपकी प्रजा बैठी है।"

"क्या कह रहे हो, बाँके बिहारी। यह हमारी प्रजा नहीं, हमारा परिवार है। मैं राजा नहीं हूँ। विश्वविद्यालय कुनबे का मुखिया हूँ, साथी हूँ।"

अब तो कुलसचिव माइक के सामने आ गए और उन्होंने कुलपति के सम्मान में विशेषणों की झड़ी लगा दी और उनका स्वागत तथा अभिनन्दन किया।

कुलपति विशेषणों की बौछार को पहले मुस्कराकर और बाद में गम्भीर होकर झेलते रहे। जब उन्हें आशीर्वाद के लिए आमंत्रित किया गया तो बेहद गम्भीर होकर वे बोले—

"आज मैं भाषण क़तई नहीं दूँगा। आज कुलपति का पहला दिन है। इसलिए काम शुरू करने की जल्दी में हूँ। मेरा पहला भाषण स्थगित रहा।"

और कुलपति उठ खड़े हुए। मगर उनकी प्रजा खड़ी तो हुई अभी मगर अपनी जगह से हिली तक नहीं। कुलपति बोल पड़े—

"चलिए काम पर चलिए।"

अधिकारियों, कर्मचारियों का सामूहिक स्वर उभरा—

"कविता...कविता...कविता..."

इनकी इस ज़िद से हारकर पुष्पेश ने सस्वर कविता सुनाई फिर सभा बर्खास्त हुई और कार्यालय का कार्य शुरू हुआ। पुष्पेश भी अपने कुलपति कक्ष में पहली बार आसीन हुए।

उसी समय कारों का काफिला आ पहुँचा। चारों वकील और चारों नेता धड़धड़ाते हुए कुलपति कक्ष में आ धमके और उन्होंने कुलपति पुष्पेश पर फूल की वर्षा कर दी। पुष्पेश ने सबका स्वागत किया और बोले—

"अहोभाग्य हमारे जो हरिपुर के सारे रत्न एक साथ कुलपति कक्ष को पवित्र करने आ पहुँचे। मैं धन्य हो गया।"

उन्होंने इंटरकॉम पर कुलसचिव को बुलाया और उन्हें आदेश दिया—

"नाश्ते का प्रबन्ध किया जाए।"

दद्दू ने हस्तक्षेप किया—

"मामूली नाश्ते से काम न चलहे। हम तो आपके कॉलेज केंटीन के तीन उस्तादों के हाथों से नाश्ता चाय ले हें।"

बाँके बिहारी बोल पड़े—

"आप चिन्ता न करें। जिस दिन हमारे सर कुलपति नियुक्त हुए उस दिन हमें सर का इशारा मिल गया था और हमने रातोंरात बरेली के तीनों उस्तादों के लिए विश्वविद्यालय परिसर में भवन आवंटित कर दिया था।"

ऐसा पक्का इन्तज़ाम था कि बाँके बिहारी का वाक्य पूरा होते-होते कुलपति की मेज़ पर नाश्ते के प्लेटों की क़तार बिछ गई। हर प्लेट में मशहूर समोसे, कचौरी और खट्टी-मीठी चटनियाँ।

सभी टूट पड़े नाश्ते पर दद्दू एक वाक्य ज़रूर बोले—

"कहाँ हैं आपके तीनों उस्ताद?"

उनकी कुर्सियों के पीछे खड़े तीनों उस्ताद सामने आकर झुक गए।

दद्दू फिर बोले—

"आप तीनों के हाथ में जादू है।"

सेठिया वकील की आवाज़ गूँजी—

"दद्दू, आपने ध्यान नहीं दिया। खाने में मगन हो गए। समोसे में आलू नहीं है और न ही कचौड़ियों में दाल।"

दद्दू खाते-खाते बोल पड़े—

"हम तो वकील साब खाने में मगन हो गए मगर स्वाद पहचान गए उनके, आमलेट और कीमा भरा है।"

कभी-कभी कोई घटना इतने अकस्मात होती है कि उसकी आकस्मिकता से सभी उपस्थित स्तब्ध रह जाते हैं।

घटना यों घटी कि कुलपति कक्ष के बाहर एक कार आकर रुकी। उस कार से आनन्दीलाल के अजनबी दोस्त उतरे ही थे कि रामभरोसे उन पर झपट पड़े और उन्हें खींचकर अब्दुला दीवाना की साइकिल के पास ले गए। उन्हें साइकिल के सामने वाले डंडे पर बिठाया और साइकिल दौड़ा दी, अब्दुला दीवाना दौड़कर साइकिल के केरियर पर बैठ गए।

पलक झपकते यह घटना घट गई और आनन्दीलाल चिल्लाते रहे—

"ये क्या हो रहा है। आख़िर माज़रा क्या है?"

आनन्दीलाल की चीख़ पुकार सुनकर बाँके बिहारी दौड़कर बरामदे में आए और उन्होंने यह घटना घटते देखी।

बाँके बिहारी बोले—

"पंडित आनन्दीलालजी, आप कहें तो हम उनके पीछे कार दौड़ाए।"

आनन्दीलाल ने हस्तक्षेप किया—

"नहीं, इसकी कोई ज़रूरत नहीं है। मेरे अजनबी दोस्त खुद को सँभालना जानते हैं। चलिए, कुलपति कक्ष में चले। देखें, वहाँ क्या चल रहा है।"

इससे पहले कि कुलपति उनके चरणों में झुककर उन्हें गले लगाते, उनका पी.ए. दौड़ता आया और हाँफता हुआ बोला—

"सर, जल्दी फ़ोन उठाइए। गवर्नर साहब बात करेंगे।"

कुलपति ने फ़ोन उठाया और झुककर बोले—

"आपका चरण स्पर्श करता हूँ।" क्योंकि गवर्नर साहब के सेक्रेटरी ने फ़ोन उठया था यह वाक्य दो बार बोलना पड़ा।

दूसरी बार पुष्पेश बोले—

"आदेश दीजिए सर।"

गवर्नर साहब की कड़कती आवाज़ इतनी दमदार थी कि कक्ष में बैठे सभी ने सुन लिया—

"कुलपति डॉ. पुष्पेश जी, आप तुरन्त राजधानी पहुँचिए। मैंने अपना हेलीकॉप्टर भिजवाया है और ध्यान से सुनिए इस तैयारी से आइए कि राजभवन से आप सीधे बरेली जा सकें।"

कुलपति के हाथ से टेलीफ़ोन छूट गया। वे पसीना-पसीना हो गए और बिना कुछ बोले कक्ष से बाहर निकल गए और अपनी कार में बैठकर कुलपति निवास रवाना हो गए।

कुलपति कक्ष में सन्नाटा पसर गया। सभी उठ खड़े हुए और चलने लगे। तभी तीसरा उस्ताद बोल पड़ा—

"मालक, मेरी पेसल चाय तो पीते जाइए।"

मगर उसकी बात हवा में विलीन हो गई। सभी चल दिये। बाँके बिहारी हक्का-बक्का खड़े रह गए।

रामभरोसे की साइकिल उनके घर पर पहुँचकर रुकी। बैठक में तीनों बैठ गए। उनके सामने चाय आ गई। कोई भी चाय की चुस्की भी नहीं ले सका था कि रामभरोसे ने आनन्दीलाल के अजनबी दोस्त के सामने प्रश्नों की झड़ी लगा दी। अजनबी चाय की चुस्की लेते हुए बोला—

"आपको मैं आश्वस्त करता हूँ कि पुष्पेश सिंह सोलंकी का सारा इतिइास और मेरा परिचय आपके साथ बेझिझक खोलकर रख दूँगा।"

साप्ताहिक अंगारा ने इतिहास रच दिया। ऐसा इन्तज़ाम किया गया कि हरिपुर के हर घर में साप्ताहिक अंगारा पहुँच जाए। यानी अख़बार की कम से कम एक लाख प्रतियाँ छपीं,

अंगारा की हेडलाइन थी—

कुलपति पुष्पेश का कच्चा चिट्ठा
मशहूर अजनबी का खुलासा

हरिपुर के जन-जन का यह कौतूहल है कि जिसे आनन्दीलाल जी के अजनबी दोस्त के नाम से ही जाना जाता है, वो आख़िर है कौन? नाम को छोड़िए, उसके चेहरे की कोई पहचान नहीं बन पाई है, क्योंकि वो हमेशा मेकअप बदल-बदलकर प्रकट हुआ है। उसने हमेशा अपना असली चेहरा छिपाया। इतना तो क़रीबी लोग जानते थे कि वो पुष्पेश का पीछा कर रहा है जिसका पता पुष्पेश को नहीं है, इसलिए रामभरोसे ने तय किया था कि आज अजनबी का मुखौटा उतार कर ही दम लेंगे।

रामभरोसे के घर पर जब अब्दुला दीवाना और अजनबी—तीनों साथ मिल बैठे तो चाय की पहली चुस्की लेते ही अजनबी दोनों को चौंकाकर बोल पड़े—

"रामभरोसे जी, मैं जानता हूँ कि आप मेरी असलियत जानने के लिए उतावले हैं। मैंने भी फैसला कर लिया है कि मैं अपना खुलासा आप दोनों के सामने ही करूँ ताकि साप्ताहिक अंगारा के माध्यम से समस्त हरिपुरवासी जान सकें।

"मेरा असली नाम रामखिलावन है। मैं बरेली का ही निवासी हूँ। उसी बरेली शहर का जहाँ से पुष्पेश जी यहाँ हरिपुर आए हैं। मैं बरेली शहर का नहीं, बल्कि उस शहर से एक गाँव हमीरपुर का निवासी हूँ। मैं एक पुश्तैनी किसान खानदान

का बेटा हूँ। सिर्फ़ पुश्तैनी नहीं, इस इलाके का सबसे बड़ा किसान। हमारे खानदान के पास डेढ़-दो सौ एकड़ ज़मीन है। ज़मीन इतनी ज़्यादा है कि हम एकड़ों की गिनती ही भूल गए हैं।"

"एक क्षितिज से दूसरे क्षितिज तक फैले इस ज़मीन पर हर तरह की खेती होती है। यानी हर तरह की अनाज, दालें, भोजन के मसाले, क़िस्म-क़िस्म के फलों का बागीचा, हर तरह की सब्ज़ी, हर तरह के फूल इत्यादि-इत्यादि। सिंचाई का हमारा निजी इन्तज़ाम है।

"बरेली में स्टेट हाईवे से लगी इस ज़मीन पर ही हमारी हवेली बनी है, साथ ही हमारे खेतों पर काम कर रहे खेतिहर मज़दूरों की बस्ती भी हमने ही बसाई है। इस बस्ती के पास ही हमारा वेयर हाउस है जहाँ उत्पादन जमा होता है। इसके साथ ही जुड़ा है हमारी दुकानों का सिलसिला—हर तरह की दुकानें।

"एक मशहूर ढाबा भी है जिसमें तीन करिश्मायी उस्ताद हैं जिनके हाथ में भोजन पकाने का ऐसा हुनर है कि स्टेट हाईवे पर आवागमन करने वाले मुसाफ़िर ही नहीं, दूर-दूर से लोग सिर्फ़ स्वाद के आनन्द के लिए। बरेली शहर का कोई घर ऐसा नहीं होगा जहाँ से लोग अपने पसन्द की चीज़ खाने के लिए नहीं आते हो।

"मैंने अपनी पृष्ठभूमि विस्तार से बतला दी। गाँव में ही हाईस्कूल पास करने के बाद मैं बरेली कॉलेज में पढ़ने लगा। पढ़ने-लिखने में मैं होशियार था। कविता लिखने का भी मुझे शौक था।

"इसी बरेली कॉलेज में पुष्पेश सोलंकी हिन्दी विभाग के प्रोफ़ेसर विभागाध्यक्ष थे। मैं पुष्पेश जी की कविताओं से ज़्यादा उनके काव्यपाठ का दीवाना था। भाषण देने में भी पुष्पेश जी बेहद प्रभावशाली थे। कॉलेज में उनके साथ केवल नमस्कार-चमत्कार ही होता था। उनके साथ मेरी पहली भेंट हमारे ढाबे में हुई। जब उन्हें यह पता चला कि यह ढाबा मेरे खानदानी साम्राज्य का ही एक हिस्सा है तो वे मुझसे बड़ी गर्मजोशी से मिले। हमारा अक्सर मिलना जारी रहा। मैंने हिन्दी में ही एम.ए. किया तो उनके बहुत क़रीब पहुँच गया।

"एक दिन पुष्पेश जी मेरी हवेली में आए। पूरा घर उनकी आवभगत में जुट गया—दादाजी, पिताजी, काकाओं की पंक्ति। भोजन की मेज़ पर मेरी दादी माँ, काकी वग़ैरह तो हाज़िर थीं ही। मेरी छोटी बहन सरिता भी परोसने में शामिल थी। मेरी बहन बहुत सुन्दर थी केवल सोलह बरस की। उसे देखते ही पुष्पेश जी ने उसकी तारीफ़ के पुल बाँध दिये।

"भोजन के बाद चाय पीने की आदत थी पुष्पेश जी को। इसलिए भोजन के बाद घर की बैठक में चाय चर्चा शुरू हुई, साथ ही पुष्पेश जी का काव्यपाठ। इसी काव्य चर्चा में पुष्पेश जी अचानक उठ खड़े हुए। सभी उठ खड़े हो गए। पुष्पेश जी बोल पड़े—

"नहीं, नहीं आप सब बैठ जाइए। मैं तो दादाजी का चरण स्पर्श करने के लिए खड़ा हुआ हूँ।"

दादाजी तो गद्गद हो गए। उन्होंने पुष्पेश जी को गले लगा लिया। मेरी बहन बोल पड़ी—

"मैं आपकी कविता की दीवानी हूँ।" पुष्पेश जी हँसकर बोले—तुम भी मुझे बहुत पसन्द हो।"

तब दादाजी के दोनों हाथ पकड़कर बोल पड़े—

"दादाजी, मैं आपकी पोती से शादी करना चाहता हूँ।"

मेरी बहन हँसती-खिलखिलाती कमरे से बाहर भाग गई। पिताजी गम्भीर होकर बोले—

"पुष्पेश जी, मेरी बेटी तो बहुत छोटी है। सिर्फ़ सोलह साल की। माफ़ कीजिए, आपकी उम्र उससे कम से कम दुगनी होगी।"

उसी समय, दादाजी मेरे पिताजी से बोल पड़े—

"नहीं बेटा, तुम्हें ऐसा नहीं बोलना चाहिए। मर्द तो हमेशा मर्द रहता है, उम्र से क्या लेना-देना। पुष्पेश जी, मुझे यह रिश्ता मंजूर है।"

घर के सभी लोग हक्का-बक्का रह गए। मैं ग़ुस्से में कसमसाता रहा। अन्दर महिलाओं ने तो रोना शुरू कर दिया, क्योंकि पुष्पेश जी की उम्र कम से कम चालीस होगी, लेकिन मेरी नादान बहन बहुत ख़ुश थी। उसे तो उसके मन का मीत मिल गया।

दादाजी थे हमारे खानदान के मुखिया। उनके आगे किसी की नहीं चलती थी। हमारे बड़े काका से नहीं रहा गया। वे बोल पड़े—

"पुष्पेश जी, आपने अभी तक शादी क्यों नहीं की?"

दादाजी ने तुरन्त हस्तक्षेप करते हुए अपना बटुआ निकाला और एक सौ एक रुपये पुष्पेश के हाथ में रखते हुए बोले—

"पुष्पेश जी, लीजिए मैंने बात पक्की कर दी। आप तो तैयारी कर लीजिए।"

पुष्पेश जी ने एक बार फिर दादाजी के चरण स्पर्श किये।

पुष्पेश जी की मनचाही शादी हो गई। सुहागरात में फूलशय्या पर छुई-मुई-सी बैठी थी सरिता। पुष्पेश जी अपने साथ प्रदेश के मंत्री को लेकर आए और उन्हें पलँग पर बिठाकर बोले—

"अहोभाग हमारे, सरिता जो मंत्री स्वयं चलकर तुम्हारे पास आए हैं। तुम इनकी आवभगत करो, मैं आता हूँ।"

पलँग पर मंत्रीजी को सरिता के साथ अकेला छोड़कर पुष्पेश कमरे से बाहर चले गए।

मंत्रीजी ने खिसियानी हँसी हँसते हुए कहा—

"घूँघट के पट खोल सुन्दरी तोहे पिया मिलेंगे।"

ग़ुस्से में तिलमिलाती सरिता, माँ चंडी का रूप धरकर, खड़ी हो गई और एक चाँटा कस दिया मंत्रीजी के गाल पर और घुटी-घुटी आवाज़ में बोली—

"आपकी हिम्मत कैसे हुई मुझसे ऐसे बोलने की। यह पवित्र शय्या है। आप फौरन बाहर जाइए वरना मैं आपकी जान ले लूँगी।"

मोटी मौसी भागती हुई कमरे के अन्दर आ गई थी।

मंत्रीजी अपनी धोती सँभालते हुए थरथराते हुए कमरे से बाहर निकल गए। थोड़ी ही देर में पुष्पेश हँसते हुए कमरे में दाख़िल हुए और बोले—

"तुमने ऐसा क्यों किया सरिता। दो-चार बातें कर लेती तो तुम्हारा क्या जाता। क्या तुम जानती हो कि तुम्हारे इस ग़लत व्यवहार से मेरा कितना बड़ा नुकसान हुआ। मंत्रीजी मुझे प्रदेश के किसी विश्वविद्यालय का कुलपति बनाना चाहते थे।"

सरिता आपा खो चुकी थी। बोली—

"मुझे आपसे इतनी नीच हरकत की उम्मीद नहीं थी। आप मुझे फौरन मेरे घर पहुँचा दीजिए। मोटी मौसी ने स्थिति को सँभाला—"ऐसा नहीं कहते बहू। तुम हमारे बाबू के बारे में ऐसा नहीं बोलना चाहिए।"

पुष्पेश ने ख़ुशामदी लहज़े में कहा—

"अरे-अरे तुम मुझे ग़लत समझ बैठी। तुम नाराज़ हो, इसलिए आज की रात तुम सो जाओ। मैं सुबह मिलूँगा। मौसी तुम इनका ख़याल रखना। इतना कहकर कमरा बाहर से बन्द कर पुष्पेश चले गए। मोटी मौसी पलँग के पास बिछे कालीन पर सो गई।

सुबह जब पुष्पेश ने दरवाज़ा खोला तो देखा सरिता सलवार कुर्ता पहनकर कुर्सी पर बैठी है। पुष्पेश चाय का प्याला लेकर आ गए। उन्होंने प्याला सरिता की तरफ़ बढ़ाया, सरिता ने चुपचाप प्याला थाम लिया और चाय पीने को हुई तो पुष्पेश ने दवा की एक गोली उसकी ओर बढ़ा दी और बोले—

"चाय के साथ यह गोली खालो तो एक़दम तरोताज़ा हो जाओगी।" सरिता ने गोली खाली और चाय पीकर खड़ी हो गई और बोली—

"मैं मॉर्निंग वॉक करके आती हूँ।"

उनके उत्तर की प्रतीक्षा किये बिना सरिता धड़धड़ाती हुई कमरे से बाहर निकल गई और घर के बाहर पहुँचकर सड़क चलते एक टेम्पो में बैठ गई। ऊपर बालकनी से पुष्पेश देखते रह गए।

सरिता अपने गाँव की हवेली पहुँचकर सीधे अपने भाई के कमरे की ओर बढ़ गई। इस कमरे में एक बाहरी दरवाज़ा था जिसके एक किनारे पर कॉल बेल छुपाकर लगा हुआ था। सरिता ने घंटी बजाई, भाई ने तुरन्त दरवाज़ा खोला और सरिता को देखकर चौंक गया और बोल पड़ा—

"अरे सरिता, सुबह-सुबह तुम क्यों अपना घर छोड़ आई।"

सरिता खुले दरवाज़े से अन्दर जाकर तुरन्त दरवाज़ा बन्द किया और भाई के सीने पर सिर रखकर रोने लगी। भाई ने उसे तसल्ली दी और बोला—

"तू बैठ तो जा और बतला कि आख़िर माजरा क्या है।"

सरिता ने सिसकते हुए सुहागरात के हादसे का कच्चा चिट्ठा खोल दिया। आगबबूला हो गया भाई, लेकिन संयम से ख़ुद को सँभाला। सरिता को नींद आने लगी। वो भाई के बिस्तर पर सो गई। भाई बोला—

"सुन सरिता, रात वाली बात घर पर किसी को भी मत बतलाना। आगे मैं सँभाल लूँगा। तूने नींद की गोली खा ली है इसलिए सो जा।"

सरिता ने हामी भरी और सो गई।

भाई चुपचाप बैठा सोच में डूब गया। इस कमरे का जो अन्दर वाला दरवाज़ा जो घर के अन्दर खुलता है, उसे किसी ने खटखटाया। भाई ने खोला तो देखा दादाजी खड़े हैं। दादाजी कमरे से अन्दर दाख़िल हुए और सरिता को सोती हुई देखकर हँस पड़े और बोले—

"एक़दम पगली है। सुहागरात को तो रात भर सो नहीं सके तो जमाई राजा को सोता छोड़कर लजाती हुई अपने मायके पहुँच गई। इतनी छोटी है। घबरा गई होगी। चलो अच्छा हुआ, अपने भाई के कमरे में आकर सो गई। घर में किसी को जगाया नहीं वरना हमारी बहुएँ जाने क्या-क्या बकतीं। और बेटा, तूने भी बुद्धिमानी की किसी को जगाया नहीं। मैं मॉर्निंग वॉक से लौटा तो देखा तेरे कमरे का बाहरी दरवाज़ा अन्दर से बन्द है तो अचरज हुआ कि रोज सुबह इस कमरे का बाहरी दरवाज़ा बाहर से बन्द रहता है, जबकि तू मॉर्निंग वॉक और कसरत करने व्यायामशाला चला जाता है। अन्दर से कमरा बन्द पाकर मैंने दरवाज़ा खटखटाया। तू तो अन्दर चल हम दोनों नाश्ता कर लेते हैं। सरिता बिटिया को जी-भरकर सोने दे। रात-भर की जागी बच्ची थक गई होगी।"

दादाजी ने सोती हुई सरिता के सिर पर हाथ फेरा और रामखिलावन को साथ लेकर अन्दर चले गए। अन्दर वाला दरवाज़ा बन्द कर दिया ताकि कोई अन्दर ताक-झाँक न कर सके।

सुबह पाँच बजे सरिता अपने भाई के कमरे में आई थी और साढ़े पाँच बजे सो गई थी। हाथ में भोजन की थाली लेकर दोपहर डेढ़ बजे रामखिलावन अपने कमरे में दाख़िल हुआ। उसने सरिता को जगाने की कोशिश की और थोड़ी सफलता भी मिली। सरिता उठ बैठी तो भाई तसला और एक लोटा पानी लेकर आया। अपनी छोटी बहना का मुँह बड़े प्यार से धुलाया। सरिता को नींद के झोंके आते रहे मगर

वो बैठी रही। भाई ने ख़ूब लाड़ से अपनी छोटी बहना को एक-एक कौर करके पूरा खाना खिला दिया अपने हाथ से। फिर मुँह धुलाया और सरिता फिर सो गई।

रामखिलावन ने मेकअप किया कॉस्ट्यूम धारण किया और एक नये रूप में पुष्पेश के सामने जा खड़ा हुआ। पुष्पेश चौंके और बोले—

"जनाब मैंने आपको पहचाना नहीं। आपकी तारीफ़।"

रामखिलावन ने अपनी आवाज़ बदलकर कहा—

"तारीफ़ तो आपकी है प्रोफ़ेसर साहब। मैं तो एक अदना आम आदमी हूँ। मैं तो आपसे मिलने इसलिए आया कि आज सुबह मॉर्निंग वॉक पर निकला था तो मैंने देखा आपके घर से एक छोटी बच्ची निकली और चलते टेम्पो पर बैठ गई। आप ऊपर बालकनी से उसे देख रहे थे। पता नहीं, मेरी छठी इन्द्रिय ऐसे मौक़े पर कारगर हो उठती है। मैं भी उसी चलते टेम्पो पर बैठ गया। वो लड़की पुलिस थाने के सामने पहुँचकर उतरी, मैं भी वहीं उतर गया और देखना चाहा आख़िर माज़रा क्या है।"

मैं उसके बाहर निकलने के इन्तज़ार में खड़ा रहा। थोड़ी देर बाद वो लड़की बाहर आई। उसका चेहरा तमतमाया हुआ था और आँखें लाल। वो ऑटो में बैठकर दूसरी तरफ़ चली गई मैं भी अपने घर चला गया और आपसे मिलने आया। मैं तो आपका पुराना शिष्य हूँ और आपकी शायरी का आशिक। एक किशोरी का आपके घर से निकलना और सीधे पुलिस थाने जाना। उसका तमतमाया चेहरा। मुझे लगा कि मामला गम्भीर न हो, आख़िर पुलिस का मामला है।

पुष्पेश बेफिक्री से हँसा और बोला—"मेरे लिए आपकी चिन्ता के लिए मैं आपका आभारी हूँ, लेकिन चिन्ता की कोई बात नहीं। बच्ची नासमझ है। घबरा गई होगी। आपका शुक्रिया।" पुष्पेश उठ खड़ा हुआ। छद्मवेशधारी रामखिलावान भी नमस्कार कर चल दिया।

शाम को नहा-धोकर तरोताज़ा सरिता अपने दादाजी के साथ पुष्पेश के घर पहुँची। पुष्पेश ने दोनों का स्वागत किया और कुछ कहने को था कि दादाजी बोल पड़े—

"माफ़ करना जमाईराजा। बच्ची नादान है। सुहागरात के बाद हर बच्ची के साथ ऐसा ही होता है। आप बुरा न मानिएगा और बच्ची को माफ़ कर दीजिए।"

पुष्पेश हँसकर बोले—

"दादाजी, आप चिन्ता न करें। मैं आपकी लाड़ली पोती को सँभाल लूँगा।"

दिन, हफ़्ते, महीने गुज़रते गए। सरिता चौबीस घंटे नींद के नशे में ही रहने लगी। पुष्पेश उसे इंजेक्शन देकर दिन में दो बार उसे भोजन के लिए जगाते। रामखिलावन रोज़ उससे मिलने के लिए आता। ख़ासकर उसके भोजन के समय ताकि अपने हाथ से सरिता को भोजन करा सके। सरिता अपने भाई से कोई शिकायत नहीं करती।

पुष्पेश भी उसे नहीं छेड़ते थे। जब-जब वे कवि सम्मेलन के लिए बाहर जाते तब-तब कई वर्षों से अपनी देखभाल करने वाली मोटी मौसी उनकी देखभाल करती। कुछ महीनों में सरिता का नशा उतर गया और वो स्वाभाविक हो गई। रामखिलावन निश्चिन्त हो गया। सरिता भी कभी-कभी मायके में आकर ठहरती। यानी उसकी ज़िन्दगी पटरी पर आ गई। अचरज की बात यह थी कि पुष्पेश ने सरिता को कभी स्पर्श नहीं किया।

पुष्पेश के घर में कोई सगा-सम्बन्धी नहीं था। सिर्फ़ वही मोटी मौसी चौबीस घंटे रहती थी। पुष्पेश के लिए भोजन पकाने और घर पर कामकाज और देखभाल करने के लिए मुस्तैद थी। पुष्पेश उसे 'मौसी' ही कहते थे। मौसी सरिता को 'बहूरानी' कहती थी और उसका पूरा ख़याल रखती थी। सरिता उसे न केवल मौसी कहती, बल्कि उसे मौसी जैसा मान भी देती थी। सरिता जैसी कम उम्र की लड़की को भी समझने में दिक़्क़त नहीं हुई तो मौसी पुष्पेश को पुत्रवत् मानती है और उसके हर दोष पर पर्दा डालने की कोशिश ज़रूर करती, लेकिन मन ही मन कुढ़ती रहती थी।

एक सप्ताह सहज रूप से बीत गया।

उस रात पुष्पेश ने बातों-बातों में ऐसा समा बाँधा कि सरिता खिलखिलाकर हँस पड़ी। पुष्पेश ने मौक़ा ताड़कर उसे नींद की गोली खिला दी और उसे पानी पिलाता रहा कि जिसमें नींद की गोली घुली हुई थी। जब सरिता को नींद के झोंके आने लगे तो उसने पानी में और गोलियाँ मिला दीं। मोटी मौसी ने टोका भी "का कर रये हो, बाबू जास्ती गोली से कुछ ऊँच-नीच होगा तो क्या करोगे।"

पुष्पेश ने उसे समझाया—"अरे नहीं मौसी ऐसा कुछ नहीं होगा।"

मोटी मौसी अड़ गई—"पर ऐसन काहे कर रये हो। क्या मंत्रीजी आज फिर पधारेंगे।"

"तुम बहुत समझदार हो मौसी। अब तुम जाओ और बाहर बरामदे में मंत्रीजी का इन्तज़ार करो।"

"ई ग़लत बात है, बाबू।"

मौसी कमरे से बाहर चली गई।

सहसा पुष्पेश की नज़र सरिता के गहरी नींद में सोए चेहरे की ओर पड़ी तो वो चौंका—उसका चेहरा पीला पड़ गया था। उसने सरिता का नाड़ी परीक्षण किया। उसकी नाड़ी बन्द हो गई थी। वो बुरी तरह घबरा गया। उसने अपने डॉक्टर दोस्त जिला अस्पताल के सिविल सर्जन को फौरन आने को कहा।

थोड़ी देर में डॉक्टर आ गए। मोटी मौसी उन्हें लेकर पुष्पेश के कमरे पर पहुँची। डॉक्टर ने स्टेथोस्कोप से परीक्षण किया और बोले—

"प्रोफ़ेसर सोलंकी, योर वाइफ इज़ डेड।"

पुष्पेश ने मौसी को चाय बनाने के लिए कहा। मौसी रसोई में चली गई।

पुष्पेश फफक कर रो पड़े—

"ये सब कैसे हो गया। अभी थोड़ी देर पहले ये खिलखिलाकर हँस रही थी। अचानक मौत कैसे हो गई?"

डॉक्टर गम्भीर होकर बोले—"ओवर डोज़ ऑफ़ स्लीपिंग पिल्स। इनका तो पोस्टमार्टम करना होगा।"

"यह आप क्या कह रहे हैं। फिर तो मामला संगीन हो जाएगा। आप तो डेथ सर्टिफिकेट दे दीजिए।"

पुष्पेश ने कमरे का दरवाज़ा बन्द किया। स्टील आलमारी का सेफ खोला और उसमें से एक लाख रुपये निकालकर लिफ़ाफ़े में रखा और डॉक्टर साहब को सौंप दिया।

डॉक्टर ने पूछा—"यह क्या है।"

पुष्पेश बोले—"एक लाख रुपये है।"

"आप मुझसे ग़लत काम करवा रहे हैं।"

"मेरी इज़्ज़त का सवाल है।"

उन्होंने डॉक्टर के पाँव पकड़ लिये।

"एक प्रोफ़ेसर के लिए एक लाख रुपये बहुत होते हैं।"

डॉक्टर ने मृत्यु प्रमाण पत्र लिख दिया। कारण लिख दिया दिल का दौरा।"

मौसी ने कमरे के बाहर से दरवाज़ा खटखटाया। पुष्पेश ने दरवाज़ा खोला और चाय डॉक्टर को दी।

डॉक्टर बोले—"सॉरी प्रोफ़ेसर चतुर्वेदी, मुझसे चाय नहीं पी जाएगी। मैं तो जाना चाहूँगा। आप मिसेज सोलंकी के रिश्तेदारों को बुला लीजिए।"

डॉक्टर तेजी से चले गए।

पुष्पेश ने मृत्यु प्रमाण पत्र सँभालकर रखा और मौसी से बोला—

"मौसी, तुम बहूरानी के मायके में फ़ोन करके बता दो कि बहूरानी की अचानक मौत हो गई है और धाड़े मारकर रोने लगा। मौसी बहूरानी से लिपटकर रोना चाहती थी तो पुष्पेश ने उसे रोका और रोते हुए बोला—

"अरे मौसी, अब तो सारी ज़िन्दगी रोना है। तुम पहले बहूरानी के मायके में फ़ोन तो करो।"

मौसी ने ज़ार-ज़ार रोते हुए रामखिलावन को फ़ोन कर दिया।

थोड़ी देर में सरिता के सारे रिश्तेदार बिलखते हुए पुष्पेश के घर पहुँचे। सारी औरतें सरिता के मृत शरीर से लिपटकर रोने लगी। दादाजी ढाँढस बँधाने के लिए पुष्पेश को गले लगाते हुए बेहोश हो गए।

घर में कोहराम मच गया।

ऐसे मौक़े पर मंत्रीजी भी पहुँच गए और दृश्य देखकर हक्का-बक्का रह गए। रामखिलावन की नज़र मंत्रीजी पर पड़ी। उसने उनसे पूछा—

"आपको किसने ख़बर दी।"

मंत्रीजी बोले—"किसी ने मुझे कोई ख़बर नहीं दी। मैं तो प्रोफ़ेसर साहब से मिलने आया था।"

रामखिलावन चीख़ पड़ा, "आपकी हिम्मत कैसे हुई। क्या आप चाँटा भूल गए।"

मंत्रीजी बोले—आप शायद होश में नहीं हैं और आपको यह मालूम नहीं कि आप किससे बात कर रहे हैं। मेरी तो समझ में नहीं आ रहा है कि आख़िर क्या हो गया।"

पुष्पेश दौड़ते हुए आए और मंत्रीजी से लिपट गए और ज़ार-ज़ार रोने लगे।

"मेरे तो भाग फूट गए। मेरी पत्नी की अचानक मौत हो गई। आप तो पधारें।"

मंत्रीजी को बाहरी दरवाज़े पर छोड़कर पुष्पेश आकर रामखिलावन से लिपटकर रोने लगे।

रामखिलावन बोला—"आप तो मुझे बख़्श दीजिए। मैं आपकी इस नौटंकी को झेल नहीं पाऊँगा। आपकी आज फिर मंत्रीजी को बुलाने की हिम्मत कैसे हुई?"

दादाजी होश में आ चुके थे। मौसी ने उन्हें सँभाला। पहले होश में लाने के लिए दवा सुँघाई फिर पानी पिलाया। उन्होंने रामखिलावन को पुष्पेश के साथ उलझते देखकर बोल पड़े—

"नहीं, रामखिलावन, तुम इस समय सबको सँभालो। किसी से बहस मत करो। किसी को कुछ भी समझ में नहीं आ रहा है। हमारे जमाई राजा पर तो पहाड़ टूट पड़ा है।

रामखिलावन माता-पिता को सँभालने लगा। दादाजी को आश्वस्त किया।

रात तो कोहराम के हवाले हो गई। सुबह शवयात्रा की तैयारी में और अन्त्येष्टी में बीत गई और सरिता का अध्याय समाप्त हो गया।

कुछ दिनों तक पुष्पेश शोक मनाते रहे। सरिता के सभी घरवाले उन्हें सँभालते रहे। जब सब पुष्पेश के घर से विदा हो रहे थे तब रामखिलावन अकेले में मौसी से फुसफुसाकर बोला—

"मौसी, तुम मौक़ा देखकर मुझसे पास वाले रामबाग में मिलो।"

मौसी ने इशारे में कहा—"हम आपको फ़ोन करेंगे।"

पुष्पेश सबको विदा करने में व्यस्त रहे। उन्हें उन दोनों की गोपनीय बात भी भनक भी नहीं पड़ी।

रामबाग में निर्धारित समय में मौसी पहुँची तो उसे आश्चर्य हुआ कि रामखिलावन

नहीं पहुँचे। एक सरदार जी ज़रूर बेंच पर बैठे थे। मौसी इधर-उधर देखने लगी तो सरदार जी ने आवाज़ दी—

"मौसी मैं तुम्हारा इन्तज़ार कर रहा हूँ।"

मौसी चौंकी—अरे यह तो रामखिलावन की आवाज़ है।

मौसी सरदार के बगल में जा बैठी।

"ई का भेस बनाए हो।"

"क्या करे, मौसी मजबूरी है। पुष्पेश जी को ख़बर लग जाए कि हम तुमसे छिपकर मिल रहे हैं तो वो चौकन्ने हो जाएँगे।"

"हाँ ठीक कही आपने। अब हम बोलेंगे और आप सुनेंगे।"

"रामखिलावन बाबू, सुहागरात को का भवा था, आप जानत हो।"

"हाँ, हम जानते हैं।"

इसके बाद मौसी ने सरिता की मौत का खुलासा पूरी तरह कर दिया।

रामखिलावन की आँखें भर आईं। उसने अपने को किसी तरह सँभाला और बोला—

"ये तुम्हारे पुष्पेश बाबू शैतान हैं, यह हम जानते हैं, लेकिन वो हत्यारा बन सकता है, इसका अन्दाज़ हमें नहीं था। ख़ैर हम उसे नहीं छोड़ेंगे। तुम तो मौसी, हमें पुष्पेश बाबू का इतिहास बता दो।"

"मौसी चौंककर मतबल का बता दें।"

"उनके बारे में तुम जो भी जानती हो, सब बता दो।"

मौसी ने खुलासा किया—

"आप तो भैया, बस ये बात जान लें तो सब समझ जाओगे। एक बात तो ये है कि वे तुमाय ढाबा में से तीन उस्तादों को उठा लाए थे उनका पूरा इस्तेमाल किया। बाबू अपने घर बरेली के बड़े-बड़े लोगन को दारू और मांस-मच्छी खूब खिलाते थे और उनसे दोस्ती पक्की करते थे। किसिम किसिम के थे ये जन। तीनों उस्ताद उनके घर पर हफ्ते में एक बार खाना बनाते थे और आप ई तो जानत हो कि उनकी दुकानें लगवा दीं—तीन दुकानें। एक दुकान पेशल समोसा, एक पेशल कचौरी और एक पेशल चाय।"

रामखिलावन बोला—

"मौसी हम जानते हैं कि तीनों दुकानें खुलवाई थीं— शाम चार बजे से रात आठ बजे तक। लोग क्यू लगाकर खड़े रहते हैं।"

"इन दुकानों के असली मालिक तो हमाय बाबू हैं। और तुमाय उस्ताद रसोइया। बाबू उन्हें खूब रुपये देकर खुस राखत हैं।"

"इस बात को तो हम जानते थे। दूसरी बात कौन-सी है?"

"बाबू के घर का एक कमरे में जमीन पर गादी और चादर बिछे रहते हैं।

हर दोपहर को कोई एक क्वाँरी लड़की आती। बाबू मुझे पहरे पर बिठाकर उनके संग सोते हैं। शुरू-शुरू में तो लड़की पेट से हो जाती तो जिला अस्पताल के बड़े डॉक्टर से उसका पेट गिराते थे। बाद में लड़कियों को गोली खिलाते थे तो लड़की पेट से नहीं होती थी। अब ये सब खोटा काम जारी है। हमको खुश रखने के लिए खूब रुपये दिये और कपड़ा-लत्ता भी। हम भी रुपये, कपड़ा-लत्ता अपने गाँव में हमाय बच्चों के पास भेज देते थे।"

रामखिलावन भी कुछ रुपये मौसी को देना चाहता था, लेकिन मौसी ने इनकार कर दिया और रो पड़ी।

"हम का करहे तुमाय रुपयों को हम तुम्हारी बहन को बचा तो नहीं सके।"

रामखिलावन इतना ही बोले—

"हमने भी क़सम खाई है मौसी, इस पुष्पेश जी का पीछा नहीं छोड़ेंगे उन्हें सज़ा ज़रूर दिलाएँगे।"

रामभरोसे के घर पर अब्दुल्ला दीवाना के सामने रामखिलावन का बयान ज़ारी रहा। वे बोले—

"आगे का क़िस्सा तो आपको मालूम है। किस चालाकी से पुष्पेश ने हरिपुर में अपनी धाक जमाई। उनका तरीक़ा वही है। डॉ. हरिकेसरी महाविद्यालय के प्राचार्य के रूप में उनकी नियुक्ति हो गई। हमारे ढाबे के तीनों उस्ताद यहाँ भी आ पहुँचे। हरिपुर के सभी नामधारी लोगों को उन्होंने खूब दावतें खिलाईं और फिर प्राचार्य बनने के बाद उन्होंने महाविद्यालय के अहाते में तीनों उस्तादों की पेशल दुकानें खुलवा दीं। समोसा, कचौरी और चाय की दुकानें जहाँ अपराह्न चार बजे से रात के नौ बजे तक गहमागहमी लगातार बनी रहती।

इन उस्तादों और उनकी दुकानों के बारे में तो आप सब जानते ही हैं और आपको मैं यह भी बतला चुका हूँ कि उनका पीछा करते हुए मैं भी हरिपुर आ गया। आनन्दीलाल जी से मेरा परिचय बरेली से ही था जहाँ वो किसी मुक़दमे के सिलसिले में अक्सर आते थे। मेरे साथ उनकी दोस्ती गाढ़ी हो गई। मैंने यहाँ आकर ज़मीन ख़रीदी और वहीं खेती-किसानी करता हूँ जो बरेली के गाँव में करता था।

पुष्पेश को ख़बर नहीं लगने दी कि मैं उनके पीछे हाथ धोकर पड़ा हुआ हूँ। बेहद लालची, स्वार्थी और धोखेबाज़ तो हैं ही पुष्पेश जी। प्राचार्य के रूप में वे घोटाले करते रहे और मैं उनकी फ़ाइलें बनाता रहा। ऐसी तीन सौ फ़ाइलें मैंने बनाईं और आनन्दीलालजी को सुपुर्द कर दीं। उन्होंने ये फ़ाइलें प्रदेश के राज्यपाल को पहुँचा दीं। राज्यपाल ने जाँच समिति बनाई और उनको बुन्देला विश्वविद्यालय के कुलपति बनते ही उन्हें राजधानी बुलवा भेजा और मेरा काम ख़त्म हुआ।"

अंगारा साप्ताहिक ने रामखिलावन के समूचे वक्तव्य को ख़ूब उछाला।

हरिपुर की शान्त बस्ती में तूफ़ान आ गया। पूरे शहर में बड़े-बड़े बैनर लग गए। "हत्यारे पुष्पेश को फाँसी दी जाए।"

"हरिपुर के लाड़ले डॉ. विष्णुदत्त चतुर्वेदी को कुलपति बनाया जाए। हरिपुर के बड़े भैया डॉ. शंकरदत्त चतुर्वेदी को डॉ. हरिकेसरी महाविद्यालय का प्राचार्य बनाया जाए।"

दर्जनों बसें, ट्रक, कारें, मोटरसाइकिल का भारी-भरकम जुलूस राजधानी की ओर कूच करने को तैयार हो गए।

हरिपुर के कलेक्टर ने ताँगों के माध्यम से यह घोषणा करवा दी कि जुलूस को राजधानी जाने की ज़रूरत नहीं है। राज्यपाल, मुख्यमंत्री एवं शिक्षा मंत्री हेलीकॉप्टर से हरिपुर पहुँच रहे हैं और बुन्देला विश्वविद्यालय के स्टेडियम में महत्त्वपूर्ण घोषणाएँ करेंगे।

बुन्देला विश्वविद्यालय स्टेडियम खचाखच भरा था। राज्यपाल ने आख़िर वही घोषणाएँ कीं जिसकी प्रतीक्षा थी।

केसरी बब्बा की इच्छा का सम्मान करते हुए डॉ. विष्णुदत्त चतुर्वेदी को बुन्देला विश्वविद्यालय का कुलपति और बड़े भैया शंकरदत्त चतुर्वेदी डॉ. हरिकेसरी महाविद्यालय के प्राचार्य बनाए गए। विश्वविद्यालय परिसर से जुलूस रवाना हुआ जो हरिपुर की परिक्रमा करते हुए उसी स्थल पर सभा के रूप में एकत्रित हो गया जहाँ केसरी बब्बा ने नगरवासियों को सम्बोधित किया था।

जय-जयकार के नारों से गगन फट गया।

झील में लहरों का ऐसा रेला उठा जो लहरों के नर्तन में तब्दील हो गया। हर लहर पर दर्ज़नों रंग-बिरंगी मछलियाँ अठखेलियाँ करने लगीं। हज़ारों रंगीन मछलियों का नर्तन चलता रहा। चकराघाट पर तिल धरने को जगह नहीं बची, वहाँ केवल थीं नाचती-उछलकूद मचातीं मछलियाँ।